La leyenda de la Peregrina

Carmen Posadas

La leyenda de la Peregrina

ESPASA

ESPASA NARRATIVA

Espasa Libros, sello editorial
de Editorial Planeta, S.A.

Preimpresión: MT Color & Diseño, S. L.

Depósito legal: B. 18.502.2020
ISBN: 978-84-670-6027-0

www.espasa.com
www.planetadelibros.com

Impreso en España/Printed in Spain
Impresión: Rodesa, S. A.

Editorial Planeta, S. A.
Avda. Diagonal, 662-664
08034 Barcelona

A mi prima Cecilia Ramos Mañé, capaz de rastrear en internet las fuentes más olvidadas y pródigas, con gratitud, y también con la alegría del reencuentro al cabo de más de cincuenta años.

Índice

Prólogo 13

Primera parte
De cómo salió la Peregrina de las aguas y de la historia de amor que la acompaña desde entonces

Año: 1579. Lugar: Archipiélago de las Perlas, Panamá 20

Segunda parte
En la que se habla del primer propietario de la Peregrina y de cómo llegó esta de Panamá a la corte de Felipe II

Año de gracia de 1580. Lugar: la Villa y Corte de Madrid 38
De las extrañas cosas que encontró Don Diego en el Alcázar, donde los ángeles se asemejan demasiado a los demonios 45
No fue culpa de san Jorge 52
Donde se habla de un criador de sanguijuelas y de cómo la perla comenzó a formar parte de la sin par colección de joyas de los Austrias 62
Un regalo para mi dama de blanco 72
Donde se explica cómo pasar del éxtasis al tormento en tres días 75
Epílogo 85

Tercera parte
La extraña corte de Felipe III o los pecados de una dama demasiado memoriosa

Año: 1621. Lugar: convento de la Encarnación de Madrid 88

Cuarta parte
La corte de Felipe IV
(La Peregrina en el reino de las sabandijas)

Año: 1656. Lugar: una de las salas más soleadas del Alcázar 124

Quinta parte
Tiempo de brujos, de hechizos y de demonios
(La corte de Carlos II)

A su excelencia Marie-Catherine le Jumel de Barnevillec de Barneville 154
Tiempo de brujos, hechizos y demonios (Memorias de una intrusa en la corte de Carlos II) 159

Sexta parte
Castrados, locos y un pavoroso incendio
(La corte de Felipe V)

Año: finales del reinado de Felipe V. Lugar: palacio del Buen Retiro de Madrid 184
La historia según Clareta 186

Séptima parte
JUSTO ANTES DEL DILUVIO
(Cosas que pasaban en la corte de Carlos III)

Fecha: 1788. Lugar: Palacio Real de Madrid 218

Octava parte
CAPRICHOS Y ESPERPENTOS DE GOYA
(La corte de Carlos IV)

Año: mayo de 1808. Lugar: Madrid................................ 246

Novena parte
PEPE BOTELLA O EL REY DEL BOTÍN
(La corte de José Bonaparte)

Año: *circa* 1816, veinte meses después de la derrota de Napoleón en Waterloo. Lugar: manicomio de la Pitié Salpêtrière-París 274

Décima parte
EL AMOR Y LOS MANDINGAS
(La Peregrina, de manos de José Bonaparte a las de Napoleón III)

Año: 1844. Lugar: Florencia, a la muerte de José Bonaparte
Año: 1865. Lugar: Londres, a la muerte de Harriet Howard.. 324

Undécima parte
La Peregrina
versus la Pelegrina
(Una historia en la que se mezclan la corte de la reina Victoria, la muerte de Rasputín y los ardides de cierto agente secreto que supo estar en todas partes sin [apenas] ser visto)

Año: 1960. Lugar: Botley, Oxfordshire, Inglaterra, casa de Oswald Rayner, antiguo miembro del MI6......... 376

Duodécima parte
Victoria Eugenia de Battenberg y la falsa Peregrina

Año: 1969. Lugar: Lausana, Suiza................................ 410
Alfonso de Borbón Dampierre se toma un par de martinis 421

Decimotercera parte
La señorita Taylor se prepara para salir de escena
(Silencio, cámara, ¡acción!)

Año: 2002. Lugar: casa de Elizabeth Taylor, Bel Air, California... 458

Nota de la autora.. 471

Prólogo

Hasta ahora, en los cerca de cuarenta años que llevo dedicada al viejo oficio de juntar palabras, no había encontrado material literario más fascinante que el ser humano, sus pasiones e intrigas, sus luces y sobre todo sus sombras. Sigo pensando lo mismo, pero será porque me estoy haciendo vieja, que de un tiempo a esta parte he empezado a recuperar un modo de ver la realidad que se parece mucho al que tenía de niña. Entonces, pongamos que con tres, cuatro o cinco años, el mundo lo habitaban tanto personas como objetos y los segundos estaban para mí tan vivos como las primeras, tenían su personalidad y sus particularidades; podía, por tanto, odiarlos, temerlos, relacionarme con ellos. Descuiden. No es que me haya dado por hablar con muebles o abrazar estatuas. Pero debe de ser verdad eso de que con la vejez vuelve uno a recuperar la infancia, porque noto que empiezo a prestar más atención a esos silenciosos espías de nuestras vidas, mudos centinelas que ya estaban ahí antes de que naciéramos y seguirán estándolo cuando nos hayamos ido.

Todo empezó con cierta joya familiar olvidada y reaparecida tras la muerte de mi madre, un anillo con una gran piedra azul. Ella la había heredado de mi abuela en forma de colgante, que a su vez la recibió de la suya siendo entonces un broche y que aquí sigue, cuatro o cinco generaciones más tarde, distinta en cada una de sus reencarnaciones, pero eternamente joven después de ser testigo de vidas y pasiones, de tantos sueños cumplidos o plegarias no atendidas. Andaba dándole vueltas a esta idea, preguntándome qué historias podría contar aquel zafiro de sus distintos dueños y si habría allí una posible novela cuando, buscando en internet información para uno de los artículos que escribo para el *XL Semanal*, fui a dar con un cuadro que conocía pero que nunca me había llamado especialmente la atención. ¿Por qué había de hacerlo? Al fin y al cabo, el retrato que Antonio Moro hizo de María Tudor no es de los más interesantes de su autor y la modelo dista mucho de ser una belleza. Aun así, esta desafortunada mujer, que fue reina de Inglaterra y segunda esposa de Felipe II, y a la que la historia recuerda como María la Sanguinaria, luce en el cuadro una espléndida y solitaria perla. ¿Sería la famosa perla Peregrina?, me pregunté. Tenía que serlo. En alguna parte había oído comentar que Felipe II se la regaló el día en que se casaron.

La Peregrina. La perla más codiciada de todos los tiempos. En aquel momento solo sabía que, casi medio milenio más tarde, acabó en el joyero de Elizabeth Taylor. Pero ¿cómo llegó de Felipe II a Hollywood? ¿Por cuántas manos hubo de pasar, en cuántas historias de amor, de desamor, de traición, de abnegación, de codicia y de sangre se habría visto involucrada?

Si los objetos hablasen. Si fueran capaces de contarnos sus secretos más inconfesables. También los más alegres, divertidos y hasta chuscos porque de todo debe de haber visto esta «perla pinjante en forma de pera de buen color y buen agua» —así es como se la describe en la testamentaría de Felipe II antes de añadir—: «que no está perforada, sino que cuelga de un pernito de oro y que su peso es setenta y un quilates».

Yo no sé hacer hablar a los objetos, pero La Peregrina habla por sí sola. Lo hace desde los cuadros de los grandes maestros que a lo largo de su existencia la pintaron: Antonio Moro, Pantoja de la Cruz, Van der Hamen, Rubens, Velázquez... Y habla además desde los libros de historia y desde las memorias de ilustres viajeros como la controvertida condesa D'Aulnoy, quien al verla un caluroso día del Corpus prendida en el sombrero de Carlos II el Hechizado la describió como «extraordinaria y tan gruesa como una perita pequeña». O el duque de Saint-Simon, que la admiró en tiempos de Felipe V y también la menciona en sus memorias.

Con estos mimbres he ido trenzando su historia. Lo más difícil ha sido resistir los cantos de sirena que intentaban arrastrarme hacia las muchas y falsas leyendas que se han tejido alrededor de la Peregrina, cuyo nombre, por cierto, no se debe al hecho de haber peregrinado de mano en mano a lo largo de tantos siglos, sino que tiene que ver con la quinta acepción de la palabra, la que sirve para describir aquello que se considera raro, extraordinariamente bello o único.

La Única, la Sola, la Solitaria... con estos nombres se la conoció también en alguna de sus muchas vidas, pero ¿por cuál de todas ellas empezar? ¿Por la primera, cuando un esclavo la encontró en el Archipiélago de las Perlas allá en Panamá? ¿Por el momento en que llegó a manos de Felipe II? ¿O debería tal vez empezar por la (pen)última de ellas, cuando Richard Burton se la regala a Elizabeth Taylor un día de San Valentín? Sí, creo que empezaré por ahí. He aquí lo que la propia Elizabeth Taylor cuenta de ella en su autobiografía*:

> [...] Me encontraba rodando una película en Las Vegas. Cuando Richard no estaba trabajando se ponía siempre de un humor negro e irascible. Acababa de regalarme la Peregrina y Ward Landrigan, de la casa

* Elizabeth Taylor, *My Love Affaire with Jewelry*, Simon & Schuster, 2002, pp. 90-91 [traducción de la autora].

de subastas, nos la había hecho llegar desde Nueva York. Pendía de un finísimo collar en forma de cadeneta de platino rematado de diminutas perlas, y me encantaba sentirla colgando de mi cuello. La perla era tan táctil que no podía dejar de acariciarla.

La historia de esta perla es muy fuera de lo común. Al comprar la Peregrina, nos entregaron un librillo con su historia y su árbol familiar, así como un listado de las personas que la habían poseído. Era simplemente increíble.

Sin embargo, antes de hablar de sus dueños, sucedió algo que debo contar:

No hacía mucho que me habían traído la Peregrina desde Nueva York. La perla colgaba, como digo, de una delicada cadenita que yo apretaba en mi mano como un talismán, mientras caminaba de acá para allá en nuestra habitación del Caesar's Palace —teníamos reservada la planta superior entera para nosotros, y el equipo de rodaje ocupaba casi la otra mitad—. Me sentía resplandeciente, como en un sueño, y quería gritar de alegría, pero Richard tenía uno de sus días «galeses»... Bueno, él es galés, por lo que a veces su alegría era perversa y se volvía oscuro. Pero cuando yo me siento feliz, necesito demostrarlo y lo grito y lo aúllo. Solo quería lanzarme sobre él y besarlo por todas partes. Pero conocía bien a Richard, y sabía que no era el momento de mostrarse demasiado efusiva. En cualquier caso, no había nadie más con quien hablar, nadie a quien enseñarle la joya, y ¡yo estaba a punto de volverme loca! En un momento dado fui a tocar la perla... Y ¡ya no estaba! Miré a Richard y, gracias a Dios, él no me estaba mirando. Me fui al dormitorio y me tiré encima de la cama. Con la cabeza enterrada en las almohadas me puse a gritar.

Lentamente, y con mucho cuidado, reconstruí en mi cabeza cada paso que había dado en el dormitorio. Me quité los zapatos, las medias y a cuatro patas me puse a tantear y buscar la perla por todas partes... y nada.

Pensé: tiene que estar en el salón, delante de Richard. ¿Qué voy a hacer? ¡Me va a matar! Porque él adoraba esa pieza. Todo lo que fuera histórico era importante para él, y esta perla es única en el mundo. Es una de las piezas más extraordinarias que jamás han existido. Yo sabía que en el fondo se sentía orgulloso, y que eso era lo que, de vez en cuando, le hacía andar por ahí como un personaje de cómic con una nube negra tronando sobre su cabeza.

De modo que salí y, tarareando tralalá tralalá, me puse a andar de aquí para allá por toda la habitación, buscando sentir la perla con mis pies descalzos. Intentaba parecer tranquila y como si tuviera algún objetivo, pero por dentro me sentía a punto de vomitar. Levanté la vista para mirar a mi pequinés blanco, y al otro pequinés, color caramelo, que era de Richard. Dios mío, ¡cómo adoraba a ese perro! Era su hora de comer, y los cachorritos devoraban felices sus cuencos de comida. Mientras los miraba, diciendo: «Hola, mis bebés preciosos...», de pronto noté que uno masticaba un hueso. Tardé una eternidad en caer en la cuenta. «Un momento —pensé—, nosotros no les damos huesos a nuestros perros, ¡y mucho menos si son cachorros! ¿Qué es lo que está masticando?». Tuve que morderme la lengua para no gritar de nuevo. Con mucha naturalidad abrí la boca del cachorrillo y dentro estaba la perla más perfecta del mundo. Y gracias a Dios no estaba arañada.

Al final, acabé contándoselo a Richard. Pero ¡tuve que esperar por lo menos una semana!

Primera parte

De cómo salió la Peregrina de las aguas y de la historia de amor que la acompaña desde entonces

Año: 1579
Lugar: Archipiélago de las Perlas, Panamá

—Despierta, Lumba, otra vez estabas soñando. Tranquilo, amor... No es más que una de tus pesadillas... Falta mucho para que suene la campana y ellos hagan restallar sus látigos, la luna aún no se ha escondido; descansa.

Lumba la miró, era tan bonita. Aila y Lumba se habían conocido diez meses atrás, pero él tenía la sensación de que llevaban juntos una vida entera. Según Aila, eso era porque sus *eggun* debían de haberse unido, allá dondequiera que vivan los espíritus, muchos siglos antes de que los dos fueran llevados hasta las Indias, encadenados como animales en la bodega de la gran nave en la que cruzaron el Atlántico. Solo dos de cada cinco esclavos lograban sobrevivir a la travesía y las mujeres —apenas unas niñas, los negreros las querían jóvenes— eran sistemáticamente violadas durante el trayecto. De este modo, se mantenía contenta a la marinería y, si quedaban preñadas, mejor que mejor, más rendimiento se le sacaba a la mercancía, dos por el precio de uno. Porque una esclava embarazada valía entonces más que un esclavo: una vez parida, podía usarse como ama de cría, mientras que al hijo a los tres o cuatro años lo ponían a recoger algodón. Algunas muchachas ni siquiera podían aspirar a tan triste suerte. El maltrato, el horror y los partos en condiciones infrahumanas, unidos a la mugre, las bubas y los miasmas, hacían que muchas se convirtieran en pasto de tiburones antes de llegar a América.

Estas y otras penalidades había visto o vivido Aila antes de conocer a Lumba, pero todo lo daba por bueno con tal de haberlo encontrado. En el tiempo que duró la travesía a las Indias, sus miradas se habían cruzado varias veces sin poder hablar ni tocarse, encadenados como estaban, cada uno en un extremo de la bodega. Fue luego, ya en tierras de Panamá, cuando el destino los unció tomando la forma de los dobles grilletes con los que emparejaban a los esclavos antes de llevarlos al Techado. Tal era el nombre que los blancos daban a una especie de chamizo bajo y sin paredes situado en una zona especialmente bulliciosa del puerto. Allí los exhibían a los compradores, mojados como si fueran relucientes caballos y completamente desnudos.

—¡Miren aquí, sus mercedes, un negro de unos dieciséis años sano y sin tachas!

—¡Ahora una negra conga de unos quince años con todos sus dientes y preñada!

—¡O esta recién parida y su cría! ¡Las dos sanas y hermosas!

Los compradores que se interesaban por la mercancía se detenían ante los ejemplares que llamaban su atención. Les abrían la boca para examinar la dentadura, palpaban luego sus pechos, sus ancas; a las mujeres les metían un par de sucios dedos por la vagina con aire de tratante de ganado y mirada concupiscente.

Un comprador acababa de acercarse a Aila. Bajo un sombrero de paja sudado, se entreveían unos ojillos duros y negros, también una nariz partida y una boca desprovista de dientes.

—¡A ver, tú! Da un paso al frente —ordenó, iniciando la rutinaria inspección.

Aila cerró los ojos y los mantuvo apretados todo el tiempo que duró el ultraje. Cuando los abrió, lo primero que vio fue a Lumba. Había logrado zafarse de sus ataduras y se abalanzaba ya sobre aquel tipo.

—¡Atajad a ese salvaje!

—¡A mí, por caridad, que me mata!

Hicieron falta tres hombres para reducirlo y, una vez en el suelo, con la cara aplastada por la bota de uno de ellos, el capataz se disponía ya a demostrarle quién era el amo cuando una voz se alzó sobre las muchas airadas que coreaban:

—¡Cuidado, tiene al diablo en el cuerpo!

—¡Matadlo, voto a Dios!

—¡Acabad con él! Un negro así solo trae problemas.

—Yo lo quiero.

—¿Cómo dice vuestra merced?

—He dicho que quiero comprar ese esclavo. —Quien así hablaba era un hombre de baja estatura y hechuras de barrica, calvo y con unos pies demasiado grandes para su tamaño. Aun así, una extraña autoridad emanaba de sus ojos, que era claros, transparentes—. También la quiero a ella —añadió, señalando a Aila—. Espero que me ajustéis un buen precio. Me da a mí —sonrió, dejando al descubierto una dentadura inesperadamente blanca y perfecta— que os hago un favor aligerándoos de dos problemas. ¿Cómo te llamas? —preguntó, dirigiéndose a Lumba, que, ensangrentado y maltrecho, intentaba ponerse de pie. Y luego añadió—: ¿Sabes nadar, muchacho?

—Mi nombre Lumba, para servirle —respondió él en el rudimentario portugués entreverado con español que había logrado captar durante la travesía—. Y sí, sé nadar, señor, yo crecer junto a gran río. Ella igual —aseveró, mirando a Aila sin saber si era cierto lo que afirmaba.

—Chico listo. Me da a mí que es de los que aprenden sin que se le enseñe. Es justo lo que necesito.

—No se fíe su merced, que los avispados son los peores —intervino otro de los vendedores—. Mire, en cambio, este salvaje que aquí tengo. Alto como una torre, duro como el pedernal y con el cerebro de un mosquito, con él no tendrá cuitas.

—Los quiero a ellos dos —insistió el comprador—. ¿Cuánto pedís por la pareja?

—¿Puedo preguntar qué uso piensa su merced dar a los salvajes? Así podré aconsejarle sobre otros ejemplares que le convengan —sonrió aquel tipo, viendo posibilidades de hacer más negocio—. ¿Los quiere para carga, para uso doméstico, para recoger algodón, quizá...?

El caballero no vio oportuno responder a sus preguntas. Pagó sin regatear el dinero que pedían por Lumba y Aila y luego ordenó al vendedor que cubriera sus desnudeces.

—Ningún ser humano merece ser exhibido como un animal —dijo mientras él mismo ayudaba a Aila a ponerse la rústica camisola que le brindó, muy a regañadientes, otro de los negreros, una que apenas servía para tapar sus vergüenzas.

—¿Quién demonios es este tipo y qué carajo se ha creído? —comentó el segundo de los capataces al tiempo que recogía del suelo su látigo y golpeaba con él la caña de sus botas.

Pero también esa pregunta habría de quedar sin respuesta.

* * *

Lumba y Aila no tardarían en averiguar quién era don Vicente de Tolosa, dueño de la mayor pesquería del Archipiélago de las Perlas, un conglomerado de islas que se extendía al lado oeste del istmo de Panamá en el recién descubierto mar de Balboa. Y pronto supieron también, gracias a Romualdo —un negro viejo que servía como esclavo doméstico en la casa de don Vicente—, otros útiles retazos de información sobre el lugar al que los habían conducido.

—Estas islas, y en especial isla Rica, que es donde con toda seguridad os llevarán mañana —comenzó explicando Romualdo—, guardan un inmenso tesoro. Sus aguas esconden conchas grandes como parasoles en las que se crían perlas, algunas tan gruesas que pueden alcanzar el tamaño de una oliva de las más gordas y lustrosas. El amo lleva años aquí, antes incluso de que trajeran esclavos negros a estas costas. Como no tiene familia ni nadie con quien hablar y a mí me gusta escuchar, me cuenta cosas. Por eso sé que, cuando él llegó, eran los indios quienes las pescaban y los blancos los engañaban cambiándoselas por baratijas y cuentas de colores. Bueno, eso cuando no los molían a golpes para que confesaran dónde se encontraban los más ricos caladeros. También los aterrorizaban con perros de presa *traíos* del Viejo Continente. Aquellos infelices, que nunca antes habían visto fieras así, las tomaron por criaturas del infierno. Y bien que lo eran, porque, una vez que cataban la sangre, no había modo de pararlos. Por eso, no a mucho andar, de aquellos *desgraciaos* apenas quedó ninguno, así que *tuveron* que traer a esclavos negros *pa* hacer el trabajo. Pero bueno —continuó el negro Romualdo—, *to* eso era antes. Don Vicente es buen amo. Incluso *tié* una ley que dice que el esclavo que consigue pescar una de esas grandes perlas compra con ella su *libertá*.

—¿Y el amo la cumple?

—Sí, pero *tié* que ser pieza en verdad extraordinaria. Solo sé de dos veces que apareciera una con tales hechuras. La primera dizque la pescaron mucho antes de mi tiempo, y *na* puedo decir de ella, la segunda apareció hace unos veinte años. Esa la pude ver con mis propios ojos y era *ansí* —explicó Romualdo, señalando un tamaño que a Lumba y Aila les pareció harto exagerado. Pero las grandes perlas son cosa de Mandinga. Nacen en aguas tan hondas que, a los que bajan por ellas, se les revienta *to* por dentro. Algunos mueren *na más* salir del agua. Otros *piacen* tan sanos ese día pero al siguiente empiezan a echar sangre y espumarajos por la boca, *igualico* que si un mengue se les hubiese *comío* las entrañas. A algunos con más suerte, en cambio, no les pasa *na*. *Tó* depende de los *eggun*, de los espíritus de cada uno, supongo.

—¿Qué ocurrió con el esclavo que pescó la segunda gran perla? ¿Lo protegieron sus *eggun*?

El viejo negó con la cabeza.

—Pero ¡hay que ver qué perla la suya! —continuó poco después—. Me *piace* la estoy viendo *ahoritica mesmo*, bien redonda en la parte de arriba pero luego se alargaba, *igualica* que una lágrima, hasta acabar con una muesca, sí, eso es, con una marca en forma de cruz *justico* en la base. No era dizque de las más codiciadas porque esas han de ser perfectas, sin tacha y con las hechuras de una pera pequeña. Pero como era *mu* rara, y además tenía la señal del Dios de los blancos en la base —explicó el viejo—, el amo decidió que debía cumplir su promesa y poner en libertad a quien la descubrió.

—¿Pero no dijiste que el esclavo murió al pescarla?

—Eso dije, pero tenía mujer e hijo y a ambos dejó libres el patrón.

—Y ¿qué pasó con la perla?

—Don Vicente la vendió a un señor *mu* principal. Luego supimos que ese caballero se la había llevado a España para dársela al rey que, a su vez, se la regaló a una de sus esposas.

—Ah, pero ¿tiene varias?

—Eso he oído decir al patrón. Es una de sus historias favoritas, y si a él le place contarla, a mí me gusta repetirla *pa* que se vea que entre los blancos pasan las *mesmitas* cosas que entre los negros. Según mi amo, el segundo de los Felipes, que es el rey más poderoso de *toa* la tierra y en cuyos dominios no se pone el sol, tiene *mu* mala sombra en amores. Cuatro veces se ha *casao* y tres se le han muerto. Ojalá la cuarta reina que ahora tiene no siga tan negra suerte...

* * *

La historia de los quebrantos amorosos de Felipe II no impresionó en absoluto a Lumba. Pero sí en cambio la de las grandes perlas que compran la libertad de un esclavo, y fue entonces cuando comenzó a soñar.

Es cierto que, al menos hasta el momento, su sueño no estaba siendo todo lo hermoso que cabía esperar. Don Vicente era amo compasivo, pero eso no quería decir que sus empleados lo fueran. Como la pesquería se encontraba en un islote distante a unas cuantas millas de la isla en la que él tenía su casa, los encargados hacían y deshacían a su gusto. La campana sonaba a las cuatro y media de la madrugada y a partir de ese momento todas las rutinas de la pesquería se ponían en marcha al conjuro del látigo. Después de un desayuno que consistía en agua, un chusco de pan y media docena de ostras que a Lumba al principio le parecieron sabrosas pero al cabo de un par de meses llegaría a aborrecer, los veinte o treinta esclavos de la pesquería eran llevados por los capataces a lo que ellos llamaban la Negrería. Era aquel un recinto húmedo y apestoso dentro del que apilaban montañas de conchas pescadas la víspera que había que abrir en busca de su escondido tesoro. La mayoría de ellas solo contenía el propio bicho, que apartaban para alimentar a los esclavos, mientras que el resto se quemaba ahí mismo, lo que envolvía el recinto en un tufo mareante y contumaz. A veces, no muchas, alguien gritaba: «¡Perla!», y entonces uno de los blancos se acercaba a quien la hubiese encontrado para recogerla en una cestilla. Todos los esclavos invocaban a sus espíritus favoritos para que, al final de la jornada, la cestilla contuviera al menos diez o doce perlas, porque de lo contrario sabían qué ocurriría a la hora del almuerzo: una ración aún menor de pan y de agua, compensada por doble ración de aquel aborrecible molusco que, para colmo, producía en Lumba terribles pesadillas nocturnas.

Sin embargo, eso no era nada comparado con lo que venía a continuación.

Hacia las doce, cuando el sol brillaba en lo alto, tres barcazas, cada una con diez o doce esclavos y esclavas, se dirigían a los caladeros. A las mujeres, todas nadadoras expertas como también llegó a serlo Aila con el tiempo, las utilizaban para bucear entre los corales. Allí no había conchas grandes como parasoles sino otras pequeñas, pero igualmente apreciadas porque con frecuencia contenían perlas irregulares, de formas caprichosas, a las que llamaban «barrocas» y que, según se decía, alcanzaban alto precio en el Viejo Continente. Las otras, en cambio, las más grandes y gruesas, dormían mar adentro, más allá del arrecife, y su pesca se encomendaba a los varones más jóvenes y fuertes.

—¡Eh, vosotros! ¿A qué estáis esperando, grandísimos gandules? ¡Akali, Kaikara! Venid acá ahora mismo. Se acabó el descanso. Coged de nuevo vuestras piedras y al agua. ¡No, pardiez! ¡Esa no, coge otra más grande, negro estúpido! Y da las gracias a tus bobos y heréticos dioses de que hoy estoy de buenas, que si no te la ataría con una soga al cuello. Y hablando de sogas, no olvidéis amarraros bien vuestro cabo a la cintura, a menos que queráis acabar como el majadero de Guluamba, vuestro difunto amigo, ¡rediós!

Más de veinte veces se habían sumergido Lumba y los otros dos esclavos a lo largo de la mañana y las rutinas e instrucciones eran siempre las mismas. Para llegar más rápido al fondo debían zambullirse con una pesada piedra entre las manos y, como única ayuda y guía para no perder la referencia de dónde estaba la barcaza, habían de llevar un cabo atado a la cintura. A veces, el cabo solo servía para recuperar el cadáver de algún desdichado cuyos pulmones no habían resistido las veinticinco y hasta treinta inmersiones diarias a las que los obligaban. Otras, si el buceador olvidaba por azar amarrárselo bien, perdía aquel tan necesario cordón umbilical que le unía con la superficie y podía acabar como Guluamba. Habían aguardado su regreso hasta que se hizo de noche. A los blancos no les gustaba perder mano de obra, pero Guluamba no volvió a emerger. Posiblemente las buceadoras de los arrecifes lo encontrarían mañana o pasado, flotando entre los corales como una vejiga hinchada. O peor aún, tal vez solo dieran con su cabeza o con uno de sus pies, en el caso de que hubiera tenido la mala fortuna de encontrarse con un tiburón o una barracuda.

Pero en nada de esto quería pensar Lumba a punto de sumergirse por enésima vez aquella tarde. Pronto el sol comenzaría a declinar. En sus anteriores inmersiones no había tenido suerte. Ninguna de las conchas que logró liberar del fondo contenía perla. Aun así, estaba seguro de que hoy iba a ser su día y que, oculta entre algas y rocas, lo esperaba ella, una de las grandes perlas. Lo sabía porque, por primera vez en meses, la ingesta de ostras no le había producido una de sus pesadillas habituales, sino que le regaló un sueño nítido y detallado de lo que estaba a punto de ocurrir.

La barcaza acababa de cambiar de ubicación en busca de nuevos enclaves. Habían echado ancla más allá del arrecife en un lugar no explorado hasta ahora. ¿Cuántas brazas habría hasta llegar al fondo? Lo menos diez más que en inmersiones anteriores, pero el sol brillaba lo suficientemente fuerte como para alcanzar a ver bien en aquellas profundidades. Lumba se llevó entonces la mano al muslo derecho, allí donde, horas atrás, había amarrado el cuchillo del que se valían los buceadores para separar las conchas de su lecho. Comprobó que seguía en su lugar y, a continuación, antes de coger la pesada piedra que durante todo el día le había ayudado a llegar tan veloz como infructuosamente al fondo, comprobó que la soga que había de servirle de guía también continuaba atada a la cintura. Sólo entonces comenzó con la rutina de inhalar tal como le habían enseñado, diez, veinte, treinta veces...

—¡Cuidado, negro inútil! Se trata de llenar el cuerpo de aire, pero sin que se te vaya la cabeza y te deje beodo como una tinaja. Y recuerda, cuando toque subir, jala de la cuerda un par de veces para alertarnos. Tampoco olvides que, cada dos o tres varas, has de pinzarte la nariz con los dedos, a menos que quieras que, al salir, se te revienten los pulmones o se te tupa para siempre ese seso de bígaro que tienes. ¡Y vosotros dos, haraganes! —añadió el jefe, mirando ahora a Akali y Kaikara, que se aprestaban también a sumergirse—. Recordad lo que os he dicho mil veces de cómo hay que volver a la superficie. Las burbujas. Las burbujas del aire que soltáis son vuestras mejores amigas, no habéis de subir más aprisa que ellas a menos que queráis acabar como Guluamba y tantos otros, convertidos en festín de barracudas. ¿Preparados? Y esta vez no subáis con las manos vacías o juro que os haré pasar toda la noche arrancando conchas a la luz de la luna. Y ahora, ¡vamos! Quiero veros respirar, dos, tres, y así más de veinte veces.

Lumba siguió las instrucciones del jefe hasta sentir que sus pulmones estaban a punto de estallar. Sólo entonces cogió su piedra y, tomando impulso, se sumergió.

Los otros dos esclavos saltaron también. Lumba pudo verlos viajar hacia el fondo, como rígidas y oscuras estatuas, abrazados a sus enormes piedras. Sin embargo, la suya era más grande y por tanto bajaba más rápido. Sería el primero en llegar al fondo, y allí —sí, un poco más a la izquierda, ya podía verlas— dormían lo menos seis hermosas conchas. ¿Cuál de ellas contendría su perla?, se preguntó. Su sueño de la noche anterior había sido claro. Debía buscar, entre las de mayor tamaño, una con el borde superior algo ennegrecido... No, esta no, demasiado pequeña... Esta tampoco, demasiado blanca... ¿Y aquella? No, no. Quizá se encuentre un poco más allá.

Por fin la vio. Parecía una enorme tortuga, dormida y muy blanca, excepto por una línea negra que la distinguía de las demás. Lumba soltó entonces la piedra que tan diligentemente lo había llevado hasta el fondo y, cuchillo en mano, se apresuró a buscar la base de la ostra para liberarla. No fue fácil y empleó unos preciosos veinte o veinticinco segundos en arrancarla de las rocas. Sin embargo, una vez que la tuvo en sus manos, fue tanta su felicidad que se le antojó que ya no necesitaba respirar, que podía permanecer allí, en las profundidades, todo el tiempo que deseara. Por eso, se entretuvo unos segundos más en admirarla. Estaba entreabierta, lo que le pareció un buen augurio. Según les había explicado el capataz, las grandes perlas se formaban, precisamente, porque al abrirse se colaba dentro algún objeto extraño, un guijarro, un diminuto caracolillo que ellas, para protegerse, envolvían en nácar formando una perla.

Ahora sí empezaba a notar la falta de oxígeno. «Cuidado, Lumba —se advirtió—, recuerda que has de pinzarte la nariz a medida que subes y, sobre todo, muy importante, no lo hagas demasiado rápido».

Miró hacia arriba. Qué lejos se le antojaba la superficie. «Aguanta, aguanta, no te apresures, más despacio...».

La concha era tan grande que dificultaba sus movimientos, temía que se le cayera. De ser así, alguno de los otros buceadores podría arrebatársela, y era suya. Suya y de Aila. Lumba repitió su nombre como un conjuro y a continuación pronunció también los de todos los espíritus a los que se había encomendado la noche anterior cuando ella dormía confiada en sus brazos. «Babalú Ayé, ayúdame, Ababalá, Auchun y Tembelé, haced que llegue arriba pero que no corra demasiado. Despacio... Mira las burbujas, vas más aprisa que ellas, pero si ya estoy casi arriba. Aila, ayúdame tú también. Obbatalá, no puedo, necesito respirar, empiezo a marearme...».

Lumba se apresura, no aguanta más. Por fin logra emerger a la superficie, ya tiene la cabeza fuera. Qué alivio, qué bendición, sus pulmones pueden ahora aspirar a placer, llenarse de aire. Así, así..., y Lumba deja que los rayos del sol de la tarde le acaricien la cara, el cuerpo, que se posen también sobre la espléndida concha que acaba de robarle al mar.

—¡Bravo, negro, buena pesca!

El capataz está contento. Lumba ve su sonrisa desprovista de dientes cuando coge de sus manos la ostra para subirla a bordo. Sólo entonces, cuando se ha asegurado de que la concha está a salvo, se ocupa de dar una segunda orden.

—¡Eh, tú! —le grita a un marinero—. Ayuda al negro a subir. ¿No ves que está más muerto que vivo?

Pero Lumba está bien. «No me pasa nada», piensa, al tiempo que se lleva ambas manos a los oídos. Dicen que por ahí es por donde empieza a escapar la sangre cuando Mandinga le come a uno por dentro. Pero el recuerdo de

Aila debe de haber obrado el milagro porque no nota ni sangre ni espumarajos. «Estoy a salvo —se dice—, solo necesito que me dejen aquí, tumbado un rato sobre cubierta, solo unos minutos, estoy tan cansado...».

Desde donde ahora se encuentra, puede ver al jefe rodeado de otra media docena de blancos. Si las ostras pequeñas suelen trasladarse a puerto y se abren una vez en tierra, las conchas grandes se despachan en el mismo barco para no cargar con carcasas inútiles. Si contienen perlas se recogen, el resto se devuelve al mar.

—¡Rediós! Mira cómo se resiste esta malparida —oye decir a uno de los marineros.

—¡La puta! Casi medio dedo me he rebanado intentando abrirla, pero no ha de poder conmigo la condenada.

Lumba siente cómo el sol, poco a poco, comienza a caldear sus adoloridos músculos, también sus huesos. Cierra los ojos mientras las palabras de los marineros continúan llegando nítidas hasta sus oídos.

—¡Voto a todo! Mira que eres torpe, déjame a mí.

—Madre de Dios, ¿has visto alguna vez algo parecido a esto?

—Quita, quita, por mis muertos que yo nunca...

Un hililllo tibio empieza a recorrer su cara. «Solo es sudor —se dice Lumba—. El sol aprieta y...». Pero no. ¿Cómo va a ser sudor si su cuerpo aún está empapado tras la inmersión? Intenta llevarse de nuevo las manos a los oídos y sus brazos se niegan a obedecer, pesan más que el plomo. Nota ahora un dolor agudo como una cuchillada que atenaza sus codos, sus axilas, también sus rodillas.

—... Trae *pa ca*. No vaya a escurrírsete la perla entre esas longanizas que tienes por dedos y acabe en el fondo del mar.

—¡Carajo! Por mis muertos que esta preciosura vale por cinco años de pesca. ¡Pronto! Que los negros se pongan a los remos, volvemos a tierra.

—Sí, más vale —interviene ahora una voz más caritativa que el resto—. Cuanto antes volvamos, mejor. Mirad al negro que la pescó, *pa* mí que se ha *reventao* por dentro.

«Estoy bien, estoy bien —piensa Lumba, y aprieta los dientes mientras otro dolor terrible se apodera esta vez de su cuello—. Lo que me atora la garganta no es sangre, solo agua, agua nada más. Ababalá y Auché, ayudadme, necesito pensar, hablar, gritar, Aila, mi amor...».

—¿Qué dice el negro?

—A saber, no se le entiende un carajo, estará llamando a sus dioses.

—¿Qué se puede hacer por él?

—Tú rezar, puesto que eres tan cristiano. Y apartarlo de aquí para que no estorbe.

«Pero si estoy bien —repite Lumba como una letanía—. Me duelen los brazos, las piernas, pero es por el esfuerzo, tengo sueño, tengo tanto sueño...».

* * *

—¿Cómo te llamas, niña?

—Aila, señor.

—¿Y sabes por qué he mandado por ti, Aila?

—No, señor.

—Ven, acércate, no tengas miedo.

Ella lo mira espantada. Allá, en la pesquería, cuando uno de los blancos se muestra así de amable, Aila sabe qué viene a continuación: besos húmedos y babeantes, manos rapaces afanadas en recorrer su cuerpo, colándose aquí y allá, en busca de sus más íntimos pliegues hasta que, quienquiera que sea el individuo (ella procura no mirar nunca sus caras) la penetra con violencia y desgarro para devolverla después con un jadeo de satisfacción y una nalgada al barracón de las mujeres.

Qué más da una violación más, se dice ahora mirando al hombre que tiene delante. Ya todo da igual. Desde que Lumba había muerto en sus brazos dos días atrás y ella suplicó al jefe de la pesquería que al menos la dejaran envolverlo en una sábana antes de echarlo al mar, poco importaba lo que pudiera ocurrirle.

—No va a pasarte nada, solo contesta a mi pregunta. Tú eras la compañera de Lumba, ¿verdad?

—Sí, mi amo —responde, preguntándose por qué la habrían llevado hasta allí, hasta casa de don Vicente y a su propio despacho, nada menos. Tres días después de la muerte de Lumba, un blanco que no era ninguno de los empleados de la pesquería la había abordado en la playa. Ella se encontraba con otras compañeras tal como solían sumergirse en busca de perlas, desnuda de cintura para arriba, pero el hombre aquel no la había mirado del modo en que solían hacerlo otros blancos. Le pidió que se vistiera y luego dijo que tenía orden de llevarla a la isla del patrón. Aila no se atrevió a preguntar para qué, como tampoco se atrevía a preguntar nada tal como estaba ahora, de pie, con el negro Romualdo a su derecha y, separada por una gran mesa oscura, frente al dueño de la pesquería. Sobre la mesa, destellando en contraste con el ébano de la madera, podía verse una única y enorme perla.

—Ven —dice el amo—, quiero que la veas de cerca. ¿Es o no una belleza?

Aila obedece. Gruesas y silenciosas lágrimas brotan de sus ojos sin que pueda detenerlas. Intenta enjugarlas con la manga de su vestido. Las esclavas no lloran. Es un lujo que no se pueden permitir, a menos que quieran sentir, una vez más, el mordisco del látigo.

—Vamos, criatura, seca esas lágrimas. No te he mandado llamar para tratar asuntos tristes sino lo contrario. Díselo tú, Romualdo —añade el patrón, volviéndose hacia el negro viejo—. Cuéntale para qué la hemos traído hasta aquí y hazlo en vuestra lengua, eso la hará sentirse mejor.

El viejo Romualdo repite entonces lo que ya les había contado a Lumba y a ella cuando acababan de llegar a las islas. Vuelve a hablarle de la maldición de las grandes perlas y de cómo estas, con frecuencia, se cobran la vida de quien las arrebata de las profundidades.

—... pero no estés triste, niña, piensa que él está ya con los *eggun* y desde allá velará por ti. Mira, ¿ves? Ya lo está haciendo, porque lo que ellas arrebatan por un lado lo devuelven por otro. ¿Recuerdas lo que os conté a ti y a Lumba sobre el esclavo que, años atrás, encontró una perla tan grande como esta? ¿Una que os dije que era también muy hermosa solo que algo más alargada y con una cruz en su base?

—Sí, y tampoco a él lo perdonaron los *eggun*.

—Entonces recordarás que os dije también que don Vicente, al no poder darle a él la libertad prometida, se la dio a su compañera. De aquí en adelante, Aila, eres libre.

Aila mira primero al viejo Romualdo y después al amo sin saber qué decir. Cuántas noches, con Lumba mirando la luna, habían soñado un momento como aquel. Ahora su sueño se había cumplido. Pero sin Lumba.

—Él ya no está —atina a decir.

—¿No te das cuenta, pequeña? Él hizo lo que hizo porque te quería libre, ese es su regalo.

Aila inclina la cabeza mientras sus ojos escapan hacia la superficie de la mesa donde la perla resplandece sobre el ébano, igual que un cisne que se desliza sobre un mar de cieno.

* * *

Era libre. Ya nunca más tendría que afanarse desnuda una hora, y otra, y otra más en busca de perlas cada vez más escasas y esquivas. Tampoco tendría que soportar latigazos ni besos beodos y babosos recorriendo su cuerpo. Y todo gracias a aquella perla que Lumba arrancó de las profundidades y en la que tantos sueños había depositado.

—¿Qué va a ser de ella, señor? —pregunta el viejo Romualdo, dirigiéndose a don Vicente.

Él sonríe entonces haciendo centellar esos ojos suyos transparentes que tanto desentonan con el resto de su físico.

—Yo no creo en los mengues ni en los *eggun*, pero me da a mí que una perla cuyas andanzas por este mundo comienzan con una historia de amor como la de Aila y Lumba propiciará muchas más de aquí en adelante.

—Sí, y también lágrimas, sangre... —apostilla el negro viejo—. Como yo sí creo en los mengues y en los *eggun*, patrón, *pa* mí que habrá tanto de lo uno como de lo otro.

—¿Estás pensando en alguien en particular, negro desconfiado?

—No, mi amo... Bueno, sí —rectifica, como si se lo hubiera pensado mejor—. ¿Habéis visto la carta que dejé esta mañana, aquí mismo, sobre vuestra mesa, señor? Se ve que las noticias corren más que los mengues y... En fin, patrón, que, o mucho yerro yo, o a esta señorita —añade sonriendo en dirección a la perla— le ha salido su primer pretendiente.

—Querrás decir un comprador, supongo.

—Sí, señor. Eso he querido decir. Y cavilo yo: ¿de qué habrá más en la vida de la primera persona que se haga con ella? *Pa* este negro que va a ser lo segundo.

Segunda parte

En la que se habla del primer propietario de la Peregrina y de cómo llegó esta de Panamá a la corte de Felipe II

FELIPE II. Valladolid, 1527-El Escorial, 1598

Esposas:
María Manuela de Portugal (1527-1545)
María Tudor (de Inglaterra) (1516-1558)
Isabel de Valois (1546-1568)
Ana de Austria (1549-1580)

Hijos:
Con Manuela de Portugal: Carlos de Austria
Con Isabel de Valois: cinco hijas, entre ellas Clara Eugenia y Catalina Micaela
Con Ana de Austria: cuatro hijos y una hija. Fernando, Carlos Lorenzo, Diego Félix y María, de los cuales solo Felipe (1578-1621) llegó a la edad adulta y reinó como Felipe III.

Año de gracia de 1580
Lugar: la Villa y Corte de Madrid

«Soy un hombre práctico y económico». Así le gustaba definirse a don Diego de Tebes, alguacil mayor de Panamá y ahora complacido poseedor de la perla. Y ambas virtudes, economía y también sentido práctico, había demostrado, según él, en las negociaciones con aquel hombre. ¿Cómo diantres se llamaba? Ah, sí, don Vicente de Tolosa, propietario de la belleza que ahora obra en su poder. Qué sencilla ha sido su compra, se felicitó don Diego, casi como robar a un niño. Había bastado con que mencionara a los piratas para que el tal don Vicente rebajase a la mitad el precio que pedía. «Entre caballeros mejor no pisarse la capa», eso le advirtió antes de añadir que, en las mazmorras de Portobello, cumplía condena cierto individuo que acababa de cantar asegurando ser testigo de cómo don Vicente comerciaba a escondidas con corsarios de su majestad inglesa, la muy pérfida reina Isabel. El delator no existía ni había existido más que en la fértil imaginación de don Diego, pero en aquellos tiempos bastaba con que cayera sobre alguien la sospecha de que mantenía tratos con piratas para que acabase cargado de cadenas, o peor aún, en el patíbulo.

«[...] Pero estoy seguro de que, a pesar de todo, vos sois un hombre de bien, de modo que hagamos un trato entre caballeros». Eso le había dicho a continuación al dueño de la pesquería ante la reprobadora mirada de un esclavo viejo y mal encarado, un tal Romualdo, que lo acompañaba. El negro había osado cuchichear: «Tened cuidado, mi amo», y él, don Diego, contuvo, por prudencia, el deseo de cruzarle la cara con su fusta, tal como se merecía. Porque, además de práctico y económico, era hombre intuitivo y columbraba que don Vicente debía de pertenecer a esa categoría de necios que acaban teniendo a sus esclavos como amigos y confidentes y tampoco era cuestión de que, por culpa de un salvaje estúpido y entrometido, la transacción se fuera al traste. De ahí que suspirara, todo comprensión y bonhomía, antes de añadir:

—¿Ve su merced? Hasta este esclavo vuestro sabe lo que os conviene y se preocupa por vos. ¿Para qué están los amigos —puesto que yo, desde este mismo momento, me considero amigo y protector vuestro— si no es para casos así? Por eso pongo en vuestro conocimiento que, siendo como soy alguacil mayor de su majestad, todos los asuntos concernientes a la administración de justicia pasan por mi mano. Olvidemos pues el enojoso asunto de los piratas, pelillos a la mar, y lleguemos presto a un acuerdo. Cuarenta mil doblones por la mercancía y no se hable más.

De este modo fue como don Diego se había hecho con aquella rara maravilla no sin que antes el viejo Romualdo sentenciara algo así como que lo que las perlas dan con una mano lo quitan con la otra, o alguna otra necia zarandaja por el estilo.

Pero ¿qué más daba lo que pudiese decir un sucio negro? Él no creía en paparruchas, menos aún en leyendas y maldiciones de esclavos. Era un hombre cabal, racional, por eso tenía claro qué destino le daría a la perla. El mismito, por cierto, que le diera otro caballero que, veinte años atrás, también había adquirido de don Vicente de Tolosa un ejemplar tan fuera de lo común como este.

Era fama en todo Panamá que aquel caballero —un viejo magistrado que deseaba acabar sus días en España—, la víspera de su viaje, había comprado una perla muy similar a esta con ánimo de obsequiársela a su reciente y joven esposa, a la que adoraba. Quiso la suerte, sin embargo, que, en mitad de la travesía, la nave en la que viajaban se viera sorprendida por una gran tormenta y la muchacha cayera por la borda y fuera engullida por las olas ante los horrorizados ojos de su marido. El juez, según cuentan, jamás pudo librarse de tal visión y, al llegar a puerto, decidió, en recuerdo de su esposa, regalar al rey don Felipe II esa rara perla que ella tanto había amado. Sucedió entonces que —y aquí venía lo mejor de la historia, según don Diego, como si quisiera hacer cierta esa supuesta leyenda según la cual las perlas restituyen con una mano lo que arrebatan con la otra—, al relatar el magistrado la triste suerte de su esposa al rey, este quedó vivamente impresionado, hasta tal punto que, para aliviar la pena del viudo, le otorgó el marquesado de Mala Ola en recuerdo de la difunta.

Mala Ola, qué nombre tan elegante, cavila ahora Diego de Tebes dando unos filosóficos mordiscos a la reseca cuña de queso que le sirve de cena. ¿Qué título le otorgaría su majestad a él cuando le regalara una segunda y aún más espléndida perla, pescada exactamente en el mismo enclave?

* * *

Don Diego se encuentra en este momento en Madrid, en la pensión El Paraíso, establecimiento que de edén no tiene más que el nombre, puesto que sus huéspedes más asiduos son arañas, moscas y sobre todo chinches. La comida tampoco está a la altura del epíteto. Un caldo que más parece agua, un chusco de pan y dos cuñas de queso seco es todo lo que el posadero ha tenido a bien servirle. Pero, economía ante todo, él decide no quejarse. Cierto que la habitación es minúscula y llena de chiflones, la cama más dura que una piedra, y otros muebles, excepción hecha de una mesilla de patas enclenques, brillan por su ausencia. Pero al menos ha podido desplegar sobre esta sus objetos devotos favoritos, que consisten, a saber, en una estatuilla policromada de San Jorge y dos reliquias de dicho santo conformadas por un colmillo y dos relucientes escamas del fenecido dragón. A estos objetos santos (que, por cierto, le han costado un dineral pero que son, según el fraile que se los vendió, probadamente milagreros) se encomienda, como cada noche, don Diego, no sin antes dar repaso a otros interesantes sucedidos de esa misma mañana a su llegada a la Villa y Corte. Como, por ejemplo, la impresión que le causó verse por primera vez ante los altos muros y las no menos altas torres del alcázar, o lo que es lo mismo, el palacio en el que mora el rey más poderoso de la Tierra.

—... En efecto, su merced, así es. Allí habita él y también un largo millar de personas más.

Eso le había explicado Alonso el Zurdo, posadero y propietario de aquel edén en el que habían recalado sus huesos tras su largo viaje desde Panamá.

—¿El rey y otras mil almas más? —repitió don Diego, trasegando muy económicamente medio cuartillo de vino que el Zurdo acababa de poner sobre la mesa, según él para templarle las tripas—. Puedo comprender que la corte de tan gran señor requiera un número considerable de sirvientes, pero, pardiez, ¿tantos como un millar?

—Bueno, ya sabéis lo que se dice del Alcázar, y si no yo os lo cuento: más que un castillo aquello es una colmena. Con su pegajosa miel, sus mil celdillas, con sus muchas abejas, también sus muchos zánganos...

—¿Qué queréis decir con eso?

—Pues que el mismo techo que cobija al monarca del más grande imperio que ha conocido la historia acoge también multitud de entidades oficiales, como el Consejo de Indias, el de Flandes, el de Italia, el de Aragón, el de Portugal y un larguísimo etcétera. Entidades todas que, como es natural, requieren a su vez un sinfín de leguleyos, pasantes, informantes, consejeros y laboriosos covachuelistas. Eso por no mencionar, claro está, otros muchos oficios relacionados con cualquiera de las necesidades que puede llegar a tener Su Majestad. Por eso dentro del Alcázar se afanan también armeros, coperos, médicos y sacamuelas, expertos en hierbas y purgas, carpinteros, herreros, barberos y, por supuesto, músicos, enanos, bufones, sabandijas y todos aquellos que tienen como menester entretener y hacer reír —tarea no del todo fácil, según tengo entendido— a nuestro buen señor don Felipe II.

«Miel sobre hojuelas», caviló don Diego, congratulándose al enterarse de que el Alcázar era un enjambre tan bullicioso. Porque así, se dijo, el acceso a su interior sin duda iba a ser más sencillo de lo que él había imaginado. «Y más barato también», añadió, felicitándose nuevamente, puesto que, con su proverbial economía, mucho había temido que llegar hasta el rey de las Españas para hacerle obsequio de la perla que a tan buen recaudo en cierta bolsilla de terciopelo negro guardaba, le costaría no pocos cuartos.

—Pero si estáis pensando que es fácil entrar en palacio y llegar a altas instancias —dijo entonces el posadero como si le hubiera leído el pensamiento—, no os las prometáis tan felices. Aquello, más que colmena, es avispero.

—Vaya —se contrarió el de Indias—. Pero alguna manera habrá de abrirse camino, digo yo.

—Y decís bien y, según y cómo, no demasiado caro —comentó el posadero—. Claro que para lograr vuestro propósito habréis de confiar en alguien capaz de haceros traspasar tan altos e infranqueables muros. Pero ¡quiá! En esto y en mucho más, yo os puedo ser de gran utilidad, previo pago de un modesto estipendio, naturalmente.

—¿Cómo de modesto?

—¡Modestísimo, amigo mío! Solo es menester conocer a alguien que viva en tan gran colmena, y yo tengo a la persona perfecta. Mi sobrina Angelilla, que, además de hacer honor a su nombre y ser un verdadero querubín, se mueve como Pedro por su casa tras aquellos venerables muros. Trabaja como manceba en la botica real, lo que le permite acceder a todas las dependencias del palacio. Porque, al fin y al cabo, ¿quién en tan populoso laberinto no necesita un purgante, una cataplasma o un par de sanguijuelas? Hoy un canónigo..., mañana un leguleyo..., más tarde una dueña o un enano de su majestad..., y así hasta cualquiera de las personas reales, ya sea el rey, la reina o uno de los dos pequeños infantes (que bastante enclenques son los pobrecillos, todo hay que decirlo). Y a los aposentos de todos con presteza, sonrisa radiante y más linda que una mañana de mayo, allá que acude mi Angelilla con suma frecuencia. Si alguien puede ayudaros en vuestro propósito es ella. ¿Qué asunto tiene entre manos su merced? Decidme con quién precisáis entrevistaros y Angelilla os lo pondrá en suerte.

El de Tebes no contestó a la primera pregunta y ante la segunda titubeó.

—Bien, en fin, digamos que con alguien del círculo próximo a su majestad, yo...

* * *

Sin duda, San Jorge en persona debía de estar moviendo hilos allá en las alturas a su favor porque no hizo falta que terminara la frase. Alonso el Zurdo dijo que sí, que comprendía a las mil maravillas la mucha reserva con la que se expresaba su honorable y discretísimo huésped; que el silencio era oro y que en boca cerrada no entran moscas, por lo que él no necesitaba saber nada más; que lo que sí necesitaría, empero, y resultaba condición insoslayable en estos casos, era un ingrediente fundamental.

—... Verbigracia, amigo mío, y hablando en plata, preciso que su merced me facilite su bolsilla.

—¿Mi bolsilla? —se aterró el de Tebes, temiendo que el posadero hubiese entrado en su habitáculo mientras él dormía la siesta y pispado la secreta faltriquera en la que guardaba la perla.

Pero el Zurdo, palmeándole confianzudamente la espalda, lo tranquilizó haciéndole ver que se refería a la bolsa en la que todo caballero guarda sus caudales.

—... Y descuide su merced, que yo también soy más *agarrao* que una garrapata cuando se trata de repartir maravedíes. Pero comprenderéis que, para franquear la puerta del Alcázar es necesario engrasar su gozne. *Sus* goznes, que son muchos y de diversos tamaños. ¡Qué le voy a contar que su merced no sepa sobre los asuntos de este mundo, sus pompas y sus obras! —suspiró el posadero—. En Madrid, como en Panamá, como en Pernambuco, quien no se moja el culo no coge peces y el que no afloja la mosca no atrapa ni una mojarrita. Pero tranquilo, que de esa ingrata tarea he de ocuparme yo. Un gran señor no ha de acuitarse ni rebajarse en asuntos relacionados con el vil metal. Su merced lo único que tiene que hacer es darme los cuartos, que yo los dosificaré con la debida prudencia.

Fue de este modo cómo la bolsa —no la de la perla, sino la de los caudales que don Diego veneraba (casi) tanto como la primera— pasó de mano del alguacil a la de Alonso el Zurdo, prudentemente aligerada en el último minuto por el de Tebes, que decidió reservarse unas cuantas piezas por mera cautela, pero aun así sustanciosa.

—... Que sí, que sí —le aseguró el Zurdo, repitiendo la confianzuda palmadita en la espalda—. Que ya va a ver su merced el partido que le saco yo a estos ducados y maravedíes. Voto a mí que han de llevarnos hasta los mismísimos aposentos del rey nuestro señor, y si no, al tiempo, que menuda es mi Angelilla...

* * *

De las extrañas cosas que encontró don Diego en el Alcázar, donde los ángeles se asemejan demasiado a los demonios

Angelilla, según iba a descubrir don Diego a la mañana siguiente, formaba parte del largo millar de abejas y zánganos que se afanaban a diario dentro de los muros del Alcázar. Comprobar que el lugar en el que vivía el rey más poderoso de la Tierra se parecía más a un zoco o a una plaza pública que a un palacio, no dejó de maravillar al de Panamá, al que, una vez traspasadas sus puertas, un ojo se le iría y otro se le vendría tratando de pispar y calibrarlo todo: las altas torres, los dos grandes patios, uno llamado el de rey, el otro el de la reina, ambos con sus galerías porticadas y su zócalo de azulejos con gentes que se trajinaban llevando y trayendo toda clase de objetos. Unos, tablones, buriles y escuadras; otros, aperos de herrero o fresador; por allí, y bien trajeado, iba un leguleyo cargado de librotes; más allá, y con aspecto harto menos limpio, un par de chupatintas. Mención aparte merecía un grupo de mujeres asomadas a la balaustrada de la galería superior, que don Diego imaginó serían dueñas o damas de compañía, mientras que, por el pórtico norte y recién arribados y polvorientos del camino, vio una decena de soldados, algunos a peón, otros a caballo. ¿Qué más habría de ver el alguacil mayor de Panamá? Ah sí, media docena de niños que correteaban a sus anchas, así como varios perros y hasta una bandada de ocas que aleteaba muy decorativamente por ahí.

Si el alguacil quedó cavilante ante tan heterogéneo enjambre, nada de lo antes mencionado parecía ser motivo de asombro para Alonso el Zurdo, quien, después de parlamentar con uno de los soldados de guardia, le entregó una moneda de plata que el interpelado guardó sin el menor disimulo entre su ropaje antes de franquearles la entrada. «... Pero nada de quedarse dando vueltas por ahí —fue su advertencia—, o Angelilla y vos mismo tendréis un problema con este menda».

El Zurdo respondió que sí, que descuidara, que no perderían el tiempo, mientras deslizaba otra moneda entre los dedos de un segundo centinela. Hecho esto, don Diego y él echaron a andar a buen paso hasta llegar a uno de los patios. Entonces, mientras el de Panamá miraba en derredor con la antes mencionada sorpresa, el posadero contó en voz alta una, dos, tres puertas y se detuvo ante la cuarta, lo que hizo pensar a don Diego que ese era su modo de orientarse en tan bulliciosa colmena.

—Angelilla... Angelilla, criatura, ¿estás ahí? Soy tu tío Alonso.

Al no recibir respuesta, y al más puro estilo del Alcázar, en el que todo el mundo parecía campar por sus respetos, Alonso el Zurdo empujó la puerta y, al ver que no estaba pasado el pestillo, entró y, una vez traspasado el umbral, se adentraron ambos en un estrecho pasillo que los condujo a una estancia con los postigos cerrados y un fuerte olor a alcanfor.

—Qué raro, ni siquiera han dejado un candil encendido —comentó el posadero. Pero enseguida añadió que lo más probable era que Angelilla y el boticario para quien trabajaba estuviesen almorzando, pues la campana de la torre acababa de dar las doce.

—Esperémosles fuera —sugirió don Diego con prudencia, a lo que el posadero dijo que no, que ni hablar, que no podían tardar. Que el boticario era también conocido suyo, por lo que no le llamaría la atención que aguardaran dentro y que lo único que debían hacer entretanto era abrir las contraventanas para permitir que entrara la luz.

—¡Oxte, puto! —exclamó entonces el alguacil.

—¡Carajo! —redundó el Zurdo, porque, al abrir los fraileros, la luz de la única angosta ventana que allí había, en vez de posarse sobre hermosos frascos de farmacia, crisoles, redomas y morteros, cayó de plano sobre los ojos amarillentos y los colmillos muy blancos de un tigre de Bengala.

—¡Por san Jorge! —se espantó el alguacil, echando mano de su espada y dispuesto a abrirse paso a mandobles en aquella inesperada jungla. Jungla, sí, porque a la derecha del tigre, entre unos hierbajos, podía verse una pareja de guepardos y a su izquierda un cocodrilo, y algo más allá, una cría de hipopótamo, todos en actitudes feroces.

—¡Voto a tal! ¿Dónde estamos?

—¡Vive Dios que no en la botica! —retrucó don Diego, aún en guardia, pero conteniéndose de desnudar la espada porque acababa de reparar en que aquellas bestias parecían víctimas de alguna suerte de hechizo, puesto que permanecían petrificadas e inmóviles en sus intimidatorias posturas. Todas salvo una rata enorme que deambulaba majestuosa entre las patas de la cría de hipopótamo y sobre la que el alguacil descargó su mal contenida rabia en forma de formidable puntapié, uno que, de no estar ahí el roedor, con toda seguridad habría tenido por destinatario al posadero.

—Maldito bribón, ¿se puede saber qué broma es esta y dónde está vuestra sobrina?

—¡Cálmese su merced! A buen seguro que está al llegar. Salgamos presto de este lugar y esperémosla en la puerta. No tengo la menor idea de dónde nos encontramos ni qué son estos bichos raros. Por mis muertos que jamás he visto bestias tales, ni siquiera en estampas.

El misterio se disipó unos diez minutos más tarde cuando apareció por fin Angelilla y explicó a su tío que se había equivocado de puerta.

—Que os habéis ido a colar en el taller de don Gervasio. Y creedme, tío, y vos también, caballero, que es gran suerte que esta sea la hora del almuerzo y él no esté aquí porque si no, nos muele a palos a los tres. Tiene malas pulgas y es harto celoso de su oficio, del que está orgulloso. Con razón, además —añadió Angelilla—, no en vano es el más afamado taxidermista y disecador de animales de toda la cristiandad. ¿Qué bestias guarda estos días en su taller? ¿Un macaco de Filipinas? ¿Un par de basiliscos? ¿Un bello unicornio, tal vez?

—Cuatro fieras corrupias, a cuál más atroz —intervino el alguacil, sacudiendo de sus calzas el serrín que aún llevaban pegado después de su paso por aquella morada de fieras.

—Natural —rio la sobrina. Cada día llegan hasta su taller bichos nunca vistos. Son para la futura Cámara de Maravillas de su majestad, que a buen seguro será la mejor y más rara del mundo. Pero venid, pasad —indicó, señalando hacia la puerta de la botica—. ¿Hace mucho que esperabais? Me he ausentado solo una miaja para acompañar al señor boticario a su casa. Me temo que también él ha caído con las fiebres tercianas. Arrecian por todo el Alcázar —explicó Angelilla, cuyo aspecto, según pudo comprobar don Diego, encajaba punto por punto con la descripción que el posadero había hecho de ella, porque era menuda, de rizos trigueños, ojos azules y una sonrisa tan abierta y arrebatadora que al de Panamá, que no era precisamente sensible a los encantos ajenos, le costó poco atribuirle las dotes persuasorias e hipnotizantes de las que hablaba su tío—. Una verdadera plaga —continuó aquel ángel, que parecía inmune a todos los miasmas terrestres—. El primero en caer con las tercianas fue, hace un par de semanas, el pequeño infante don Felipe. Pobre criatura, aún no ha cumplido los dos años, pero, por fortuna, parece más saludable que su hermano mayor. De los cuatro hijos varones que doña Ana de Austria, nuestra reina, ha traído al mundo, dos están ya en el camposanto y Dieguillo, el tercero y heredero al trono en este momento, no me extrañaría que siguiera, a no mucho andar, igual suerte. Es el destino del rey don Felipe —suspiró—: se le mueren todas sus esposas y no pocos de sus hijos también. Tiene muy mala sombra.

—Supongo —intervino el alguacil, haciéndose el enterado— que con eso de la mala sombra os referiréis al desventurado y difunto príncipe don Carlos. ¿No es así? Hasta Panamá llegaron años atrás terribles hablillas al respecto. Unas aseguraban que el pobre muchacho, loco y contrahecho, daba tantos quebraderos de cabeza a su augusto padre que, una noche, tuvo la *mala sombra* —recalcó intencionadamente el de Panamá— de caer escaleras abajo y quedar a las puertas de la muerte. Otras sostienen que si bien logró recuperarse de aquello, en cuanto mejoró se puso a conspirar con gentes de Flandes en contra de su padre, por lo que su majestad lo mandó encerrar y atar a la cama tal como hacían con su bisabuela Juan la Loca. Y, por fin, todas las hablillas coinciden en que, poco después de ser confinado de este modo, murió sin que se sepa muy bien cómo ni por qué. Acababa de cumplir los veintitrés el muy desdichado, ¿no es así?

Angelilla no vio oportuno responder a esta pregunta. Antes bien, ojos tan claros y sonrisa tan infatigable se volvieron hacia su tío para preguntar qué les traía por el Alcázar y en qué podía serles de utilidad. El Zurdo comenzó entonces a explicar cuál era la encomienda, al tiempo que hacía tintinear su faltriquera dedicada a «engrasar los goznes». Y, por lo visto, aquel ángel resultó serlo de aspecto pero no tanto de espíritu, porque, al sonido de los doblones, de inmediato colocó al nivel de los ojos de su tío un adorable y celestial escote por cuyo canalillo don Diego de Tebes, y para su desmayo, vio desaparecer lo menos la cuarta parte del contenido de la bolsa mientras Angelilla, sin perder su divina sonrisa, resumía:

—... En resolución, y si he entendido bien las explicaciones de aquí mi tío, lo que su merced precisa es entrevistarse con una persona que pueda facilitarle el acceso a su majestad por un asunto del que prefiere reservarse los detalles. ¿Es así?

—En efecto, así es —respondió el alguacil.

—¿Y qué tipo de persona cercana a su majestad os gustaría que fuera? ¿Un duque, un marqués, un conde, quizá...?

—No, nada de eso —atajó don Diego, imaginando lo carísima que podía resultar aquella clase de intercesión—. Alguien de menos enjundia, digamos.

—¿En quién estáis pensando entonces? —intervino el posadero.

—No lo sé —se desesperaba el de Tebes, que se veía tan cerca y a la vez tan lejos de llegar hasta el rey.

—Yo sí sé —campanilleó la alegre voz de Angelilla—. Lo que su merced precisa es hablar con su maestro barbero. O con su vaciador de orinales.

—Pardiez, no me refiero a personas de tan baja estofa, —se ofendió el alguacil, comenzando a lamentar el dinero que hasta ahora había gastado inútilmente.

—Veo que vuestra merced sabe poco y nada de asuntos de palacio. En el Alcázar hasta las personas más principales se pelean por desempeñar las tareas menos decorosas, siempre que sirvan para atender a su majestad. Pelabarbas, despiojadores, ayudantes del retrete, catadores de venenos (con lo peligrosísimo que eso es) y hasta vaciadores de orinales... Estos y otros menesteres de jaez similar se consideran de ringorrango y los que los realizan son llamados gentilhombres. Es un gran honor.

—¿Y vos conocéis a alguno de estos gentilhombres?

—A casi todos. Pero se me ocurre uno que os puede ser de especial utilidad. Si él quiere, naturalmente, porque a los gentilhombres tan cercanos a su majestad les llueven este tipo de peticiones.

—La mía no es una petición, antes bien es una dádiva al rey nuestro señor.

—¿Ah, sí? En ese caso, seguro que Pierre van Ranst, gentilhombre de Flandes, estará encantado de hacerle llegar vuestra desinteresada dádiva. Un hombre influyente, Van Ranst. ¿Y sabéis cómo llegó a serlo? Resulta que él patina sobre hielo como los mismísimos ángeles y, con esta destreza, llamó la atención de nuestro señor. Estaba cierta mañana de invierno practicando arabescos en un laguillo cercano y su majestad, que nunca había visto unas botas con cuchillas, se maravilló hasta tal punto que se lo llevó con él y ahora es su barbero. Uno nunca sabe dónde nos espera la fortuna. ¿No lo cree así vuestra merced?

—Me trae sin cuidado la fortuna de ese pelabarbas —refunfuñó don Diego—. Además, creo que no me habéis entendido bien. Mi deseo es entregar la dádiva en persona. No he venido desde la otra punta del mundo para acabar parlamentando con un barbero.

—¡Naturalmente que no! Descuide, su merced. También eso se puede arreglar. Déjelo de mi mano. Con mi tío engrasando los goznes y yo llevándoos hasta las puertas más encumbradas, me da a mí que esta noche, cuando llegue el momento de recogeros para decir vuestras oraciones, mucho será lo que tendréis para agradecer a vuestros santos protectores. ¿A quién encomienda su merced sus afanes más dificultosos?

—A san Jorge —explicó el de Tebes.

—¡Ah! A san Jorge matadragones, patrono de los intrépidos y sobre todo de temerarios... Perfecto, perfecto. Y ahora pongamos manos a la obra. ¿Estáis listo para llegar a lo más alto y conocer a nuestro rey don Felipe II?

* * *

No fue culpa de san Jorge

Don Diego de Tebes, alguacil mayor de Panamá y huésped de la posada mal llamada El Paraíso, acaba de poner a san Jorge de cara a la pared, castigado.

—Qué día aciago, qué cúmulo de desastres, catástrofes y disparates. Carísimos todos, para más inri. ¿Así es como velas por mis asuntos? —le reprocha al santo—. Menuda ayuda.

Don Diego roe filosóficamente un trozo de queso que guardó de la noche anterior mientras repasa los acontecimientos vividos horas atrás en el Alcázar. En el comienzo, todo pareció pintar bien. Angelilla y el posadero lo habían llevado hasta la Torre Dorada, que es donde se encontraba el despacho del rey. Y, una vez allí, ¡con quién habían coincidido en un largo y oscuro pasillo sino con el mismísimo Felipe II! Bueno, con él y con una enorme comitiva que se arremolinaba en torno a su persona siguiendo sus pasos. Tan gran monarca era de baja estatura, de modo que el de Tebes solo alcanzó a ver la punta de la pluma de su sombrero, pero, a todos los efectos, allí estaba él, a solo un par de varas del hombre más poderoso de la tierra. A imitación del resto de los presentes, don Diego dobló la rodilla cuando la alta pluma de su majestad pasó de una habitación a otra y a continuación Angelilla, el posadero y él siguieron camino en busca de las habitaciones de Pierre van Ranst.

Este resultó ser un hombretón de pelo rojo y ojos de un azul desvaído que, después de que la muchacha le cuchicheara algo al oído, los invitó a pasar. Don Diego hubiera preferido que, una vez hechas las presentaciones, sus acompañantes lo dejaran a solas con el gentilhombre. Pero cuando se quiso dar cuenta, tío y sobrina habían tomado ya asiento y departían con Van Ranst en términos tan amigables y confianzudos que el de Panamá se dijo que tal vez le pudieran ser de alguna utilidad llegado el caso.

—Hable, hable con confianza su merced. Lo que se dice entre estas cuatro paredes queda entre estas cuatro paredes —sonrió el gentilhombre.

A pesar de tan prometedor introito, en cuanto empezó a hablar, a Van Ranst no parecieron interesarle las conmovedoras historias que don Diego traía ensayadas para exaltar el valor de su regalo. Ni las peripecias amorosas de Lumba, el esclavo enamorado que murió arrancando de las profundidades «... este sin par objeto nunca visto que aquí guardo junto a mi pecho», comenzó misterioso el de Tebes sin desvelar aún de qué objeto podía tratarse.

Y tampoco logró que el barbero pestañeara siquiera con la segunda de sus historias. Una lacrimógena sarta de inventadas desdichas y fatalidades supuestamente sufridas por él en su viaje a España. Penalidades que hacían palidecer la historia del juez y su esposa devorada por las olas.

—... Y ha de saber su merced —continuó indesmayable don Diego—... que, después de tantas calamidades como he sufrido, de tantos peligros, a este objeto que aquí guardo junto a mi corazón y que muy pronto os mostraré lo acompaña una hermosa leyenda que se cumple inexorable. Es tan singular esta prenda que —añadió, improvisando aún más mentiras sobre la marcha— tiene la virtud única de conferir a quien la posee fertilidad y muchos hijos.

De pronto le pareció detectar un ínfimo destello de interés en los desteñidos ojos azules del gentilhombre. «¡Por fin te tengo, Van Ranst!», se congratuló, pensando que había dado con la tecla adecuada. Este era, caviló, el momento dramático perfecto para sacar la perla y posarla en su bolsita de modo que destacara sobre el terciopelo negro. Y así lo hizo con lentitud teatral mientras proclamaba:

—Sí, señor mío. Aquí la tenéis. Por peso, por color y por rareza es la perla más perfecta que ha salido jamás de las profundidades marinas. Ni la reina de Saba en toda su gloria, ni el emperador de la China, ni la mismísima Cleopatra han poseído una igual. Además, si desde tiempos inmemoriales está comprobado que las perlas traen ventura y fertilidad, ¡imaginad lo que puede procurar una de este tamaño! Sé de buena tinta que el rey don Felipe ya ha tenido ocasión de probar el beneficioso influjo de las grandes perlas, puesto que hace unos veinte años le regalaron una similar. Bueno, similar es mucho decir, ya que la anterior era más pequeña y alargada, con una muesca en forma de cruz en la base... ¿Que cómo estoy al tanto de tales pormenores? —presumió el alguacil—. Pues porque ambas provienen de la misma pesquería en el Archipiélago de las Perlas y su dueño, don Vicente de Tolosa, me contó estos y otros secretos igualmente interesantes. Como, por ejemplo, el modo en que esa perla anterior llegó a poder de su majestad gracias a un magistrado al que el rey, en pago a su generosidad, otorgó el título de marqués de Mala Ola. Y luego, según me secretearon también, al ver lo excepcional que era la pieza, su majestad decidió regalarla en prenda de amor a su segunda y muy querida esposa María Tudor.

Fue en ese momento cuando Van Ranst comenzó con las carcajadas. Tantas y tan estentóreas que lagrimeaba copiosamente como si aquella fuera la mejor chanza que le hubieran contado en toda su vida.

—¡Señor mío...! —alcanzó a musitar ofendido el de Tebes.

—Decidme, buen hombre —preguntó Van Ranst, enjugándose las lágrimas—, ¿de dónde decís que venís?

—Ya os lo he dicho, de Panamá.

—Pues cualquiera diría que venís de Saturno o de la mismísima luna de Valencia. Porque solo así se explica que tengáis la peregrina, por no decir la rematadamente estúpida idea de presentaros aquí y ofrecer a su majestad un objeto que pueda recordarle todo «aquello».

* * *

Entre Van Ranst y Angelilla, con algunas apostillas a cargo del posadero, le relataron entonces lo que al parecer toda Europa sabía, pero que, lamentablemente, no había llegado a oídos de don Diego: las andanzas de la primera gran perla pescada en el Archipiélago de las Perlas veinte años atrás.

—... En efecto, como decís, esa pieza (adquirida por el lapidario real, no por el rey, puesto que él jamás se ocupa de tales insignificancias) salió un buen día del joyero real camino de Inglaterra como parte del regalo de esponsales que don Felipe enviaba a la que pronto sería su segunda esposa. Pero lo que obviamente no sabéis, porque si no, no diríais tantas necedades, es que María Tudor, amén de ser tía carnal de su majestad y diez años mayor que él, no era ninguna perita en dulce, sino medio calva, seca como la mojama y sin un solo diente en toda la boca. Tampoco olía a rosas, de modo que, como bien podréis imaginar, lo que sintió su majestad no fue precisamente amor a primera vista... Ella en cambio sí. Incluso antes de conocerlo, al recibir el retrato de su sobrino, tan joven y rubio él, se enamoró locamente. Y más aún si cabe cuando, por fin, don

Felipe, obedeciendo los mandatos de su padre, Carlos V, que había concertado la boda, se presentó en la corte inglesa meses más tarde con tanto fasto y tanta gala como jamás hasta entonces habían visto los moradores de esas islas, tan atrasadas que, hasta anteayer, como quien dice, comían carne cruda. ¡Qué gran espectáculo fue aquel! Venían el príncipe y toda la comitiva vestidos a la española. Es decir, de negro negrísimo —especificó Van Ranst admirativo, como si aquel fuera un detalle muy digno a resaltar.

—¿Y qué tiene eso de particular? —se había atrevido a preguntar don Diego, que, puesto que ya lo tenían por un panoli, pensó que no importaba pasar por panoli y medio.

Hasta Angelilla se admiró entonces de su simpleza diciendo que cómo era posible que hiciera semejante pregunta un caballero de su calidad; que vestir de negro —lejos de significar luto o austeridad como erróneamente podían pensar algunos— era en esos momentos y en toda Europa el más extraordinario de los lujos, al alcance de pocos, puesto que un negro profundo —como de ala de cuervo, especificó— solo se podía lograr gracias a cierto carísimo tinte confeccionado con palo de campeche traído de Indias.

—¿Nunca ha vestido su merced de negro allá en su tierra? —se asombró el posadero, a lo que don Diego, deseoso de volver al tema de María Tudor y la perla, respondió que no. Que a menos que se quisiera contraer una erisipela o cualquier otra calentura, nadie en Panamá vestía de ese color por muy distinguido y a la moda que ahora fuera en el Viejo Continente.

—Pero... ¿qué me contaba su merced de la boda de don Felipe y doña María? —inquirió, dirigiéndose ahora a Van Ranst, que, por su parte, se mostró más que dichoso de volverle a señalar que solo un inculto redomado podía desconocer qué había pasado con aquel infausto matrimonio.

—... aunque yo, amigo mío —rio el insufrible flamenco—, con gusto me ofrezco a ilustrar a su merced, puesto que una de las mayores obras de misericordia es enseñar al ignorante. Muchas más veces de las que él hubiera deseado —comenzó explicando el gentilhombre como quien habla con un niño o un memo— tuvo que pasar nuestro rey don Felipe por el tálamo de su tía la sin dientes y, por dos veces, ella creyó haber quedado encinta. Pese a ello, pronto se descubrió que, más que preñez, lo suyo era vulgar hidropesía, lo que, dicho en román paladino, viene a ser una acumulación anormal de agua y gases en el vientre. Ella, en cambio, porfiaba en que lo que había en su seno era una robusta criatura o quién sabe si incluso dos, a juzgar por el tamaño. Y era tal su cabezonería y delirio que don Felipe, hastiado, decidió poner tierra de por medio. Se volvió a España dejándola en aquellas brumas y muy sola, puesto que la pobre Bloody Mary o María la Sanguinaria, como la conoce la historia por su forma de intentar —a sangre y fuego— que Inglaterra volviera a abrazar la fe católica, no tuvo nunca en quién confiar o en quién apoyarse. Supongo que esa es una de las razones por las que se aferró de tal modo a ella.

—¿A quién?

—¿Pues a quién va a ser, hombre? A la perla que le había regalado el rey, que, según porfiaba, tenía poderes prodigiosos. Que lo sabía muy bien, puesto que, según dijo, el secreto se lo había revelado, con mucha reserva, el propio don Felipe. Invenciones suyas, naturalmente, nuestro rey no es de los que creen en paparruchas y menos aún en leyendas de infieles y salvajes. Pero ella insistía en que sí y siempre tuvo una querencia especial hacia aquella joya tan amada. Hasta tal punto que no solo se hizo retratar por diversos pintores luciéndola sobre su corazón, sino que la llevó hasta en su lecho de muerte, a pesar de que la perla de marras era obvio que no le había traído más que desastres. Desamor, falsos embarazos y también no pocas traiciones. La última, y tal vez la peor, la de su propia hermana Isabel Tudor, a la que hizo jurar que mantendría la religión católica en Inglaterra, cosa que, por supuesto, la otra nunca cumplió. Dicho todo esto —concluyó Van Ranst—, ahora que su merced ha visto la «buena» suerte que trajo aquella otra perla a su poseedora y los pésimos recuerdos que puede despertar en don Felipe, ¿sigue creyendo que él se interesará por la vuestra? Ah, y, por cierto, una aclaración más antes de que se me olvide, esa historia que os contaron del marqués de Mala Ola también es falsa.

—¿Falsa también? —repitió con desmayo el alguacil.

—Más que un doblón de hojalata. Porque, vamos a ver, alma de cántaro, ¿qué fue contando por ahí el supuesto marqués a quien conocisteis en Panamá? ¿Que el rey en persona lo había recibido y, después de oír la tristísima historia de su esposa engullida por las olas, blablablá, y para amainar su pena, blablablablá, le había otorgado un título nobiliario? ¿Pero en qué cabeza cabe semejante tontuna como no sea en una de chorlito? —redundó Van Ranst inmisericorde—. Vuestro marqués nunca ha sido tal y os puedo asegurar que jamás se entrevistó con el rey. En todo caso, debió de ofrecer la perla a uno de los joyeros reales y esta fue comprada para su majestad como lo son tantas otras piezas.

* * *

Diego de Tebes, sentado ahora sobre su camastro en la posada de El Paraíso, da otro caviloso mordisco a su pedazo de queso. Cuánto se habían carcajeado de él Van Ranst y también la condenada Angelilla de risa de cascabel. Sin embargo y con todo, aquello no había sido ni mucho menos lo peor. Lo peor fue cuando el posadero, sin que a don Diego le diera tiempo de impedirlo, vació todo el contenido de su bolsilla en manos del barbero. «... Con el agradecimiento de su merced don Diego de Tebes por vuestro juicioso consejo y por las molestias», tuvo el cuajo de añadir el dispendioso caradura.

Se marchaba ya don Diego orejigacho cuando aún ocurrió algo más.

Al acercarse Van Ranst a abrirles la puerta, esta cedió descubriendo, al otro lado de la hoja, la presencia de alguien. Un muchacho de corta estatura y con facciones agradables, aunque furiosamente picadas de viruela, que, sonriente, explicó que estaba a punto de llamar a la puerta.

—¿Qué, saco de granos? ¿Pegando la oreja como de costumbre? —fue el comentario de Van Ranst, antes de presentar al recién llegado como Benito Molina—. Aquí donde lo veis con estas trazas y este tamaño, es el proveedor de las sanguijuelas más gordas y sangradoras que tenemos en palacio —explicó a continuación el barbero—. Hasta su majestad lo distingue con sus predilecciones cuando se encuentra indispuesto. ¿Y qué diría si supiese que te gusta tanto escuchar tras las puertas? Tú nunca has sufrido de otitis, ¿verdad, Molina?

—Vos, en cambio, de lo que sufrís es de envidia y de la más verde —retrucó el recién llegado, que, además de las características antes señaladas, tenía las piernas zambas, por lo que caminaba al compás de cierto bamboleo, algo que, sorprendentemente, no restaba dignidad a su persona—. ¿Cuál es vuestro nombre, caballero? —preguntó el muchacho al alguacil.

Don Diego no pensaba dárselo. Al fin y al cabo, qué cuenta trae facilitárselo a un criador de sanguijuelas, pensó. Pero el posadero, entrometido como siempre, no solo se lo había dado, sino que aprovechó para añadir que acababa de llegar de Panamá y se alojaba en El Paraíso, la mejor posada de toda la Villa y Corte.

Malhadado posadero, y aún más malhadada Angelilla, que, antes de despedirse, había logrado que las escasas monedas «engrasadoras de goznes» que aún quedaban en el fondo de la bolsilla que custodiaba Alonso el Zurdo fueran a parar, por segunda vez, a su canalillo. «Y vuelva por aquí su merced cuando tenga otra encomienda. Ande, ande, no ponga esa cara tan mohína. Si esta encomienda no ha salido bien, paciencia y barajar», eso había tenido el tupé de añadir aquel ángel nada celestial, al tiempo que acompasaba el cascabel de su risa al tintinear de sus escudos —los de don Diego, se entiende— allá dentro, en lo más profundo de su escote.

«Rateros, robaperas, cuesco de dátiles, malandrines e hideputas todos, incluido san Jorge. Bueno, san Jorge no, eso lo retiro, no sea que se enoje y me pasen cosas aún peores». Pero ¿qué podía pasarle peor que haber quedado como un panoli, como un perfecto gil y desinformado, malbaratando además cerca de cinco mil escudos? Eso por no mencionar —suspiró acongojado el de Tebes— la pérdida de toda esperanza de alcanzar un marquesado, así como la desairada perspectiva de tener que volver a Panamá con el rabo entre las piernas y con su perla.

La perla. Ella era la culpable de todo, ahora se daba cuenta. Mira que se lo había advertido el esclavo de don Vicente, a quien Dios confunda: las perlas son caprichosas, todo lo dan o todo lo quitan, según se les antoje, y no hacía falta especificar qué le había tocado a él en tan infausta rifa.

* * *

Tan hondos son sus suspiros, tan lastimeras sus quejas e increpaciones a san Jorge, a la perla y a su negra suerte, que don Diego tarda en darse cuenta de que llaman a la puerta. ¿Quién podrá ser a esas horas? Hace ya rato que las campanas de la iglesia vecina han dado las diez. Por eso, espera a que golpeen por segunda vez antes de preguntar:

—¿Quién va?

—Soy yo, su merced, Alonso el Zurdo.

—Mejor dormid, mala entraña, y dad gracias a que es tarde. Mañana ajustaremos cuentas vos y yo.

—Pero es que tenéis visita...

—¿Visita yo?

—Sí, su merced, y dice que viene por un asunto de vuestra conveniencia. Quién sabe, tal vez estén virando los vientos y también vuestra fortuna...

—Virado vais a quedar vos como no dejéis de importunarme. Idos ya. Y decidle a quien me busca que vuelva por su camino, no deseo ver a nadie.

Se apronta ya don Diego de Tebes a meterse en la cama haciendo esfuerzos por olvidar al posadero, a Angelilla, al nada gentil gentilhombre y todo lo acontecido durante aquella tarde aciaga, cuando un fino pero muy potente rayo de luna que se filtra por el ventanuco de su habitación va a posarse sobre san Jorge vuelto contra la pared y castigado. Don Diego decide ignorarlo, pero, al apagar la vela, solo consigue que el haz de luz se vuelva pertinaz, como si porfiara por iluminar también la cara del santo.

Una sospecha comienza a tomar forma en su cabeza. ¿Y si aquella luz tan fina y perseverante fuese un mensaje divino, o, dicho con más propiedad y dado el caso, un mensaje georgino?

—Oh, está bien —rezonga, cogiendo al vuelo una cobija para no salir de la habitación en paños menores—. Iré a averiguar quién llama. Pero mira que como se trate de otra de tus jugarretas, san Jorge, por mis muertos que a partir de mañana me hago devoto de san Ramón Nonato o de Simeón el Estilita.

* * *

Donde se habla de un criador de sanguijuelas y de cómo la perla comenzó a formar parte de la sin par colección de joyas de los Austrias

Si la Peregrina pudiese hablar, llegado este punto contaría cómo, en solo cuarenta y ocho horas, pasó de sestear muy aburrida en la negra y secreta bolsilla de don Diego de Tebes a convertirse en la pieza más valorada del famoso joyero de los Austrias.

Y de ser así, tal vez comenzara por decir que, si Pierre van Ranst, barbero y gentilhombre real, era amigo de fanfarronadas y humillaciones al prójimo, Benito Molina, criador de sanguijuelas y escuchador tras las puertas, lo era de ir siempre con los oídos atentos porque uno nunca sabe dónde salta la liebre o aguarda la fortuna.

Por eso, si Van Ranst al conocer a don Diego de Tebes solo vio un pardillo del que carcajearse, Benito Molina vio, en cambio, la ocasión de convertir en realidad el más imposible e inimaginable de sus sueños. Ni su escasa estatura, ni sus piernas chuecas, tampoco su rostro picado de viruela habían sido nunca obstáculos en su vida. Querer es poder, ese era su lema, unido a este otro: ponte como meta la luna, porque incluso si fallas llegarás alto. Ambas premisas habían logrado que, con menos de veinte años, Benito se convirtiera en lo que ahora era: el mejor proveedor de sanguijuelas del Alcázar. Hasta sus puertas llegaba cada mañana con su mercancía alojada en una maleta metálica acribillada de agujeros por los que respiraban y asomaban, ora la cabeza, ora la cola, de quince a veinte húmedas y sinuosas sanguijuelas. Los médicos de palacio lo tenían en alta estima porque era tan simpático como eficaz. Siempre estaba presto cuando se le necesitaba, disponible a todas horas, incluso las más tardías, que es cuando arrecian las fiebres, los cólicos, las indigestiones. Y fue precisamente gracias a una indisposición gástrica muy poco elegante —verbigracia, una monumental cagalera—, que Benito Molina trabó amistad con don Pedro Cerdeño, diamantista y joyero de su majestad, al que el galeno pretendía aliviar de su mal aplicándole un par de hambrientas sanguijuelas. Benito Molina dejó que el médico le comprara la mercancía e incluso lo asistió mientras aplicaba un par de bichos en las posaderas del doliente, pero luego, en cuanto se hubo marchado, se las arregló para regresar a toda prisa a la cabecera de don Pedro y, tras liberarle de los chupones, dijo:

—Perdone su merced, no me gusta interferir en las recomendaciones de su médico, pero si en verdad quiere curarse, es menester atajar cuanto antes la diarrea y, para ello, mucho puede ayudarle este bebedizo.

—¿Me habláis de una nueva purga, Benito? —preguntó Cerdeño entre atroces retortijones.

—Nada de purgas, señor. Se trata de un preparado de hierbas que usan los moriscos y al que le he visto obrar no pocos portentos. Le aseguro a su merced que, en un amén Jesús, estará más fresco que una lechuga.

Y así fue. Después de unos dolorosos (pero muy productivos) retortijones más, Cerdeño tuvo la sensación de que sus males se esfumaban como por ensalmo y miró a su salvador con rendido agradecimiento. Su interlocutor, por su parte, hacía meses que lo miraba también a él y por razones que nada tenían que ver con purgas, sanguijuelas o bebedizos. El caso es que, fiel a su filosofía de tener siempre ojos y oídos bien abiertos y apuntar a la luna, Benito Molina había reparado en un par de circunstancias potencialmente interesantes. Por un lado, que su oficio le permitía entrar en el sanctasanctórum de muchas familias y, por tanto, en la intimidad de personas de ringorrango entre las que, según había observado, las había de dos clases. Un grupo lo formaban familias prósperas, gentes que, bien por herencia, bien por esfuerzo propio, disfrutaban de una vida opulenta. El otro constaba de familias de vida tan opulenta como las primeras, pero solo en apariencia, puesto que a estas (y eran multitud) hacía añares que la fortuna —y también sus caudales— las habían abandonado.

La segunda particularidad en la que reparó Benito fue que esas personas tan principales pero perfectamente arruinadas eran capaces de cualquier cosa con tal de seguir aparentando una prosperidad inexistente. De este modo, Benito Molina, criador de sanguijuelas, pasó a convertirse en confidente y paño de lágrimas de un sinfín de falsos ricos. Al principio, se limitaba a escuchar sus cuitas y sonreír comprensivo. Pero poco después se dio cuenta de que tenía a su alcance un pingüe negocio que, según calculó, se sostendría sobre tres patas. Una pata era el caballero o la dama que necesitaba con urgencia repintar sus blasones del único modo que tenía a mano: deshaciéndose de algún objeto o joya de valor y hacerlo con la mayor discreción. La segunda pata era él con su mano izquierda y sus atinados consejos. Y le faltaba por fin una tercera. Una pata sólida, confiable, verbigracia, alguien que no estafase a quien pasaba por una necesidad pero que, al mismo tiempo, tuviese un ojo incomparable a la hora de descubrir, entre no pocas baratijas, lo bueno, lo exquisito, lo único. Y ese alguien solo podía ser un joyero. Pero no uno cualquiera sino el mejor, el más callado y discreto. En otras palabras: necesitaba a don Pedro Cerdeño, diamantista y joyero del rey, al que Benito se las arregló para rescatar de la doliente suerte a la que lo había condenado uno de esos galenos que todo lo solucionaban con sanguijuelas.

Después de tan oportuno salvamento, Benito y Cerdeño no solo se habían hecho amigos, también socios. Socios en encontrar comprador para todo tipo de secretas maravillas, espléndidos pero vetustos collares de diamantes o fastuosos aunque anticuados brazaletes de los que Cerdeño se ocupaba, además, de realizar copias tan perfectas que nadie que no tuviera su ojo privilegiado podría detectar. De este modo y gracias a la maestría de Cerdeño, el marqués arruinado y la condesa viuda en apuros podían seguir presumiendo de sus tan queridas y ancestrales alhajas familiares sin que nadie sospechara que eran vidrios de colores. En cuanto a las piezas originales, una vez desmontadas y engarzadas acorde con el gusto actual, se vendían como rosquillas calientes a los amigos y parientes ricos de sus antiguos dueños.

De tanto andar entre esmeraldas, rubíes y perlas, Benito Molina había desarrollado un instinto afinadísimo a la hora de descubrir dónde había una pieza fuera de lo común. De ahí que, aquella tarde, al pasar frente a los aposentos de Van Ranst y oír cómo el barbero se carcajeaba de don Diego de Tebes y su perla, Benito, el entrar en la habitación, solo tuvo ojos para la pieza que el desconocido traía consigo.

* * *

«¿Qué, saco de granos? ¿Pegando la oreja como de costumbre?», algo así le había espetado aquel barbero botarate. Bah, que pensara lo que quisiese porque él ya había comenzado a trazar un plan.

Por lo demás, es necesario decir que Benito Molina, oidor tras las puertas y perpetrador de más de una trampilla en el lucrativo negocio de compraventa de joyas, tenía un secreto que lo redimía. Un gran amor, una incontenible pasión que nació el día en que una mano, blanca y helada, se posó sobre la suya.

Aquella escena pretérita alegraba desde hacía años todas sus noches, puesto que él se afanaba en recrearla hasta quedar dormido. Y, para alargar aún más el placer de las remembranzas, a Benito, antes de revivirla, le gustaba pasar revista también a otros hechos acaecidos días antes de aquel instante único e irrepetible. Entonces se veía a sí mismo cuatro años atrás, recién llegado al Alcázar cierta tarde en la que, al ir a entregar sus sanguijuelas a don Servando Pérez, médico personal de la reina doña Ana de Austria, se lo encontró contrariado y muy furioso porque no daba con su ayudante: «¿Dónde te has metido, sabandija? Espera a que te encuentre, bribón...», vociferaba Pérez.

Pero el bribón sabandija brillaba por su ausencia y al galeno lo acababan de llamar con suma urgencia para asistir a la reina, que, por todas las trazas, se había puesto de parto antes de tiempo.

—¡Venga, muchacho! Tú mismo has de servirme —le dijo al punto a Benito—. ¿Trajiste las sanguijuelas que te encargué? Espero que estas sean más rollizas y hambrientas que las del martes. Anda, coge un par de ellas y mete luego en esta bolsa el instrumental que ves sobre mi mesa: un dilatador uterino, un par de bisturíes y, sobre todo, esas pinzas hechas con el pico de un cuervo que allí ves, sí, sí esas, son un invento nuevo y muy útil para controlar hemorragias. Coge también aquella trompetilla y ese escalpelo, así como cuantas vendas y gasas veas por ahí, que uno nunca puede fiarse del todo de las comadronas. ¡Vamos, muévete! Y supongo que no hará falta que te diga que, a partir del momento en que crucemos el umbral de las habitaciones privadas de su majestad, tú, punto en boca, ¡más mudo que un poste, muchacho! ¿Me has comprendido bien?

Sobraba la recomendación. Ni una sílaba podría haber articulado Benito Molina así lo aspasen. Porque allí estaba él, a punto de acceder al dormitorio de la cuarta y última esposa de don Felipe II. La misma dama rubia ante cuyo cuadro Benito solía quedarse embobado cada vez que lograba escabullirse de los guardias y colarse de rondón en la galería de retratos de palacio. ¿En qué momento comenzó a amarla con todo su corazón, con toda su alma y sin la menor esperanza? Benito Molina lo ignoraba. Solo sabía que, desde que sus ojos se posaron en los de ella, quedó suspenso ante aquel retrato en el que Ana de Austria aparecía vestida de blanco, con el pelo del color de la miel y ojos tristes y asustados. El cuadro databa de un par de años atrás, de modo que Benito caviló que, cuando lo pintaron, ella ya había visto morir lo menos a dos hijos: uno con siete años, otro con dos. Tampoco podía decirse que hubiese sido fácil su llegada a la corte española, puesto que se produjo poco después de que el rey Felipe perdiera a la tercera y, según decían todos, la más querida de sus esposas. Se solía añadir a este comentario que Isabel de Valois —muerta porque los médicos no supieron ver que estaba embarazada y la trataron como si tuviera apendicitis— había sido, además, la reina más bella de su tiempo.

Imposible, opinaba Benito Molina. Nadie podía competir con esta espléndida y etérea Ana de Austria que aparecía en aquel cuadro retratada de medio escorzo con una gola de encaje adornada por grueso collar de oro del que pendía una perla, algo oblonga y con una muesca en forma de cruz en la base.

Y resulta que ahora, se dijo Benito al traspasar el umbral de los aposentos reales, aquella misma mujer a la que en silencio adoraba desde tiempo atrás, estaba ahí, a pocas varas de él, tumbada en su cama, retorciéndose con dolores de parto, pero sin emitir queja alguna. Tragándose sin duda las lágrimas bajo un largo velo de gasa blanca que ocultaba su rostro y la cubría hasta la cintura. Además, para que la escena fuese aún más pudorosa y recatada, alguien había colgado, a la altura de la cadera de la soberana, un par de sábanas en vertical de modo que dividía su cuerpo en dos. Al otro lado de aquel tenderete, en la mitad inferior del cuerpo de Ana de Austria y entre sus piernas alzadas y abiertas, se afanaba un par de figuras femeninas.

—He venido en cuanto me avisaron —se excusó el médico—. ¿Asoma ya la criatura?

—Debería —respondió la más vieja, la partera, calculó Benito, a juzgar por sus manos manchadas de sangre—. Pero no consigo que salga. Si al menos gritase...

—¿La criatura? —preguntó una muchacha muy joven que la asistía con una palangana.

La comadrona la miró con aspereza. Y tampoco miró con mayor afecto al médico. «Galenos —la oyó Benito farfullar entre dientes—. Qué sabrán ellos de traer criaturas al mundo.Vaya novedad esta de que ahora se les permite husmear entre las piernas de nuestra soberana».

—No me refiero a la criatura, so ignorante, sino a su majestad —respondió la doña a la pregunta de la muchacha, pero mirando al médico—. Doña Ana no solo sigue al pie de la letra con la vieja tradición borgoñona que obliga a que la reina de España oculte a todos su cara mientras está pariendo, sino que ni siquiera llora y chilla como hacemos todas en estos trances. Guarda tanto la compostura que así no hay manera de averiguar cuándo arrecian las contracciones.

—Dejadme a mí —dijo el médico.

Comenzó entonces un siniestro baile de idas y venidas en el que Benito Molina pudo ver cómo parteras, ayudantas y también el médico se arracimaban en torno a la parturienta al tiempo que comentaban en cuchicheos nada recatados.

—*Pa* mí que si la criatura no viene muerta poco le falta. Ya ni con la trompetilla se le oyen los latidos.

—¿Y qué esperabais? Por las trazas, su majestad a duras penas puede estar embarazada de más de seis lunas. Si vive será un engendro como el infante don Carlos. O como aquella niñita a medio formar que le arrancaron del vientre a nuestra muy querida Isabel de Valois, a quien Dios tenga en su gloria.

—¡Chitón, no sea que te oiga el galeno!

—Que me oiga. Míralo ahora. Al ver que se complicaban las cosas, se ha ido derechito a abrir la ventana. ¡Lo que hay que ver! Otro charlatán devoto del aire puro. ¿De qué servirá tanta «*higene*» y paparrucha si su majestad se nos muere sin remedio? Que Dios la asista y la ampare, será la cuarta esposa que entierre don Felipe.

Benito Molina miraba espantado lo que ocurría a su alrededor. Personas iban y venían trapeando sangre, llevando gasas, recogiendo palanganas y vendas tachonadas de coágulos oscuros. Y, mientras tanto, al otro lado de la separación creada por el tenderete de sábanas que dividía en dos su cuerpo, amparada solo por el largo tul que velaba su rostro, la reina soportaba su ordalía sin un grito ni una queja. «A nadie se le pasa por las mientes acercarse —observó Benito—, enjugar su frente, confortarla, apretar su mano. Si muere, morirá sola, como mueren los animales...». Por eso decidió alejarse del enjambre de parteras y asistentes e ir a situarse en la cabecera de la cama. Entre el lecho y la pared reparó en que había un espacio angosto en el que apenas cabía una persona y hacia allí se dirigió.

—¡La tengo! —oyó exclamar al médico al otro lado del tendal de sábanas.

—¿Ya está fuera la criatura? —preguntó la voz de la comadrona.

—Sí, cortadle el cordón.

—No se mueve.

—¡Azótala, venga, más, con más fuerza! ¡Más, he dicho más!

—De nada sirve, no llora. Ha muerto.

—¿Estáis seguro?

—¡Carajo, claro que lo estoy!

—Vaya por Dios, qué mala suerte, era un varón.

Sólo entonces, al oír esta última palabra, doña Ana emitió un largo y ahogado sollozo como el de un animal herido, tan desolador, que a Benito Molina ya no le importó qué podría pasarle si lo descubrían a aquel lado del lecho. Se aproximó más a la reina y, deslizando un brazo bajo el velo que la cubría, buscó su mano.

* * *

En este punto, precisamente, es donde comienza la escena que Benito Molina revive en su memoria cada noche con devota precisión. Por eso es capaz de sentir, con la misma nitidez que el día en que se produjo, cómo su mano comienza a resbalar a ciegas sobre el colchón en pos de la de ella y no la encuentra. Decide levantar una miaja el velo para tener mejor visión. Entonces cree entrever algo que palpita y estira aún más los dedos, solo que no es una mano lo que acaricia, sino la suave curva de un pecho desnudo, trémulo, blanquísimo, que sube y baja al compás de los espasmos de dolor de su dueña.

Benito retrocede aterrado. Dios mío, ¿qué ha hecho? No era eso lo que él buscaba sino su mano, sus dedos, para confortarla, para estrecharla y darle calor. Tendría que retirarse de allí, salir a escape y, sin embargo, su brazo no le obedece, sino que continúa tanteando febrilmente cobijas, apartando sábanas, bodoques y puntillas hasta encontrar lo que con tanto afán ha buscado. Aquí está, ya la tiene, aunque más que mano parece un asustado pajarillo y Benito Molina la acuna entre las suyas con cuidado, y con devoción. Cómo le gustaría poder llevársela a los labios, detener con ellos su estremecimiento, cubrirla de besos.

—¿Pero se puede saber qué haces ahí, cerca de la cabecera de su majestad, insensato, malaje? ¡Ven aquí, que te voy a moler a palos!

Ya está, lo han descubierto. ¿Habrán alcanzado a ver su mano bajo el velo? De ser así, lo mismo acaba en una oscura mazmorra por osar tocar a la reina. No, peor aún, lo echarán a patadas y para siempre del Alcázar y jamás volverá a ver a su amada. Benito se prepara para lo peor, pero nada ocurre porque, en aquel momento, y por primera vez desde el comienzo de su malogrado parto, Ana de Austria murmura algo, tan quedo que el médico y la comadrona se aproximan para intentar descifrar sus palabras.

—¿Qué dice?

—*Pa* mí que ha dicho «Vuelve». «Por favor, vuelve».

—¿Y qué querrá decir con eso? ¿A quién se refiere?

—Bah, a nadie, delira seguramente. Ha perdido mucha sangre. ¿Alguien le ha dicho ya que el niño nació muerto?

—No, pero seguro que ahora sí que se ha *enterao* gracias a que su merced habla más que un loro en vez de estar a lo que hay que estar. ¡Ten galenos para esto!

—Vamos, doña, menos monserga y más diligencia, que aún nos queda aquí faena —tercia el médico, retomando su lugar entre las piernas de la parturienta—. Mire, ¿ve? Ya sangra menos y todo gracias a esta pinza confeccionada con el pico de un cuervo que le he puesto para detener la hemorragia. ¡Mano de santo! Ocúpese de que alguien vaya con la nueva al rey, está en sus aposentos aguardando noticias. Díganle que era un varón. Díganle que se ha hecho todo lo humanamente posible, pero que estaba de Dios. Qué pena, otro angelito al cielo...

* * *

Un regalo para mi dama de blanco

Benito Molina jamás podrá olvidar lo sucedido aquel día. Por desgracia para él, la fortuna no le facilitó volver a los aposentos de la reina como ayudante de ningún galeno, por lo que, de ahí en adelante, hubo de contentarse con adorarla desde lejos. Aun así y gracias a una palabra cazada aquí y a otra escuchada tras alguna puerta acullá, empezó a averiguar todos los afanes, alegrías y también penas de aquella a la que él —en recuerdo del largo velo bajo el que la había conocido— comenzó a llamar «mi dama de blanco».

Por eso ahora sabía, por ejemplo, cuántas horas pasaba Ana de Austria en la capilla rezando por la salud de los hijos que aún le quedaban vivos. «Dios mío, haz que mi Dieguillo no contraiga el sarampión que corre estos días por Madrid, es tan debilucho, protégelo, Señor.... ¿Y mi pequeño Felipe? Ya lo ves, tan triste e indeciso siempre. Su salud es mejor que la de su hermano, pero si Dieguillo muere y le toca reinar a él, ¿qué clase de rey será? Protege también a mi niña María, es solo una criatura, Señor y, sobre todo cuida de Felipe, mi esposo. Son tan traicioneras las fiebres este año... ¿Qué pasará si cae con ellas? Aunque si es tu divina voluntad que las contraiga, dame al menos, Dios mío, fuerzas para cuidarlo y estar siempre a su lado cuando me necesite...».

Más cosas sabía Benito de su dama de blanco. Como de su amor por Isabel Clara Eugenia y Catalina Micaela, las hijas de Isabel de Valois, su antecesora, muerta tan joven. O de su predilección por los ejercicios de los acróbatas y saltimbanquis que con frecuencia montaban sus andamios ante las puertas del Alcázar para realizar sus piruetas; también de su gusto por las perlas, que eran sus joyas favoritas, por lo que siempre las lucía en todos sus retratos. También adoraba las flores, en especial las blancas, y sentía debilidad por los dulces. Sus favoritos eran ciertos pastelillos de mazapán llamados «suspiros de monja» que solo se fabricaban en un pueblo perdido de la sierra. Cuántas veces Benito Molina habría viajado hasta allí para hacerse con un surtido de ellos. Y luego, con su facilidad para abrir puertas ajenas, solía depositar su dulce carga en los aposentos de una de las damas de compañía de la reina, tan amante de estos pastelillos como ella. Si los hubiera dejado directamente en las habitaciones de la soberana, podrían haber despertado sospechas. El rey tenía su catador de venenos, pero la reina no, de modo que posiblemente sus dulces acabarían, por prudencia o exceso de celo, en la basura. En cambio, dejados en la recámara de su dama de compañía y previa catadura por parte de la glotona, podía estar seguro de que al menos parte de su regalo llegaría hasta ella. Otro tanto ocurría con las flores. Benito aprovechaba los ratos en los que no había moros en la costa para llenarle la habitación de azahar en primavera, de lirios en verano y de rosas blancas en pleno mes de enero.

Fueron las flores y los suspiros de monja los que le dieron la idea. Si hasta ese momento se las había ingeniado para hacerle llegar algo de su preferencia sin que ella pudiese sospechar de quién era el obsequio, ¿por qué no ir un paso más allá en su audacia y regalarle algo aún más deseado por ella, algo único, nunca visto? Algo que fuera la envidia del mundo entero y que solo él, Benito Molina, podía procurarle.

Todo esto había cavilado cuando —después de escuchar tras la puerta de Van Ranst la historia del alguacil de Panamá— pudo ver la extraordinaria perla que aquel hombre traía y de inmediato se dio cuenta de las posibilidades que se abrían ante él.

Sí, porque o bien Benito Molina sabía muy poco de la naturaleza humana o, después de las risotadas y humillación de Van Ranst, y desaparecidas por completo sus esperanzas de que el rey no le hiciese marqués como él tan ilusoriamente había supuesto, lo más probable era que el de Tebes estuviera confuso, sin saber qué hacer. ¿Qué opciones le quedaban? A saber, dos: volver a Panamá con la perla y reconocer que era un iluso desinformado, o venderla en Madrid a cualquier usurero y por lo que le dieran. Benito Molina, en cambio, pensaba ofrecerle una tercera e interesante opción: presentarle a Pedro Cerdeño, joyero del rey, de modo que este le comprara la joya por un precio más que razonable.

Veinticuatro horas más tarde, Benito Molina, temblando de pies a cabeza, pudo observar por encima del hombro de Pedro Cerdeño cómo, tras haberle dado las gracias por descubrirle la perla («Jamás he visto una igual, amigo Benito, es tan rara, tan peregrina...»), el joyero transcribía lo siguiente en el Registro General:

Hoy entra a formar parte de tesoro real una perla pinjante en forma de pera de buen color y buen agua, con un pernito de oro por remate con el que pesa 71 quilates y medio. Comprôse a don Diego de Tebes en 9.000 ducados. Tasándose por Francisco Reynalte y Pedro Cerdeño, plateros de oro y lapidarios de rey nuestro señor. Tiénela la reyna nuestra señora.

* * *

Donde se explica cómo pasar del éxtasis al tormento en tres días

Al recuerdo de la escena que cada noche acuna sus sueños, esa en la que él atesora entre las suyas la mano de su dama de blanco, Benito Molina ha añadido ahora esta letanía: «Tiénela la reyna nuestra señora, tiénela la reyna nuestra señora...», la misma frase que Benito piensa ver materializada muy pronto. Todo lo más en el plazo de una semana y de la mejor manera posible, puesto que se daba la circunstancia (otra vez los astros alineándose a su favor) de que la reina estaba a punto de posar para un nuevo e importante retrato que había de hacerle un afamado pintor de corte recién llegado de Flandes.

Siguiendo con su costumbre de escuchar tras las puertas y colarse por no pocas de ellas, Benito había conseguido averiguar interesantes detalles sobre dicho proyecto. Como, por ejemplo, que el cuadro en cuestión estaba destinado a señalar un venturoso suceso que, si todo iba bien, debía producirse en breve: la proclamación de Felipe II como soberano de Portugal tras la muerte sin descendencia de su sobrino el rey Sebastián. ¿Cabía en el mundo mayor gloria? A los vastos dominios del imperio español se sumarían en breve el Brasil, así como todos los extensos territorios portugueses diseminados por el mundo. Ni Alejandro Magno, ni Gengis Kan ni ninguno de los emperadores romanos alcanzaron jamás tal esplendor y, como es lógico, don Felipe deseaba que un hecho de tal trascendencia quedase inmortalizado con un par de retratos, uno suyo, otro de la reina.

Según había podido saber también Benito Molina, a doña Ana un temor supersticioso le aconsejaba esperar un par de semanas a que la anexión fuera un hecho antes empezar a posar para el suyo, pero el pintor le había rogado que le dejara tomar al menos un par de bocetos para aprovechar la espléndida luz de principios de otoño.

La reina había elegido ya el traje con el que deseaba ser retratada. Uno de terciopelo negro, severo, y según ella acorde con los treinta y un años que debería cumplir en un par de meses. Sin embargo, para Benito Molina, zascandil de palacio y espía de tantos ojos de cerradura, existía en todo el Alcázar un único terreno vedado: las habitaciones privadas de la reina cuando ella estaba presente. Era una limitación que él mismo se había impuesto para no invadir su intimidad y que cumplía a rajatabla. Aun así, nada impedía, según se dijo también, aprovechar cualquier descuido de sus damas para colarse en el vestidor real. Y, en efecto, así lo hizo para admirar maravillado cómo estas, siguiendo órdenes de su majestad, habían vestido a un maniquí de madera del tamaño de la reina con el traje negro que estaba previsto luciera al día siguiente, adornándolo, además, con las piezas de joyería elegidas para el retrato, cada una de ellas con un significado especial: por ejemplo, un brazalete de oro y corales provenientes de las Indias; un par de sortijas de las posesiones españolas en Italia; zarcillos de Portugal; encajes de Flandes; un largo collar de perlas del Oriente y por su puesto «su» perla.

Sí, porque según había podido enterarse Benito de boca del propio joyero real, doña Ana, en cuanto la vio, la hizo suya. «Es tan hermosa, ¿verdad, Cerdeño? Tanto más redonda y perfecta que la otra, la que fue de María Tudor. ¿De dónde vendrá esta maravilla? ¿Cuál es su historia? ¿Esconderá alguna leyenda, una historia de amor, quizá? Quiero lucirla sola, sin ningún otro adorno, para que destaque, espléndida, sobre el terciopelo negro».

El joyero la había convencido de que no. «Piense su majestad que, en un retrato conmemorativo de tanta trascendencia, cada joya ha de tener su valor simbólico y lo correcto es elegir varias y de distintas procedencias, de modo que todos los vastos dominios del imperio estén representados. Ese y no otro ha de ser el mensaje: España es dueña de más de la mitad del orbe».

«Está bien, Cerdeño, pero sábete que me propongo lucirla lo más cerca posible de mi corazón, tal es mi deseo».

* * *

Mañana iba a ser un gran día. Por fin, Benito podría ver a su dama de blanco lucir la joya que él había hecho comprar para ella. Y no solo la luciría mañana mientras pintaban el primer boceto, sino ya por toda la eternidad en su retrato más simbólico y significativo. Según había podido averiguar, la reina comenzaría a posar sobre las once en una de las salas más soleadas de la torre norte. Benito Molina tenía pensado colarse allí muy temprano. Nadie tenía por qué enterarse, siempre que guardase la precaución de esconderse pongamos que detrás uno de los cortinajes de las ventanas.

* * *

Al día siguiente, Benito saltó de la cama aun antes de que rayara el alba. No había podido dormir en toda la noche. A pesar de los nada desdeñables ingresos que le procuraban sus negocios de joyería con Pedro Cerdeño, él seguía dedicándose a la cría de sanguijuelas. Al fin y al cabo, eran estas las que le permitían acceder a diario al Alcázar. Tampoco se había mudado de barrio ni cambiado sus costumbres. Continuaba siendo el mismo muchacho retaco, feo y picado de viruela que saludaba a sus vecinos con una gran sonrisa.

Aquella mañana, sin embargo, apenas se cruzó con nadie. Al principio no le sorprendió. Hacía semanas que los calores de un verano que se resistía a convertirse en otoño habían traído a Madrid las fiebres, y la gente estaba asustada. Se decía que en otras partes de la Península la situación era grave y que en Extremadura, por ejemplo, se habían dado casos de cólera morbo. Pero a qué acuitarse, se dijo Benito, Extremadura estaba lejos y aquellos miasmas no tenían por qué llegar hasta la Villa y Corte. O tal vez sí, pensó a continuación, quizá los trajeran los propios soldados del rey que iban y venían de Badajoz a la capital. Hacía semanas que Felipe II se había instalado en dicha ciudad con ánimo de seguir de cerca la campaña del duque de Alba en Portugal.

Benito continuó su camino. ¡Qué calor! Y eso que las campanas de San Francisco aún no habían dado las nueve. Decidió que, antes de dirigirse al Alcázar, pasaría por la fonda Carrasco. Una leche merengada no le vendría mal. Además, allí tenían por costumbre reunirse algunos criados de palacio recién salidos del turno de noche, de modo que era el lugar perfecto para enterarse de novedades. ¿Sería ya Felipe II rey de España y también de Portugal? ¿Habría el viejo duque de Alba, con sus más de setenta años, rendido un último y muy glorioso servicio a su majestad al conquistar para él el trono del país vecino?

—Vaya nochecita —oyó comentar a un tipo que tenía todas las trazas de ser vaciador de orinales o limpiabotas.

—¿Qué, a ti también te querían llevar *p'allá*?

—No, porque dizque ese viaje es asunto de mujeres, pero a mi Lucinda se le saltaron las lágrimas cuando le ordenaron que se aprontase porque era una de las elegidas.

—Natural, para nadie es plato de gusto acompañar a nuestra señora la reina con lo que está pasando.

—¿Y qué está pasando? —se inquietó Benito, acercándose a los dos hombres que parlamentaban acodados en el mostrador.

Pero ni uno ni otro le respondió. Pidieron un par de aguardientes, según ellos «*pa* callar tripas y espantar canguelos», y no retomaron su conversación hasta pasado un tiempo que a Benito se le hizo eterno.

Solo entonces se enteró de la mala nueva que pronto correría por todo Madrid. El rey había caído con las fiebres que asolaban Badajoz y se moría sin remedio.

—... Por eso la reina nuestra señora, en cuanto lo supo, no tardó en ordenar que se pusieran en marcha los preparativos de viaje, con ánimo de ir hacia allá cuanto antes.

—¿Hacia Badajoz? —se aterró Benito.

—¿Adónde va a ser si no, metete, *entrometío?*... Y, por cierto, muchacho, ¿a ti nunca te han dicho que pareces un malparido guiso de arroz con esa cara picoteada de viruelas?

—Muchas veces, señor —respondió Benito Molina, que, por lo general, no tenía demasiada paciencia con los sarcasmos y los combatía con su afilada lengua. Pero esta vez lo único que le importaba era conocer detalles de qué iba a hacer su dama de blanco—. ¿Y cuándo parte? —preguntó.

—Raro será que no haya salido con las primeras luces. La noticia llegó tarde en la noche y nadie ha dormido preparando el viaje... ¡Pero, bueno! ¿Se puede saber dónde vas tú, saco de granos, con tantas prisas, que casi me tumbas el aguardiente? ¡Eh! ¡Vuelve aquí, granuja *desconsiderao,* que te he de dar tu merecido!

* * *

—No puede ser, no puede ser... —se desespera Benito Molina, corriendo todo lo aprisa que pueden llevarle sus piernas zambas—, tengo que verla antes de que marche.

—¡Eh, Benito! —grita riendo uno de los centinelas de la puerta—. ¿Se puede saber dónde está el fuego? ¡Cualquiera diría que se te llevan los mengues!

Otro guardia conocido suyo hizo un segundo comentario chusco, pero él no se detuvo hasta llegar a los aposentos reales, solo para descubrir que había llegado tarde.

—Yo a ti te conozco. ¿No eres el mozo de las sanguijuelas, el mismo que estuvo por aquí enredando la última vez que nuestra señora se puso de parto? ¿Qué buscas? —inquiere ahora una ama vieja que, junto a otras dos jóvenes, se ocupa de orear y recoger las habitaciones de la reina.

—Yo... Bueno... Verá su merced —improvisa él sobre la marcha—, don Servando Pérez, el médico de su majestad, me ha pedido que recoja aquí, eh... unas sanguijuelas que dejó ayer olvidadas en un frasco.

—¿Pero de qué sanguijuelas y de qué frasco hablas? Don Servando hace días que no viene por aquí.

—Ah, pero ¿no está indispuesta entonces su majestad? —continúa Benito con su mejor cara de simplón que no se entera de nada.

—Está más sana que tú y que yo, a Dios gracias. De ahí que no haya dudado ni un instante en ir al encuentro del rey. Una santa, eso es nuestra reina —comenta admirativa el ama—. «¿Quién mejor que yo puede cuidarle?», repetía la pobrecilla mientras la aprestábamos para el viaje. «¿Estará sufriendo? ¿Llegaré a tiempo? ¿Qué será de España si él muere?». Esto y más cavilaba, y nada la ha disuadido de emprender marcha de inmediato, ni siquiera en su estado.

—¿Qué estado?

—De cuatro lunas debe de estar grávida. Pero ¿a qué vienen tantas preguntas, niño entrometido? Anda, vete por *ay*, que nada de esto es asunto de tu incumbencia y a quien Dios se la dé, San Pedro se la bendiga, pero... Pero ¿se puede saber por qué lloras de ese modo, criatura? ¿En qué te va a ti lo que haga o no haga su majestad? Anda, anda. ¡Para ya! —se impacienta entonces la vieja, empujándole hacia la puerta al tiempo que se santigua tres veces—. ¡Para de una vez, te digo! Que dan *mu* mal fario las lágrimas de un tipo tan feo y retaco como tú. Más aún aquí, en las habitaciones de nuestra señora. ¡Vete en mala hora y que Dios todopoderoso proteja a nuestra señora!

* * *

Apenas dos semanas más tarde, las campanas trajeron la mala nueva. Benito Molina ni siquiera tuvo que preguntar qué había sucedido. Las primeras en doblar a muerto fueron las del Alcázar, y, minutos más tarde y a imitación de ellas, las del resto de la Villa y Corte, seguidas al punto por las de sus alrededores y luego todas las del reino. En un primer momento, albergó la esperanza de que fuera la muerte del rey y no la de su dama de blanco la que anunciaban. Pero minutos más tarde, el Alcázar entero era un hervidero de comentarios.

—¿...Y cómo fue?

—Estaba de Dios. Dizque nuestra reina logró salvar al rey cuando estaba a las puertas de la muerte, pero no logró salvarse ella. *Paise* que lo cuidó día y noche como un ángel. No se separó ni una miaja de la cabecera de su lecho hasta que ella misma cayó con las fiebres.

—Una locura por su parte, sabiendo como sabía que estaba una vez más embarazada.

—Embarazada y desilusionada, amigo mío. Debió de ser un golpe brutal enterarse del asunto del testamento.

—¿Qué testamento?

—El que redactó el rey en Badajoz pensando que había llegado su última hora. En él dispuso que se excluyera de la regencia a la reina. Un alma caritativa le fue a ella con el cuento y la pobrecilla se desmayó al saberlo, estaba ya tan débil... Poco después se puso tempranamente de parto. Vinieron luego los dolores, las hemorragias, los vómitos... dos días más tarde estaba muerta.

—¡Hombres! —intervino una doña que no paraba de secarse las lágrimas con las vueltas del mandil—. Siempre desconfiando de quienes más los aman, mira que son necios y *aprovechaus*. ¡Mi pobre señora arriesgando su vida por él y *asín* que se lo paga! Pero en el pecado está la penitencia. Con esta será la cuarta esposa que entierra. Mala sombra ha *tenío* siempre en amores, pero bien *merecío* lo tiene si las trata de este modo...

—Calla, mujer, que las paredes oyen y luego pasa lo que pasa... Además, no todo son malas nuevas. Su majestad está del todo restablecido y, gracias a los oficios del viejo duque de Alba, es ahora rey de Portugal. Dos grandes imperios que se unen para gloria de todos nosotros. ¡Larga vida a nuestro señor!

* * *

Benito Molina había oído estos y otros retazos de información con el corazón helado. Ni siquiera alcanzó a llorar, se le habían secado las lágrimas. Cada palabra, cada frase se le clavaba en las entendederas como uno de los afiladísimos estiletes que utilizaba el doctor Servando para sus punciones. Y, sin embargo, aún le quedaba por encajar una estocada más. Enterarse de que no solo no volvería a ver a su dama de blanco, sino que ni siquiera podría visitar su tumba. Se la llevaban a El Escorial, ese nuevo palacio a muchas leguas de allí, en el que Felipe II pensaba instalar su Panteón de Reyes.

Los sirvientes continuaron con sus comentarios. Uno se preguntaba si el rey se volvería a casar y otro le contestaba que más le valdría, «porque, de los once hijos que Dios le ha *dao* solo le viven cuatro y los dos varones son bien poca cosa...».

Hablaron entonces de la mala salud de Dieguillo, el heredero al trono, también del apocamiento de Felipe, su hermano menor; barajaron después nombres de posibles candidatas a sustituir a Ana de Austria, pero Benito ya no les oía. Solo cavilaba cómo podría arreglárselas para verla. Si no a ella, al menos su retrato. El pintor recién llegado de Flandes ni siquiera había podido hacer los primeros esbozos del cuadro en el que la reina iba a lucir su perla. Pero Benito siempre podría admirarla en el otro cuadro, en aquel pintado seis o siete años atrás por Antonio Moro y en el que él había aprendido a amarla.

* * *

Y ahí estaba ella ahora, en la galería norte, rubia, pálida, esperándole entre un Tiziano y un Juan Pantoja de la Cruz con ese aire mitad triste, mitad anhelante que él conocía bien. De pie, ante su retrato, Benito Molina decide tomar su tiempo y recrearse en cada línea y pincelada de las que Antonio Moro había trazado para dar forma a su amada. Comienza por admirar primero la textura del brocado del vestido, después la filigrana de dorada pasamanería que adorna el centro de la falda y rebordea también las mangas. Se detiene a continuación una eternidad en sus manos, la derecha incongruentemente enguantada en negro que sujeta un pañuelo de puntillas, la izquierda desnuda, blanquísima, surcada por azuladas venas. Su mirada inicia un lento ascenso trepando por el escueto talle de su dama para subir luego por el tronco, alcanzar el pecho, más tarde los hombros, hasta quedar frente a su rostro.

Aun así, no son sus ojos ni sus cejas, ni su nariz fina y perfecta, y ni siquiera esos labios trémulos que en sueños tantas veces ha besado los que llaman su atención. Tampoco su pelo rubio ni menos aún la severa gola que enmarca deliciosamente su rostro, sino algo que se encuentra unas pulgadas más abajo. Un grueso collar de oro que le adorna el pecho y del que cuelga una perla grande pero oblonga y con una muesca en la base en forma de cruz. La misma —Benito lo sabe bien puesto que se lo ha oído comentar no pocas veces al joyero real, Pedro Cerdeño—, la misma perla que Felipe II regaló a María Tudor cuando se casaron y, que tras morir ella, su hermana Isabel decidió devolver a España para congraciarse con su cuñado. Una pieza notable pero que en modo alguno podía compararse con la otra, con la mía, se dice el vendedor de sanguijuelas, con aquella redonda y si tachas que él, apenas unas semanas atrás, se las había ingeniado para regalarle.

Es entonces, mirando aquella otra perla menos perfecta del cuadro de Antonio Moro, cuando se le ocurre la idea. Si la muerte había impedido que Ana de Austria se retratase como reina de España y Portugal luciendo su nueva perla, como hubiese sido su deseo, Benito se ocuparía ahora de cumplirlo. Para lograrlo, se dijo, lo único que se precisaba era arrojo y un pulso firme. Bueno, eso —continuó cavilando Benito Molina, entusiasmado con su idea— y una noche de luna llena, porque ¿no es la luna la habitual cómplice cuando se trata de delitos de amor como el que él se disponía a perpetrar?

Delito, sí, y también una pequeña profanación, porque, desde ese día, quien admira el retrato de Ana de Austria vestida de blanco pintado por el maestro Antonio Moro jamás llegará a sospechar que a las pinceladas de tan gran artista se sumaron, una noche de luna, diez o doce trazos más a cargo de unos dedos intrusos. Los mismos que, cierta madrugada de invierno de 1580, se aproximaron temblando hasta la fina y alargada perla de María Tudor que hasta entonces lucía Ana de Austria en el retrato de Moro para redibujarla y convertirla en otra. Más llena, más redonda, mucho más bella. Esa que un criador de sanguijuelas con la cara acribillada por la viruela pocos meses antes había logrado adquirir para ella. Sabiendo, como saben ahora sus dedos enamorados, que, de ahí en adelante y gracias a audacia tan irreverente, su dama de blanco podrá lucirla tal como era su deseo: muy cerca de su corazón y por toda la eternidad.

* * *

Epílogo

Felipe II sobrevivió casi veinte años a su cuarta esposa. Nunca volvió a casarse y guardó luto por Ana de Austria hasta el fin de sus días. Fue su forma de rendir homenaje a una mujer que no solo perdió la vida por sanarle, sino que le dio lo que más podía desear un rey que tuvo la mala fortuna de ver cómo morían siete de los once hijos legítimos que había engendrado: un heredero para el imperio más grande que jamás ha conocido la historia. En cuanto a las dos perlas, convivieron en el joyero real hasta 1660, cuando Felipe IV regaló la perla de María Tudor a su hija María Teresa con motivo de sus esponsales con Luis XIV. Con el tiempo ambas perlas adquirirían un nombre. La de María Tudor se conoce como la Pelegrina (con ele), mientras que la de Benito Molina criador de Sanguijuelas es la nuestra, la Peregrina.

Tercera parte

La extraña corte de Felipe III o los pecados de una dama demasiado memoriosa

FELIPE III. Madrid, 1578-Madrid, 1621

Esposa:

Margarita de Austria: Graz, Austria, 1584-San Lorenzo de El Escorial, 1611

Hijos:

De su matrimonio, celebrado en 1599, nacieron ocho hijos, de los que solo cinco llegaron a la edad adulta: Ana (que se casó con Luis XIII de Francia); Felipe IV, rey de España; María Ana, emperatriz del Sacro Imperio; Carlos, muerto sin descendencia a los 24 años, y Fernando de Austria, conocido como el cardenal infante. El resto murió en la infancia.

Año: 1621
Lugar: convento de la Encarnación de Madrid

«No sé a qué viene esta confesión, señora mía. Ahora que por fin habéis hecho renuncia del mundo, sus pompas y sus obras, ¿qué os empuja a tomar pluma y contar tan viejas historias? El pasado, pasado está, y ciertos sucedidos es preferible que duerman un sueño eterno».

Así me amonestó don Ginés de Vilamilla con gesto avinagrado. Por aquellas lejanas fechas ya había comenzado yo a esbozar esta larga confesión que ahora tengo entre manos, pero no osé revelársela a don Ginés. Acababa de ingresar en el convento de la Encarnación, donde ahora me hallo, y se da el caso de que él, además de ser mi confesor, es dominico y por tanto demasiado amigo del Santo Oficio, esa pía institución que, por todos los medios, santos o no santos, vela por que el enemigo no anide en nuestras almas.

Ignoro si el enemigo anidó en mi alma o si fui yo quien se dejó caer en sus brazos. Solo sé que he cometido un pecado nefando y que por él purgo desde hace tiempo. Ahora que se acerca el día en que he de rendir cuentas ante El Que Todo lo Ve, tomo de nuevo papel y tinta para concluir esta mi confesión. Rezo para que tan pecadora historia sirva al menos de advertencia a otras mujeres en trance similar al que me tocó vivir. Y espero también que Dios, en su infinita misericordia, llegue a perdonar a esta hija suya que, si bien no tiene perdón, solo puede alegar en su descargo que cuanto hizo lo hizo por un grande amor.

Comenzaré por anotar que mi nombre es Margarita, aunque siempre me han llamado Greta. Nací en Graz en el año de gracia de 1584 y mi madre murió al darme la luz. En cuanto a mi padre, al que no conocí hasta el día de mi octavo cumpleaños, se llamaba don Carlos y era hijo segundón del emperador del Sacro Imperio. Un par de semanas antes, un caballero de aspecto grave se había apersonado en la pequeña granja en la que me crie gracias a la caridad de un tío materno para anunciar que mi hora había llegado.

—¿Hora de qué, señor? —acerté a preguntar, y el caballero, sin mudar el gesto, explicó que mi padre, en su gran bondad, me había elegido para entrar al servicio de sus hijas legítimas, las archiduquesas de Austria-Estiria, por lo que era mi deber incorporarme a palacio cuanto antes.

Poco tardaría en enterarme de que mi progenitor tenía nada menos que quince hijos legítimos, ocho de los cuales eran hembras, lo que, según se comentaba con admiración, lo convertía en el suegro más deseado de Europa. En tiempos en los que más de la mitad de los niños morían a edades tempranas, mi padre y su esposa constituían toda una promesa de fertilidad, un seguro de sana descendencia para quien matrimoniase con sus hijas.

—... No a mucho andar les llegará la hora a tus niñas —así me explicó una ama algo mayor que, nada más llegar a palacio, pareció tomarme bajo su ala protectora. Analisa se llamaba y, según me secreteó, era hija a su vez de otro de los archiduques y tan bastarda real como yo misma. Comoquiera que no conocía yo el significado de tal palabra, Analisa tuvo a bien ilustrarme—: Escucha y aprende, criatura. Tu padre y el mío son ambos hijos de

Fernando I, emperador del Sacro Imperio, pero, sobre todo —y aquí viene el dato interesante—, son nietos de Felipe el Hermoso y por tanto muy amantes de las faldas. Aun así, también son devotos cristianos y temerosos de Dios, de modo que, en ocasiones, sus bastardos, y en especial sus bastardas, acaban gozando de su imperial protección y, en algunos casos, incluso del reconocimiento público. Todo depende de cuánto hayan amado a sus madres, ¿comprendes? Y, por lo que veo, tú debes de ser una de esas afortunadas, como lo soy yo.

Me habló entonces de otro de los hijos de Felipe el Hermoso, del emperador Carlos V, y de cómo este, una vez en el trono, había reconocido y privilegiado a uno de sus bastardos, don Juan de Austria, héroe de Lepanto y fiel colaborador de su medio hermano, Felipe II.

—Y no creas que es un caso único. Lo mismo hizo Carlos V con otra de sus hijas naturales, doña Margarita.

—¿Con una mujer? —me asombré yo.

—¡Ah, pero qué mujer! —suspiró admirativa Analisa—. Para mí que su papel en la política ha sido casi más importante que el de su medio hermano, Juan de Austria. Fue durante años gobernadora de los siempre levantiscos Países Bajos y lo hizo con templanza e inteligencia.

—¿Creéis que también yo tendré esa suerte y por eso se me ha llamado a palacio? —pregunté con la inocencia de mis pocos años, y Analisa rio diciendo que no, que lo encontraba altamente improbable; que mi padre solo era un segundón de la casa de Austria pero que, en todo caso, era un gran honor ser hija natural de tan alto señor y que a quien buen árbol se arrima, ya sabemos lo que le pasa...

—Además, ¿tú te has mirado al espejo, niña?

—No sé qué queréis decir.

—Se ve que en la granja de esos tíos tuyos andabais escasos de lujos. Anda, ven, tengo algo que enseñarte.

Analisa me puso entonces ante un enorme espejo en el que se reflejaba mi imagen de cuerpo entero, de modo que pudiera constatar lo que, al parecer, se cuchicheaba en voz baja desde mi llegada a palacio. El asombroso parecido que guardaba con una de mis medio hermanas, en concreto con la archiduquesa Margarita.

En efecto, desde el espejo me miraban ahora sus mismos ojos, un poco caídos por los lados, sus mismas cejas claras y, en particular, su misma quijada. Esa mandíbula protuberante y exagerada que ahora sé que llaman prognática y que es el rasgo distintivo de los Austrias. En honor a la verdad, y sin falsa modestia, debo decir que la mía se me antojó bastante menos saliente que la de mi medio hermana, pero en el resto, éramos dos gotas de agua.

—*Demasiado* iguales —enfatizó Analisa mientras recolocaba mis alborotados rizos hacia atrás para disimular en lo posible el parecido con la archiduquesita—. Algo tendremos que hacer también con tu nombre de pila porque no es decoroso que existan dos Margaritas idénticas, de modo que, de ahora en adelante, te llamarás Greta. Si tu hermana no tuviese un par de años más que tú, cualquiera diría que sois gemelas.

* * *

A partir de ese momento, comencé a formar parte del pequeño reino infantil de aquel castillo. Peinada de otro modo y con la ropa discreta y austera que me proporcionó Analisa, el parecido con mi medio hermana no era tan evidente. Y yo me afané en difuminarlo aún más, puesto que, solo un par de meses más tarde murió mi padre y de inmediato comencé a columbrar los muchos peligros que concitan los celos y la envidia. Aprendí también —gracias a cierta biografía del emperador Claudio que cayó en mis manos— que en una corte, sea esta la de un emperador romano o más modestamente la de un archiduque segundón como la nuestra, trae más a cuenta pasar por necio o incluso por tonto de remate que hacerse el listo, en especial si una es mujer.

Debo de haber resultado harto convincente en mi papel de boba, porque, un día, la archiduquesa viuda me mandó llamar. Temblé, pensando por un momento que mi destino iba a ser regresar a la granja con mis viejos tíos, pero, ante mi sorpresa, la señora, que debía de conocer mi origen, no en vano lo llevaba escrito en la cara y en concreto en mi quijada, dijo así:

—Supongo, Greta, que hasta ti habrá llegado la venturosa noticia, aunque, dadas las escasas luces que pareces tener, mejor será que te la cuente yo: Felipe II, rey de las Españas, que siente que pronto llegará su última hora, desea ver casado a su hijo y heredero antes de morir. Como quiera que yo, con la ayuda de Dios, he dado sobradas muestras de mi capacidad de traer al mundo hijos sanos y en esta casa quedan aún tres archiduquesas en edad de merecer, resulta que en ellas ha puesto sus reales ojos tan gran señor.

—¿Y quién es la afortunada? —me atreví a preguntar sin entender por qué la mujer de mi padre, que nunca me había demostrado el menor aprecio, me hacía partícipe de información tan íntima.

—Precisamente ahí está el problema —retrucó contrariada la dama—. Tres retratos de mis niñas he enviado a la corte de Madrid. Los de Catalina, Gregoria y Margarita, pero, según noticias que me proporciona una oreja muy amiga y afinada que tengo en la corte madrileña, el futuro rey de España debe de ser el más dubitativo e irresoluto de los hombres. Porque dime tú, niña —continuó la esposa de mi padre aún más contrariada—, ¿qué demonios se puede esperar de un muchacho que necesita del parecer de su papá para elegir entre tres muy bellas esposas?

Abro un paréntesis en este punto de mi narración para decir que una de las grandes ventajas de escribir vivencias acaecidas mucho tiempo atrás es poder completar el relato con retazos de información que uno ignoraba en aquel entonces pero ahora conoce y resultan reveladores. Por eso, insertaré aquí cierta conversación privada que tuvo lugar entre Felipe II y su hijo el mismo día en que, al Alcázar de Madrid, llegaron los antes mencionados tres retratos. Una plática que, según me contaron, se desarrolló, literalmente, en los siguientes términos:

—Hijo mío —dijo el rey al joven Felipe, que a la sazón tenía dieciocho o diecinueve años (una edad, dicho sea de paso, bastante tardía para casarse según las costumbres imperantes)—, observad bien los cuadros de vuestras primas y elegid entre ellas la que sea más de vuestro agrado.

—De ningún modo he de consentirlo, padre. Dejo tal asunto en manos de vuestra majestad.

—Hijo, yo estimo vuestro gesto, pero debéis decidir vos, puesto que ha de ser la compañera de vuestros cuidados y con quien os desahoguéis de ellos. Mirad, como no quiero que os cueste sonrojo el explicarme aquí y ahora a quién elegís, llevaos los cuadros a vuestros aposentos. Así los reconocéis despacio y, luego, el que más os agrade me lo remitís por medio de un gentilhombre. De este modo, conoceré vuestra elección.

—Yo, padre —insistió no obstante el muchacho—, no tengo más elección que vuestro gusto. La que vos escogiereis, esa me parecerá la más hermosa y sin esta circunstancia no la consideraré la más perfecta.

Quien me contó esta conversación privada (que muy pronto se hizo pública y corrió por todas las cortes europeas acompañada de no poca chufla) me informó también de que, comoquiera que no hubo manera humana de convencer al joven Felipe de que eligiera sin ayuda de papá, Isabel Clara Eugenia, su hermana mayor y ojito derecho de Felipe II, que era dama práctica y con no poco sentido del humor, ofreció una solución.

—Veamos, hermano mío, puesto que no sabéis a quién elegir, os voy a ayudar.

Y colocó los tres retratos de cara a la pared para que fuera la suerte quien decidiese tan peliagudo asunto. Por lo visto, su hermano dudó aún unos minutos, pero luego, muy despacio, se acercó y por fin eligió uno: el de Margarita.

A su padre aquello le pareció el colmo de las frivolidades y dijo que no, que desde cuándo una reina de España se echaba a suertes como los caballos o los asnos y, para zanjar la situación, ordenó a su irresoluto hijo que eligiera a la mayor de las hermanas.

El príncipe aceptó sin chistar y, al día siguiente, se envió un correo a Graz con la petición de mano de la elegida. Pero la fortuna, que es así de caprichosa e imprevisible, quiso que este venturoso correo se cruzara con otro harto más lúgubre en el que se le notificaba a don Felipe la muerte de la princesa elegida a causa de un inoportuno catarro.

Salió entonces un nuevo enviado de España con otra petición de mano, esta vez para la segunda de las hermanas, pero, oh, fatalidad, en el ínterin esta también murió, en este caso, de fiebres, de modo que, al final y por descarte, la elegida fue Margarita, la candidata que la suerte había señalado con anterioridad.

* * *

Todas estas idas y venidas, cartas, peticiones de mano, duelos, quebrantos y nuevas peticiones habrían de durar casi dos años hasta que una mañana, Margarita, archiduquesa de Austria-Estiria, recibió con lágrimas en los ojos la comunicación de que debía partir cuanto antes hacia su nueva vida. Una en la que yo habría de acompañarla, no porque mi tocaya, que siempre me tuvo estima, lo solicitase, sino porque así lo dispuso su madre. ¿Por qué razón? Según Analisa porque, después del fallecimiento de su marido, y sobre todo tras perder en tan poco tiempo a dos hijas, no deseaba tenerme cerca recordándole a cada paso que a la tercera, esa tan parecida a mí, no volvería a verla en años o posiblemente nunca más.

Sea aquella u otra la razón, el caso es que, a las pocas semanas, nos pusimos en camino hacia España y, tanto se alargó el viaje que, mientras estábamos aún en Italia, llegó noticia de que el rey Felipe II acababa de expirar. De este modo, mi señora Margarita, desposada por poderes ante el papa Clemente VIII, iba a entrar en España convertida ya en reina.

Para acelerar su llegada, decidimos embarcar en Génova y, tras semanas de atroz navegación que no presagiaba nada bueno, arribamos por fin al puerto de Vinaroz, donde una larga comitiva nos esperaba para trasladarnos a Denia y más concretamente al palacio de un tal Francisco Sandoval y Rojas, a la sazón marqués de Denia, más tarde conocido como el duque de Lerma.

Es mi deseo no demorarme en mi relato para poder llegar cuanto antes a hablar de mi gran pecado. Pero no tengo más remedio que detenerlo y dedicar unas líneas a este personaje, que fue el primero en recibir, con mucha pompa y no poco gasto, a mi señora doña Margarita.

Es fama que Felipe II, poco antes de morir, al referirse a su hijo, dijo: «El cielo que tantos dominios me ha dado, me ha negado un hijo capaz de gobernarlos. Me temo que lo gobernarán». No había de equivocarse. La desidia e indecisión que el nuevo monarca mostró al elegir esposa se manifestaría de ahí en adelante en todas las facetas de su vida. De este rasgo de su carácter (y también de su buen corazón, que una cosa no quita la otra) se aprovechó, y mucho, el individuo destinado a pasar a la historia como uno de los validos más corruptos y nefastos que ha tenido España. Para muestra valga un simple dato: entre sus muchas veleidades (si es que así puede llamárseles, puesto que tal caballero no daba puntada sin hilo) estuvo el cambiar de lugar la capital del reino. Se la llevó de Madrid a Valladolid, y no por razón política o económica alguna, sino para revalorizar las tierras que en ese entorno poseía. Más adelante (y para alivio de mi señora Margarita, que languidecía en las eternas brumas pucelanas) la volvió a traer a Madrid. Tan inusual baile de San Vito se explicará fácilmente si digo que Lerma previamente también había comprado en la Villa y Corte diversas tierras que, de inmediato, cuadruplicaron su precio. Y mientras él se dedicaba a especular y llenarse el bolsillo, el inmenso imperio español empezaba a dar sus primeros síntomas de declive. En tiempos de Felipe II ya se había producido una primera bancarrota y, al llegar su hijo al trono, la seguirían no pocas más. Pero nada de todo esto acuitaba a Lerma. Su forma de gobernar consistía en mantener al joven rey lo más entretenido posible y al margen del gobierno, de modo que le organizaba espléndidas batidas de caza y otros pasatiempos.

Mi señora era poco más que una niña cuando llegamos a España, pero enseguida se dio cuenta de quién era este personaje. De hecho, así me lo comentó el mismo día que Lerma nos recibió con boato y fanfarria en su palacio de Denia. Y bien que supo capitalizar su generoso (y carísimo) recibimiento. Pronto nos enteraríamos de que Felipe III, agradecido por su «gentileza» para con su esposa, le retribuyó con una escribanía en Sevilla, que el valido se apresuró a revender por dieciséis mil ducados; también con el nombramiento de comendador mayor de Castilla y, por si fuera poco, convirtiendo el condado de Lerma en ducado.

Tal era, a grandes rasgos, la situación cuando arribamos a la Villa y Corte. Pero, por fortuna para mi señora, al poco iba a descubrir una gran y muy eficaz aliada en su difícil cruzada contra aquel hombre: María de Austria, única hija viva del emperador Carlos V, que, a la sazón, vivía en el convento de las Descalzas Reales y se convirtió en su mejor apoyo y consuelo. Fueron incontables las veces que estas dos valerosas mujeres intentaron abrir los ojos de Felipe III con respecto a Lerma, hasta que ocurrió aquello...

Pero no. Mi escasa experiencia en esto de relatar vivencias pasadas hace que corra demasiado y caiga en digresiones. No es de «aquello» ni tampoco del malvado Lerma de lo que quiero hablar en este momento, sino de mi señora. Decir, por ejemplo, que, a pesar de sus pocos años y a pesar también de lo lúgubre y triste que a ambas nos pareció el Alcázar de Madrid donde habríamos de vivir, mi señora se las arregló desde el primer momento para iluminarlo todo con su presencia. No se puede decir que Margarita fuera una belleza, pero resultaba alegre, y tan agradable y generosa que todos la adoraban. Y el primer y más rendido devoto fue el propio rey. Porque, salvo en lo concerniente a Lerma, Felipe III era un hombre afable y comprensivo. Cariñoso también, al menos en la medida en que se lo permitía lo que entonces se conocía como el protocolo borgoñón.

Debo decir que, pese a provenir de una corte germana muy estricta, jamás pude imaginar que la corte de España se rigiera por tal cúmulo de reglas, prohibiciones, formalismos y disparates como los que estipulaba tal protocolo. Un conjunto de normas y reglas inexcusables, destinado a regular cada una de las actividades de los reyes y sus nobles. Como sería harto prolijo relatar aquí las infinitas cortapisas que controlaban nuestras vidas desde que abríamos un ojo por la mañana hasta que lo cerrábamos por la noche, relataré tan solo qué pasaba, por ejemplo, cuando el rey deseaba tomarse una simple copita de vino. En ese caso y según el susodicho protocolo, el ujier había de llamar al gentilhombre de boca cuyo cometido era hacer las veces de copero. Este caballero, acompañado del sumiller, debía bajar a la cava donde un segundo sumiller le entregaba la copa de su majestad en una bandejita. Otro individuo se ocupaba a continuación de llevar el vino en una frasca, acompañada de una segunda frasca llena de agua, aun a sabiendas de que el rey jamás de los jamases rebajaba el vino con agua. Una vez ante su majestad, el gentilhombre escanciador se mantenía a distancia, pero mirando fijamente al rey para servirle en cuanto este hiciese señas. En ese momento, otro nuevo gentilhombre (y ya van cinco individuos distintos) iba por la copa a un aparador donde ya la tenía preparada otro sumiller y este se la daba al médico para que la examinara. Pasado el examen, se cubría la copa con una servilletita y se la llevaba a su majestad precedido el portador de un grupo de seis maceros. Se acercaba ahora el ujier de sala, la tomaba con su mano derecha y dábasela a su majestad hincando la rodilla en tierra mientras que, en esta incomodísima postura, sujetaba con la mano izquierda una bandejita bajo la barba del rey por si cayese alguna gota que pudiera manchar su traje.

Tal era la gimnasia palaciega solo para beber una copa de vino. Imaginen sus mercedes lo que podía ser un almuerzo o una cena, la ceremonia de levantarse de la cama o el protocolo a seguir cuando su majestad necesitaba hacer aguas menores o mayores, asunto que, con tanto ayudante y tanta zarandaja, tenía más de público y risible que de privado y decoroso.

Aun así, a pesar de Lerma y a pesar también del agotador protocolo borgoñón, mi señora se adaptó bien a su nueva vida. A ello ayudó sin duda su gran religiosidad. En los escasos veintiséis años de vida que la Divina Providencia habría de concederle, le dio tiempo a realizar infinidad de obras caritativas, así como a fundar varios conventos, incluido este de la Encarnación en el que ahora me hallo. Sin embargo, con gran diferencia, lo que más contribuyó a su contento fue la llegada de sus hijos. Margarita adoraba a los niños. La primera en nacer fue Ana, destinada a convertirse en reina de Francia y madre de Luis XIV. A continuación, un parto terrible dejó a mi señora muy quebrantada de salud y con una niñita muerta en los brazos, lo que nos hizo temer que se abatiese sobre ella la misma negra suerte de las esposas de Felipe II, cuyos hijos morían sin remedio. Pero estos y otros oscuros nubarrones acabaron por disiparse al fin el 8 de abril de 1605 con el nacimiento del que iba a ser el niño de nuestros ojos, nuestro pequeño Felipe. Nuestro, sí, porque mi señora quedó tan maltrecha del parto que me lo entregó nada más nacer. «Toma, Greta, cuídalo como si fuera tuyo», me dijo exangüe y, en ese mismo momento noté una cálida y torrencial corriente recorrerme entera. Nunca había sentido algo igual. Cierto es que, a mis escasos dieciséis años, ya había dejado mi cuerpo abrazar en más de una ocasión y en modos que no pueden considerarse castos. Pero aquella sensación era completamente distinta. Sentí que aquel cuerpecito pequeño y sonrosado pasaba de pronto a formar parte del mío, por lo que, en un impulso que no sé cómo explicar, en cuanto me lo confiaron y sabedora de que en la habitación solo estábamos mi convaleciente hermana y yo, aflojé las cintillas de mi corpiño y entreabrime la camisa para que su piel se fundiera con la mía. Eran las dos tan blancas e indistinguibles la una de la otra que verlas así unidas acentuó más el extraño calor que me consumía. Se me antojó entonces que el niño debía de sentir algo similar, puesto que abrió los ojos y al punto se dibujó en sus labios la más dulce de las sonrisas. «¡Cuánto me gustaría amamantarlo!», me dije. Qué divino placer debía de ser sentir cómo aquella boca diminuta y ansiosa se cerraba alrededor de mi carne. Yo no tenía leche, estaba seca, pero, aun así, ¿por qué no complacer su ansia dejando que chupase un poco? Abrí más mi corsé, aparté la camisa y sus labios prensiles no tardaron en devorarme succionando con furia.

¡Que la santísima Virgen de la Encarnación, patrona de este convento, me perdone y tenga misericordia! Tal fue el comienzo de mi mayor dicha, también de mi fatal desgracia. La reina mi hermana tardó dos largos meses en recuperar la salud, y durante ese tiempo celestial, Felipillo fue solo mío. Cierto que eran sus amas de cría quienes lo alimentaban con su leche, pero, una vez saciado, lo tomaba entre mis brazos, me lo llevaba a mi cuarto y solo se dormía cuando me lo ponía al pecho.

Así fue transcurriendo el tiempo. La salud de la reina comenzó a mejorar y juntas pasábamos horas jugando con mi niño y con Anita, su hermana. ¡Cuánto nos reíamos al ver cómo el pequeño nos miraba de hito en hito sin saber cuál era mamá y cuál Greta! Por aquel entonces, y a diferencia del que había sido mi proceder hasta el momento, comencé a aumentar mi parecido con la reina. Obviamente, nuestras ropas eran distintas, pero mi Felipillo no se fijaba en tales fruslerías sino en otras similitudes. Como el olor de nuestros cuerpos, que yo acentuaba usando la misma agua de espliego que tanto gustaba a mi hermana; o el color de nuestros cabellos, que empecé a peinar con el mismo estilo; o cierto lunar que ella tenía en la base del cuello y que yo me dibujaba con tinta indeleble para que mi niño pudiera besarlo como besaba el de su madre. La gente se dio cuenta de mis pequeñas tretas y equivocaron su significado. Pensaban que trataba de equipararme con su majestad. ¡Qué poco me conocían! Nunca fue mi afán sustituir en nada a mi señora, ni siquiera en el cariño de nuestro Felipillo. No soy tan necia como para ignorar que la mejor manera de perder la estima de los poderosos es hacer que se sientan amenazados o, peor aún, desplazados.

Si bien todo lo que acabo de relatar es cierto punto por punto, sucedió con el niño algo que me dejó acuitada y no poco corrida. ¿Osaré contarlo? ¡Ay, Virgen de la Encarnación! Dame fuerzas, pues parte de mi penitencia ha de ser dejar aquí y por escrito lo más secreto e inconfesable. Felipe tenía para entonces tres años de edad y aconteció que una tarde, igual que tantas otras, decidí llevármelo a una de las plantas superiores, en concreto al vestidor de mi señora, donde era mi deber preparar la ropa de gala que ella iba a lucir al día siguiente con motivo del cumpleaños del rey. El tan estricto protocolo borgoñón al que antes he aludido obligaba a que la reina tuviera que permanecer de pie durante horas, hierática, sin mover un músculo mientras se desarrollaba la interminable ceremonia. Existían, no obstante, ciertos trucos para que pudiese mantener postura tan estatuaria sin caer rendida debido a su aún frágil salud. Uno de estos ardides era reforzar con varillas de metal el miriñaque que escondía sus enaguas, proporcionándole así una base de apoyo más ancha y por tanto más cómoda. Siempre que había que probar este tipo de artilugios era yo la elegida. Nada más natural, puesto que teníamos las mismas medidas. Un par de damas me ayudaban en tal menester, cuyo objetivo era hacer una suerte de ensayo general probándome tanto el traje como las joyas elegidas para la ceremonia y ver —y en su caso perfeccionar— el aspecto final que presentaría la reina en día tan señalado. Acababan de ceñirme el corsé y de abrocharme el último de los botones cuando una de las damas preguntó: «¿Estáis lista para que os pase el joyel?».

Y aquí he de hacer otro mínimo inciso para explicar que con este solemne nombre —joyel de la casa de Austria— conocíamos entonces al conjunto de dos alhajas sin par: un diamante del tamaño de un puño, tan pulido y traslúcido que quien se mirase en él podía ver su cara reflejada igual que en un espejo, de ahí que lo llamaran «el Estanque». Y luego, colgado de este, como una descomunal y prodigiosa lágrima, estaba esa perla que por rareza apodan la Peregrina. Por separado ambas piezas son espléndidas, pero juntas formaban la joya más fabulosa de su tiempo.

—Sí, dádmelo —respondí a la dama que me lo tendía, yo misma lo ajustaré.

Acababa de situar el joyel de modo que reposaba levemente escorado sobre mi pecho izquierdo cuando de pronto mi Felipillo, al verme, comenzó a correr hacia mí con sus bracitos extendidos, aunque con tan mala fortuna que, en la carrera, se enredó en la alfombra, fue a golpearse con la esquina de un mueble y se hizo un feo chichón. «¡Dios mío!», exclamé, intentando inclinarme para recogerlo del suelo, pero me fue imposible. El traje estaba pensado para estar de pie y en actitud regia, no para socorrer a infantes accidentados. Otras damas acudieron a asistirlo, pero él, adolorido y asustado, lloraba sin consuelo. «Dádmelo, yo lo calmaré», dije, y la misma dama que me había tendido el joyel puso al niño en mis brazos.

—Ea, tesoro, no ha sido nada, ya estás con Greta —susurré, cubriéndolo de besos. Pero él lloraba más fuerte si cabe, por lo que decidí arrullarlo contra mi pecho de modo similar a como solía hacer cada noche cuando, furtivamente y en camisón, lo llevaba a mis habitaciones y apretaba su cuerpo contra el mío. Entonces ocurrió algo inimaginable. Mi niño, al ver la perla, la tomó con la mano derecha, se la metió en la boca y comenzó a chupar con furia, con desesperación, mientras su otra manita acariciaba mi cara para luego emprender camino descendente, cuello abajo buscando encontrar en tan elaborado ropaje alguna rendija por la que colarse y...

Las damas se quedaron heladas y yo también. En mi confusión, no sé qué me aterraba más, si la posibilidad de que el niño se tragara la Peregrina o que aquellas mujeres adivinaran nuestro secreto. Por fin logré recuperar mi temple y rompí a reír restándole importancia. «Qué cosas hacen los niños... Cogedle, os lo ruego, parece que ya se le está pasando el berrinche. Esperad a que le cuente esto a la reina, seguro que se ríe tanto como nosotras...».

Y la reina, en efecto, se rio, puesto que bien me encargué de contárselo de la manera más chusca e inofensiva. A partir de ese día, sin embargo, y por una elemental prudencia, no volví a meter al niño en mi lecho. Fue duro para mí y estoy segura de que también para él, ya que, cada vez que me veía, se aferrada a mis faldas con desesperación.

* * *

Pero, por fortuna, los niños olvidan pronto y así fueron pasando los meses. Además, había otros asuntos de los que acuitarse. La emperatriz María, el gran apoyo de Margarita en la corte, había muerto años atrás, dejándola muy sola. Yo entonces decidí que debía sustituirla en la medida de mis posibilidades y me convertí en el nuevo paño de lágrimas de mi señora, pues muchas habría de enjugar por aquellas fechas, sobre todo a cuenta del duque de Lerma, que, sabedor de que el rey la adoraba, comenzó a cerrar sobre mi hermana su cerco siniestro. Y luego estaban sus continuos embarazos. Ocho hijos trajo al mundo en sus veintiséis años de existencia hasta que el último, el pequeño Alonso, un niño enfermizo que apenas sobreviviría un año, acabó con su vida. ¿O fue Lerma y un oportuno veneno quien la mató?

El rumor corrió por toda la corte, puesto que, al menos al principio, la reina pareció reponerse bien del difícil parto. «Abre un poco más los postigos, hace una gloriosa mañana de otoño», recuerdo que me dijo cuando la desperté cierta mañana con la jícara de chocolate caliente que tanto le gustaba, acompañada de unos picatostes. A continuación me pidió que le procurara un traje holgado y cómodo que era su preferido. «Corre, ve presto, me siento mucho mejor, aprovecharé para ver a los niños. Quiero saber cómo han pasado la noche, sobre todo mi chiquitín».

Me apresuré a complacerla y fue al regresar con el traje elegido cuando la encontré... Dios mío, jamás podré olvidar su cara, los ojos en blanco y aquellos espumarajos que manaban a borbotones de su boca mientras su cuerpo se estremecía, igual que si estuviese endemoniada. El mal de San Valentín, dijeron los doctores, pero yo puedo asegurar que mi señora nunca había sufrido de dicho mal. Dos días y tres noches estuvo batallando con la muerte hasta que perdió la partida. Durante ese tiempo, el rey no se despegó de la cabecera de su cama y, cuando al fin Dios nos la arrebató, lloró como una criatura. Yo, por mi parte, solo podía pensar en los niños y en especial en mi Felipillo. Ana, la mayor, no me preocupaba demasiado. Diez años tenía y era ya tan fría y desamorada como iba a demostrarlo años más tarde al convertirse en regente de Francia y protagonizar no pocos escándalos, incluido el de su secreto matrimonio con el cardenal Mazarino, de tan ingrato recuerdo para la Corona española. Tampoco me preocupaban los infantes más pequeños. Casi a razón de uno por año los había traído mi hermana al mundo y, por fortuna para ellos, aún no tenían edad de comprender lo que estaba pasando. Solo me acuitaba mi Felipe, que, con seis años, se daba cuenta de todo.

Era alto para sus años y muy delgado. Nuestra característica y tan poco agraciada barbilla Habsburgo en él apenas apuntaba, al menos de momento, mientras que sus ojos, que más adelante pecarían de saltones, eran, por aquel entonces, solo dulces y azules. Recuerdo bien haber ido a buscarlo a la habitación de los niños y llevarlo de la mano ante su madre muerta para que se despidiera de ella. Ni una lágrima derramó, pero temblaba como el azogue. Cumplió como un hombrecito con el lúgubre ritual de besar su frente helada, y yo, sin poderme contener, me abracé a él apretándolo contra mi pecho como antes, como siempre.

—Descuida, mi niño, mamá se ha ido al cielo, pero Greta siempre estará aquí contigo. Siempre —repetí mientras él me miraba con sus ojos secos de lágrimas.

Acto seguido y por suerte, vino a nuestro rescate el famoso protocolo borgoñón. Para otros momentos de la vida, tener que seguir unas pautas de comportamiento tan rígidas y prolijas resultaba fastidioso, pero cuando se produce una muerte dolorosa, uno agradece y hasta bendice el tener rituales y reglas que cumplir. Tanto yo como mi niño nos refugiamos en las mil formalidades que acompañan el luto: hablar poco y solo a media voz; corear infinitos responsos, letanías, jaculatorias; recibir en silencio las condolencias de propios y de extraños. Qué pequeño y serio se veía a la derecha de su padre, los dos de luto riguroso, incluido el pañuelo de puntillas negras que yo misma le había confeccionado a toda prisa para que pudiera enjugar sus lágrimas. Él, sin embargo, seguía sin verter ni una.

Tenía asombrados a todos, y en especial al rey, que hacía indecibles esfuerzos por ahogar las suyas. Así pasaron tres largos días hasta que, acabadas las exequias, se llevaron a mi señora a su última morada en la cripta real de El Escorial. Las otras damas y yo pensamos que Felipillo acompañaría a su padre, pero Felipe III prefirió ahorrarle aquel último mal trago. Llegó la noche. Y con ella, todos los fantasmas que hasta ese momento habían tenido la cortesía de ignorarme. Ahora, en cambio, aparecieron en jauría. Primero, el fantasma de la pena para recordarme —¡como si fuera necesario!— que acababa de perder a mi reina, mi amiga, mi hermana. Y junto a él venía el fantasma del estupor. Un espectro reservado solo a aquellos que tenemos un hermano gemelo y a los que se nos concede el dudoso privilegio de poder vernos muertos sobre una cama. Allí estaba Margarita, idéntica a mí, con los brazos en cruz sobre el pecho, la tez cerúlea. Al fantasma del estupor le siguieron otros espectros igualmente siniestros, como el de la incertidumbre de qué sería de mí. Pero el más angustioso de todos los espantajos tenía otro nombre: se llamaba sospecha y apuntaba directamente a Lerma. ¡Había que ver cuán compungido se mostró el valido durante las exequias! Y qué inmenso y rimbombante era el arreglo floral que, acompañado de estas líneas, figuraba en lugar principal para que todos pudieran verlo: «Con el apenadísimo sentimiento del duque de Lerma».

¿Tendrían razón las hablillas que apuntaban hacia él su dedo acusador? El alumbramiento del desventurado Alfonsillo había dejado a mi señora tan quebrantada de salud que era fácil achacar su muerte a complicaciones propias de un sobreparto. Fácil y también muy conveniente...

En estas cavilaciones estaba cuando sentí un ruidito bajo mi cama. En un primer momento pensé que sería una rata.

El Alcázar es pródigo en ellas, pero, al punto, a aquel insistente arañar, vino a sumarse un llanto y una voz que me era muy amada.

—Felipe, mi niño, pero ¿qué haces aquí? Sal presto de allá abajo, malandrín. Además, ¿cómo se te ocurre pasearte por los pasillos así, en camisa? ¿No ves que vas a coger una pulmonía? Vamos, tesoro, ven, ven con Greta.

Sólo entonces pudo llorar. Aferrado a mi cuello con desesperación, confortado por mis caricias y entreverando sus lágrimas con las mías, nos fundimos en un abrazo. No sé qué dijo él ni qué contesté yo, solo sé que, poco a poco, se fue quedando dormido entre mis brazos, igual que cuando era un rorro. Yo también me dejé deslizar por la deliciosa pendiente que lleva a los sueños más dulces y allí encontré consuelo hasta que, de pronto, algo me hizo despertar sobresaltada.

¿Qué estaba ocurriendo? ¿Cuánto tiempo había transcurrido? La luna, que brillaba en lo alto de modo que sus rayos se colaban en mi habitación, iluminando mi cama y nuestros cuerpos, me permitió descubrir y con horror que estaba medio desnuda. Mi niño, en sueños, debía de haber desatado las cintas de mi camisa de noche y los dos yacíamos tal como solíamos hacer antaño, antes de que el episodio de la Peregrina nos expulsara de nuestro compartido paraíso: verbigracia, yo abrazándole con ternura y él con mi areola derecha prisionera de sus labios.

Me incorporé en la cama de un salto.

—¡No, mi niño, no, esto no puede ser! —Él despertó sobresaltado y me miró con sus ojillos azules—. ¡María Santísima! ¡Virgen de la Encarnación, perdóname, no sé cómo pudo haber sucedido, pero míranos con benevolencia, es solo un niño, nada más que un niño inocente!

Eso me repetía al tiempo que mis entendederas hervían con mil preguntas. ¿Cómo debía reaccionar? ¿Qué podía hacer? ¿Empujarlo fuera de mi cama? ¿Reprenderlo? ¿Abrazarlo, quizá?

Durante un tiempo que se me hizo eterno permanecí inmóvil sin saber qué medida tomar. Felipillo se fue quedando de nuevo dormido y, cuando comenzaba a rayar el alba, tomé una resolución. Estaba claro que el niño, desolado por la muerte de su madre, se sentía perdido, muy solo. Mi cometido de ahora en adelante no podía ser otro que desviar su cariño y atención de mi persona hacia el recuerdo de mi hermana muerta, orientar sus muestras de afecto hacia ella, hacia la difunta. Era perentorio hacerle comprender que, cuando se sintiese atribulado, debía dirigir a ella sus preces para que desde el cielo lo guiase, le diese su protección y lo librase de todo mal. Sí, eso era lo decoroso, lo correcto, lo *normal*.

* * *

Una vez tomada esta determinación, con sumo cuidado para no despertarlo, alcé a mi niño en brazos, lo llevé hasta su cama y lo dejé ahí, junto a su oso de trapo favorito, haciendo votos para que la Virgen Santísima se ocupase de que al despertar creyese que todo lo vivido la víspera junto a mí no había sido más que un sueño. Refrené incluso el deseo de darle un último beso y regresé a mi habitación, temblando solo de pensar que alguien hubiera descubierto mis trajines nocturnos. No volví a pegar ojo, pero, con el alba por cómplice, pergeñé un plan que no tardaría en poner en práctica. Esa misma mañana aguardé a que Felipillo terminara sus lecciones matutinas y, tras solicitar permiso a sus preceptores, me lo llevé a la galería norte, allí donde cuelgan los retratos de tantos de sus antepasados. No me extenderé en relatar de qué manera me afané en explicar a un niño de seis años quién era quién y qué significaba cada uno de aquellos personajes en la historia de ese vastísimo reino que un día sería suyo. Solo diré que tan prolija explicación tenía una única finalidad. Poner a Felipillo ante el último retrato que habían pintado de su madre pocos meses antes de morir. El destino, al que tanto le gusta jugar con nosotros, pobres mortales, quiso que, a la hora de posar para el cuadro en cuestión, obra del maestro Van der Hamen, Margarita de Austria hubiese elegido un sobrio traje de terciopelo gris, adornado únicamente por dos piezas de joyería, las mismas que yo me había probado años atrás la víspera del cumpleaños del rey: el Estanque y la Peregrina.

—¿No es espléndida? —preguntó de pronto una voz a mi espalda, lo que hizo que me volviera, sobresaltada. Nadie solía visitar la galería de retratos en aquella época del año. Durante el invierno, eran otras salas más alegres y soleadas las que prefería el rey y por tanto también el resto de la corte. Mi sorpresa fue en aumento cuando comprobé que quien así me interpelaba era un hombre de unos cuarenta y tantos años, pero con las hechuras y el tamaño de un muchacho. Tenía por lo demás las piernas zambas, y la cara, aunque agraciada, furiosamente picada de viruela.

Lo reconocí al punto. Benito Molina se había convertido en un personaje dentro del Alcázar. Se contaba que había comenzado como vendedor de sanguijuelas y purgas pero que pronto pasó —y no me pregunten cómo, pues no veo relación alguna entre las sangrías y las alhajas— a convertirse en hombre de confianza de don Pedro Cerdeño, joyero real, así como en experto en gemas y piedras preciosas, lo que le había permitido amasar una considerable fortuna.

—Espléndida, sin duda —respondí yo, pensando que se refería a la figura de mi hermana en el cuadro de Van der Hamen.

Pero el otrora vendedor de sanguijuelas rio diciendo que sí, que ciertamente Margarita de Austria había sido una reina muy querida y que la íbamos a echar de menos, pero que él no se refería a ella, sino...

—... A esta otra maravilla —explicó, señalando hacia la Peregrina mientras sus ojos saltaban zascandiles de la perla a mí y luego de nuevo a la perla hasta posarse al fin en Felipillo—. Buenos días tenga también su alteza —saludó Benito Molina, inclinándose con el donaire de quien está acostumbrado a tratar con grandes señores—. No era mi intención interrumpir vuestro paseo ni el de esta gentil dama por sala tan preñada de historia. Confío en que sepáis excusar mi presencia aquí, son tan pocas las personas que frecuentan este lugar que lo he hecho un poco mío.

—Todo lo que hay en el Alcázar es *mío* —recalcó Felipe, no con petulancia, sino más bien con la inocencia del niño que solo repite lo que tantas veces ha oído de boca de sus preceptores.

—Claro que sí, alteza, y yo que lo vea —añadió con una sonrisa que iluminó de nuevo su cara marcada de viruela.

Dicho esto, y tras detenerse ante otro de los cuadros que allí había, en concreto uno muy bello de doña Ana de Austria vestida de blanco en el que también ella luce la perla Peregrina, le envió un beso volandero como si se despidiera muy familiarmente de alguien, hecho lo cual, se esfumó.

No volví a pensar en el antiguo vendedor de sanguijuelas, sino que retomé donde la había dejado mi labor educativa al tiempo que rogaba a Nuestra Señora de la Encarnación que me iluminara para que pudiese sonar lo más elocuente y persuasiva posible. De este modo, y gracias a su divina ayuda, logré explicar a Felipillo que yo no podría estar siempre cerca de él para abrazarlo, pero, en cambio, su madre sí. Que por ese motivo, de ahí en adelante, cuando se sintiera solo o triste, lo único que debía hacer era acercarse hasta aquí, a la galería de retratos. Que mirase entonces a su alrededor, que viera las maravillas que adornan estas paredes en las que no solo cuelgan los retratos de todos sus antepasados, sino también una sin par colección de cuadros, obra de los mejores pintores de todos los tiempos.

—El arte acompaña, cielo mío, el arte nos salva y llena muchos huecos en la vida de las personas. Y aquí está mamá —señalé una vez más el retrato de mi hermana—. Cuando te sientas triste, ven a verla. Háblale, cuéntale tus cuitas; ella te escuchará y velará por ti. Además... —añadí, e hice una pequeña pausa porque no sabía cómo contarle a mi niño la difícil decisión que había tomado, una que creía que era la mejor para ambos—... Además, tesoro —continué—, has de saber que debo emprender un largo viaje. Ha muerto uno de mis tíos y me ha dejado una pequeña herencia —mentí—. He de regresar a Graz.

Él comenzó a llorar y me preguntó cuánto tiempo estaría fuera.

Por segunda vez mentí diciendo que no mucho, unos meses a lo sumo. No podía contarle la verdad. Mi resolución era alejarme de él, no unos meses sino para siempre. Escenas como la de la noche anterior no debían repetirse. Lo que tampoco le dije era que pensaba quedarme a solo un tiro de piedra del Alcázar, pues mi idea era ingresar como novicia en el nuevo convento de la Encarnación que su madre había fundado para refugio de almas tan pecadoras como la mía.

—No llores, tesoro mío. Pasado un tiempo te escribiré, tienes mi palabra.

En esto último al menos no precisé mentir. Al cabo de seis meses le envié una larga carta en la que le contaba dónde me encontraba realmente e incluía detalles de mi nueva vida junto a mis hermanas agustinas recoletas. Para entonces ya había logrado hacerme, más o menos, a mis nuevas circunstancias. Acostumbrarme a mi humilde celda con un trozo de madera a modo de almohada; al hábito talar deliberadamente áspero e incómodo; a mis pies cuajados de sabañones producto del frío y de la escarcha; a los maitines; a los infinitos rosarios y también a las pequeñas mezquindades humanas que florecen en los conventos tanto o más que fuera de ellos. Todas estas y otras mil incomodidades las di por buenas. Había hecho lo correcto y quizá la Virgen Santísima algún día me premiara por ello. De hecho, ya me estaba premiando, puesto que pronto noté que cada vez eran menos frecuentes ciertos sueños pecadores. Unos en los que volvía a sentir su párvula boca devorar mis pechos mientras que todo mi ser vibraba inundado por una corriente cálida. ¡Dios mío, qué sensación mitad infierno, mitad paraíso era aquella! Huelga decir que jamás confié nada de esto a mi confesor, pese a lo mucho que don Ginés me apremiaba con sus preguntas.

—¿Y no os visita el demonio de la concupiscencia por las noches, hermana?

—¿Y no sentís el peso de algún íncubo o súcubo sobre vuestro cuerpo dormido?

—¿Ha intentado ya el Maligno enroscar su repugnante y serpentina lengua con la vuestra?

—¿Ha expuesto ante vos sus sucios genitales?

A todo respondía yo jurándole que no y vive Dios que no faltaba ni un ápice a la verdad, puesto que mi tentador era otro, muy distinto al rey de las tinieblas.

* * *

Pasaron los años. Lejos de mí, Felipe fue creciendo y comenzó a hacerse hombre. Nos escribíamos con frecuencia y, por lo que decían sus misivas, llevaba camino de convertirse en un muchacho fornido y de buena planta. También me agradó saber, tanto por sus cartas como por otras que recibía de antiguos conocidos de la corte, que mi niño asombraba a sus preceptores por el interés que demostraba por la música y, sobre todo, por las artes. Esto último me llenó de orgullo. Según me relató él mismo, mientras cumplía con el ritual de platicar casi a diario con el retrato de su madre tal como yo le había indicado, se le fue despertando el gusto por la belleza que atesoraba la galería de retratos. Por lo demás, he de decir también que los muros del convento de la Encarnación no eran lo suficientemente altos e inexpugnables como para evitar que los traspasasen noticias, rumores y hablillas de toda índole. Así pude saber, por ejemplo, que el rey don Felipe III por fin se había deshecho de Lerma. A cada cerdo le llega su San Martín, que Dios me perdone, pero desde luego no sentí pesar alguno al saber que al valido, tras perder el favor real, no le había quedado más remedio que hacerse cardenal a toda prisa como única vía de esquivar la horca. O dicho al modo de una coplilla de la época «para no morir ahorcado, el mayor ladrón de España se vistió de colorado».

Supe asimismo que el rey había tomado la decisión de no volver a casarse para guardar eterno recuerdo a la reina nuestra señora, noticia que, por descontado, también me llenó de satisfacción. Pero las informaciones que más me interesaban sin duda eran las relacionadas con mi Felipillo. A punto estaba ya de cumplir los dieciséis y, si bien dizque con la adolescencia la prominente y no muy favorecedora quijada de nosotros los Austrias se había desarrollado más de lo deseable, todos coincidían en señalar que era un muchacho simpático y campechano que gozaba del favor de las mujeres. Demasiado, me temo. Una de las muchas hablillas aseguraba, por ejemplo, que aún antes de cumplir los quince años, ya había engendrado su primer hijo junto a una linda ayudante de cocina.

Al oír aquello, Satanás, al que tanto le gusta enredar con mis pecadores pechos, volvió a hacer de las suyas y sentí cómo se me estremecían, anegados por aquella vieja y torrencial corriente cálida que tanto atormentaba mis sueños, pero, en esta ocasión, para hacer que me preguntara con enorme desasosiego: ¿sería yo la culpable de su temprana y ardorosa concupiscencia? ¿Le habría abierto a mi niño las inicuas puertas tras las que retozan los peores demonios de la carne?

Durante meses me mortificó tal idea, pero, por fortuna, las hablillas no volvieron a recoger nada de tal índole. Ni la menor mención a otras correrías de mi niño, al menos no hasta que ocurrió aquello.

* * *

Llegado este punto en mi confesión, solo pido a Dios que no me tiemble el pulso. Mi penitencia exige que lo cuente todo, sin omitir detalle, por lo que es menester que apure hasta las heces tan amargo cáliz.

Los acontecimientos que voy a relatar comenzaron a fraguarse tras la imprevista y temprana desaparición de nuestro rey don Felipe III, a quien Dios tenga en su gloria. Y yo me pregunto, ¿cabe muerte más absurda y rocambolesca que la suya? Juzguen sus mercedes si no: según corrió el rumor por todas las cortes europeas con su correspondiente mofa y befa, a Felipe III lo mató... el protocolo borgoñón.

Ya he mencionado antes la tan tiránica etiqueta que regulaba la vida de todos los moradores del Alcázar y que se manifestaba hasta en los actos más banales y cotidianos. El rey, que era devoto de las tradiciones y se sentía atado a ellas por fidelidad a sus ancestros, jamás se permitió saltarse ni una sola de sus muchas normas. Cumplía con ellas a rajatabla y en el más literal sentido de la expresión.

Cuentan que estaba él a solas una fría mañana del mes de marzo sentado a pocas varas de un brasero. El artilugio combustionaba mal y sus humos molestaban a su majestad, pero él, atenazado por el protocolo, aguantaba estoicamente, puesto que no hacerlo habría estado muy por debajo de su regia dignidad. Al fin, cuando llevaba un buen rato respirando tan inmundos vapores, el duque de Tovar, que entró con unos papeles, se dio cuenta de que Felipe III estaba rojo y no poco congestionado. Pero, comoquiera que, según la etiqueta, el único noble autorizado para ocuparse del brasero era el duque de Uceda, mandó que llamaran a dicho caballero. La mala suerte quiso que Uceda (hijo del duque de Lerma, por cierto) no estuviera en palacio en aquel momento y Tovar parlamentó con otros duques, pero ninguno se atrevía a tomar una decisión que no le correspondía. Mientras estos parlamentos tenían lugar en la habitación de al lado, Felipe III, en su infinita mansedumbre, aguantaba sin que de sus labios escapara un lamento. Llegó por fin Uceda al cabo de vayan ustedes a saber cuánto tiempo y corrió a liberar a su majestad, que, mareadísimo y más rojo que una langosta, seguía ahí, impasible el ademán.

Tras una noche toledana de toses y arcadas, su condición empeoró, según algunos porque cayó con erisipela, según otros simplemente intoxicado después de haber inhalado durante horas tal profusión de gases insalubres. Mucho se especuló sobre el asunto, pero, sea como fuere, lo único cierto es que el rey, al ver que llegaba su última hora, el 30 de marzo de 1621, y siempre fiel al protocolo, decidió apurar sus últimas fuerzas emulando a su padre, por lo que convocó a mi Felipillo a la cabecera de su lecho para decirle: «Te he mandado llamar, hijo mío, para que veas cómo fenece todo».

Esas fueron las últimas y filosóficas palabras de un hombre tan bueno como irresoluto que dejó como heredero a un desconsolado muchacho de quince años que aquella misma noche me hizo llegar estas líneas:

> *¡Dios nuestro señor ha querido que a mis quince años herede más de medio mundo! A mi alrededor todos se empeñan en decirme qué he de hacer, qué decir y qué actitud tomar, pero yo sólo acierto a llorar mi desgracia y la pérdida de mi padre. ¿Por qué tuvo que marcharse tan pronto, Greta? ¿Por qué Dios se lo llevó sin esperar a que yo alcanzase más discernimiento, más sabiduría y experiencia? También echo de menos a mi madre. Estoy más solo que nunca.*

* * *

Aquellas últimas cinco palabras me hicieron tomar la decisión. Era menester que volviera al Alcázar y debía hacerlo sin pérdida de tiempo. Así se lo dije a la madre abadesa y ella al punto me dio su bendición. Nada más natural, dijo, que acompañara en un trance tal al futuro rey de las Españas, un muchacho que era como un hijo para mí.

—Vuelva pronto, hermana, y tenga buen cuidado de no caer víctima de los demonios de la soberbia y del orgullo. —Eso dijo cuando me acompañó hasta la puerta de nuestro convento. ¡Qué poco me conocía! Ninguno de estos dos feos pecados ha anidado jamás en mi espíritu. Son otros (y me atrevo a decir que harto más formidables) los demonios que me acucian, pero yo iba decidida a no dejarme vencer por ellos.

Al principio todo fue bien. Ni cuando abracé a Felipillo, ni cuando él me miró agradecido y sonriente llamándome «mi Greta», se me alteraron los pulsos. Tampoco cuando, a su lado y pendiente del menor de sus deseos, participé en los inacabables ritos y protocolos que acompañan la muerte de un rey. Mi idea era pernoctar en el Alcázar y volver al convento no bien rayara el alba, pero un ruidito en mi habitación y muy cerca de la cama me despertó antes de que cantara el gallo. Una vez más pensé que eran las ratas de palacio. Una vez más me equivoqué y era mi Felipillo. ¡Qué joven, qué niño se le veía con su larga camisa de noche, el pelo revuelto y un candil en la mano!

—¿Duermes, Greta?

—¡Dios mío, majestad! —le dije, usando por primera vez el tratamiento que debía a quien muy pronto coronarían rey—. No podéis estar aquí, no debéis...

Pero él, dejando el candil sobre el velador, se acercó para, con una mano blanca y temblorosa, sellar mis labios.

—Solo un abrazo y me iré —dijo.

Cómo no iba a dárselo si temblaba de frío y miedo.

—Vamos, mi niño —lo reconforté—. Con la ayuda de Dios serás un gran rey, más grande que cualquier otro, ya lo verás. Todo saldrá bien, te lo prometo —añadí, abrazándolo con fuerza.

De inmediato sentí la puñalada. Esa con la que el Maligno rasgaba mi carne haciendo que mi piel ardiera como la yesca. Pero me debía a mi niño y él solo buscaba mi consuelo.

—¿Puedo reclinar mi cabeza en tu pecho, Greta? Por favor te lo pido, solo un momento...

¿Cómo decir que no? Él precisaba mi apoyo y yo no supe negárselo. Por eso, olvidando mis sagrados votos, accedí. ¿Fue aquello tan gran pecado? Juzguen vuestras mercedes.

De este modo, como una madre que conforta a su hijo, comenzó a correr el tiempo. Debí de quedarme dormida porque al despertar despuntaba el alba y mi niño había desaparecido.

Una vez más, se cebaron en mí todos los ya conocidos temores acompañados de sus correspondientes terrores: ¿qué había hecho? ¿Cómo yo, una monja consagrada, podía haber dejado entrar en mi habitación a un muchacho que ya no era un niño? Por muy afectado por la muerte de su padre y acuciado por las responsabilidades que se le venían encima, ¿no era un escándalo que un zagal de quince años buscara consuelo en el hombro de una mujer que le doblaba la edad?

Me ceñí a toda prisa mi hábito, mi toca oscura, mis humildes sandalias. Tenía que salir del Alcázar lo antes posible, volver a mi convento, refugiarme entre aquellos venerables muros que tanto habían hecho para que encontrara si no la paz, al menos el sosiego.

Felipe, al marcharse, había dejado sobre mi velador su candil y con él en la mano me adentré en los laberínticos pasillos del que, un día ya lejano, también había sido mi hogar. Todo parecía igual que antaño y, sin embargo, debí extraviarme porque, de pronto, la luz de mi candil me descubrió que había ido a parar a la galería de retratos.

Como si de un soplo del más allá se tratase, una ráfaga helada se encargó de apagar la vela. Pero por ventura clareaba ya y unos débiles rayos provenientes de un ventanal cercano se apiadaron de mí iluminando el camino hasta dejarme frente al retrato de Margarita de Austria. Una casualidad, columbré, propiciada sin duda por mi Virgen de la Encarnación, que me permitió caer ahora de rodillas ante mi hermana, rogarle que me perdonara por lo que acababa de acontecer, suplicarle que rezara por mí y sobre todo por él, por nuestro niño. Que lo protegiera y guiase como solo puede hacer una madre...

—Ayúdale —le dije en voz alta—. Está tan asustado, solo tiene quince años, no es más que un muchacho y te necesita tanto, guía sus pasos para que pueda convertirse en un gran rey.

Ella me miraba desde su retrato con aquella media sonrisa suya que tan bien supo plasmar el pincel del maestro Van der Hamen.

—¿Verdad que es espléndida? —preguntó en ese momento una voz a mi espalda. Volví la cabeza, aterrada, al verme descubierta, pero al punto comprobé que quien me interpelaba no era otro que aquel curioso individuo, el vendedor de sanguijuelas, que Felipillo y yo habíamos encontrado en este mismo lugar dos días después de la muerte de su madre.

—...Y esta vez no hablo de la perla Peregrina —rio él, como si retomara la conversación que habíamos entablado casi diez años atrás—. Ahora me refiero a vuestra reina. Espléndida, sí, y una gran mujer. Lo suficientemente avisada y generosa, además, como para comprender lo que os acaba de acontecer.

—¿Y qué me ha acontecido? —repetí estúpidamente al tiempo que cavilaba toda clase de dislates: que el hombrecillo de piernas zambas sabía de lo ocurrido anoche en mi habitación, que me había estado espiando, que pensaba delatarme. Porque, si no, ¿qué hacía aquí? ¿Cómo demonios podía encontrarse en la galería de retratos y a aquellas horas?

—Porque me trae aquí lo mismo que a su merced —dijo Benito Molina, y luego añadió—: El amor.

—¿El amor? —repetí tan estúpidamente como antes—. ¿Amabais vos a mi señora?

—A vuestra señora, no, pero sí a otra gran reina. Este lugar es para mí un santuario, también un refugio —explicó a continuación el vendedor de sanguijuelas a la vez que señalaba en derredor justo antes de que su mano apuntase al retrato de la cuarta y última esposa de Felipe II, doña Ana de Austria—. Procuro visitar a mi dama de blanco cuando sé que no voy a encontrarme con nadie. Pero no me importa compartir santuario con vuestra merced. Por cierto, debo decir que, a pesar del paso del tiempo, el parecido entre vos y vuestra hermana sigue siendo asombroso. Me imagino que tener su mismo rostro os debe de haber causado más de una desazón, más de un...

—¿Y qué sabéis vos? —interrumpí, segura ya de que aquel hombre conocía mi secreto. O peor aún, que mi secreto lo llevaba escrito en la cara, como dicen que ocurre con los pecados más oscuros y nefandos.

Él se encogió de hombros.

—Yo no sé nada. O, mejor dicho, solo sé lo que acabáis de decirle en voz alta a vuestra hermana. Pero sé también —añadió con una sonrisa que se me antojó cómplice— que los que vagan por los palacios de madrugada son o bien ladrones, o bien amantes. Como no creo que seáis de los amigos de lo ajeno, colijo que seréis de los segundos, al igual que yo. Por eso, y si me lo permitís, os diré algo que posiblemente también os diría vuestra hermana si pudiese parlamentar con los vivos. ¿Habéis oído hablar de fray Juan de la Cruz?

—¿El frailecillo amigo de Teresa de Ávila? ¿Ese que según cuentan levitaba con ella intentando «dar a la caza alcance»?

—Bonitas palabras suyas son esas, sí, señor. Pero tiene otras que creo que os agradará aún más conocer dado el caso, y son estas: «En el atardecer de nuestras vidas, se nos juzgará por el amor».

Dicho esto, el vendedor de sanguijuelas se esfumó bamboleándose sobre sus piernas zambas. Aunque no sin antes aventar, con una de sus manos, un par de besos volanderos hacia su amada.

—Hasta mañana, mi dama de blanco...

Yo me quedé ahí, al amparo de la mirada de mi hermana y también de la de Ana de Austria, repitiendo tontamente aquella frase de fray Juan de la Cruz que acababa de enseñarme el vendedor de sanguijuelas. La misma que ahora escribo y subrayo al llegar al fin de esta larga confesión que ya no me atormenta tanto. Pienso que si es verdad lo que dijo aquel frailecillo, y yo me inclino a creer que sí, quizá no salga tan mal parada cuando me llegue el momento de rendir cuentas al Altísimo. Porque me da a mí que si Él, en su infinita misericordia, inspiró un día en fray Juan tan bellas palabras, fue seguramente porque —pese a lo que predica mi confesor don Ginés de Vilamilla, y también lo que sostiene esa pléyade de hermanos suyos del Santo Oficio que tanto afán gastan en quemar impíos— ha de existir en el cielo una suerte de limbo o rinconcito reservado para aquellos, como yo, cuyo gran pecado en vida fue amar demasiado.

Y, por si así fuera, todas las noches, después de mis preces, me afano yo en repetir, con todo el fervor que sé, aquellas palabras de Juan de la Cruz: «En el atardecer de nuestras vidas, se nos juzgará por el amor».

Cuarta parte

La corte de Felipe IV

(La Peregrina en el reino de las sabandijas)

FELIPE IV. Valladolid, 1605-Madrid, 1665

Esposas:
Isabel de Borbón (1602-1644)
Mariana de Austria (1634-1696)

Hijos

Con Isabel de Borbón: fruto de este matrimonio nacieron diez hijos, de los cuales solo dos llegaron a adultos, entre ellos María Teresa, que casó con Luis XIV.

Con Mariana de Austria tuvo cinco: Margarita Teresa de Austria, esposa del emperador Leopoldo I; María Ambrosia de la Concepción; Felipe Próspero y Fernando Tomás Carlos de Austria, muertos todos en la infancia, y por fin Carlos (1661-1700), rey de España como Carlos II.

Año: 1656
Lugar: una de las salas más soleadas del Alcázar

A Nicolasito Pertusato no le gusta posar. Ni siquiera para el maestro Diego de Velázquez, que es siempre tan amable con él y suele llamarlo «mi primo». En realidad, sería más atinado que Velázquez llamara primo a otra de las sabandijas reales y no a él. A ese antipático enano, Diego de Acedo y Velázquez, por la similitud de sus nombres. Pero a Diego de Acedo quien lo llama primo es el rey, y bien que se pavonea de ello el muy rimbombante...

Aclaremos cuanto antes este galimatías que nadie que no viviera en el Alcázar durante el reinado de Felipe IV alcanzaría a comprender. Nicolasito Pertusato pertenecía a lo que en tiempos de los Austrias se conocía por gentes de placer. Una variada cohorte de prodigios compuesta por seres inusuales: mujeres barbudas, enanos o gigantes, también locos y bufones, cuyo cometido era entretener a la familia real. Alguna de aquellas sabandijas, puesto que así los llamaban, tenía por cometido jugar a las cartas o al ajedrez con su majestad; otras ejercían de acompañantes de la reina o las infantas y servían de juguetes vivientes. Por estos y otros servicios cobraban unos sueldos nada menguados, algo que, en tiempos en los que un par de bancarrotas seguidas habían hecho que hasta el rey tuviera problemas de tesorería, levantaba no pocas envidias entre el resto de los miembros de la corte.

Unos veintitantos de aquellos seres convivían con la familia real cuando Velázquez dio las primeras pinceladas a la tela destinada a convertirse en *Las meninas*. Pero solo dos tendrían el privilegio de figurar en dicho cuadro. Por un lado, la enana Mari Bárbola, a la que puede verse al lado de una de las meninas; y, por otro, ese niño de larguísima melena que posa junto a un perro y que ocupa el extremo derecho del retrato. Ese es él, Nicolasito Pertusato. A sus veintiún años tiene el intelecto y los sentimientos de un hombre de su edad, pero las hechuras y el tamaño de un niño de seis o siete.

Nicolasito se aburre. Cansa mucho mantener la incómoda postura que el maestro le ha asignado.

—Venga, criatura, el pie derecho sobre el lomo del perro Sansón, sí, así, mucho mejor ahora, eso es, igual que si intentases despertarlo con el pie mientras mantienes el otro bien afianzado en el suelo. Y haz el favor de retirarte un poco el pelo de la cara, preciso distinguir bien esas perfectas facciones tuyas. Bien, mucho mejor ahora...

Para engañar al tedio, Nicolás Pertusato cavila y recuerda cosas. Recuerda, por ejemplo, cómo llegó a convertirse en lo que ahora es, una sabandija real, y el modo en que entró en la corte hace de esto lo menos diez años y de la mano de la actual reina de España, doña Mariana de Austria. Se da el caso de que doña Mariana estaba prometida a Baltasar Carlos, hijo de Felipe IV y de su primera mujer, Isabel de Borbón. Pero el azar quiso que, en veinticuatro meses, murieran ambos. Primero, Isabel, la reina más bella de Europa, según decían todos, y muy querida de su pueblo; y poco después también el príncipe. Dieciséis años tenía Baltasar Carlos cuando lo mató la viruela. ¿O fue quizá una enfermedad nefanda? Las malas lenguas aseguraban que el conde-duque de Olivares, valido de su majestad, para tener entretenido al príncipe, igual que ya tenía a su padre, pecando los dos y con ahínco contra el sexto mandamiento, había introducido al joven Baltasar, cuando aún era casi un niño, en los placeres de la carne y en visitas frecuentes a cierto lupanar de mucho goce y poca higiene. Sea cual fuere el mal que se lo llevó al otro mundo, lo cierto es que Felipe IV —que pese a sus innumerables infidelidades adoraba a su mujer— se vio de pronto viudo, desconsolado y, para más fatalidad, también sin heredero, por lo que hubo de buscar nueva esposa. Y su forma de hacerlo fue recurrir a la candidata que tenía más a mano, verbigracia, la elegida para ser su nuera. De este modo, Mariana de Austria, de catorce años, vio de pronto cómo, en vez de matrimoniar con su guapo y joven primo Baltasar Carlos, tuvo que hacerlo con Felipe, que (además de ser tío carnal suyo por dos lados, ya se sabe cuánto les gustaba a los Austrias casarse entre ellos) le triplicaba la edad. Cuarenta y cinco tenía el novio cuando la llevó al altar, pero sus excesos amorosos (tan notorios como variados) lo hacían parecer mucho más viejo y achacoso.

* * *

A Felipe IV, por aquel entonces, se le conocía por diversos nombres. Unos lo llamaban el Rey Planeta, por la inmensidad de los territorios en los que reinaba. Otros lo apodaban el Poeta, debido a sus inclinaciones literarias y artísticas, aunque, en pleno Siglo de Oro, con genios de la talla de Cervantes, Quevedo, Lope o Calderón, aquello más que halago parecía un sarcasmo. Había quien lo apelaba el Galante, por razones obvias y, por fin, los más aduladores y cobistas le decían el Grande, como si fuera un excelso estadista, aunque Francisco de Quevedo, siempre cáustico y en alusión a los territorios que poco a poco comenzaba a perder la Corona (Flandes, Portugal, y tantos otros), tenía una mejor explicación para tal epíteto. Según Quevedo, Felipe IV era grande a la manera de los hoyos: más grande cuanta más tierra les quitaban.

Y ahí estaba ahora Felipe, el de los muchos nombres, en una de las estancias del piso superior del Alcázar, observando cómo Velázquez empezaba a pintar *Las meninas*. Nicolasito Pertusato había oído comentar que el maestro tenía pensado realizar en este cuadro un truco artístico poco usual. Pintarse a sí mismo, paleta en mano, fingiendo que retrataba a los reyes, que solo aparecerían en el lienzo reflejados en un espejo al fondo de la sala. El resto del cuadro consistiría en un grupo de personas que, según este hábil truco pictórico, se suponía que eran meros espectadores del retrato de los reyes. De este modo, los antes mencionados personajes, que por toda la eternidad mirarían un cuadro que jamás existió, eran además del propio Velázquez, los siguientes: Marcela de Ulloa y otra figura sin identificar en la retaguardia; José Nieto Velázquez, aposentador de la reina, en la escalera; luego, en primera fila, un par de meninas o damas de compañía, la primera de rodillas y la otra de pie; Mari Bárbola ataviada del mismo modo que las meninas; a su derecha Nicolasito, con el perro Sansón; y en el centro del conjunto, la figura principal, la infanta Margarita de Austria.

«Está muy guapa esta mañana —cavila ahora Pertusato—, y qué bien le quedan esos lazos rojos que le adornan el pecho y las mangas. En cambio, la escarapela del pelo la lleva un poco torcida...». «Vamos —añade, esbozando una indulgente sonrisa—. No es de tu incumbencia si está torcida o no. De enderezarla ya se ocupará el maestro Velázquez, es tan puntilloso como tú con los detalles estéticos. Mejor pensar en otras cosas, concentrarse, por ejemplo, en viejos recuerdos».

Mientras recompone un poco el cuerpo, entumecido de mantener la misma postura, Nicolasito Pertusato se dice entonces que es gracias a la porfía de doña Mariana de Austria, su señora, que él está ahora aquí, en la corte. Hay que ver cuánto había insistido ella hasta convencer a la familia Pertusato de que lo dejaran formar parte de su séquito nupcial. «¡Por favor, caballero, vuestra merced no *puede* decirme que no!», le había rogado al padre de Nicolasito. «Es increíble realmente. Jamás he visto cosa igual. ¡Qué facciones tan lindas las de su hijo, qué cuerpo perfecto el suyo, y qué decir del pelo tan sedoso y largo hasta la cintura! ¿Catorce años decís que tiene? ¡Pero si no aparenta más de cuatro! ¡Hay que ver lo divino que es y lo maravillosamente bien proporcionado que está! Nadie diría jamás que es un...».

Mariana de Austria en ningún momento había pronunciado la palabra «enano», esas malditas cinco letras que lo acompañaban desde que tenía uso de razón. Pero Nicolasito no se consideraba un enano. Él no tenía los rasgos toscos propios de esa condición; tampoco su cabeza ni sus extremidades eran grandes y desproporcionadas como era habitual en las sabandijas, y mucho menos tenía las cortas entendederas de alguno de ellos. El suyo era un caso especial, único. «Un maravilloso *bambino* que nunca quiso crecer». Eso le decía siempre *il signor* Mirelli antes de consolarlo de su condición, añadiendo que, con no poca frecuencia en la historia, los personajes más pequeños e imprevistos eran quienes llevaban a cabo las más grandes gestas. ¡Cuánto le debía él a su ayo y preceptor! De joven el *signor* Mirelli había sido discípulo aventajado (y Nicolasito sospechaba que también algo más) del divino Miguel Ángel en sus postreros años de vida. Un hombre de enorme talento al que cierto malhadado revés de fortuna había convertido en uno de los sirvientes de la familia Pertusato. Sí, porque, a diferencia de otras gentes de placer a las que los poderosos tomaban a su servicio para entretenerles y reírse de ellos, Nicolasito pertenecía a la nobleza. Su padre era un gran terrateniente de Alejandría de la Palla, en el Milanesado, y su hermano Lucas, por ejemplo, formaba parte ahora mismo del Consejo de su majestad siendo presidente del Supremo Senado de Milán.

Por esto, y también por lo mucho y bueno que había aprendido del *signor* Mirelli en cuanto a latines, música y pintura, dibujo y arte en general. ¿Qué importaba que tuviese el cuerpo de un niño de cuatro años y no levantase cuatro palmos del suelo? Su inteligencia y su educación eran idénticas a las que podían esperarse de un hombre adulto y muy cultivado. Mariana de Austria, que era más avisada de lo que le atribuían sus amigos y sobre todo sus enemigos, no había tardado en darse cuenta de las ventajas que podía suponerle tener a su servicio a un muchacho de sus características. De hecho, al poco de llegar ambos al Alcázar y ver cómo sería su vida de ahí en adelante, no le costó decidir su cometido.

—Tú, Nicolasillo, serás mis ojos y mis oídos. —Eso le había dicho llorando cierta noche.

Fue cuatro o cinco semanas después de la llegada de ambos a Madrid y sus damas de compañía acababan de advertirle:

—Sabed, señora, lo que media Europa conoce y comenta. Que su majestad vuestro esposo es el más infiel de los hombres. Desde que era un zagal, su vida oscila de la concupiscencia más frenética al más febril arrepentimiento, y luego, del arrepentimiento de nuevo a la concupiscencia, y así una y mil veces... Treinta y dos bastardos ha engendrado hasta la fecha e incluso a alguno de ellos le ha hecho la merced de concederle su nombre.

—¿Su nombre? —se había asombrado (y aterrado) la reina.

—Así es. A los bastardos que su majestad reconoce les otorga el privilegio de poder llamarse «Austrias». Como Francisco Fernando de Austria, por ejemplo, o Alfonso Antonio, o Pedro Máximo, y así hasta siete vástagos, todos de distintas madres. Pero de quien más habréis de guardaros es de Juan José de Austria. Su madre es una actriz, a quien su majestad amó especialmente, la Calderona, la llamaban, y habéis de saber que su hijo...

Pero a la reina no le interesaban las andanzas de Juan José de Austria. Lo que verdaderamente la reconcomía era esa mujer, la Calderona, puesto que, según decían, el rey tanto la había amado. Fueron indirectamente la Calderona y otras amantes del rey como ella las que le procuraron a Nicolasillo su trabajo en los aposentos del monarca. Felipe IV, que, pese a sus infinitos devaneos, tenía un corazón tierno, intentaba complacer a su joven esposa en lo posible, por lo que a Mariana no le fue difícil colocar a Nicolasito en su entorno más próximo. «Canta como los querubines —le había dicho la reina—, y además lee maravillosamente bien en tres idiomas: latín, italiano y español. Seguro que os alegrará las mañanas mientras os afeitan y acicalan».

Las ceremonias matutinas en los aposentos de Felipe IV no eran tan pomposas como las afamadas *levée* de los reyes de Francia, pero tampoco eran mancas. Los soberanos del país vecino habían configurado un protocolo destinado a deificarlas, uno que pasaba por levantarse de la cama delante de sus cortesanos y hacer todas sus abluciones, observadas con arrobo por los presentes. Mención aparte merecen ciertas ceremonias igualmente públicas como, verbigracia, su sentada en «el trono». No el regio a esas tempranas horas, sino en cierto elegante sillón de capitoné rojo con un agujero en el fondo para ya sabemos qué menesteres. En el caso de Felipe IV, el protocolo matutino era más discreto. Pero aun así (y a pesar de que rara vez se daba un baño, cosa que tampoco hacían sus primos franceses), tardaba lo menos dos horas en vestirse. Y, durante este tiempo de lavadas de gato, afeitado primoroso y otros acicalamientos, Nicolasillo le alegraba el oído recitándole madrigales o desgranando tonadas. Otro tanto ocurría durante el ceremonial de acostarse, lo que permitía al pequeño recitador y cantante enterarse de las andanzas extramatrimoniales del soberano. En el inicio de su trabajo en los aposentos reales, la reina le había pedido que «fuese sus oídos y sus ojos en asuntos de amoríos». Pero él, pasados los primeros meses, decidió que su cometido había de ser otro. Porque ¿de qué le servía a una pobre muchachita no muy agraciada y con la proverbial quijada de los Austrias, tener pormenorizada noticia de los mil cuernos con los que su marido la coronaba? Aquello solo podía causarle un dolor inútil. Ella era reina de España y no debía rebajarse ni medirse con las mujeres que pasaban por el lecho de su marido. Tal era la opinión de Nicolasillo, que soñaba con convertirse —de simple enano de la reina, como muchos muy poco amablemente lo llamaban— en algo superior y más interesante, en gentilhombre de placer y ayuda de cámara. ¿Por qué no? Otras personas de su menguada estatura ya habían alcanzado tal honor. Ahí estaba por ejemplo el caso de Manuelillo de Gante, tan listo y ocurrente que lo apodaban Despabilador del Rey, por el arte con el que disipaba sus melancólicos humores. O el de Juan Bautista de Sevilla, que jugaba con su majestad al ajedrez e incluso se permitía el lujo de ganarle de vez en cuando. O el del minúsculo Estebanillo González, al que Felipe IV había hecho «grande», por lo que se arrogaba la prerrogativa, reservada solo a unos pocos privilegiados, de no quitarse el sombrero ante el rey. Y por fin estaba el caso más notable de todos, el de Diego de Acedo y Velázquez (nótese lo sonoros que eran sus apellidos, una particularidad bastante habitual entre las sabandijas y gentes de placer, a las que sus amos, en este caso su majestad, otorgaban el privilegio de trocar sus nombres vulgares por otros aristocráticos). A Diego de Acedo y Velázquez, además, por uno de esos caprichos a los que son dados los poderosos, el rey comenzó un buen día a llamarlo «mi primo», y al poco lo nombró guardián de su sello. O, lo que es lo mismo, la persona que, con un tampón en el que figuraban estas tres palabras: «Yo el rey», tenía el cometido de estampar la firma real en los cientos de documentos oficiales y de toda índole que el soberano debía rubricar a diario. Diego de Acedo tenía fama de pomposo, de arrogante y, por inverosímil que pueda parecer, también de gran conquistador. Sus amores, meses atrás, con Micaela, esposa de Marcos de Encinilla, guardajoyas y aposentador real, primero se habían convertido en comidilla de la corte y luego acabaron en tragedia. Loco de celos, al saber que su fogosa mujer lo engañaba con tan minúsculo (pero, según las hablillas, espléndidamente bien dotado) donjuán, Encinilla degolló a su mujer, lo que contribuyó no poco a acrecentar la fama de don Dieguillo y también el favor del rey. Casi tan pequeño como Nicolasito Pertusato pero con cabeza, manos y pies enormes para su tamaño, se paseaba desde entonces por el Alcázar todo vestido de negro, con el gran sello real colgado al cuello y tocado siempre con un enorme sombrero color ala de cuervo mientras prodigaba pellizcos a cuanta dama se cruzaba en su camino. Para abundar más en su fama, Velázquez lo había retratado por aquellas mismas fechas sentadito muy serio en el suelo y rodeado de legajos bajo su descomunal chambergo. Desde entonces, no había quien le tosiese. Y tal era su arrogancia, unida a sus malas pulgas, que hasta los gentilhombres reales lo esquivaban, no fueran a despertar las iras del diminuto elfo al que el rey llamaba «mi primo».

Pero basta de hablar de Diego de Acedo, su nombre solo había salido a relucir en los pensamientos de Nicolás Pertusato por deseo de convertirse algún día en gentilhombre, ambición esta que iba emparejada con un genuino cariño y devoción por la reina, lo que, al cabo de estar unos años al servicio de Felipe IV en los aposentos reales, le había hecho concebir un plan: el de utilizar su diminuta pero muy eficaz mano izquierda para ayudarla y servirla. Pero no del modo que ella deseaba, espiando los amoríos del rey, sino de forma más artística —verbigracia, mejorando su, de momento, nada agraciado aspecto—. «Tal como habría hecho —terminó de convencerse Pertusato— mi querido maestro el *signor* Mirelli, tan amante de la belleza y discípulo de Miguel Ángel».

Porque con quien Mariana de Austria debía competir para convertirse en una gran reina, había continuado cavilando Pertusato, no era con ninguna de las damas, campesinas, actrices o ilustres fregonas con las que su marido yogaba a diario, sino con otra rival harto más formidable, con su guapísima antecesora, la difunta Isabel de Borbón, a quien Europa entera recordaba como la reina más bella de los últimos tiempos y a la que Felipe IV tanto había amado. Es verdad que Isabel era guapa y ella fea. Cierto también que, mientras que Mariana no era popular, Isabel había sabido conquistar a su pueblo convirtiéndose en la más castiza de las reinas, pues adoraba las comedias, los toros, las procesiones. Pero tanto el aspecto físico como los gustos se pueden cambiar, solo era cuestión de echarle arte y tesón al asunto. Y de ambos él tenía a raudales.

* * *

A la cruzada de convertir a una fea en guapa y a una adolescente alemana de pelo ralo y mirada triste en todo un monumento regio había dedicado Nicolasito Pertusato sus desvelos en los últimos siete años. Tarea ardua, pero a la vez apasionante para un hombrecillo que apenas levantaba unos cuantos palmos del suelo. Lo más difícil de su cometido había sido confortarla en su triste suerte como madre. De los seis hijos que habría de traer al mundo, cuatro estaban destinados a morir en la infancia, mientras que el único varón que logró sobrevivir, el futuro Carlos II, acabaría pasando a la historia como el Hechizado y último rey de los Austrias.

Pero eso es adelantar acontecimientos. En 1656, mientras posaba para el maestro Velázquez, Pertusato podía vanagloriarse de haber ganado ya varias batallas a favor de su señora. La primera y más notable, hacer que el rey la amase. Y para conseguirlo lo primero que se propuso fue aprender del adversario. En este caso, la contrincante era en verdad formidable: la antes mencionada Isabel de Borbón, convertida ahora, gracias a su temprana muerte, en un fantasma, en una idealización. Todo el mundo sabe que los bellos fantasmas e idealizaciones son rivales más peligrosos que los mortales, de modo que, para ganar este primer asalto, Nicolás Pertusato comenzó por estudiar a fondo a la rival. El único modo que tenía de hacerlo —aparte de hablar con quienes la habían conocido— era observar sus retratos. Y así lo hizo, dedicando horas a tal menester hasta que se dio cuenta de que en la mayoría de ellos había un elemento común: bien sobre el pecho, bien prendida en el pelo o en la cintura, Isabel de Borbón lucía siempre la Peregrina.

—... Oh, sí, es cierto. Su majestad adoraba esa perla. —Eso le había dicho una de las damas de la reina actual que también lo había sido de su antecesora—. Además de insistir en llevarla en todos sus retratos, quiso que la luciera también su hijo, nuestro llorado príncipe Baltasar Carlos, en ese retrato ecuestre tan hermoso que le pintó Velázquez.

¡Mi pobre señora! Se le metió entre ceja y ceja que debía adornar con ella el sombrero de su niño. Pero ¿sabéis lo que ocurrió? Que Baltasar Carlos, que a la sazón tendría unos ocho o nueve años, creo recordar, más o menos, era tan travieso, tan cabezota y le gustaban tan poco las joyas que se la tragó, para enorme susto de su madre.

—¿¡Cómo que se tragó la perla!? —se horrorizó Nicolasillo.

—Así, igualito que si fuera un confite, y trasegándola con un buen trago de limonada porque era verano y el calor apretaba de lo lindo. A la reina Isabel, mi señora, casi le da una apoplejía. No por la Peregrina, como es natural, sino por el pavor de que la criatura pudiese atragantarse y morir. Imaginad lo que es para una madre de diez hijos, de los que apenas dos superaron la infancia, ver cómo su único hijo varón y heredero al trono se zampa una perla de tal tamaño. Él se rio mucho con la trastada, ¡era un demonio de niño! En cuanto a la Peregrina, la naturaleza siguió su curso —explicó elegantemente la dama— y nos la devolvió un par de días más tarde sana y salva. Por fortuna para el príncipe, su madre ya se había olvidado para entonces de su travesura y no insistió en que la luciera en su sombrero para el retrato del maestro Velázquez, de modo que la criatura se salió con la suya. Ahora, cada vez que paso por la galería de retratos y lo veo, tan serio, y circunspecto, a lomos de su gorda y desproporcionada jaca, me acuerdo de aquello —había concluido la dama con lágrimas en los ojos—. Quién nos iba a decir que pocos años más tarde la parca se los llevaría a los dos. Por suerte, mi señora murió antes que él. Se hubiera vuelto loca de dolor de haber tenido que enterrar también a este hijo. Señor, Señor, desde entonces España y el rey no tienen heredero. Quiera Dios que doña Mariana, nuestra señora, traiga muy pronto al mundo un hijo varón...

Nicolasillo Pertusato, imperturbable en su pose con un pie sobre el perro Sansón, recuerda entonces cómo estas palabras de la dama de compañía le habían hecho perfilar aún más su plan. Él no podía ayudar a su señora en la labor de traer al mundo un heredero sano, tal como deseaban el rey y su pueblo. Pero sí podía, para lustre de su señora y contento de todos, darles una reina que sustituyera en sus afectos a la llorada Isabel de Borbón. Algo muy necesario, además, para paliar el cada vez más decaído estado de ánimo general propiciado y aumentado por los primeros, pero ya muy premonitorios, síntomas de decadencia del imperio. «Pequeños personajes hacen grandes cosas». Esas eran las palabras que el *signor* Mirelli le repetía siempre con ánimo de consolarlo por su minúscula estatura. Y Nicolasillo decidió hacerlas ciertas y cuanto antes. En su mano estaba, porque una sabandija del tamaño de un niño de seis o siete años que se cuela por todas partes, que todo lo ve, que todo lo oye, ¿acaso no cuenta con la enorme ventaja de ser... invisible? Además, esta sabandija en concreto poseía un atributo adicional. En el Alcázar todos sabían del mucho afecto que la reina sentía por su persona, y tal predilección seguro que le abriría muchas puertas. Incluso las más tozudas y herméticas. Como, verbigracia, las de Luis Martinete, imaginero real y vestidor de santos, a las que él fue a llamar cierta tarde.

¡Qué gran artista el maestro Martinete y qué talento el suyo, un verdadero mago de la costura y del bordado, de cuyas manos primorosas era fama que salían prendas y vestimentas extraordinarias! Sin embargo, sus clientes —si así se les podía llamar— no eran seres de carne y hueso, sino vírgenes, santos y otros miembros de la corte celestial, razón por la cual a Pertusato le costó Dios y ayuda convencerle del plan que había diseñado. Para lograrlo, hubo de recurrir a otra de las juiciosas premisas de su ayo y preceptor, tomada a su vez de Miguel Ángel, y era esta: «A los tontos se les engaña fácilmente con mentiras, pero solo una sabia combinación de verdades con embustes logra engañar a un inteligente».

He aquí la razón por la que Nicolasito, al ir a visitar al maestro Martinete en su taller de la plaza de Aguadores, comenzó así su petición: misturando sin sonrojo grandes patrañas con no menos grandes certitudes.

—Amigo Martinete —le dijo, una vez que este se hubo repuesto de la sorpresa de que su visitante tuviera el tamaño de un dije—, no os dejéis engañar por las apariencias. Aquí donde me veis, me envía la reina nuestra señora, que es ferviente admiradora de vuestro arte.

Para reforzar sus credenciales, Nicolasito Pertusato extrajo en ese momento de su faltriquera una carta supuestamente escrita por la reina, pero en realidad brillantemente falsificada por él, en la que ponía en antecedentes a Martinete del lugar privilegiado que el portador de tal misiva ocupaba en sus afectos, asegurándole, además, que todo lo que Nicolasito le iba a exponer formaba parte de sus augustas órdenes.

—... Y como bien ha podido leer aquí su merced, lo que su majestad desea es contratar sus servicios como modisto real.

—¿Mo-modisto? —replicó el maestro, que era tartaja perdido, lo que, curiosamente, no restaba ni un ápice a su majestuoso desdén—. ¿Qu-qué os hace pensar que yo, que me dedico a vestir a Ma-María Santísima, reina del cielo, voy a rebajarme a vestir a una reina terrenal? Una bastante fe-fea, por cierto...

—En efecto —retrucó Nicolasillo sin inmutarse—, rematadamente fea, pero precisamente por eso recurro a su merced.

—¿Porque creéis qui-quizá que mi relación laboral con el ma-más allá hace que sepa o-obrar milagros? —ironizó Martinete.

—Sí, señor, grandísimos milagros. Pero no por vuestra relación con el cielo, sino por vuestro celestial talento.

«*Touché* —se dijo Nicolás Pertusato al ver la mueca de indisimulada satisfacción que acababa de dibujarse en los labios de Martinete—. Ya te tengo cogido por la vanidad, mi querido amigo, ahora echemos un poco más de leña a la hoguera de tus vanidades».

—Sí, maestro, solo un talento tan fuera de lo común como el vuestro es capaz de trucar la fealdad en beldad, lo patoso en deleitoso y lo tedioso en glorioso, tal como vos hacéis con esas toscas imágenes de madera que vuestros trajes transforman en apariciones celestiales. Esa es precisamente la razón por la que su majestad me envía en vuestra busca. Los vestidos que su merced confeccione para la reina habrán de convertirla en la más excelsa de las criaturas, hasta tal punto que pasmará a todas las cortes europeas.

—Mu-mucho lo dudo —retrucó Martinete—, que aunque la mo-mona se vista de seda, ya sa-sabemos cómo queda...

—Eso depende enteramente del talento de quien la viste.

—No es eso lo que dice el refrán popular.

—Sin duda porque quien lo acuñó no conocía a su merced —zalameó sin sonrojo Nicolasillo, al tiempo que se preguntaba si no se le estaría yendo un poco la mano en su dosis de coba y jabón al maestro Martinete. Pero otra sonrisa aún más complacida que la anterior en labios del simpar artista le convenció de lo contrario, de modo que continuó—: Quien dijo aquello de la mona es evidente que no tuvo ocasión de conocer vuestro arte a la hora de festonear telas, bordar arabescos, hacer mil birlibirloques con los terciopelos, los rasos, las sedas... Cuando un atuendo es tan extraordinario como los que salen de vuestras manos, nadie mira siquiera el rostro de quien lo porta. ¿No pensáis del mismo modo, maestro Martinete?

—En ef-fecto —reconoció el interpelado—. Yo mismo lo he pensado en más de una ocasión. De hecho, aquí tengo la p-prueba. ¿Habéis visto alguna vez una Santa Cecilia tan rematadamente ho-horrenda como esta? —añadió, señalando con desdén la imagen desnuda de una santa raquítica y escuchimizada que había a su izquierda—. ¡Esperad a verla ve-vestida por mí dentro de unos días! Seguro que hasta consigo que se vuelva mi-milagrera.

—¡Exacto, amigo Martinete, exacto! Y eso mismo es lo que vos habréis de hacer con la reina nuestra señora, convertirla en una diosa... eh... Bueno, en una aparición celestial —corrigió a toda prisa Pertusato, temeroso de haber pisado terreno resbaladizo al hacer una comparación demasiado pagana para los, previsiblemente píos, oídos de Martinete.

—Sí, ya —dudó aún el maestro sin decidirse a dar un sí—. Co-comprendo lo que decís. Pero yo nunca he diseñado más que há-hábitos y casullas. No sé nada de mo-modas terrenales.

—De eso tampoco habréis de acuitaros, amigo mío. Del diseño de las prendas se ocupará la reina nuestra señora.

—¿Tiene arte para el dibujo y también para la mo-moda? —preguntó incrédulo el maestro.

—¡A raudales! —le aseguró su interlocutor sin confesar, por supuesto, que la reina en su vida había pintado ni una mona y que era él quien se ocuparía de diseñar los trajes. ¿Cómo? Bueno, para eso llevaba Nicolasito Pertusato meses preparándose y tenía ya un montón de ideas y no pocos bosquejos, tomados, dicho sea de paso, de la imaginería religiosa. En especial, de la sevillana, que siempre le había fascinado, incluso antes de llegar a España. Si a esta inspiración celestial se sumaba, por un lado, su destreza para el dibujo aprendida del *signor* Mirelli, y por otro, su capacidad para robar ideas de sus pintores favoritos —Tiziano, Durero y, cómo no, Velázquez—, seguro que salía algo deslumbrante.

* * *

—¡Venga, Nicolino! ¡Un poco más de garbo con ese pie! Unos minutos más y tomaremos un descanso.

Era precisamente el maestro Velázquez quien se entrometía ahora en sus cavilaciones. Ahí seguían todos, las meninas y el resto de los retratados posando para aquel cuadro que tenía como figura central a la infanta Margarita, tan graciosa con su vestido blanco, sus lazos rojos y su guardainfante. Es decir, con ese voluminoso armazón de alambre que hacía que su falda se extendiera en horizontal el doble de la anchura de sus hombros hasta parecer una descomunal campana.

No. No había sido nada fácil convertir aquella prenda en moda. Pero cuando uno tiene a una reina por maniquí y de diseñador a un genio como Martinete, todo es posible.

Quien visitaba la corte española de un tiempo a esta parte no podía por menos que quedar patidifuso ante el derroche de color, imaginación y espléndida extravagancia que presentaban los vestidos de las damas. El guardainfante (así llamado porque disimulaba muy bien posibles embarazos) obligaba a sus portadoras a pasar de canto por las puertas e imposibilitaba que cupieran en los carruajes. Pero, a cambio, en ninguna otra corte terrenal las féminas lucían tan favorecidas y espléndidas. Para acompañar tan descomunales faldas, los corsés eran ceñidos y los peinados, en contraste, inmensos. Hasta dos cestos llenos de cabellos postizos se necesitaban para elaborar aquellos monumentos capilares en forma de abanico con los que se coronaban las cabezas femeninas de la corte, tachonadas aquí y allá con joyas y lazos de colores a juego con el vestido. Y era tan fantástico y fuera de lo común el resultado que todo venía a dar la razón a Nicolasito Pertusato. Porque ¿quién reparaba en el rostro de su señora si solo se tenían ojos para semejante y colosal aliño indumentario? Nadie.

* * *

Fue así que Mariana de Austria, ojos tristes, pelo ralo y poseedora de la protuberante quijada de los Austrias, se convirtió en la más deseada e imitada de las modelos. Todas las damas de la corte corrieron en tropel hacia el taller del maestro Martinete para que les confeccionara a ellas también uno de aquellos atuendos increíbles con los que competir en extravagancia e imaginación. Un conde francés que visitó la corte por esas fechas dejó escrito que el frío y lúgubre Alcázar «parecía una ciénaga oscura por la que se deslizaban, sin embargo y con increíble gracia, enormes flores de coloridas corolas, rojas, azules, amarillas y de todos los tonos del arcoíris hasta hacerle creer a uno que se encontraba en el mismísimo jardín del paraíso».

En el paraíso se sentía también Nicolasito Pertusato, feliz de pensar en el gran servicio que había rendido a su señora y, por extensión, también al rey y a todo el pueblo. Cierto era que la situación económica y social del país empeoraba a ojos vista. Hasta su destitución como valido del rey, el voluntarioso conde-duque de Olivares había puesto sus esfuerzos en sostener, al coste que fuese, tan vasto imperio, al tiempo que intentaba acometer profundas y muy necesarias reformas estructurales. Lamentablemente para él, y también para España, las reformas que propugnó eran demasiado adelantadas a su tiempo y no surtieron el efecto esperado, mientras que su política de reputación (que consistía en luchar en varios frentes, en Flandes, en

Portugal, en Italia y, también contra Francia e Inglaterra en un, cada vez más vano intento de mantener unido tan enorme como tambaleante imperio) solo logró vaciar del todo las ya de por sí menguadas arcas del Estado. Verdad es también, y para más inri, que, para entonces, Felipe IV era un viejo prematuro y desesperanzado que, a pesar de haber engendrado treinta bastardos y más de diez hijos legítimos, no tenía aún heredero varón. Pero, dicho todo esto, y a pesar de los pesares, su corte estaba considerada si no la más rica, sí la más vistosa y barroca del universo. Y a ello en no poca medida había colaborado él. Él, Nicolasito Pertusato, que nunca había querido colgarse medalla alguna, sino que se conformaba con servir a su señora y también con haber hecho realidad esa frase de su ayo según la cual pequeños hombres hacen grandes cosas.

* * *

Y pensar —se dice ahora Nicolasillo, mientras toma el breve descanso que el maestro Velázquez le ha concedido a él y al resto de los protagonistas del cuadro que pronto se conocerá como *Las meninas*—...Y pensar que tantos afanes y desvelos, tantos esfuerzos y tan gran éxito estético a punto estuvieron de acabar no solo en fracaso, sino también en tragedia.... Y todo —suspira ostensiblemente Pertusato— por culpa de aquel desaprensivo, de aquel envidioso frasquito de hiel, Diego de Acedo.

Nicolasito Pertusato dirige ahora su mirada hacia donde están sus majestades, frente al maestro Velázquez, admirando cómo progresa la pintura del cuadro. «En parte, la culpa también ha sido vuestra, majestad», añade, observando el cansado rostro de Felipe IV. Pero de inmediato rectifica. No, es injusto lo que acaba de decir. No fue su culpa. Al fin y al cabo, los reyes son como los elefantes.

Tan grandes y tan cortos de vista que ni reparan en los que tienen más cerca. Menos aún si se trata de un personaje de tan menguado tamaño como esa sabandija a la que su majestad llama «mi primo».

Desde la llegada de Nicolasito a los aposentos reales, Diego de Acedo no le había quitado ojo de encima. Y luego, más adelante, cuando logró convertir la corte en lo que aquel conde francés llamaba «un colorido jardín del paraíso», su mirada no hizo más que acerarse. A diferencia de Acedo, que tanto gustaba presumir del favor del rey, Nicolasito nunca había hecho alarde de sus logros. Al contrario, atribuía todo mérito artístico a la reina y al maestro Martinete, al tiempo que prefería mantenerse en la sombra y desde ahí mover hilos, igual que un hábil —y diminuto— titiritero. Su consigna había sido siempre volar bajo porque, según decía, en un mundo tan competitivo y a la vez cerrado como el del Alcázar, quien despliega demasiado las alas se convierte de inmediato en pieza a abatir.

Sin embargo, si tan juiciosa medida le había sido útil para pasar inadvertido ante la mayor parte de las gentes, nunca logró disipar los resquemores de Diego de Acedo, gentilhombre de placer y guardián del sello real. Cierto que siempre se mostraba extremadamente amable con él, pero más de una vez, mientras cantaba madrigales para su majestad en sus habitaciones, a Pertusato le había parecido entrever, en su forma tan fervorosa de aplaudir como si hubiese disfrutado muchísimo de sus canciones, un secreto plan. Pero ¿cuál?

* * *

Pertusato no llegaría a descubrirlo hasta una noche en la que se encontraba a solas en su cuarto, un diminuto habitáculo en lo más alto del Alcázar en el que, a duras penas, cabía un camastro, una mesita y una solitaria silla. A la mañana siguiente estaba previsto que la reina presidiera junto al rey la procesión del Corpus y, dada la ocasión, Nicolasito, con la ayuda del maestro Martinete, había confeccionado para ella el más espectacular de los trajes, con un guardainfante más voluminoso de lo habitual de modo que su majestad destacara entre los presentes. Para poder soportar los calores propios de la fecha, el vestido era de tela ligera de color blanco, por lo que, en opinión del diminuto estilista, los complementos y joyas no podían ser perlas, puesto que no destacarían sobre el fondo claro.

—¡Sí y sí! —había porfiado la reina, que, de tanto oírle decir a Pertusato que era ella la artística mano que diseñaba sus atuendos, había comenzado a creer que era cierto—. Tú dirás lo que quieras, Nicolino, pero es mi deseo lucir la Peregrina como único adorno, de modo que no se hable más del asunto. El pueblo se merece que su reina se adorne con lo mejor —añadió convencida.

De nada sirvió que las damas presentes en la prueba del vestido opinaran que Pertusato llevaba razón, que el pueblo la iba a ver de lejos y que a esa distancia parecería que no llevaba adorno alguno. Pero Mariana de Austria no era ya aquella adolescente asustadiza y dócil de sus comienzos que se dejaba aconsejar en todo. Más segura de su aspecto, pero a la vez teniendo que convivir con la amargura de, al menos de momento, no haberle podido dar al rey más que una única hija viva, se había vuelto porfiona y cabezota. Cuando se le metía una idea en la mollera, nada la hacía cambiar de opinión.

De ahí que Pertusato hubiera dicho que sí, que muy bien, que le parecía una gran idea que luciera la Peregrina en la fiesta del Corpus, aunque, al mismo tiempo y al punto, había comenzado a darle vueltas a qué hacer para realzar la perla de modo que destacase lo más posible. Si el traje era blanco, habría que buscar un nuevo emplazamiento para la Peregrina y este no podía ser otro que la cabeza de la soberana. Los adornos capilares, como queda dicho, eran enormes y en forma de abanico aderezados por lazos, trenzas y piedras de colores. En el caso de la reina y al tratarse de tan solemne ocasión, estaba previsto que, coronando su peinado, llevase además una gran pluma de avestruz de modo que, en su base y en lugar bien visible, se dijo Pertusato, debía ir la Peregrina. Claro que para eso era necesario hacerle un aderezo, un lazo, o tal vez una escarapela, algo vistoso y colorido que la pusiera en valor.

Caía ya la noche cuando Nicolasito Pertusato caviló todo esto, por lo que decidió coger la perla y también media docena de retales de telas de diversos colores y llevárselos consigo. De este modo, se dijo, en la soledad de su habitación y sin la reina ni sus damas cerca para dar cada una un parecer diferente, podría ensayar el modo más favorecedor de aderezar la Peregrina. A nadie comunicó su intención, ni siquiera a la reina. ¿Para qué? Cuando estaba en uno de sus días difíciles se volvía muy cabezota. Era preferible trabajar solo y tranquilo en su habitáculo. Mañana bien podría levantarse más temprano de lo habitual y devolver la perla a los aposentos reales. ¿Quién iba a saber que la había sustraído por unas cuantas horas? Nadie.

Hacía un calor de infierno en su cuartito del ático con solo un minúsculo ventanuco por toda ventilación. Tanto sudaba que decidió desembarazarse de sus calzas y camisa hasta quedar en paños menores. Así, en camisilla y a la luz de varios candiles que también había tenido la precaución de traer consigo, Nicolasito Pertusato comenzó a ensayar cómo quedaría la Peregrina sobre distintos retazos de tela. ¿Combinada con tafetán amarillo? No, no, demasiado apagado. ¿Con seda azul? Demasiado contraste.

¿Con raso morado, quizá? Muy fúnebre. ¿Brocado verde? Mmm, no está mal, pero mejor grogrén rojo.

El único lujo de su humilde habitación, aparte de una palangana y jofaina para el agua, era un espejo de tamaño medio que se había hecho colocar ante la cama y que le servía a la hora de ensayar sus diseños.

Con hábiles dedos, Nicolasito Pertusato trenza ahora una vistosa escarapela. Pasa a continuación un alambre fino por el pernito de oro del que cuelga la Peregrina y, una vez cosida esta con raudas y diestras puntadas al grogrén, se mira en el espejo para ver el efecto. ¡Si alguien pudiera verle entonces! Ahí está él, el más bello de los enanos reales, con sus hechuras de niño y su largo pelo castaño recogido con la espléndida, encarnada escarapela que acaba de confeccionar, en cuyo centro destella la Peregrina. Gira sobre sí mismo. Sonríe, hace una profunda y perfecta reverencia, y entonces los oye. Son apenas imperceptibles, pero para el finísimo oído de Nicolasito Pertusato no hay duda, se trata de pasos en la noche.

* * *

«¿Quién rayos camina por el ático del Alcázar a estas horas?», se pregunta alarmado. Son casi las dos de la madrugada. Un segundo sonido, esta vez metálico, como si la punta de un sable arañase los muros del pasillo, se percibe nítido al otro lado de la puerta y a Pertusato se le hiela la sangre. ¿Es posible que alguien lo haya visto cuando distrajo La Peregrina del vestidor de la reina y haya ido a alertar a los guardias? Imposible. Él había tenido buen cuidado de asegurarse de que el vestidor real estaba desierto. En caso de que alguien lo hubiese espiado, sin duda se habría dado cuenta. Las personas de tamaño normal abultan mucho y el privilegiado oído de Nicolasito Pertusato conocía todos los sonidos que producen sus ropajes: el frufrú de los vestidos de las damas, el chivato crujir de las botas masculinas... Pero... ¿y si se tratase de una de las sabandijas?», se dice de pronto. «Los enanos son silenciosos, se mueven como ratones, o más quedamente aún, como arañas. Vaya contrariedad. De ser así, ¿de quién podría tratarse? ¿De Mari Bárbola, tal vez? A ella le encanta trastear por las habitaciones de la reina. Es tan coqueta y presumida que a cada rato se la encuentra uno bajo una mesa o dentro de un armario rebuscando retales o botones de colores». Pero entonces Nicolasito recuerda que Mari Bárbola hacía días que andaba con dolor de muelas y no se la había visto en los aposentos reales, de modo que vuelve a pensar y solo se le ocurre un nombre: Diego de Acedo.

Alguien aporrea ahora la puerta, y lo hace con tal vigor que no puede ser un enano.

—¡Abrid presto, en nombre del rey!

—¿Quién va? —pregunta Pertusato, intentando que su voz suene lo más sorprendida y soñolienta posible, pero, al mismo tiempo, su cerebro hierve cavilando qué hacer. ¿Dónde demonios podría esconder la perla? La habitación es diminuta y apenas hay muebles. Él se encuentra medio desnudo, pero, aunque le diera tiempo a vestirse, tampoco serviría de mucho tratar de disimularla entre su ropaje o en su persona. Si en efecto ha habido una delación, lo registrarán rebuscando hasta en sus orificios más íntimos.

—¡Abrid os digo o ateneos a las consecuencias! —gritan, y a esta primera voz, que es gruesa y autoritaria, se suma ahora otra aguda y atiplada.

—¡Abre de una vez, maldito enano, sé bien lo que has hecho! —Es él, Diego de Acedo, el Primo. Qué timbre de éxito delata su voz. Con su aire taimado, con su forma de comportarse almibaradamente obsequioso es evidente que lo había estado espiando a la espera de una ocasión propicia—. ¡Ladrón! —chilla—. Yo mismo he visto cómo la cogías. ¡Nada menos que la Peregrina! ¿Miento, acaso, enanillo de jardín relamido y lleno de ínfulas? Y vosotros, guardias gandules, ¿a qué esperáis para echar la puerta abajo? ¡Venga, todos a una, y con fuerza! Una, dos y...

Dios mío, ¿cómo salir de esta? ¿Quién puede salvarlo de una prisión más que segura? Ni siquiera puede contar con que la reina vaya a defenderlo. Él ha contravenido todas sus órdenes. Su majestad explícitamente había dispuesto otra cosa muy distinta. ¿Qué hacer? ¿Cómo proceder? Podría —cavila Pertusato— arrojar la Peregrina por la ventana y allá penas. Justo debajo de su ventana hay una laguna pestilente, responsable de todos los mosquitos que asolan el Alcázar y, desaparecido el cuerpo del delito, nadie podría acusarle. No, no, ¿cómo iba a hacer desaparecer semejante belleza? Su maestro Mirelli y hasta el mismísimo Miguel Ángel se revolverían en sus tumbas. Tiene que haber otra solución. «Piensa, Nicolino, piensa», se dice. «¡Dios mío! —exclama de pronto—, pero si ya sé qué hacer... Es una locura, una temeridad, pero también mi única salida, no tengo más remedio y solo me llevará unos segundos...».

—¡Denme sus mercedes un minuto para vestirme, estoy desnudo! —grita a los de fuera.

—¡Y qué más da, so sabandija! Abre ya —chilla triunfal la voz de Diego de Acedo al otro lado de la puerta.

«Si un niño de nueve años como Baltasar Carlos pudo, yo también», se dice Nicolasito Pertusato mientras sus rápidos dedos separan la Peregrina de la escarapela a la que la ha cosido. Se acerca luego a su jofaina. El agua que allí hay no está precisamente limpia. Nicolasillo es de los pocos moradores del Alcázar que creen en las virtudes de la higiene y se hace siempre una lavada de gato antes de acostarse. Pero bueno, qué más da un poco de jaboncillo, incluso tal vez le ayude en su peregrino propósito...

Antes de franquear la puerta a los guardias ya se la ha tragado. Siente cómo la perla deja atrás sin demasiada dificultad su paladar, también sus amígdalas, pasa a su esófago, pero luego, un poco más abajo, parece que se atasca.

—Dios mío, ¡qué he hecho! Es demasiado grande, me ahogo, Santa Madonna, Virgen del Perpetuo Socorro, ayudadme, apenas puedo respirar...

La puerta se abre en ese momento. Entran en tropel tres hombres armados, también don Dieguillo con su sombrerazo negro calado hasta las cejas, lo que le hace parecer una diminuta y venenosa seta. «Pensar que lo último que verán mis ojos —se dice febrilmente Nicolasito Pertusato, llevándose la mano a la garganta como si así pudiera ayudar a que baje aquel mal trago— será a este individuo y su sombrero... Qué feliz se va a sentir a partir de ahora sin nadie que le haga sombra. Feliz con su rey que le llama "mi primo", feliz con su puesto de gentilhombre, con sus conquistas amorosas, con sus...».

—¿Dónde está? —chilla el enano, rebuscando entre las sábanas, mirando debajo de la cama—. ¿Dónde has escondido la perla? ¡Con mis propios ojos vi cómo la robabas, so sabandija! Conozco todas tus malas artes. Hace meses que te vigilo, enano saltarín y ladrón, espera a que su majestad se entere de esto. De aquí en adelante, cantarás tus lindos madrigales para las ratas y gusanos de las mazmorras reales.

Don Dieguillo sigue dando vueltas por ahí, revolviéndolo todo mientras Pertusato, una mano garfa sobre la garganta y los ojos desencajados, no puede dejar de mirarlo. Qué muerte horrible la suya, estúpida también. Ahí está aquella enorme perla, atorada más abajo de su garganta, y lo más que puede desear, dadas las circunstancias, es que no dure demasiado su agonía, que todo acabe ya, cuanto antes. «Pero un momento... Pero si sigo vivo... Pasa el tiempo y aún respiro. ¿Cómo es posible?».

Será que la Virgen del Perpetuo Socorro escuchó sus súplicas, será que su esófago era más elástico de lo que cabía esperar, será por lo que sea, pero lo cierto y verdad es que la sensación de ahogo remite a medida que la perla continúa su peregrinar camino del estómago. «¡Respira, respira! —se dice—. Sí, ya nada me impide hacerlo, alabado sea Dios y todos sus santos». Incluso parece que su corazón recupera al fin su ritmo pausado.

—¿Puedo saber a qué viene este atropello? —se yergue ahora Nicolasito, recuperando la voz, que incluso le suena como prodigio de templanza, con tal autoridad que los guardias mudan su forma de hablarle con imperativos y malos modos y pasan a inquirir:

—¿Sois vos Nicolás Pertusato, bufón de su majestad la reina?

A Pertusato le gustaría explicar que es mucho más que eso, que es un artista, un creador de belleza, pero no es momento de puntualizaciones estéticas, sino de atajar suspicacias, de modo que dice que sí y que no tiene absolutamente nada que ocultar.

—Registren vuesas mercedes todo lo que sea menester. La habitación es pequeña y sin recovecos. En cuanto a mí —sonríe complaciente mirando a don Dieguillo—, aquí estoy en paños menores y sin nada que esconder, como podréis comprobar...

—¡Rebuscad bien! —se desgañita el enano furibundo—. Rastread por todos los rincones. En alguna parte ha de estar. Con mis propios ojos vi cómo entraba en su habitación con la Peregrina. ¡No se la puede haber tragado la tierra!

* * *

—¿A qué viene esa carcajada, Nicolasito? —pregunta ahora el maestro Velázquez.

A Velázquez no le gusta que sus modelos cambien de postura, tampoco que hablen y menos aún que rían mientras están posando para él. Pero Pertusato no lo ha podido evitar. Siempre que recuerda la cara de Dieguillo el Primo al comprobar que la Peregrina no estaba por ninguna parte, se le escapa una carcajada. Había que verle: el sombrerazo ladeado, los rasgos desencajados, los ojos negros y duros como escarabajos echando chispas...

—¡Tiene que estar! ¡Tiene que estar! —continuó porfiando hasta que los guardias, cansados de sus monsergas, se dieron media vuelta y marcharon por donde habían venido.

Después de los acontecimientos de aquella noche, la naturaleza tardó dos largos días en devolver la Peregrina a este mundo pecador. Sin embargo, incluso de procurar coartada a este comprometido *impasse* se ocupó la Virgen del Perpetuo Socorro. ¿O fueron tal vez el *signor* Mirelli y el maestro Miguel Ángel los artífices de tan necesario segundo milagro? Cualquiera sabe. Lo único cierto es que quienquiera que se ocupe de estos menesteres en el más allá tuvo a bien desencadenar, al día siguiente, tremendo aguacero con rayos y pedrisco, lo que obligó a la corte a cancelar todos los festejos del Corpus. Una semana más tarde y para compensar al pueblo, que tan necesitado estaba de festividades y distracciones, Felipe IV decidió organizar una espléndida corrida de toros en la plaza Mayor. Y de su brazo, vitoreada por todos, allí estaba doña Mariana de Austria, espléndida con su vestido blanco y en la cabeza, coronando su monumental peinado, una pluma adornada en la base con una repolluda escarapela roja en la que reinaba la Peregrina.

Y ¿qué fue de don Dieguito de Acedo, el Primo? Pensar nuevamente en él hace que a Nicolasito Pertusato se le escape otra carcajada, que se ve en la obligación de sofocar, no sea que el maestro Velázquez le llame por segunda vez la atención. Aun así, nada impide que en su diminuto rostro se dibuje una gran sonrisa recordando lo ocurrido justo después del incidente de la Peregrina.

Don Dieguillo de Acedo se vio obligado a abandonar la corte de la noche a la mañana. Unos dijeron que estaba enfermo. Otros que tenía deudas. Pero la hablilla más común sostenía que había tenido un percance amoroso. Por lo visto, igual que ocurrió con Micaela, la esposa de Marcos de Encinilla, guardajoyas y aposentador real, muerta por su marido al descubrir que andaba en amores con el de Acedo, otro marido sorprendió a su parienta en trance similar. Solo que, en esta ocasión, el agraviado, en vez de dirigir el filo de su cuchillo hacia el cuello de su mujer lo hizo hacia salva sea la parte de la anatomía el diminuto donjuán. Por fortuna para él, el miembro viril de tan prodigiosas facultades salió indemne del lance. Pero desde ese día, don Dieguillo calculó que era más juicioso poner tierra de por medio, al menos durante una temporada. ¿De no haber tenido que marcharse con tanta precipitación y nocturnidad, habría formado parte del plantel de personajes escogidos por Velázquez para figurar en *Las meninas*? Seguramente sí, de modo que, dondequiera que ahora se encuentre, mortificadísimo estará por haber perdido semejante ocasión de pasar a la posteridad y la gloria.

«Pobre don Dieguillo —sonríe nuevamente Nicolasito Pertusato, afianzando su pie izquierdo sobre el lomo del perro Sansón—. Qué disgusto tan grande. Con lo que a él le gustaba ser el perejil de todas las salsas y el primer chicharrón de la fritanga...».

Quinta parte

Tiempo de brujos, de hechizos y de demonios

(La corte de Carlos II)

CARLOS II. Madrid, 1661-Madrid, 1700

Esposas:
María Luisa de Orleans (1662-1689)
Mariana de Neoburgo (1667-1740)

Hijos:
Sin descendencia.

A su excelencia
Marie-Catherine le Jumel de Barnevillec de Barneville
Condesa D'Aulnoy
(En propia mano)

Madrid, 18 de enero de 1700

Chère madame,

Aprovecho el viaje y también la amabilidad de nuestra común amiga doña Clara, princesa de Monteleón, para enviaros estas líneas con mis mejores deseos. Como han pasado más de quince años de nuestro único y breve encuentro, me presentaré. Mi nombre es Gabrielle de Guisson, condesa viuda de Arrate, y nos conocimos, precisamente, en casa de los Monteleón. Como confío que recordará su merced, ellos nos habían invitado a un ágape en su casa y a vos os parecieron harto raras las costumbres de esta Villa y Corte. «Nos reunimos en la galería más de sesenta señoras y ninguna llevaba sombrero». Eso escribisteis en vuestro afamado libro describiendo aquella velada. «Todas estaban sentadas en el suelo sobre almohadones con las piernas cruzadas por debajo el vestido, antigua costumbre, tengo entendido, heredada de los moros. No había en la estancia más que un sillón de tafilete, bastante mal construido; pregunté a quién estaba destinado y me dijeron que al príncipe Monteleón. Cada vez que llegaba una nueva visita, el enano encargado de anunciarla, con la rodilla hincada en el suelo, recitaba su nombre y entonces la joven princesa se levantaba presta para recibir de pie a la recién llegada».

Todo esto y bastante más anotasteis describiendo la agradable reunión en la que coincidimos. Y, en efecto, lo fue, sumamente grata, aunque el relato que su merced hizo de la misma induce a creer que aquí en Madrid —y por extensión en toda España— se practican costumbres pintorescas por no decir bastante sauvages*, algo que no es cierto en absoluto.*

Me apresuro a decir que soy francesa al igual que vos, pero llevo años viviendo en esta bendita tierra que ahora considero mía. Vine a Madrid junto a una tía paterna cuando era poco más que una niña. Huíamos de una existencia llena de penurias y estrecheces allá en nuestra Lorena natal y, tras la muerte de mi querida tía y por una cadena de infortunios, acabé ejerciendo el oficio más viejo del mundo en cierta mancebía cercana a la calle Mayor. ¡Qué comprometida y necia confesión!, diréis sin duda al leer estas líneas. Soy consciente de que, en efecto, lo es, pero si me arriesgo a hacerla es porque dudo de que vuestra merced vaya a escandalizarse o a rasgar las satinadas y carísimas vestiduras que ahora gasta. Al fin y al cabo, no es precisamente un secreto que vuestra andadura se parece un tanto a la mía. ¿Acaso no es cierto, chère madame*, que vuestra señora madre y vos misma tuvisteis que refugiaros en España después de la infructuosa tentativa de matar a vuestro augusto (y vetusto) esposo, en connivencia con un par de amantes que ambas teníais?*

Disculpad, os ruego, que recuerde tan penoso pasaje de vuestra, por otro lado, impecable biografía. Ahora sois una de las escritoras más reconocidas de Europa y miembro de la paduana Accademia dei Ricovrati, donde ocupáis un lugar privilegiado con el sobrenombre de Clío. Sabido es también que vuestra obra Viaje por España *es uno de los libros de viajes más leídos de los últimos lustros y que hace palidecer incluso al resto de vuestra magna obra, compuesta de una recopilación de narraciones tradicionales y cuentos de hadas que supera, dicen muchos, a la de los cuentos de Perrault. Sois por tanto una verdadera* femme savante, *una mujer sabia como las llaman allá en Francia, y os felicito por ello, ya me gustaría tener vuestra envidiable carrera. Claro que mi imaginación no es tan desbordante como la vuestra. Imaginación, que no rigor, habría que puntualizar, porque, como bien saben quienes lo han leído, vuestro* Viaje por España *poco se diferencia de vuestra* Recopilación de narraciones interesantes, *puesto que las dos son puro cuento de hadas...*

No diré yo, como afirman vuestros detractores, que jamás pusisteis un pie en España y que todo lo que relatáis está robado de otros libros. Bien sé que sí la visitasteis, puesto que tuve el honor de conoceros sentada a la morisca en el gabinete de Clarita Monteleón. Pero sé también que gran parte de lo que contáis en vuestro afamado libro no son más que exageraciones y reinterpretaciones entreveradas, mucho me temo, con flagrantes mentiras. Sin embargo, como también es cierto que narráis sucedidos de modo harto ameno y tronchante, adornándolos siempre con suculentos chismes, es fácil comprender por qué os leen con fruición. A los lectores les fascinan los cotilleos y lo que nosotros los franceses llamamos la petite histoire. *No me extrañaría pues que, a no mucho andar y si vuestro libro se sigue vendiendo cual rosquillas como hasta el momento, la visión que el resto del mundo tenga del que ahora es mi país y al que tanto amo, sea la que vos habéis descrito, generando así una muy injusta e indeleble mala fama.*

Dicho esto —y he aquí la razón primordial de estas líneas, madame—, *lo que más me asombra y maravilla es que os hayáis tomado la molestia de inventar tanto. Lamentablemente para los que amamos esta tierra, desde la ascensión al trono de nuestro señor Carlos II, la realidad supera tan ampliamente a la ficción que no es necesario recurrir a embustes ni exageraciones para dejar al lector tan boquiabierto como estupefacto. Vuestra merced en su libro menciona que vio una vez a don Carlos II el Hechizado en una celebración del Corpus. Pero, aparte de reseñar que lucía en su sombrero la Peregrina, solo os hacéis eco de un par de dimes y diretes y rumores intrascendentes, lo que me hace maliciar que jamás tuvisteis acceso a la corte. Y, desde luego, lo que me atrevo a asegurar sin miedo a equivocarme es que nunca llegasteis a conocer el Alcázar ni tampoco sus entresijos como esta otra francesa —yo misma— que un día llegó a Madrid como* coquette, *pero que más tarde tuvo la fortuna de acceder a muy altos salones.*

Mi marido, al que, a diferencia de vos al vuestro, mucho amé, me llamaba siempre defensora de causas perdidas. Sé, pues, que lo que me propongo hacer a continuación es riesgoso. Se trata nada menos que de desfacer el entuerto que su merced ha hecho publicando su célebre y poco veraz libro sobre España. Y mi modo de hacerlo será contar a mi vez, y del modo más ameno que pueda, la verdad de lo que se vivió —y aún se vive— dentro de la corte de Carlos II. Para hacerlo, he recopilado una serie de anécdotas que fui anotando a lo largo de los años con todo lo que llegué a ver, oír y presenciar desde mi afortunada situación como dama de la corte. En el sobre que acompaña a estas líneas os adjunto relato de ello. Se trata, chère madame, *del resumen puntual y verídico de algunos sucedidos que han tenido lugar en el Alcázar en los últimos tiempos. Como podréis comprobar tras su lectura, vuestro* Viaje por España *no es más que un cuento para niños comparado con lo que ocurría allí dentro.*

Recibid el afectuoso saludo de

Gabrielle de Guisson, condesa viuda de Arrate

* * *

Madame D'Aulnoy arrugó con furia el elegante papel en el que estaba escrita aquella misiva. ¡Qué impudencia, cuánto descaro! ¿Cómo se atrevía a tanto esa tal Gabrielle de... Guisson, Guignon, o como rayos se llamase aquella descarada? ¿Y quién cuernos —y nunca mejor usado tal epíteto— sería ese conde de Arrate que la había sacado del arroyo o, lo que es lo mismo, del lupanar en el que trabajaba? Sin duda, un pobre viejo iluso, decrépito y babeante como...

Como siempre que algo o alguien le recordaba al finado conde D'Aulnoy, cuyo título aún llevaba al cabo de tantos años, *madame* cruzó dos dedos y los agitó varias veces tras su espalda para espantar el mal fario. Qué tipo irritante su difunto. De un tiempo a esta parte le había dado por aparecérsele en sueños. ¿Cómo osaba molestarla al cabo de tantos lustros? Ella ya no era la jovencita inocente y tonta con la que se había casado. Tampoco era la veinteañera que colaboró en la empresa de intentar enviarlo al más allá y ni siquiera era la treintañera intrépida que escribió con brío y no poca imaginación aquel libro sobre su estancia en España. Ahora era una venerable matrona con doble papada que reinaba en uno de los salones literarios más prestigiosos de París; una académica, una intelectual, una dama respetada. Siendo así, ¿qué le hacía pensar a la tal Gabrielle que se iba a dignar siquiera a echar un vistazo a sus insulsas memorias? ¿Cómo tenía el descaro de recordarle a ella —¡a ella, nada menos!— que la realidad supera a la ficción?

La condesa D'Aulnoy tiró la carta de su compatriota a la chimenea, y ya se disponía a hacer otro tanto con las memorias que se adjuntaban en otro sobre cuando reparó de pronto en el encabezamiento que figuraba en la primera página:

TIEMPO DE BRUJOS, HECHIZOS Y DEMONIOS
(Memorias de una intrusa en la corte de Carlos II)

«Mmm...», se dijo entonces acariciando su doble papada. No quería reconocerlo ni siquiera ante sí misma, pero aquel título excitaba su curiosidad. En los años transcurridos desde la publicación de su *Viaje por España*, ¿cuántas nuevas e insólitas peripecias le habrían acontecido a aquel pobre muchacho, a esa piltrafa humana que era el actual rey de España? En París se comentaba que los mil menjunjes, pócimas e inmundos brebajes con los que los médicos y curanderos trataban de paliar sus muchas enfermedades lo tenían, por un lado, hechizado y, por otro, con un pie en la tumba. Lo verdaderamente prodigioso, se dijo entonces la condesa, era que, con esos achaques y, sobre todo con estos tratamientos, transitase aún por el mundo de los vivos. A continuación, y después de dar otro par de cavilosos tironcitos a su papada, *madame* se dijo con una media sonrisa que, si en efecto aquella intrusa e impertinente Gabrielle de Guisson había vivido años en la corte, quizá sus memorias contuvieran una jugosa (y por tanto valiosa) información de primera mano sobre lo que estaba pasando en el Alcázar en estos momentos. Algo, por cierto, de enorme interés no solo para el rey de Francia, sino para todas las potencias europeas. Porque no conviene olvidar, continuó diciéndose *madame* D'Aulnoy, que el inmenso imperio español está en manos de un rey bobo y estéril, producto de una consanguinidad francamente suicida. Los abuelos de Carlos eran, al mismo tiempo, sus propios bisabuelos, su padre y su madre eran tío y sobrina, de modo que convertía a su padre en tío abuelo de su propio hijo y a su madre en su prima hermana. Eso sin olvidar, naturalmente, que todos ellos tenían como parientes comunes a Juana la Loca y al trastornado príncipe Carlos, ese que, según no pocas hablillas, había encontrado una temprana muerte propiciada por su padre, Felipe II. Vaya familia. Vaya tropa, vaya descendencia. Lo que Europa entera se preguntaba ahora era a manos de quién pasaría tan vasto imperio una vez que Carlos II muriera sin hijos. «Por tanto —continuó cavilando la condesa—, de lo que no cabe duda es de que la vida de ese desdichado, sus achaques, sus hechizos, y sus mil tentativas para tener hijos, es material interesantísimo con el que bien podría escribir la segunda parte del libro que tanta fama me ha dado. Mis queridos detractores dicen que nunca estuve en España y que todo lo que escribí estaba tomado (robado es la palabra que más usan) de otros autores. Bah, paparruchas, qué sabrán. Cierto es que tomé "prestados" escritos, ideas, opiniones ajenas, pero mi mérito, y eso sí que lo reconocen hasta mis más feroces adversarios —se pavoneó la condesa—, es que he sabido aderezar y salpimentar sabiamente lo que otros escribieron de modo torpe y soporífero. Y, al fin y al cabo, ¿no es exactamente *eso* lo que llaman talento literario?».

«¡Mmm!», repite ahora la dama, dando otro pensativo masaje a su papada. Si la información que incluye la veintena de páginas que tiene ante sí es tan interesante como promete su título, ¿qué le impedirá, una vez leídas, hacerla suya? El mundo entero se había sentido fascinado con la primera parte de su *Viaje por España.* Seguro que con ese piltrafilla de Carlos II por protagonista y con el material suministrado por una testigo presencial la segunda parte sería aún más sensacional.

«¡Qué encantadora ingenuidad la tuya, Gabrielle de Guisson! —Sonríe *madame* D'Aulnoy, dejando que dos rechonchos y enjoyados dedos se deslicen suavemente por el primero de los folios que se dispone a leer—. Cuánta amabilidad también; mira que darme el trabajo hecho y mandármelo a casa... Muchas gracias, querida. Y ahora —concluye, ajustándose unos anteojos de oro con filigranas de plata al tiempo que arrellana sus carnes en cierto silloncito tapizado de Aubusson que es su predilecto—, veamos qué tienes que contarme, *ma chère*».

* * *

Mi nombre es Gabrielle, condesa de Arrate, y tendría yo unos veinte años cuando llegué a la corte del rey de las Españas don Carlos II, a quien Dios guarde. Como es mi deseo ceñirme en todo a la más estricta verdad, confesaré cuanto antes que no nací en las sedas y satenes entre los que ahora me muevo. Sin embargo, como las vicisitudes de mi infancia y primeros años no hacen al caso de este relato, baste decir que después de no poco rodar, casé con un hombre bueno.

José de Arrate y yo nos conocimos en lo que las gentes de bien llaman una casa de mala nota. Sesenta y siete años tenía cuando se enamoró de mí y me hizo su esposa. Es una historia poco original, bien lo sé, esa de una muchachita pecadora de la que se prenda un viejo feo y chocho. Pero siento desilusionar a sus mercedes que tienen la gentileza de leerme. Mi marido no era ni feo ni chocho cuando me salvó de mi oscuro destino y, pese a que me triplicaba la edad, lo amé tanto como él a mí. De hecho, aún lo amo más allá de su muerte, acaecida hace tres años, por lo que es a él y a su memoria a quienes van dedicadas estas líneas. Sé que escribirlas me hará bien. Será como tenerle de nuevo a mi lado, al menos mientras relato lo que vivimos juntos.

Como digo, llegamos a la corte una fría mañana y José acababa de heredar de su hermano mayor, muerto de fiebres tres meses atrás, el puesto de gentilhombre encargado de dar cuerda a los relojes reales. Desde los tiempos de Felipe II, el Alcázar atesora la mayor colección de artilugios de esta índole que se conoce en el mundo, y ocuparse de ellos está considerado un gran honor. Más de cinco mil piezas de toda procedencia, tamaño y descripción acompasan sus tictacs en una de las grandes salas del ala norte del Alcázar, y a ellos hay que añadir otra larga docena de relojes de menor enjundia distribuidos por diversas estancias, entre las que se encuentran los dormitorios de la familia real. A pesar de que estas son habitaciones privadas, el protocolo borgoñón estipula que quien se ocupa de los relojes puede moverse con libertad por todo el palacio, de modo que mi marido tenía acceso hasta a las más privadas estancias.

En cuanto a mí, al principio de nuestra llegada al Alcázar, nadie me dirigía la palabra. Las noticias vuelan más raudas (e insidiosas) que moscardones en lugares como este, de modo que todos se hacían lenguas de mis oscuros orígenes y se apartaban al verme. En especial las damas, muy afanadas ellas en dar a entender que yo las tiznaba con solo rozarlas. El prestigio de mi marido y el peso de sus muchos apellidos les impedían demostrar su desprecio delante de él, pero bien que se resarcían cuando estaba sola. Por eso, la mayor parte de mi tiempo la pasaba acompañando a José en su cometido, yendo de habitación en habitación, escuchando (y callando) todo cuanto llegaba a mis oídos.

—¿Qué estancias visitaremos hoy? —le preguntaba cada mañana, puesto que los relojes de aquella vasta colección eran caprichosos y sus cuerdas duraban, en ciertos casos, un día, en otros tres o a veces una semana.

—Hoy tocan los aposentos de la reina madre —me decía, por ejemplo, José, y mientras nos encaminábamos en esa dirección, aprovechaba para relatarme particularidades de la vida de tan augusta y desventurada señora.

Fue así que supe que Mariana de Austria de joven había sido la reina más elegante de su tiempo. Sus espléndidos vestidos barrocos, con guardainfantes tan anchos y aparatosos que no pasaban por las puertas, eran fama en el mundo entero, y su creador, según me secreteó José, era un enano milanés, de nombre Nicolasito Pertusato.

—¿Un enano? —me sorprendí.

—Sí, es buen amigo mío de tiempo atrás. Ahora, anciano pero muy rico y respetado, acaba de mudarse no lejos de aquí, a una casa a la que llaman la Grande, sita en la calle Mayor —una paradoja más en la vida de tan diminuto gran artista—. En cuanto a doña Mariana, me temo que poco y nada queda de su afamada elegancia. Ni trajes asombrosos, ni plumas ni peinados descomunales e historiados. Cuando la conozcas verás que viste como una monja de alguna orden mendicante. Todo cambió para ella tras el nacimiento de su pobre hijo.

Yo, que aún no había tenido oportunidad de ver al rey en persona, me resistía a creer que fuese tan contrahecho como lo pintaban. Para una muchacha campesina como era mi caso, los reyes debían de ser siempre altos y rubios, y dueños de una sonrisa deslumbrante.

—Rubio al menos sí es —rio José—. O, mejor dicho, lo era, porque antes de cumplir los veinticinco no le quedaba ya ni un pelo en toda su augusta cabeza. Nada de extrañar, si tenemos en cuenta el aspecto que presentaba cuando llegó al mundo. Ni te lo imaginas, pena daba verlo: el cráneo enorme y lleno de costras, el cuerpo esmirriado y tan raquítico que un ejército de catorce amas de cría más dieciséis de reserva se turnaban día y noche para amamantarlo hasta casi cumplidos los cuatro años. Y si a esa edad lo destetaron fue solo porque murió Felipe IV y hubiera sido harto chocante que un rey subiese al trono rodeado de amas de cría. Aun así, para la solemne ceremonia no tuvieron más remedio que sujetarlo con unos cordones, tal que si fuera una marioneta, porque tampoco se tenía de pie. Incluso ahora, sobre todo cuando ha de recibir a embajadores extranjeros, dizque sus ayudantes lo dejan apoyado con disimulo contra una mesa o una columna, no sea que se desplome en plena audiencia.

—Supongo que tendrá además la fea quijada de los Austrias.

—¡Si solo fuera eso! En su caso es tan protuberante que la mandíbula superior no encaja con la inferior, dificultándole la masticación, de forma que la mayor parte de lo que come acaba asperjado por su pechera en forma de papilla revuelta en saliva. Cómo será el espectáculo que, si bien el protocolo borgoñón indica que los reyes han de comer en público, se ha hecho una excepción en su caso, no sea que deje inapetente a toda la concurrencia. Añade a esto unos ojos acuosos y cegatos, y un labio inferior similar al del camello y ya tienes el aspecto de un muchacho que ni siquiera ha podido estudiar y formarse, puesto que cuando no caía con el sarampión le daba la parotiditis, cuando no se llenaba misteriosamente de pústulas, eso por no mencionar los infinitos catarros e indigestiones que le aquejan sin fin. Cómo será el rosario de sus males que, a pesar de que, según lo dispuesto en el testamento de su padre, a los catorce años debía acceder a la mayoría de edad, doña Mariana, con la ayuda (o a veces la des-ayuda) de una junta de gobierno, hubo de continuar haciéndose cargo de los asuntos de Estado durante años mientras sorteaba como mejor podía las mil intrigas que una situación así engendra. Siempre con el terror, además, de que en cualquier momento su hijo muriera víctima de a saber cuál de sus muchos achaques. Eso ha hecho que doña Mariana, que ya antes era fervorosa cristiana, se refugiase más aún en la religión y en especial en la Virgen de los Milagros. Y, por asombroso que parezca, sus plegarias hasta el momento han sido atendidas. Carlos ha superado ya la treintena y contra todo pronóstico y lógica, aquí sigue, tan consumido en cuerpo como en entendederas, pero vivo, al fin y al cabo.

—Pobre muchacho —me compadecí yo—, y pobre madre. Ahora comprendo lo de vestir como una monja. Se debe a una promesa que ha hecho, imagino, pero ¿por qué no sale nunca de sus habitaciones?

—Es una protesta. No soporta a sus nueras.

—¿Sus nueras en plural?

—Ahí donde lo ves, el achacoso Carlos II es ya viudo y vuelto a casar. Y ni la primera fue del agrado de su madre ni tampoco lo es la segunda. La finada María Luisa de Orleans no le gustaba porque era, según decía, «demasiado francesa». Pero la actual, que es alemana como ella y sobrina lejana suya, le gusta menos aún.

—Ya. Las rencillas habituales entre nueras y suegras, supongo.

—Rencillas no, batallas campales. Pero de eso te hablaré una vez que hayamos dado cuerda a los relojes de su habitación. Como doña Mariana no sale nunca, nos la encontraremos seguro. Pero, antes de entrar, una recomendación, Gabrielle —añadió mi marido, recolocándome cariñosamente un mechón de pelo escapado del austero moño con el que yo intentaba parecer mayor que mis pocos años—. Sé lo más silenciosa que puedas. O mejor aún, no digas ni pío, doña Mariana vive en el silencio y en el recogimiento.

* * *

La habitación de la reina madre se me antojó como lo más parecido a un lúgubre santuario. Había imágenes y retratos de vírgenes y santos por doquier: en cada una de las paredes y columnas; dentro de hornacinas; en relicarios; incluso un par de ellos, bastante aterradores, dicho sea de paso, reinaban sobre las paredes a modo de frescos. Cada virgen o santo tenía ante sí un suntuoso reclinatorio, y doña Mariana, sin reparar en nuestra presencia, iba de uno a otro repartiendo plegarias. «... Santa Bárbara, patrona de las tempestades, atempera, te lo ruego, a esta maldita arpía; San Judas Tadeo, señor de los imposibles, haz que deje de engañarnos a todos. ¿Has visto alguna vez, santo mío, una mujer tan presuntuosa e intrigante? ¡Oh, Virgen Santísima de los Milagros! ¿No podrías hacer que, en vez de amasar fortunas en beneficio propio, abrazase por fin a un rorro...?».

No entendí qué querían decir tan raras preces ni a quién se podían referir, y tuve que esperar a que José pusiera en hora los relojes y saliéramos de la habitación tal como habíamos entrado, es decir, sin que su ocupante detuviera sus oraciones o nos mirara siquiera. Solo entonces, ya en el pasillo y a distancia prudencial de la puerta tras la que aún se oían sus desesperados bisbiseos, pregunté a mi marido qué querían decir aquellas rogativas.

José rio tristemente diciendo que más que rezos lo de doña Mariana de Austria eran letanías.

—Algo así como jaculatorias, ¿comprendes? Las recita a diario sin que, al menos en lo que se refiere a este asunto, sus súplicas surtan efecto.

—Y ¿qué asunto es ese?

—Y ¿cuál va a ser, criatura? El único que preocupa a España entera: el nacimiento de un heredero.

José me explicó entonces cómo habían sido hasta el momento los dos matrimonios de Carlos II.

—La primera de sus esposas —comenzó diciendo— era el amor de su vida y, pese a que no fue nunca santa de la devoción de su estricta y pía suegra, lo cierto es que hizo muy feliz a su marido. Nadie daba un maravedí, como te imaginarás, por que ella llegase a amarle. Al fin y al cabo, a qué muchachita de diecisiete años puede gustarle que la casen con un hombre que apenas se mantiene en pie y tiene cara de camello. Pero, por difícil que resulte de creer, María Luisa de Orleans lo quiso a su manera. De niña había sufrido las constantes peleas entre un padre al que le gustaban demasiado los efebos de muy corta edad y una madre ocupada en otras actividades no menos escandalosas.

Al oír de labios de José tales pormenores, me vinieron a la memoria ciertos comentarios sobre María Luisa oídos en mi anterior vida. Así llamaba yo a mi paso por la mancebía en la que conocí a mi marido. Trabajar en un lupanar no es plato de gusto para nadie, pero como fuente de información resulta imbatible. No son pocos los hombres que, además de buscar lo que es habitual en esta clase de establecimientos, buscan también una oreja amiga, alguien que los escuche sin juzgar y, modestamente, he de decir que en tal arte fui maestra. No sé cuántas confidencias, secretos e indiscreciones habré oído al calor de unas cobijas y con el anís o el aguardiente por alcahuete. Y fue precisamente uno de estos hombres locuaces, un sacristán por más señas, quien primero me habló de mi ilustre compatriota. Abrí la boca para contarle a José lo que sabía de la primera mujer de Carlos II, pero una elemental prudencia me hizo cerrarla con la misma presteza. A los maridos, por comprensivos que sean, no les gusta que les hablemos de vidas anteriores, en especial de una como la mía.

Por eso no le pude contar lo que aquel sacristán, de nombre Antonio Álvarez, me relató y que no deja de ser información interesante, puesto que tuvo él la fortuna de vivir en primera persona la boda del rey Carlos con su jovencísima prima María Luisa de Orleans.

—Aquí donde me ves, niña —comenzó el sacristán orgulloso—, yo fui despabilador de velas en aquel enlace real que se celebró en el pueblo en el que Dios me trajo al mundo... Ah, ¿que no me crees? Pues abre tus oídos porque quedarás pasmada. Quintanapalla es una pequeña aldea cercana a Burgos y lugar elegido por Carlos II para su boda. Y todo para ahorrar —añadió el sacristán mientras se echaba al coleto un largo sorbo de anís—. Claro que Quintanapalla es mucha Quintanapalla y hay que ver qué hermosa nos quedó la boda real sin que al rey le costara ni un maravedí.

—¿El rey necesita ahorrar? —pregunté, y él se afanó en explicarme lo que, dizque, era un secreto a voces en todo el reino. Que el llamado Rey Planeta, es decir, Felipe IV, legó a su hijo un imperio en descomposición y un erario público vacío.

—Tantas eran las deudas reales que incluso en palacio encontraban dificultades a la hora de comprar viandas en buen estado, así que, más de una vez, llegó a la mesa de su majestad carne podrida. Claro que ahora, con su hijo, ahorrar en esta cuestión está del todo descartado —continuó el sacristán—. Solo le faltaba al pobre don Carlitos tener una cagalera que se lo lleve de este mundo. De ahí que se economice en todo lo demás. Incluso en las bodas reales.

—¿Por eso eligió Quintanapalla?

—Y favor que nos hizo, como te puedes imaginar. El rey no tiene muchas ideas, pero las que tiene son fijas y el ahorrar es una de ellas. Claro que nosotros tiramos la casa por la ventana para que el casorio fuera de todo postín. ¡Deberías haber visto cómo engalanamos la plaza Mayor! ¿Y la casa del labriego más rico del lugar donde pernoctó la novia y se vistió para la ceremonia? ¡Ni te imaginas qué derroche! Yo mismo, como pariente que soy del dueño

—añadió satisfecho—, contribuí a engalanarla con flores y frutas de toda clase y color. Apuesto a que a doña María Luisa le recordó los verdes jardines de Fontainebleau.

A mí se me antojó harto exagerada la comparación entre Quintanapalla y Fontainebleau, pero no dije nada. Mientras el sacristán estuviese entretenido con sus confesiones y con el anís, no tendría necesidad de requerirme para otra clase de efusiones, de modo que continué tirándole de la lengua.

—¿Y visteis a la reina de cerca?

—¿Que si la vi? Igual que te estoy viendo ahora. Hermosa muchacha. Más que francesa parecía andaluza, con esos ojazos grandes y profundos que tenía, con una cabellera negrísima y ondulada que le llegaba por la cintura. Vaya carita que se le puso cuando vio al novio, y no era para menos.

—Todo el mundo dice que es muy esmirriado.

—Corta te quedas, prenda, pero, *pa* mí que lo que la asustó de veras fueron sus peticiones.

—¿Y qué peticiones fueron esas?

—Nada más verla empezó a gritar: «¡¡Mi reina, mi reina!!», mientras se la comía a besos harto babosos. Después, volviéndose hacia sus ayudantes, ordenó: «Está previsto que celebremos las velaciones mañana, pero quiero que se hagan hoy, ¡YA!». Ella, que no entendía castellano, solo por la cara del rey comprendió de qué hablaba y se puso como un tomate. Pobre criatura, sus damas la escoltaron entonces hasta el dormitorio en la casa de mi pariente que le habían asignado y la vistieron con su traje nupcial. ¿Y sabes lo que pasó? Que aún no habían acabado de ceñírselo cuando el rey (con una enorme peluca rubia que le habían puesto para la boda, pero que él lucía ladeada y sudorosa) irrumpió en los aposentos con la intención de arrancárselo, ahí mismo, loco de deseo.

—*Sacrebleu!* —exclamé, haciendo votos mentales para que al sacristán no le diera por emular las efusiones de su rey conmigo. Pero, por suerte, estaba de lo más entretenido narrando peripecias.

—Y eso fue solo el principio. Deberías haber oído los jadeos, gemidos y gruñidos que se oyeron una vez finalizada la ceremonia nupcial, y cuando los novios se encerraron a solas en su dormitorio, ya ni te cuento. Un par de gentilhombres tuvieron que velar toda la noche a pie firme ante la puerta por si su majestad con tanta gimnasia amatoria sufría una apoplejía. Aun así, a pesar de tanto frenesí, según me contaron más tarde las mujeres encargadas de recoger la habitación tras la noche de bodas, las sábanas reales no presentaban ni la más pequeña mancha de sangre, por lo que, una de dos: o bien la reina no llegó virgen al matrimonio, cosa que dudo dada su tierna edad, o bien todas aquellas efervescencias por parte de don Carlitos acabaron en mucho ruido y pocas nueces. Y lo cierto es que, el tiempo transcurrido desde la noche de bodas —concluyó relatando el sacristán— viene a confirmar más bien la segunda hipótesis, porque supongo que ya sabes, niña, lo que dicen las coplillas que sobre la reina se cantan.

Yo, que por aquel entonces acababa de llegar a Madrid, dije que no las conocía, y él, con voz aguardentosa, desgranó las estrofas que corrían de boca en boca por todo el país:

Parid, bella flor de lis,
que en aflicción tan extraña,
si parís parís a España y
si no parís, a París.

* * *

—Qué triste suerte la de María Luisa —comenté a mi marido, olvidando al sacristán y retomando el hilo de nuestra anterior conversación—. Debe de haber sufrido mucho al no poder concebir un hijo.

—Sí, pero, eso no fue lo peor —respondió él—. Lo más duro, a la par que humillante, fue el sinfín de purgas, bebedizos y pócimas inmundas que le hicieron tomar para que se quedara embarazada. Eso por no mencionar las mil maledicencias de las que también fue objeto. Corrió por toda la ciudad, por ejemplo, que la marquesa de Soisson, célebre envenenadora de la corte de Luis XIV, con sus hechizos había privado al rey de su capacidad de engendrar para que la corona fuera a parar a manos del rey francés, cuya madre es española. Al poco, apareció por aquí un astrólogo de Bohemia que convenció a don Carlitos de que su esterilidad no se debía a las malas artes de la marquesa de Soisson, sino al hecho de que su majestad no había podido despedirse de su padre en el lecho de muerte. ¿Y sabes lo que hicieron entonces? Desenterrar a la momia de Felipe IV para que volvieran a verse frente a frente y pudiesen «hablar». Tampoco esto dio resultado, como te puedes imaginar, de modo que el embajador de Francia, el marqués de Villars, decidió tomar cartas en el asunto. Enterado por las lavanderas de que el precioso semen real acababa precozmente en las sábanas de María Luisa y no dentro de su real vagina, sobornó a una criada para que le proporcionara unos calzones sucios del rey, así como ropa de cama de la reina, para practicar ciertos «apareamientos científicos», según dijo. De ahí en adelante, brujos, quirománticos, astrólogos y charlatanes venidos de los más remotos puntos del globo empezaron a turnarse para suministrar brebajes, en especial a la reina, porque huelga decir que el rey, con su precaria salud, podía írseles al otro mundo en cualquier momento y nadie, por muy Nostradamus que finja ser, desea acabar sus días asado vivo o con un capirote en la cabeza.

—¿Y la Santa Inquisición? ¿Nada tenía que decir ante semejante invasión de brujos?

Eso es lo más asombroso de todo. Años atrás, el rey y la reina habían presidido uno de los más grandes autos de fe que se recuerdan. Nada menos que ciento veinte reos con sus ropajes penitenciales fueron llevados a la plaza Mayor de Madrid para su juicio público. ¡Menudo espectáculo fue aquel con la presencia de la corte en pleno y todos los balcones adornados como si lo que presenciaban fuese una corrida de toros!

—Pero ¿de qué se acusaba a estos pobres infelices?

—La mayoría eran supuestos herejes, delatados, en no pocos casos, por venganza o, simplemente, para apropiarse de sus bienes, puesto que la ley dice que quien delata a un hereje tiene derecho a reclamar parte de su fortuna. Otro número considerable lo formaban los tenidos por brujos. A saber cuántos hombres y sobre todo cuántas mujeres inocentes habrán sido achicharrados vivos por indicios tan absurdos como vivir solos o tener un gato negro. Y, mientras tanto, ya ves, los verdaderos brujos campaban —y aún campan— a sus anchas aquí, en el mismísimo Alcázar.

—¿Alguno de ellos logró que doña María Luisa quedara embarazada, aunque luego perdiera a la criatura?

—Lo que entre todos consiguieron fue acabar con ella a base de pócimas y zarandajas. Veintiséis años tenía cuando se la llevó el Señor, pero no sin que antes viviera sus últimos días martirizada por problemas intestinales y dolores intensísimos que los doctores intentaron atajar con los últimos adelantos de la ciencia, verbigracia, revestir su vientre de rebanadas de molletes empapadas en vino. Lamentablemente, el tratamiento lo único que consiguió fue llevarla derechita a la tumba. Descanse en paz, tan bella y sufrida reina.

—¿Y el rey?

—Desconsolado quedó. «¡Mi reina, mi reina!», se le oía sollozar por las noches mientras vagaba de habitación en habitación como ánima en pena. Claro que, por razones de Estado, pocos meses más tarde ya había matrimoniado de nuevo con la reina actual.

Le pedí a continuación a José que me hablara de ella, de la que yo nada sabía, pero me dijo que no, que al día siguiente había una gran misa solemne en la que podría ver con mis propios ojos a Mariana de Neoburgo, que reinaba junto a Carlos II desde hacía ya unos años.

* * *

Quiso la suerte, sin embargo, que no tuviese que esperar más que unos minutos para conocer a tan notable dama. Nos encontrábamos mi marido y yo en la sala de los relojes, él dando cuerda a un espléndido artilugio, copia en tamaño reducido del famoso carrillón de Praga, cuando —coincidiendo con las campanadas del mediodía y por tanto también con el desfile de muñecos que por sus ventanitas asoman al compás de una alegre musiquilla— irrumpió en la estancia una mujer enorme de largos cabellos rojos y ojos de basilisco.

—¡Al ladrón, al ladrón! —chillaba al tiempo que se encaró con mi marido con las siguientes palabras, dichas en una mezcla de español revuelto con alemán que no me costó entender, dado que soy de la Lorena—: ¡Quita tus sucias manos de mi reloj, maldito sinvergüenza, o te mandaré despellejar vivo, juro que lo haré!

—Señora —intentó apaciguarla una de las damas que tras ella venía—, sosegaos, este caballero es...

—Es... —retomó aquel basilisco—... Es, clarísimo está, el responsable de los hurtos que de un tiempo a esta parte acontecen en el Alcázar, y que son multitud. Como ese cáliz de oro macizo que desapareció hace dos semanas; o aquel par de cuadros de Coello, de pequeño y convenientemente transportable tamaño; o como una preciosísima escultura de Benvenuto Cellini que había en mi gabinete, esfumada ahora de la faz de la tierra. ¿Y la Peregrina? —continuó la furibunda dama—. ¿Visteis cómo el otro día el responsable del joyero real dijo que alguien había intentado sustraerla con nocturnidad? Pasan cosas *muy* extrañas en este palacio de un tiempo a esta parte. A ver, ¿cuál es vuestro nombre? —tronó, enfrentándose de nuevo a mi marido—. ¿Qué hacéis aquí? ¡Hablad!

—Este caballero es don José de Arrate, señora —explicó la dama de compañía—, gentilhombre de su majestad y encargado de los relojes reales.

Al mencionar la dama su nombre, José hincó la rodilla ante la reina y yo me disponía a hacer otro tanto cuando, con brazos extendidos y manos engarfiadas, Mariana de Neoburgo hizo amago de lanzarse sobre mí como si quisiese, qué sé yo, mesarme los cabellos o arrancarme los ojos.

—¡Y esta! —gritaba—. ¿Habéis visto cómo me mira? Voto a mí que me está echando mal de ojo. ¡Oh, Nuestra Señora de los Dolores, Santísima Virgen, mi criatura! —añadió, doblándose sobre sí misma al tiempo que abrazaba su bajo vientre—. ¡Qué va a ser ahora de mi pobre hijo, auxiliadme, socorredme!

—Señora, por amor de Dios, sosegaos —la confortaba la dama al tiempo que hacía inequívocas señas para que tanto José como yo nos retirásemos cuanto antes.

Entraron al punto otras tres damas y entre todas intentaron apaciguar a la reina, que seguía sujetándose el vientre al compás de lastimosísimas palabras, igual que si desvariara.

—¡Mi hijo! ¡Mi criatura! Ladrones, asesinos, prendedlos...

Temí que nos fueran a detener a causa de tan graves acusaciones. Pero en ningún momento se acercaron a nosotros los vigilantes que montaban guardia junto a la puerta, y las damas, poco a poco, lograron tranquilizar a doña Mariana y llevársela por donde había venido. Nos quedamos entonces José y yo, desconcertados y solos en la sala, en compañía únicamente de cientos de relojes, cuyos desacompasados tictacs competían con el desbocado latir de mi corazón.

—¿Qué me dices ahora? —Sonrió José.

—Loca como un silbo, ¿verdad?

—Loca no, es la actriz más consumada que tiene el reino, un genio de las tablas y de los escenarios.

—Pero ¿por qué? Una reina no precisa fingir nada.

—Querida —respondió José mientras retomaba su labor de dar cuerda a los relojes—, las reinas, todas ellas, han de ser maestras en el arte del teatro. Más les vale, puesto que, en sus vidas, todo es fingimiento. Pero si te llamas Mariana de Neoburgo, y provienes de una familia medio arruinada como la suya; si te han casado con un rey enfermo y estéril y a tu antecesora la han matado a fuerza de bebedizos para que quedase embarazada, lo mejor que puedes hacer es... mucho teatro. ¿Viste cómo se agarraba el vientre? Te apuesto a que dentro de un par de horas, mañana a lo sumo, nos darán la trise noticia de que su majestad ha perdido el hijo que esperaba.

—Eres muy mal pensado.

—No lo fui la primera vez, ni la segunda, ni tampoco la tercera. Pero este será... Déjame que calcule..., el sexto o tal vez el séptimo supuesto embarazo que se le malogra. Y ¿sabes qué? Contigo y conmigo doña Mariana bien podría matar hoy dos pájaros de un tiro.

—¡No querrás decir que nos va a culpar de que su embarazo no llegue a buen puerto!, ¿verdad?

—De eso por descontado, pero también de algo peor: de los robos.

—¿De qué robos? —me alarmé yo.

—Ya lo oíste de sus propios labios: ayer desapareció un cáliz, el martes pasado un cuadro de Coello, el lunes una escultura de Cellini..., todo lo que tiene valor y puede distraerse sin demasiada dificultad encuentra, misteriosamente, camino hacia su tierra natal. Mariana no es buena esposa, ni nuera, ni reina, y como persona... Bueno, como persona ya la has visto hace unos minutos —añadió José—. Pero como hermana e hija es increíblemente generosa.

—¿Quieres decir que es ella misma quien distrae esos objetos? —pregunté incrédula.

—Con la inestimable ayuda de un par de acólitos. La baronesa Berlips, a la que el pueblo, que la odia, llama la Perdiz, y Heinrich Wisser, apodado el Cojo. A través de estos dos malandrines ha montado además otros negocios la mar de lucrativos, como vender prebendas, cargos, títulos nobiliarios y lo que haga falta.

—La reina mencionó la Peregrina, ¿crees que también esta encontrará su camino hacia Neoburgo?

—No sé. Es una pieza demasiado conocida. Pero para mí que el hecho de que la haya mencionado hace un rato forma parte de una de sus argucias. En otras palabras, todo el mundo sospecha que ella está detrás de las desapariciones de las que antes hemos hablado. Pero nadie se atrevería a acusarla del robo de algo tan conspicuo. Solo una persona muy necia intentaría robar una pieza como la Peregrina... O una extremadamente lista. Y para hacerlo, solo necesita encontrar el chivo expiatorio adecuado.

—¡Dios mío, no querrás decir que nos van a culpar a nosotros!

—Confiemos en que no, pero es preferible tener los ojos bien abiertos. Alguien como yo, que tiene autorización de entrar, no solo en los aposentos reales, sino en todas las estancias del Alcázar, es la perfecta cabeza de turco y tú, querida, la cómplice ideal en mi supuesto crimen. ¿No crees?

* * *

Desde aquel día, dejé de acompañar a José en su tarea de dar cuerda a los relojes. Mejor no facilitar coartada a alguien con tan pocos escrúpulos como Mariana de Neoburgo. La historia de un viejo noble casado con una aventurera francesa de mala nota era demasiado jugosa como para que la reina no intentase sacar tajada de ella. Las damas de la corte, por su parte, continuaban ignorándome, de modo que la mayor parte de mi tiempo lo pasaba sola en nuestras habitaciones. Cosía, bordaba, leía, me aburría mucho. Mientras tanto, más allá de nuestra puerta, el Alcázar hervía de dimes, diretes, noticias y rumores, a los que yo solo tenía acceso por los retazos de conversación que oía en los cortos paseos por los patios reales que a veces hacía o por lo que me contaba José. Así pude enterarme de que, a pesar de todo lo que hasta el momento he relatado, el reinado de Carlos II mostraba también sus luces. Espero que la historia, tan poco veraz a veces, haga justicia a sus logros. He aquí algunos ejemplos que pueden ilustrar tal afirmación. Por aquel entonces, la agricultura empezó a mostrar signos positivos. El rey tenía buenos consejeros y ellos intentaron poner fin a uno de los males más notorios de la España de aquellos —y de muchos otros— tiempos. José se refería a él como la rémora de las gentes improductivas. O, lo que es lo mismo, estamentos de la sociedad que en España contaban con numerosísimos miembros y muy poderosos, además. Como los hidalgos y nobles, que se habían tomado al pie de la letra eso de que Dios, al expulsar al hombre del paraíso, lo había condenado a la peor de todas las maldiciones, la de ganarse el pan con el sudor de su frente. Para ellos, trabajar era un desdoro, cosa de villanos y de gente de baja estofa. Otro modo de esquivar tan molesta maldición bíblica era tomar los hábitos. En la España de Carlos II llegó a haber cerca de doscientos mil eclesiásticos, un porcentaje nada desdeñable de la población. Tantos eran que el rey tomó la decisión sin precedentes de impedir que se ordenasen más. «Con este panorama, ¿cómo puede un país progresar? —se preguntaba a menudo José, antes de añadir que esa era la razón por la que el rey decidió permitir que los propietarios de fábricas y los grandes comerciantes pudieran ser reconocidos como nobles—. Los aristócratas, al enterarse, han puesto el grito en el cielo, como te puedes imaginar, pero yo digo: ¡bravo por él! Al final, puede que sea un desecho de hombre y que la posteridad lo conozca como el Hechizado, pero ya ves, Gabrielle, así de imprevisible y contradictorio es el mundo: hasta un reloj parado da la hora exacta dos veces al día...».

De todos estos datos curiosos me enteré durante mi voluntario encierro, como también llegaron a mi conocimiento ciertos sucedidos que solo podían producirse en aquella gran corte de los milagros (por no decir jaula de locos) que era nuestro Alcázar. Si en tiempos de la malograda María Luisa de Orleans, brujos y charlatanes habían logrado convencer al rey de que su esterilidad se debía a que no había podido despedirse de su padre y desenterraron su momia para que le diera un abrazo, ahora los que mandaban eran los exorcistas. Verbigracia, cierto fraile capuchino alemán protegido de Mariana de Neoburgo. Un tal Mauro Tenda, que, tras un concienzudo (e imagino que carísimo) estudio de la situación, descartó que el rey estuviera endemoniado, pero que, pese a todo, dijo, convenía realizar un rito de purificación. Vestido con ropa talar, Tenda ordenó a los reyes que se desnudasen por completo y, aprovechando que por esas mismas fechas los restos de todos los antepasados reales estaban siendo trasladados al nuevo panteón de El Escorial, celebró una ceremonia en la que los cadáveres de Carlos V y su esposa Isabel; los de Felipe II y Ana de Austria, así como los de Felipe III y, por supuesto y una vez más, la sufrida momia de Felipe IV fueron traídos a palacio para que impartieran sus bendiciones a la real (y desnuda) pareja. Yo, por mi parte, al oír semejante desatino decidí....

* * *

—*Sacrebleu!* —resopla contrariada la condesa D'Aulnoy al llegar a este punto en la lectura de las memorias de su compatriota—. Esta mujer no tiene la más pálida idea de cómo sacarle partido a todo lo que ha tenido la fortuna de vivir de primera mano. ¡Más sal, querida mía, más pimienta y, a ser posible, de cayena! ¡Hay que ver lo que hubiese escrito yo de estar en tu lugar! Qué aburrimiento supino cómo cuentas, por ejemplo, tu visita a las habitaciones en las que se ha recluido la reina madre. ¿A quién le importa, dime tú, si la buena señora le reza a Santa Bárbara o a la Virgen de los Milagros? Yo, en cambio, habría mejorado notablemente el relato inventando que la reina madre —que, por supuesto, previamente me había tomado por amiga e íííntima confidente— me encargó la riesgosa misión de espiar y desenmascarar a su abominable nuera Mariana de Neoburgo. Eso sí que tiene chicha. ¿Y qué decir de la sosísima escena en la que relatas cómo Mariana, la de los ojos de basilisco, entra en la sala de relojes y os acusa a ti y a tu marido de robo? ¿Cómo es posible que con ese suculento retazo de información no hayas aprovechado para inventarte una peripecia *realmente* emocionante? Una mentirijilla, una sutil exageración, como, pongamos por caso, que un buen día, la gorda y codiciosa Mariana «distrajo» la célebre perla Peregrina (con la idea, naturalmente, de mandarla cuanto antes a su tierra natal). Pero que entonces tú, Gabrielle, descubriste su pérfido plan y salvaste así una de las joyas más fabulosas del mundo de las garras depredadoras de semejante bruja. ¡Imaginación, querida! Inventiva, gracia y también un puntito de maldad. Eso es lo que pide el lector de peripecias personales. La verdad no existe, la verdad es lo que se *cuenta,* no lo que acontece en la realidad. ¿No te lo han dicho nunca, tontita mía? No, claro que no —continúa monologando en voz alta la condesa D'Aulnoy, igual que si tuviera delante a Gabrielle para sermonearla—. ¿Qué sabrás tú de literatura? Una principianta, una *amateur,* una atontolinada, eso es lo que eres. Mira que tener tantas posibilidades de adornar una historia y lo único que se te ocurre es «ser sincera». ¿A quién le importa tu sinceridad? ¡Anda que confesar reiteradamente que has sido prostituta antes que condesa...! Eso ya es de aurora boreal. Para que a una la crean, querida, sobre todo si eres mujer, lo primero y primordial es hacerte respetar. Jurar por siete cruces que perteneces a una viejísima y arruinada familia, inventarte toda una caterva de distinguidos antepasados, hacer valer tu linaje remontándolo al sumo sacerdote Melquisedec o a Adán y Eva si es preciso. Eso es lo que hace cualquier escritor con dos dedos de frente. Señor, Señor, está claro que Dios da pan a quien no tiene dientes. ¡Y qué pan, *par bleu!* ¡Un auténtico, un delicioso *pain au chocolat á la crème!* Cuánto potencial hay en estas páginas. Por si no lo sabes, en este momento Europa entera mira hacia España preguntándose qué estará pasando dentro del Alcázar mientras se desmorona el imperio más vasto que ha conocido la historia. Y al tiempo que esto acontece, a ti, tontita mía, no se te ocurre nada mejor que contar la verdad, así, a palo seco, sin al menos un pequeño estrambote que haga más fascinante la lectura. *Mon Dieu* —suspira la condesa—. Si yo hubiera estado ahí, bien que...

La condesa se detiene. La condesa mira los folios que durante su diatriba ha ido asperjando aquí y allá y que ahora tapizan el parqué de su elegante *petit hôtel* de París. Su primera idea es dejarlos allí para que los recojan sus criados y los echen al fuego, que es lo que se merecen. Sin embargo, en vez de tocar la campanilla para que vengan, y con la dificultad propia de quien no tiene precisamente una cintura de avispa ni tampoco el busto de una Friné, empieza a reunirlos ella misma uno a uno.

—... Se me acaba de ocurrir, querida —continúa ahora retomando la imaginaria conversación que ha entablado con Gabrielle de Guisson, condesa de Arrate—, que tal vez resulte que no seas tan tonta como pareces a simple vista. Quizá, si me has mandado a mí —y a nadie más que a mí— este valioso testimonio, será por algo, digo yo. De ser así —se dice cada vez con más énfasis como quien intenta convencerse de su propia mentira—, ya lo comprendo todo. Tu deseo es que yo utilice estos folios para contar lo acontecido. No a tu manera sino a la *mía,* que, por supuesto, es mucho más interesante. Claro, claro, es más que evidente. Al fin y al cabo, yo soy una escritora reputada, una intelectual, una *femme savante,* y tú, ¿qué eres tú? Solo una pobre muchacha de pasado turbio, una doña nadie. Y lo seguirás siendo, descuida —añade ahora la condesa D'Aulnoy—. Porque pienso revelar quién ha sido mi fuente para narrar lo que ahora me dispongo a escribir: la segunda parte de mi celebrado *Viaje por España.* Si la primera parte —y a pesar de que nunca conseguí ver a Carlos II más que a distancia— fue un éxito mundial, la continuación que pienso redactar con los datos que aquí tengo

—acaricia suavemente los folios que tiene entre manos— será... *vraiment su-per-be!* Veamos, ¿qué título se me ocurre para mi opúsculo? *¿Estrambotes, rocamboles y disparates en la corte del Hechizado? ¿Robos, desnudos y falsos embarazos de la reina-basilisco?* Bah, el título es lo de menos y ya lo pensaré más adelante. Ahora lo importante es ponerse manos a la obra. *Merci bien, ma chère!*

Sexta parte

Castrados, locos y un pavoroso incendio

(La corte de Felipe V)

FELIPE V. Versalles, 1683-Madrid, 1744

Esposas:

María Luisa Gabriela de Saboya (1688-1714)
Isabel de Farnesio (1692-1766)

Hijos:

Con María Luisa Gabriela de Saboya tuvo cuatro, dos de los cuales reinaron en España: Luis I (1707-1724), casado con Luisa Isabel de Orleans, sin descendencia; infante Felipe y Felipe Pedro, ambos muertos en la infancia. Fernando VI (1713-1759); casado con Bárbara de Braganza, sin descendencia.

Con Isabel de Farnesio tuvo siete, entre ellos Carlos III de España y Felipe I de Parma.

Año: finales del reinado de Felipe V
Lugar: palacio del Buen Retiro de Madrid

—Amigo mío —se impacientó Carlo Broschi, más conocido como Farinelli, aventando el humo que aquel caballero expelía de modo tan irritante por la nariz—, realmente no entiendo vuestra pretensión. ¿Por qué este empeño en que vuestra sobrina trabaje para mí? No será cantante lírica, ¿verdad? No hay día en que no reciba peticiones para que escuche a tal supuesto ruiseñor o a tal extraordinaria alondra y la mayoría cantan como ranas.

—No es el caso en absoluto —lo tranquilizó su interlocutor, que no era otro que el conde de Guarelli, italiano como Farinelli y, como él, personaje muy conocido en la corte del Felipe V. Claro que nadie podía compararse en notoriedad con Farinelli, la voz más prodigiosa de Europa, el castrato más célebre de todos los tiempos al que el rey, en agradecimiento por sus impagables servicios, acababa de incorporar a su gabinete de ministros. El conde de Guarelli dejó por un momento que su vista se deslizara por la espléndida peluca empolvada que lucía el artista, también por las no menos espléndidas facciones de aquel al que (a escondidas, naturalmente) todos en la corte llamaban «el Capón». Pasó a inspeccionar luego su camisa, cuajada de puntillas, y la seda exquisita de su traje azul cobalto hasta detenerse en la zona de su entrepierna con un escalofrío.

¿Sería cierto lo que contaban sobre el método usado habitualmente para capar niños de voz angelical? ¿De verdad que los metían en un baño de leche caliente y los atontaban con aguardiente o con cloroformo para que pudieran soportar el dolor y luego procedían a cortarles...?

Un segundo escalofrío recorrió el espinazo de Guarelli antes de decirse que, de entre todas las víctimas de tan cruel procedimiento, Farinelli parecía de los afortunados. En otras palabras, debía de pertenecer al escaso grupo de muchachos a los que castraban ya con una cierta edad, doce o trece años, porque su aspecto físico era muy masculino. Nada que ver, por ejemplo, con aquel otro pobre individuo al que, según él mismo contaba, habían capado con apenas ocho. ¿Cómo se llamaba? Sí, ese que en las óperas elegían siempre para representar papeles de matrona porque tenía voz de tiple, era ovoide, fofo y sin duda entre las piernas escondía un pene del tamaño de un bígaro. «Triste suerte la de estos desventurados —suspiró Guarelli—, mejor ser pobre como las ratas y viril que rico y eunuco», filosofó, recordando su apurada situación económica. «Lo mío tiene arreglo, mientras que este pobre jamás sabrá qué se siente al poseer a una mujer», concluyó al tiempo que expelía una segunda y más espesa vaharada de humo de su pipa de porcelana, algo que, por cierto, acabó con la paciencia de Farinelli.

—Amigo Guarelli —dijo, poniéndose de pie—. No me gusta ser desagradecido, bien sé que fue gracias a vos que su majestad la reina me invitó a conocer la corte de Madrid y aquí continúo muchos años más tarde. Pero ando escaso de tiempo. Decidme de una vez cuáles son vuestras pretensiones con respecto a vuestra sobrina y procuraré ayudaros.

Guarelli comenzó entonces a desgranar una triste historia. Dijo que su querida hermana mayor, antes de morir allá en Milán, le había encomendado que cuidase de Claretta, su única hija.

—La joven más dulce que os podáis imaginar —explicó—. ¡Y talentosa! Deberíais ver lo primorosos que son sus dedos y lo bien que teje y borda. ¿Y su cabeza? Preclara, amigo mío, con una facilidad extraordinaria para las cuentas y los guarismos; podría ser para vos una muy desenvuelta ama de llaves. Lee latín, habla italiano, francés y español como los ángeles, tiene mundo y mano izquierda; además, es alegre, buena, ingeniosa, simpática, hacendosa, confiable, más lista que el hambre y es también muy...

—¿Muy fea? —atajó Farinelli.

Guarelli abrió las manos con sus elegantes palmas hacia arriba al responder:

—Más fea que Picio, me temo.

* * *

La historia según Claretta

Respuesta tan sincera debió de caerle en gracia al señor Farinelli porque, para alivio de mi tío (y también mío), aquel mismo día me tomó a su servicio. ¡Trabajar para uno de los hombres más influyentes de la corte!, me congratulaba yo; hacía tiempo que la suerte no me sonreía de tal modo. Y no —me apresuro a explicar para quienes se interesen por mi historia—, no siempre he sido así de fea. De hecho, puede decirse que fui muy bella, sobre todo cuando arribé a Madrid hace ya unos cuantos años. Llegué con un menguado equipaje. Apenas un par de vestidos pasados de moda, una carta de recomendación para el hermano de mi madre, el conde de Guarelli, y, por supuesto, un volumen de *Viaje por España* de la condesa D'Aulnoy. Es cosa obligada. Todo el mundo que ha de viajar a España lee su libro. A pesar de estar escrito hace ya unos años —antes de la cruel guerra de Sucesión que asoló España a la muerte de don Carlos II—, está considerado algo así como la Biblia para todo aquel que desee conocer los entresijos y particularidades de este contradictorio y fascinante país. Al llegar aquí me explicaron que dicho libro ha contribuido, y mucho, a fomentar y difundir una idea equivocada y torticera de lo que es España. También me dijeron que fue una gran suerte que la parca decidiera llevarse a su autora antes de que publicara un segundo y muy escandaloso tomo en el que, por lo visto, se disponía a relatar mil intrigas y dislates que tuvieron lugar en la corte de Carlos el Hechizado. A decir verdad, si de intrigas y dislates se trata, no creo que la corte de Felipe V, el primero de los Borbones, tenga mucho que envidiar a la del último de los Austrias. De haber conocido la condesa D'Aulnoy al rey actual, habría tenido material harto sensacional para escribir uno de sus jugosos libros. Claro que ella era *très, très française*, de modo que dudo que hubiese hecho públicos ciertos pormenores del comportamiento de su augusto compatriota, don Felipe. Yo, en cambio, soy italiana y no tengo esos reparos. Además, siempre he sido buena observadora y, hasta que ocurrió mi desgracia, era muy dada a escudriñar y analizar todo lo que acontecía a mi alrededor con ánimo de entender qué mueve a las personas y cómo se fraguan y consuman pasiones, intrigas, miserias. Poco sabía yo entonces que esa cualidad mía, así como mi inveterado amor por los objetos más bellos, acabaría por convertirme en lo que ahora soy: un cuerpo joven, y yo diría que de bellas hechuras, unido a un rostro desfigurado.

Pero no. No debo apresurarme en mi relato. Volvamos, pues, al tiempo en que aún era bella, razón por la que mi tío columbró que no tendría dificultad en conseguirme un marido que fuera más o menos llevadero para mí y de mucha ventaja para él.

¿He mencionado ya que tío Giacomo Guarelli fue hace años uno de los hombres más deseados de la corte? Él jamás me perdonaría que no lo hiciera, por lo que me apresuro a explicar que el suyo era un curioso caso. En un día no muy lejano, la posteridad hablará de Giacomo Casanova, ese joven e impenitente seductor cuyas conquistas, según dicen, comienzan a contarse por millares, pero pocos sabrán quién fue su maestro. Cuando era poco más que un niño, mi tío Guarelli se ocupó de iniciarlo en el arte de torcer voluntades femeninas allá en nuestra Italia natal enseñándole los trucos y gajes del oficio. Dicho esto, añadiré también que, a pesar de las similitudes, maestro y discípulo divergen. Casanova es apuesto y de cuerpo espigado. Mi tío, en cambio, si bien agraciado de cara, es bajito y con una pierna algo más corta que otra, lo que, a mi modo de ver, hace más meritorio el abultado número de sus conquistas. Las mujeres mueren por él. E incluso en el más literal sentido de la palabra. Fueron, que yo sepa, lo menos media docena las desdichadas que eligieron abandonar prematuramente este valle de lágrimas por sus amores. En otro particular en el que, por desgracia, tampoco se parecen los dos Giacomos es en la destreza con los naipes. Casanova es un tahúr consumado; mi tío un irredento perdedor. Cuando lo conocí, acababa de dejarse en las mesas de whist una verdadera fortuna, por lo que casarme lo más ventajosamente posible se convirtió en urgencia. Esta es la razón por la que entró en nuestras vidas Enrique Jaramillo, mi marido. Un hombre hecho a sí mismo, gordo, zafio y tan rico como violento que tuvo al menos la cortesía de abandonar este mundo al año de nuestra boda tras una colosal borrachera e indigestión. Por fortuna para mi tío, no lo hizo antes de que él, utilizando su buen nombre y los abultados caudales de Jaramillo, me hubiese procurado una colocación en el inmenso entramado de la corte borbónica. Una que a mi tío no le pareció de suficiente relumbrón, dada mi belleza de entonces, pero que a mí me resultó un alivio durante el infierno de mi matrimonio.

Consistía tal colocación en ser lectora de libros y redactora de cartas de la jovencísima Luisa Isabel de Orleans, recientemente casada con Luis, príncipe de Asturias, un muchacho de dieciséis años, hijo de Felipe V y su primera esposa. Una pareja a la que, sin embargo, nadie prestaba atención en la corte puesto que quien realmente reinaba en España no era Felipe sino su segunda mujer, la todopoderosa Isabel de Farnesio, madrastra de Luis. Él y Luisa Isabel de Orleans formaban, por decirlo de modo suave, una pareja harto particular.

—... De modo que tu cometido era leer libros a una loca furiosa —comentó Farinelli cuando llegué a este punto en el relato que él me había pedido que hiciera de mis vivencias en la corte hasta la fecha.

Nos encontrábamos en su gabinete particular y, en mi primer día de trabajo, tan gran artista me recibió sumergido en una espaciosa tina de baño de metal bruñido desde la que me hablaba con toda naturalidad. Como si no estuviese desnudo, como si no se entreviese, bajo el agua deliciosamente perfumada de nardos, su bien musculado torso, su vientre suave y, algo más allá, unos muslos que, de vez en cuando, emergían a la superficie como blancos montículos recubiertos de vello rubio. «Dios mío —me dije—. ¿Qué clase de primer día de trabajo es este? ¿Qué pretende este hombre?». Pero enseguida cavilé que, con toda seguridad, nada que pudiera ponerme en situación apurada. Al fin y al cabo, mis facciones desfiguradas servían, y muy a mi pesar, de eficaces centinelas de mi virtud: ¿qué hombre iba a fijarse en una mujer con solo medio rostro?

«Además —añadí, siempre para mis adentros—, recuerda que él ni siquiera es un hombre, no está "entero"». Tal era la expresión que mi tío había usado para describir a Farinelli, y yo no me atreví a indagar más. ¿Qué parte de su intimidad conservaba y cuál le había sido amputada? La lechosa agua de nardos que salvaguardaba tan oscuro secreto se fruncía formando minúsculas olitas cada vez que Farinelli hacía algún movimiento, como, por ejemplo, erguir levemente el torso al preguntar:

—Dime, querida, ¿cómo fue trabajar para la pequeña Luisa Isabel? ¿De verdad era tan loca como dicen? Según la reina, la pobre muchacha estaba como una cabra sin cencerro.

Yo sabía, porque así me lo había advertido mi tío, que todo lo relacionado con Isabel de Farnesio era tema a evitar en las conversaciones con mi nuevo empleador. España entera detestaba a aquella mujer fea y autoritaria que desde hacía años se había convertido en la verdadera reina de España. Pero para Farinelli era intocable. Fue ella (gracias a los buenos haceres de mi tío Giacomo, de justicia es recordarlo) quien lo contrató años atrás con el difícil encargo de que arrancara a su marido de los vapores. Con esta expresión solía referirse doña Isabel a los cada vez más frecuentes y prolongados episodios de negra melancolía que habían convertido a Felipe V en lo que ahora era: un hombre que se negaba a lavarse, a cortarse el pelo o las uñas, que lucía largas (y negras) como garras de buitre. Un hombre que jamás se cambiaba de vestimenta, puesto que se le había metido en la mollera que alguien intentaba envenenarle a través de la ropa blanca. Un hombre, al fin, que vivía de noche y dormía de día por temor a la oscuridad, así que cenaba a las cinco de la mañana y desayunaba a las siete de la tarde. En resumen, un perturbado que solo conocía dos placeres en este mundo. Uno era el débito conyugal, que se cobraba a diario (su pavor al pecado le prohibía coyunda con nadie que no fuera su esposa, a la que ya tenía francamente hastiada pero que le seguía el juego porque era su modo de asegurarse el poder). Y el segundo de los placeres se lo procuraba la portentosa voz del castrato más famoso del mundo, el mismo que, en ese momento, me miraba desde su bañera pidiéndome que le hablara de las locuras de mi antigua ama, Luisa Isabel de Orleans.

A punto estuve de decirle a Farinelli que, en una competición de locos, estaba por ver quién ganaba, si Felipe V o su nuera, que, dicho sea de paso, era prima hermana suya, por lo que todo quedaba en familia. Pero se me antojó que hacer mención a los vapores y rarezas del rey debía de ser terreno también vedado en conversaciones con mi nuevo empleador, por lo que me limité a decir que, mientras tuve el honor de servir a doña Luisa Isabel, me había parecido una muchacha un poco... difícil.

—¿Difícil? —rio él, y sus carcajadas se tradujeron en nuevas olitas lechosas que erizaron su bañera perfumada de nardos—. ¿A qué exactamente llamas tú difícil?

Podría haberle relatado alguna anécdota de las muchas que viví con aquella que —tras la inesperada abdicación de Felipe V— se convirtió en reina de España de la noche a la mañana. Poco le duró tal privilegio, dicho sea de paso, puesto que su marido Luis murió de unas viruelas sin cumplir un año de reinado haciendo que tuviera que retornar al trono, y muy a su pesar, su melancólico padre. Podría haberle hablado también de los alaridos que profería mi señora por las noches, aullando como una loba, y de cómo intentó lesionarse al saber que con catorce años acababa de convertirse en viuda, lo que la ponía, de nuevo, a merced de su suegra Isabel de Farnesio, encantada de retomar las riendas del reino. Podría haberle confiado detalles muy íntimos y bochornosos a los que solemos tener acceso los criados, pero decidí contarle únicamente lo que era *vox populi*. No solo porque en boca cerrada no entran moscas, sino porque no soy tan necia como para ignorar que es pésima política contar a un nuevo amo intimidades del anterior. Además, en lo que se refiere a Luisa Isabel, la *vox populi* era ya más que delirante.

—Pobre muchacha —comencé diciendo—. Para mí que sus problemas se debieron a que, de niña, allá en Versalles, nadie se ocupó de ella y por eso...

—¿Y por eso cuando llegó a España empezó a pasearse en pelota por los pasillos a altas horas de la madrugada; a ventosear o eructar en público y a levantarse a cada rato las faldas para enseñar sus vergüenzas? —completó Farinelli mientras paseaba por su hombro izquierdo una espléndida y chorreante esponja—. Está bien, veo que eres comedida y eso me place. Para este empleo es primordial la discreción. Y ahora —añadió, mirándome directamente a los ojos de un modo que no sé bien cómo calificar. Una mirada en la que se entreveraban curiosidad con, quizá, quiero yo creer, unas gotas de ternura—... Y ahora dime: ¿qué te pasó en la cara?

* * *

No fue ese día cuando le conté a Farinelli cómo perdí la mitad de mi rostro. Un criado con casaca azul cobalto, el color favorito de la reina, entró en la estancia para comunicarle que el rey requería al punto su presencia. A decir verdad, agradecí la interrupción. No me gusta hablar de mi desgracia. Mencionarla siquiera hace que vuelvan las pesadillas y, aquella noche, tras mi conversación con Farinelli, no fue una excepción. Por eso, nada más soplar mi candil, las remembranzas me llevaron en volandas hasta la ya lejana Nochebuena del año 1734.

En su (pen)última reencarnación antes de desaparecer temporalmente de escena, la Peregrina lucía así. Elizabeth Taylor le encargó a Cartier que la montara emulando el collar que en su tiempo lució María Tudor, reina de Inglaterra y segunda esposa de Felipe II.

Cuando María Tudor y su sobrino Felipe II se casaron, ella tenía 38 años y él, 23. Él le regaló una perla que ella lució hasta en su lecho de muerte en recuerdo del único amor de su vida.

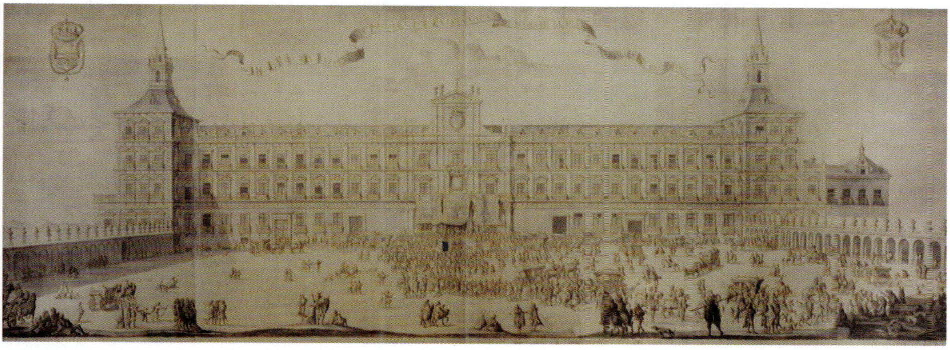

El Alcázar de Madrid más que un palacio real era una bulliciosa colmena. Además de ser el lugar de residencia del rey más poderoso de la Tierra, albergaba ministerios, consejos, administraciones, amén de talleres y operarios de los más diversos oficios: taxidermistas, fumistas, boticarios, armeros, carpinteros, barberos, cómicos, chupatintas, covachuelistas…

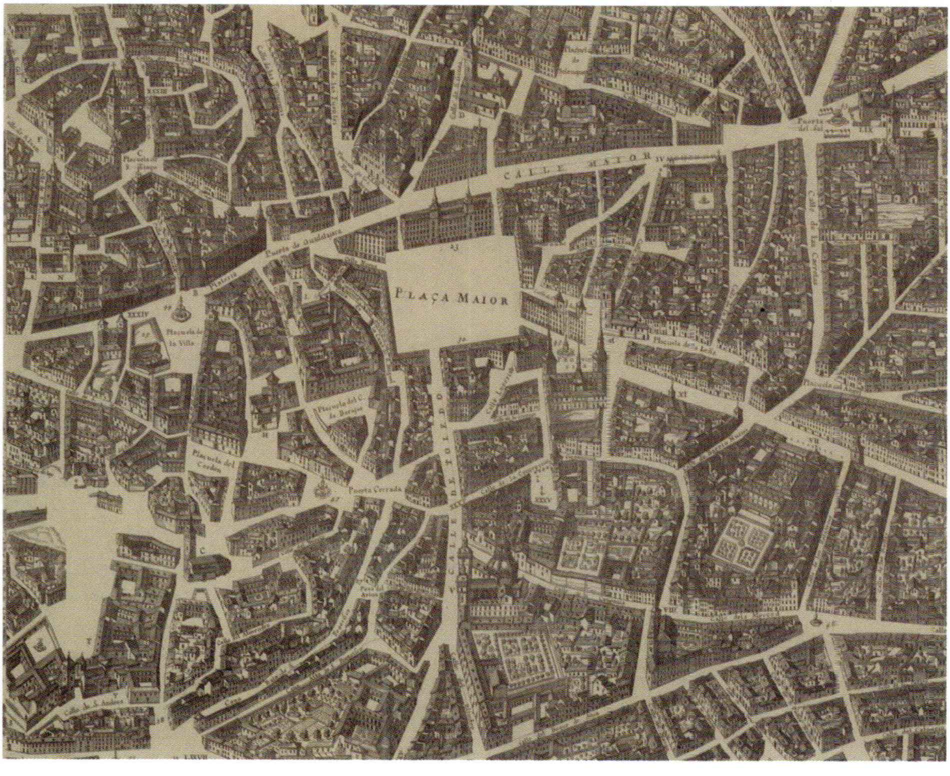

Ana de Austria fue la cuarta y última esposa de Felipe II. Después de darle cinco hijos, de los que únicamente sobrevivió Felipe III, embarazada de su sexto hijo se afanó en cuidar al rey, que yacía enfermo con unas fiebres. Él se curó, pero ella moriría con sólo 30 años. Este es el cuadro a partir del cual el vendedor de sanguijuelas Benito Molina aprendió a amarla. En él luce la Peregrina.

Tanto Felipe III como su mujer Margarita de Austria lucen la perla. Él en el sombrero, ella en el llamado «Joyel de los Austria», un conjunto ornamental único formado por la Peregrina y el enorme diamante conocido como «El Estanque».

A Diego de Acedo el rey lo llamaba «Primo» y lo convirtió en encargado del sello real. Aunque parezca mentira, era un gran conquistador y se vio envuelto en un crimen pasional.

Nicolasito Pertusato, retratado en este fragmento de *Las Meninas,* era uno de las llamados «gentes de placer». En el retrato tiene 21 años, aunque parece un guapísimo niño de seis o siete.

El guardainfantes como el que luce aquí Mariana de Austria servía para dar volumen a las faldas femeninas. Eran tan anchos y engorrosos que las damas se veían obligadas a pasar de perfil por las puertas. Pero era tan deslumbrante su efecto que la corte española se convirtió en referente mundial de elegancia.

Mariana de Austria pasó en pocos años de ejemplo de elegancia con sus trajes suntuosos a vestir humildemente de monja. Todo cambió al nacer él, Carlos II el Hechizado. En este cuadro aparece muy favorecido, pero en realidad apenas se podía tener de pie. En su coronación fue preciso amarrarlo con unos cordeles para que no perdiera la vertical

Otro de los problemas de Carlos II (amén de sus mil achaques producto de la suicida consanguinidad de los Austrias) era su mandíbula. En él la proverbial quijada de los Austrias era tan protuberante que le daba el aspecto de un camello. Ni siquiera lograba masticar bien, por lo que los alimentos acababan asperjados profusamente por toda su real pechera.

A pesar de que su marido no era un adonis, María Luisa de Orleans sintió afecto por Carlos II e hizo lo imposible por darle un heredero. Murió con sólo 26 años después de someterse a todo tipo de «tratamientos» para que quedase embarazada, desde purgas a bebedizos, incluso exorcismos.

En la familia de Felipe V la cordura brillaba por su ausencia. El rey sufría de «vapores» o, lo que es lo mismo, pasaba de la euforia a la más negra melancolía. Se negaba a cambiarse por miedo a que lo envenenasen a través de la ropa interior, tampoco se cortaba el pelo ni las uñas que lucía negras como garras. Su nuera, Luisa Isabel de Orleans, esposa de su hijo Luis I y que era sobrina suya, aullaba por las noches y se paseaba por la corte ventoseando al tiempo que mostraba sus genitales. Tampoco su otro hijo, Fernando VI, estaba más cuerdo y, al morir su esposa Bárbara de Braganza, se sumió en una depresión profunda que lo llevó a la tumba.

Carlos Broschi, más conocido como Farinelli, está considerado el *castrato* más famoso de la historia. Él y su prodigiosa voz eran los únicos que lograban arrancar a Felipe V de su negra melancolía. El rey en agradecimiento lo nombró ministro y, a sus muchos méritos, hay que sumar el hecho de haber convertido la corte de Madrid en un referente cultural de primer orden, gracias a sus óperas, sus conciertos y sus deslumbrantes *stravaganzas*. De él se decía que su éxito con las mujeres nada tenía que envidiar al de Giacomo Casanova.

Gabriel de Borbón era el hijo favorito de Carlos III. Culto, inteligente, ingenioso, qué no hubiera dado su padre por que fuera él el heredero en vez de Carlos IV, al que solo le interesaban la caza, tocar el violonchelo y armar y desarmar relojes.

He aquí a la familia de Carlos IV. Goya los retrató a cada uno con su personalidad: Carlos IV, pánfilo y bobalicón; María Luisa de Parma, recelosa y taimada; el futuro Fernando VII con la mirada al frente, deliberadamente obviando a sus padres a los que detestaba.

Napoleón siempre sintió celos de su hermano mayor. Si él logró conquistar el mundo, José conquistaba todos los corazones femeninos.

A pesar de su fama de donjuán, José Bonaparte decía adorar a su mujer, aunque vivieran lejos el uno del otro por supuestos «asuntos de estado». Antes de que se viera obligado a huir de España, quiso hacer llegar a Julia Clary la joya más importante de la Corona española. La forma en que lo hizo se relata en uno de los capítulos de esta novela.

El sobrino de Napoleón y futuro emperador, Napoleón III, la peculiar forma que utilizó a la Peregrina para financiar su elección como presidente de Francia.

Pero quien realmente gastó una fortuna en lograrlo fue su amante Harriet Howard. Mujer de inteligencia singular e infinitos recursos fue ella, realmente, quien lo convirtió en emperador.

Lady Abercorn, para quien su marido compró a Napoleón III la Peregrina, era una mujer descuidada. Dos veces perdió la perla y en ambas ocasiones en Buckigham Palace. La reina Victoria, gran amiga suya y que creía en fantasmas y hadas, atribuyó su desaparición a los elfos de palacio.

La Pelegrina, única perla capaz de competir con la Peregrina, tiene también una curiosa trayectoria. Fue la perla que Felipe II regaló a María Tudor por sus esponsales. Al morir esta, Isabel de Inglaterra se la devolvió a Felipe II. Permaneció en el joyero real hasta que Felipe IV se la regaló a su hija al casarse esta con Luis XIV. Permaneció en Francia hasta la Revolucion, para reaparecer más tarde en manos de Zinaida Yusupova, madre de Felix Yusupov, confeso asesino de Rasputin. De estos personajes y de cierto agente al servicio secreto de su majestad británica se habla también en este libro.

Victoria Eugenia de Battemberg siempre pensó que la perla que le regaló su marido, después de su enésima calaverada, era la Peregrina, comprada a un joyero inglés. ¿Lo era en realidad?

Cuando Alfonso XIII viajó a Londres en busca de esposa no se fijó primero en Victoria Eugenia sino en su prima Patsy. También ella tiene una peripecia que contar con la Peregrina en la retaguardia.

Victoria Eugenia celebrando su 80 cumpleaños en Villa Fontaine. A su lado, su nieto Alfonso de Borbón. Un día, y por causa de la Peregrina, ella se vio obligada a pedirle un favor muy especial…

A pesar de que Victoria Eugenia a través de su nieto Alfonso intentase comprar secretamente la Peregrina en Nueva York cuando salió a subasta, al final quien se la llevó fue Richard Burton para regalársela a Liz Taylor por San Valentín. Aquí aparece ella con la perla en el rodaje de *Ana de los mil días.*

Cartel anunciador de Christie's en la venta que se realizó tras la muerte de la actriz. La perla alcanzó el precio récord de 11,8 millones de dólares.

Me vi entonces en mi cama y en mi habitación de otros tiempos, sita en uno de los pisos superiores y menos distinguidos del Alcázar. Tras quedar viuda Luisa Isabel de Orleans y lograr que sus suegros le permitiesen volver a su París natal con sus locuras y extravagancias a cuestas, perdí mi empleo. Tío Giacomo pasaba, por aquel entonces, una racha más negra de lo habitual en las mesas de juego. Era tal su manirrota prodigalidad que un día descubrí que, de la herencia de mi marido, no nos quedaba más que una sortija de rubíes de montura antigua y aparatosa.

—Descuida —me dijo él, siempre tan calavera como animoso—. Con esto —explicó mientras hacía girar el anillo entre sus dedos— taparemos agujeros hasta que llegue fin de mes. Calculo que para entonces esté ya de vuelta en la corte la condesa X, o si no la marquesa S. Ellas nos sacarán del apuro, son viejas amigas.

Bien que conocía yo esa expresión. Mi tío tenía muchas viejas amigas. Eran, por lo general, damas diez, doce y en ocasiones quince o veinte años mayores que él, con muchos reales y pocos encantos. Mujeres ajadas pero generosas, que por dos piropos y un par de arrumacos (eso es lo que aseguraba mi tío, yo más bien pienso que el peaje era más oneroso) abrían la bolsa de sus caudales. No sé cuántas veces había visto a mi tío volver de madrugada con el rostro tamponado de besos de carmín; el aliento apestando a alcohol y a asco, pero con la faltriquera rebosante de monedas.

—¿Qué clase de vida es esta, tío? ¿Por qué no se casa vuestra merced con una de ellas? —le pregunté.

—¿Para qué? ¿Para pasar del purgatorio al infierno? —fue su respuesta mientras se afanaba en eliminar de su piel las marcas rojas de su último combate amoroso—. En cambio, tengo el plan perfecto para ti, querida. En mi última mesa de whist conocí a un caballero algo mayor, pero sin duda muy agradable, que...

Atajé diciendo que no. Que de ninguna manera. Que conmigo no contase. Que yo también prefería el purgatorio al infierno, es decir, la ruina a otro marido como Jaramillo. Y añadí que si él (como tantos otros caballeros de la corte, todo hay que decirlo) se negaba a pasar por el castigo bíblico de ganarse el pan con el sudor de su frente, a mí, en cambio, no se me caerían los anillos por trabajar honradamente.

Sin embargo, por muy dignas y encomiables que fueran mis intenciones, la realidad iba por otro lado. Quien no tiene padrinos no se bautiza y menos aún en un nido de ambiciones e intrigas como era la corte del primero de los Borbones, por lo que no encontré empleo digno alguno y mi tío hubo de continuar frecuentando a sus viejas amigas. Para complicar aún más las cosas, de un tiempo a esta parte, tanto en el Alcázar como en el palacio del Retiro —que muy pronto se convirtió en la residencia preferida de Felipe V— abundaban los «lindos». O lo que es lo mismo, un sinfín de pisaverdes y petimetres llegados de todos los puntos de Europa. Muchachitos guapos de peluca empolvada que fascinaban a las señoras. No como mi tío, cuyo pelo comenzaba a ralear y él a sufrir una pertinaz halitosis que echaba para atrás hasta a las damas más añosas y desesperadas.

Fue entonces cuando el azar puso en nuestro camino a *madame* Irina Pavlova.

—¿Otra de tus viejas amigas, tío Giacomo? —pregunté con desconfianza.

—¡En absoluto, querida! Irina es una mujer del todo excepcional, única.

—Y ¿cuántos años tiene, sesenta y muchos, setenta, ochenta tal vez?

—Irina Pavlova no tiene edad, nunca la ha tenido. La conocí en París hace añares. Acababa de llegar de San Petersburgo como experta en joyas y pronto se ganó la confianza de Luis XIV. Dicen que el Rey Sol no adquiría ni un dije sin consultarlo con ella. Ahora nuestra reina le ha pedido que venga a Madrid como conservadora de las joyas reales.

—Y tu idea es aligerarla de algunos reales, supongo.

—Pues supones muy mal. Irina es de tu cofradía, querida, firme partidaria de la maldición bíblica de ganarse el pan con el sudor de su frente. Por eso se me ha ocurrido pedirle que te emplee como ayudante. No vamos a hacernos ricos con tu sueldo, desde luego, pero yo siempre podré ganar un dinerillo extra en los tapetes de whist o en los aposentos ajenos.

—¡No cambiarás nunca, tío Giacomo!

—Hasta que el cuerpo aguante, Claretta, hasta que el cuerpo aguante.

* * *

—Veo que esta muchacha tiene buen gusto y dedos hábiles, tal vez llegue a ser una buena enhebradora de perlas. Y quien dice enhebradora dice, por qué no, restauradora de joyas. ¿Sabes, querida? Así empecé yo. —Eso me dijo Irina Pavlova, mirándome por encima de sus anteojos de oro en mi primer día de trabajo, y luego añadió—: Los tiempos están cambiando. Este siglo nuestro que llaman de la razón será también, a menos que algún suceso muy dramático tuerza los caminos de la historia, el siglo de las mujeres. De hecho, ya lo está siendo, mira si no: en Francia hay hoy en día mujeres que aconsejan a ministros y estadistas; *salonnières* que discuten con Voltaire o Diderot; mujeres emprendedoras al frente de negocios, sobre todo, en el mundo del vino y del *champagne*. Y luego están las féminas que, como yo, hemos sabido hacer de nuestra pasión un medio de vida. ¿Te gustan las piedras preciosas, niña? ¿Y las perlas? Yo te enseñaré todo lo que hay que saber sobre ellas; las perlas son amigas agradecidas, si tú las cuidas, ellas cuidarán de ti, ya lo verás.

Desde aquel día mi vida fue otra. Ya no necesitaba ir por ahí espantando moscones atraídos por mi belleza de entonces. Porque la belleza de poco sirve si no va acompañada de caudales o un apellido sonoro que la adorne, y lo único que buscaban aquellos moscardones era aprovecharse de mi precaria situación. Tampoco habría de exponerme a las insistencias de mi tío por que casara con algún ancianito agradable. Ahora tenía un trabajo. O, mejor dicho, una pasión, porque, al igual que *madame* Irina, también me enamoré de las joyas y en especial de las perlas.

—¿Sabes cómo las descubrí yo? —comenzó diciéndome mientras me mostraba el mejor medio de tensar el hilo antes de enfilarlas—. Ellas me arrebataron lo que más quería, pero también me convirtieron en lo que ahora soy.

—¿Cómo así, *madame*?

—A tu edad, yo era una muchachita de provincias sin demasiado relieve, pero con un marido al que adoraba y al que le gustaba colmarme de regalos. Por nuestro segundo aniversario y haciendo un considerable esfuerzo económico, me regaló un collar de dos filas de perlas. Una joya extraordinaria para una pequeña ciudad como la nuestra. Mi marido estaba tan orgulloso de su obsequio que le gustaba que lo luciera lo más posible. Asistíamos al teatro y yo llevaba mis perlas; también a la iglesia y, por supuesto, a todas las fiestas y reuniones.

—Supongo que inevitablemente levantaríais muchas envidias.

—Lo malo es que levanté instintos aún peores. Una mala madrugada entraron en casa ladrones. Y no se contentaron con llevarse todo lo que teníamos, incluidas las perlas, sino que luego abusaron de mí. Una vez cometidas sus fechorías e imagino que con ánimo de borrar toda evidencia, prendieron fuego a la casa. Mi marido se enfrentó a ellos, pero solo consiguió que le rebanaran el cuello de un tajo. Corrí en su ayuda, pero murió ahogado en su propia sangre mientras nuestra casa se convertía en cenizas.

—¡Qué horror! Dicen que las perlas traen mala suerte.

—Y buena también. Ellas me robaron una vida, pero me regalaron otra. Tras quedar viuda, encontré mi segunda pasión. No por otro hombre, sino por mi trabajo. Un pariente de mi marido me consiguió empleo en una pequeña joyería de la ciudad y, un par de años más tarde, los dueños me llevaron a San Petersburgo, decían que nadie como yo sabía trabajar las perlas. Allí volvió a sonreírme la fortuna. Una mañana entró en el establecimiento una dama francesa con una hermosa perla. Esta gran señora, que no quiso desvelar su nombre, requirió mis servicios porque su perla, que no había sido perforada, se soltaba con harta frecuencia del pernito de oro del que pendía con gran riesgo de extraviarse. Si una perla se taladra de parte a parte pierde valor, y por eso se evita hacerlo, pero yo debí de hacer un buen trabajo dotándola de un nuevo e invisible sistema de sujeción porque a continuación me hizo otros varios encargos. También debió de hablarle de mi pericia a amigos suyos muy principales allá en París, porque un buen día me escribió el joyero real ofreciéndome trabajo en Versalles. ¿Comprendes ahora lo que te decía antes? Las perlas son agradecidas. Nada tienen que ver con otras piedras y objetos preciosos, son seres vivos, ¿te das cuenta? Y como tales tienen sus sentimientos.

No entendí a qué podía referirse *madame* con eso de que las perlas tienen sentimientos. De momento lo único que notaba al tenerlas entre mis dedos era que me deslumbraban. Me fascinaba su multiplicidad de tonalidades, de formas; el sonido que producen al rozar unas con otras, la delicadeza de su tacto. Pronto aprendí mil modos de montarlas, a cuál más barroco y estrafalario: engarzadas en finísimos hilos de oro, montadas en platino, entrelazadas unas con otras hasta formar espléndidas trenzas. Aun así, y por mucho contacto que tuviera con ellas, las perlas no me hablaban como también sostenía *madame*. Esas deben de ser extravagancias rusas, cavilaba yo, cosa de eslavos o de artistas.

Pero llegó el día en que la conocí a ella, a la Peregrina, según *madame*, la perla más perfecta que jamás había visto. La trajo a nosotros el joyero real, el señor Beppe Barbarani. Y muy a su pesar, debo añadir, porque el maestro Barbarani era sumamente celoso de su oficio y nunca comprendió que la reina le conminase a que llevara la perla al taller de *madame* Irina.

—Harás exactamente lo que yo te diga, Barbarani —le había ordenado nuestra soberana con un displicente gesto de su regia mano—. Estoy harta de que mi Peregrina ruede por el suelo cada vez que me la pongo. Un día de estos la voy a perder y *tú* tendrás un serio problema.

—Su majestad debería perforarla —se atrevió a sugerir el joyero—. Muchas de las perlas lo están. Es la única forma de asegurarse de que no se sueltan de su engarce.

Isabel de Farnesio había mirado a Beppe Barbarani con una de esas miradas de Gorgona que se habían hecho famosas en la corte por su poder petrificante, y, apenas media hora más tarde, el joyero se encontraba ante la puerta de *madame* Irina solicitando sus servicios.

* * *

—¿No es hermosísima? —me preguntó *madame* cuando el maestro Barbarani se la entregó envuelta cuidadosamente en seda negra—. Ven, Claretta, extiende tu mano, cógela, no va a morderte.

No puedo decir que tenerla entre mis dedos me hiciera sentir algo diferente de lo que me inspiraban otras perlas.

Pero lo extraño vino luego cuando, de regreso a nuestras habitaciones del ala este del Alcázar, y tras dar las buenas noches a tío Giacomo, que se marchaba una vez más de picos pardos, me metí en la cama y apagué las velas. ¿Qué fue exactamente lo que soñé? Fue uno de esos sueños confusos y disparatados, pero intentaré hacer relación de las escenas que giraron en torno a mi cabeza.

Lo primero que vi fue un muchacho negro emerger del agua con una concha marina teñida de sangre en las manos; vi después a otro joven, bajito y patizambo, rodeado de sanguijuelas que, con un finísimo pincel en la mano, trepaba hasta alcanzar uno de los retratos reales. Esta segunda escena desapareció al punto para convertirse en otra en la que una monja lloraba al tiempo que escribía una larga carta a la luz de un candil. Vi luego a uno de los personajes del cuadro *Las meninas*, en el que no me resultó difícil reconocer al afamado enano Nicolasito Pertusato, que en tiempos de Felipe IV fue un sin par diseñador de trajes. Y vi por fin a Carlos II el Hechizado, que bebía un brebaje verde e inmundo ante la mirada de una dama rubia, enorme, con ojos de basilisco. Todos ellos y sin excepción, lucían en alguna parte de su cuerpo o de su vestimenta la Peregrina.

—¡Qué te dije! —exclamó *madame* Irina cuando a la mañana siguiente le relaté mi sueño—. Está claro que la perla intenta revelarte sus secretos. Por algo será, ya te expliqué que ellas hablan.

Después de aquello, la Peregrina no volvió a hablarme y olvidé mi sueño hasta que una noche, casi un año más tarde, tuve una pesadilla. En esta ocasión, vi como alguien, al descuido, derramaba sobre una cortina cierto líquido inflamable que de inmediato incendiaba una habitación repleta de cuadros, bocetos, enseres. Entre ellos, estaba la perla. Pude distinguirla a la luz de las llamas. A través de la ventana de esa extraña habitación vi también cómo las campanas de una iglesia próxima tocaban a rebato, aunque nadie más que yo parecía oírlas.

Fue gracias a ese sueño que, cuando pocas semanas más tarde, en la Nochebuena de 1734 para ser exactos, al oír tañer campanas en plena madrugada, a diferencia de otras personas que imaginaron que tocaban para festejar el nacimiento del Salvador, yo me alarmé y corrí a la ventana. Desde ella alcancé a ver entonces cómo, cerca del ala sur del Alcázar, empezaba a extenderse un titilante y rojo resplandor. Dios mío, me dije, tomando al vuelo mi vieja bata de casa para ir en busca de mi tío. Pero su alcoba estaba vacía. Por lo visto, ni siquiera la noche del nacimiento de Nuestro Señor le había disuadido de recatarse en sus andanzas.

—¡Fuego! —grité al tiempo que intentaba calcular dónde podían haberse originado las llamas. Parecían provenir de la planta inferior del segundo de los patios, probablemente de uno de los muchos talleres que allí había, el de algún pintor de la corte, cavilé, ellos siempre guardaban líquidos inflamables.

El resplandor comenzó a hacerse más intenso y en algunas partes podían verse ya lenguas de fuego. Fue entonces cuando me vino a la cabeza la Peregrina. ¿Y si tenía razón *madame*? ¿Y si las perlas hablasen y ella me estuviese llamando? Pero no, qué bobadas digo, eso es imposible.

—¡Atención! —oí gritar a alguien—. ¡Todo el mundo al ala sur, hay que atajar el fuego! ¡Eh, vosotros! ¿Qué hacéis ahí como pasmarotes? ¡Pronto! Formad una cadena, necesitamos acarrear agua del pozo.

Gentes comenzaban a arremolinarse cerca de las galerías. Salían de todas las habitaciones. Unos en camisa, otros en calzones, nadie sabía qué hacer ni adónde dirigirse. Yo en cambio sí. Me envolví aún más en mi vieja y deshilachada bata, reliquia de tiempos prósperos, y corrí hacia la zona de la que provenían las llamas.

—¿Se puede saber adónde vas, muchacha atolondrada? ¡Vuelve aquí! —me gritó la vecina de la habitación contigua, pero ni me molesté en contestar.

Ahora lo primordial, me decía, era colaborar en el salvamento de tantas maravillosas obras de arte como contenía el Alcázar. Por fortuna, no parecía ser la única que pensaba de tal modo. Al pasar por la galería de retratos pude comprobar que media docena de hombres se afanaba en poner a salvo de las llamas el cuadro de *Las meninas* descolgándolo a través de las ventanas del primer piso. El fuego lo devoraba todo a su paso y otras pinturas no corrieron tanta suerte como *Las meninas*. Vi, por ejemplo, cómo desaparecían ante mis ojos *Psique y Cupido* y *La expulsión de los moriscos*, del maestro Velázquez, mientras que, a cierta distancia, las llamas lamían ya el marco del retrato de *Carlos V en la batalla de Mühlberg*, de Tiziano. El fuego parecía haberse enseñoreado en su lado izquierdo cuando por fin lograron lanzarlo por la ventana. ¿En qué estado llegaría abajo?

No me detuve a averiguarlo. Continué mi camino hacia la sala en la que se custodiaban las joyas reales. Por ventura, el incendio no había llegado aún a esa zona del palacio, pero el fuego avanzaba con tanta presteza que no había tiempo que perder.

Una mano suave se posó en mi hombro antes de que alcanzara la puerta.

—Sabía que tú también acudirías, pequeña —me sonrió *madame* Irina—. Aunque temo que antes de poder salvar joya alguna, tendremos que convencer a nuestro amigo.

—¿A qué amigo?

—Al maestro Barbarani. Se ha atrincherado ahí dentro con todas las joyas reales. Dice que no se fía de nadie, insiste en que quizá el fuego no llegue hasta aquí y que un incendio es la coartada perfecta para robar sus piezas.

—¿Y la reina? Alguien debería alertarla. ¡Ese hombre está loco!

—Los reyes no están aquí, sino en el palacio del Buen Retiro, nunca les ha gustado este viejo Alcázar. Ya verás cómo más de uno dirá que el incendio no ha sido fortuito... En fin, tiempo habrá de pensar en eso. Espera aquí, voy a hablar con Barbarani.

No sé qué argumentos usó *madame* con el maestro, pero tardó lo menos diez preciosos minutos en convencerle de que abriera la puerta. Aunque tal vez no fueran sus palabras sino la rapidez a la que se propagaban las llamas lo que acabó por vencer tanta terquedad: para entonces, un humo negro y espeso auguraba lo que no tardaría mucho en suceder.

—¡Venga, muchacha! ¿A qué esperas? Entra de una vez. ¡Date prisa o acabaremos todos ardiendo en este infierno!

La figura de maestro Barbarani protegiéndose del humo con un pañuelito de puntillas acababa de recortarse bajo el dintel. A su espalda pude adivinar la diligente silueta de *madame* Irina, que había logrado colarse en la estancia e iba y venía recogiendo enseres.

—Ocúpate de eso —me indicó, señalando un par de toscos baldes de madera llenos hasta el borde de objetos de oro y preparados, imagino, por tan receloso joyero.

El aire comenzaba a hacerse irrespirable. Intenté protegerme la cara, pero no tenía un pañuelo como el maestro Barbarani. «Dios mío —pensé—, ¿cómo vamos a sacar todo esto antes de que las llamas lleguen hasta esta zona del palacio? ¿Y si pierdo el conocimiento a causa del humo?».

Logré poner a salvo otros dos baldes tan llenos de joyas como los primeros y volví por más. Barbarani, por su parte, se negaba a abrir el sanctasanctórum de su taller. Así llamaba él al lugar en el que se guardaban las piezas más preciadas.

—¡De esto me ocuparé sólo yo! —le chilló a *madame*, pero ella no se dejó amilanar. Con una fuerza difícilmente imaginable en una dama de sus años, le arrancó las llaves justo en el momento en el que, no lejos de allí, parte del artesonado de la galería exterior se vino abajo con estruendo. Mi último recuerdo es verla correr hacia mí con un pequeño cofre en las manos. Aún tuvo tiempo de entregármelo antes de que las pesadas faldas de su traje la hicieran tropezar y caer.

Me precipité a ayudarla.

—¡Tenemos que salir de aquí ya! —dije mientras forcejeaba por levantarla del suelo.

Ella dio un grito.

—Dios mío, mi pierna, no puedo...

—¡Claro que podéis ! Yo os ayudo.

La situación era desesperada. ¿Cuánto tardarían las llamas en llegar hasta el hueco de la escalera y de allí saltar a donde nos encontrábamos nosotras? Cuestión de minutos, cinco, calculé, diez a lo sumo.

Intenté cogerla en brazos, pero se resistió con fuerza.

—¿Cómo piensas bajar conmigo las escaleras? O muero yo o morimos las dos. ¡Sálvate!

Forcejeamos una vez más, y caí al suelo. El cofre entonces se abrió revelando su contenido. Eran solo dos piezas, el enorme diamante de los Austrias llamado el Estanque y la Peregrina, que rodó bajo las faldas de *madame*, aunque sus ágiles dedos lograron rescatarla y ponerla entre los míos.

—No pierdas más tiempo. ¡Vete!

* * *

Cuando desperté tenía la cara cubierta de emplastos y el dolor era insoportable. Me contaron que hubieron de arrancarme de aquella habitación en llamas mientras yo lloraba gritando que debía regresar a aquel infierno para salvar a *madame*.

—Bah, las dos se merecen lo que les ha pasado —dicen que fue el comentario del maestro Barbarani cuando supo que *madame* había perecido y que yo me debatía entre la vida y la muerte—. Lo único importante es que se han salvado las dos piezas más caras de la colección, el Estanque y la Peregrina.

—... Así que ya ve vuestra merced, eso fue lo que ocurrió —le expliqué a Farinelli cuando él me pidió que le contara cómo el fuego había devorado la mitad izquierda de mi cara—. La suerte quiso que ella muriese y yo, bueno, ya me veis... Al menos me queda casi intacto el perfil derecho para recordar cómo era antes —añadí con una triste sonrisa—. *Madame* decía que las perlas te roban una vida, pero te regalan otra. No sé si es verdad, pero, desde aquello, lo mejor que me ha pasado es poder trabajar a vuestro servicio, os estoy muy agradecida.

—¿Y qué fue de ese miserable? Del joyero de la reina, me refiero.

—Su majestad prescindió de sus servicios tras el incendio. Su decisión de impedir que le ayudasen en el rescate de las joyas resultó fatal. El fuego devoró piezas de incalculable valor mientras que centenares de objetos de oro y plata acabaron fundidos por las llamas y convertidos en un amasijo informe.

—La avaricia rompe el saco, y la estulticia y el exceso de celo más aún —fue su comentario antes de añadir—: ¿Qué pasó después, Claretta? Espero que la reina te recompensara por tu valentía.

—Sí —respondí, bajando la vista—... Me regaló un camafeo de nácar en el que puede verse su perfil y unos cuantos reales.

—¡Un camafeo y unos cuantos reales! —repitió escandalizado—. Desde luego, la generosidad no es una de las virtudes de su majestad. Han pasado años desde el incendio, ¿a qué te has dedicado desde entonces?

—Primero, a ganarle la partida a la muerte, después a recuperarme de las quemaduras. Fueron meses de dolor e infecciones hasta quedar como ahora me veis. Por fortuna, salvo la mitad izquierda de la cara, el resto de mi cuerpo está intacto.

—Sí, pese a todo eres muy bella.

—Solo me queda el recuerdo de la que fui...

—Y volverás a ser la que eras, ya lo verás.

—Agradezco las palabras de vuestra merced, pero hace tiempo que no creo en los milagros.

—Yo, en cambio, sí. De hecho, incluso sé obrarlos —sonrió, y luego dijo—: No subestimes nunca las artes de un hombre que se gana la vida entre candilejas, bambalinas y tramoyas.

No llegué a entender a qué podía referirse el maestro Farinelli con estas palabras hasta que una mañana me llamó a su gabinete. Esta vez no me recibió sumergido en su tina de baño, sino delante de un gran espejo doble en el que su bizarro cuerpo, enfundado en un traje de seda color burdeos, se replicaba hasta el infinito.

—Siéntate aquí... Sí, Claretta, aquí mismo, entre las dos hojas del espejo, y no digas una palabra hasta que haya terminado.

—¿Terminado con qué, señor?

—¿Con qué va a ser, niña? Con tu nueva cara.

—Señor, ya os dije que...

—Sé bien lo que dijiste, que no creías en milagros, pero espero que recuerdes también lo que respondí yo. Y ahora, cierra fuerte los ojos y punto en boca.

Suspiré resignada al tiempo que obedecía. «Así son los artistas —me dije—, caprichosos, infantiles también. A lo mejor cree que unos cuantos brochazos de ese maquillaje espeso que usa para subir al escenario me van a devolver mis facciones. Bueno —me encogí de hombros, dejémosle hacer—. En todo caso, es amable por su parte intentar borrar lo imborrable».

Con los ojos cerrados, tal como me había ordenado, pude sentir cómo el maestro orbitaba a mi alrededor trasteando aquí y allá, mientras que, al punto, comenzó a canturrear una de esas canciones napolitanas que con tanto éxito lograban disipar la melancolía de Felipe V. No puedo decir que disipase también la mía, pero sí noté cómo, poco a poco, su voz comenzó a arrullarme hasta quedar traspuesta. No me sorprendió que así fuera. Trabajar para Farinelli implicaba muchas horas, mucha dedicación. La noche anterior, por ejemplo, habíamos tenido que montar a toda prisa un complicado escenario para el estreno de una obra de Händel que nos tuvo ocupados hasta cerca de las cinco de la mañana. Por eso, estar ahora así, sin ver nada, pero tan cerca de él mientras cantaba solo para mí, me pareció un inesperado regalo.

—¿Estás lista, niña mía?

—¿Lista para qué, señor?

—Para qué va a ser, criatura, para conocer tu nuevo rostro. Ya puedes abrir los ojos.

Así lo hice y me sobresalté. Esperaba ver mi cara maquillada con mayor o menor acierto y dispuesta estaba a agradecer e incluso a aplaudir cualquiera que hubiese sido el resultado. Pero para lo que no estaba preparada era para lo que tenía delante.

Desde una de las hojas del gran espejo doble del vestidor de Farinelli me miraba ahora una dama tocada con una de esas espléndidas pelucas empolvadas que eran moda entonces y que se ocupaba de ocultar mis ralos cabellos. El maestro Farinelli me había situado de perfil, de modo que lo que podía ver era solo la mitad de mi cara que las llamas no habían logrado devorar. Maquillada con maestría, esa parte de mi rostro se me antojó aún más bella que antes del incendio, lo que me hizo sentir, de pronto, la cruel puñalada de lo que fue y nunca más será. Pero a continuación el maestro, tomándome suavemente por los hombros, me obligó a girar hasta quedar frente al espejo. Entonces pude comprobar cómo la parte desfigurada de mi rostro, excepción hecha del ojo, lucía ahora velada bajo una delicadísima semimáscara de encaje negro ribeteado de diminutas y espléndidas perlas. Era tan inesperado el prodigio, tan bello y raro que no alcanzaba a creer lo que estaba viendo. ¿De veras era yo esa mujer hermosa llena de misterio que me sonreía desde el espejo?

—Lo que las perlas roban por un lado lo devuelven por otro. ¿No es eso lo que te decía *madame* Irina? —preguntó Farinelli.

—Dios mío, señor, no sé qué decir...

—Decir no, querida, mejor hacer. He visto el interés y el tesón que pones en tu trabajo y sé que vamos a hacer muchas y buenas cosas juntos. Óperas, tragedias, comedias, recitales, puestas en escena extraordinarias... ¿Estás dispuesta a dejarte la piel en este cometido, Claretta?

—¡Y el alma, si es preciso!

—A tanto no aspiro —rio, recolocando con cuidado uno de los rizos de mi peluca—. Pero, como ya has podido ver, no es precisamente trabajo lo que te faltará conmigo. Y ahora, basta de cháchara. Dadme vuestra mano, dama misteriosa y enmascarada, y vamos presto, nos queda mucha tarea. A Händel no le gusta que se le haga esperar, tiene malas pulgas.

* * *

Me apresuro a señalar que, por aquellas fechas, la corte de Madrid era una de las más brillantes de Europa y todos los fastos, fiestas, conciertos y obras de teatro que se celebraban en el palacio del Buen Retiro, al que la corte se había mudado después del incendio que devoró el Alcázar, tenían un único maestro de ceremonias, Farinelli. El rey admiraba tanto su trabajo que acababa de otorgarle el rango de ministro. Felipe V era un hombre enfermo y con una mujer autoritaria y maquinadora, pero algo hay que decir en su honor, tenía buen ojo a la hora de elegir a sus colaboradores. Junto a la reina, que era quien mandaba en realidad, había sabido rodearse de políticos hábiles y modernizadores que, en poco tiempo, consiguieron reflotar las finanzas tras la cruel Guerra de Sucesión que asoló el país después de la muerte sin descendencia de Carlos II. La bonanza y prosperidad se notaba en todo. En el proyecto y construcción de nuevos y espléndidos edificios, como el Palacio Real, el palacio de La Granja, el de Aranjuez; en la instauración de diversas academias, como la Real Academia de la Lengua, la de la Historia, la de Medicina... También en la protección y fomento de las artes, y en esa área, Farinelli, que había llegado a la corte como mero cantante encargado de disipar los vapores del rey, se convirtió en pieza clave. Él era el genio detrás de todos los fastos de la corte, de las espléndidas *extravaganzas* con las que semanalmente sorprendía a los reyes y al resto de la concurrencia. Sus puestas en escena no se limitaban al perímetro del palacio. Algunas tenían lugar a muchas leguas de allí, como la cierta y muy célebre Escuadra del Tajo, una flotilla de falúas inspiradas en la *Música acuática* de Händel, que Farinelli empezó en pergeñar ya por aquel entonces y que, años más tarde, daría que hablar en el mundo entero. Tanto lujo y derroche de imaginación pronto convirtió a Madrid (con permiso de Versalles) en la capital europea de la cultura. Artistas y músicos llegados de los cuatro puntos cardinales se peleaban por trabajar con Farinelli. Otro tanto hacían no pocos caballeros y damas empeñados en formar parte de aquel extraordinario mundo suyo de talento y belleza.

Y, tras bambalinas, en la sombra y bien oculta tras mi máscara de encaje, estaba yo, su ayudante más devota y deslumbrada. Farinelli comenzó a llamarme *«la mia cara mano sinistra»*, mi querida mano izquierda, porque, según él, nadie lograba manejar con tanta pericia la multitud de pequeños detalles sin los cuales las grandes obras jamás serían posibles. Mi cometido, verbigracia, consistía en templar gaitas con cantantes, actores y libretistas, siempre caprichosos y antojadizos; en lidiar con operarios, carpinteros, tramoyistas, modistas y figurinistas; también, o tal vez debería decir sobre todo, en vigilar y asegurarme de que lo que el maestro esbozaba como idea se materializara como por ensalmo.

Mis ocupaciones incluían además otras encomiendas más personales. Más íntimas y secretas, porque, ante mi sorpresa, no tardé en descubrir que el éxito de Farinelli con el sexo femenino poco y nada tenía que envidiar al del mismísimo Giacomo Casanova.

Sin embargo, a diferencia de lo que ocurría con Casanova y también con mi no menos conquistador tío Giacomo Guarelli, si ellas corrían tras Farinelli, él hacía todo lo posible por esquivarlas. Con mucha galantería, con gran delicadeza y agradeciendo con elegancia sus lisonjas, pero lo cierto es que, al cabo del día, se las arreglaba para evitarlas a todas y se retiraba a sus aposentos siempre solo. Tanto inopinado recatamiento, lejos de disuadir a sus perseguidoras, las volvía contumaces. No sé yo cuántas esquelas, notas perfumadas y *billets douces* llegaban para él cada día. Y de obsequios y prendas mejor no hablar: los regalos más caros y extravagantes dormían en la habitación contigua del maestro un sueño eterno sin que se tomara siquiera la molestia de abrirlos. Muchas señoras recurrían a mí ofreciéndome verdaderas fortunas con tal de que las colara en los aposentos del hombre más solicitado de la corte.

—¿Me puedes explicar el misterio? —le pregunté un día a mi tío—. ¿Cómo es posible que el caballero de más éxito de la corte sea un...?

—¿Un capón, ibas a decir, Claretta?

—No, tío, aprecio tanto a Farinelli y le estoy tan agradecida que jamás le llamaría así.

—Capón, eunuco, castrato, el nombre es lo de menos. Pero, para contestar a tu pregunta, te diré que es harto natural su éxito con las damas.

—¿Natural? —me asombré—. ¡Pero si, en tus propias palabras, él es solo «medio hombre!».

—Y precisamente ahí es donde reside su encanto. De un tiempo a esta parte, las damas han empezado a caer en la cuenta de algo que hasta el momento era para mí —y para la mayoría de los hombres— uno de los secretos mejor guardados: que un castrado es el más perfecto de los amantes.

—Amante platónico, querrás decir.

—De platónico nada, querida.

—¿Cómo así? Pero si le falta la mitad de sus... —dije, dejando en suspenso lo que mi pudor me impedía nombrar. No así a mi tío, que de inmediato completó la frase.

—¿... sus testículos, ibas a decir? Pues, sencillamente, porque esta preciadísima parte de la anatomía masculina que le falta y que le permite cantar como un querubín no impide que la *otra* parte, no hace falta que te diga a cuál me refiero, crezca y se vuelva más dura e inhiesta que un mástil cuando la ocasión así lo requiere. Además, querida, otro de los descubrimientos que las damas de la corte han hecho y que las vuelve realmente locas es que ese mástil se mantiene erecto harto más tiempo que el de nosotros, pobres varones enteros —ironizó mi tío—. De modo que, según tengo entendido y bien que me pesa reconocerlo, el placer que un castrato procura a una mujer es todo lo duradero que ella desee. ¡Quién me lo iba decir a mí, Claretta —suspiró filosóficamente mi tío—, que quien me dejaría fuera del negocio galante iba a ser un eunuco! Qué paradoja más cruel. Ah, y por cierto, a las virtudes antes apuntadas hay que añadir dos más. La primera, que ellos son estériles, por lo que las féminas no han de acuitarse por embarazos indeseados. La otra, y más útil aún, es que, desde que el mundo es mundo, los maridos jamás han puesto reparo a que sus esposas se vean a solas con un capón. Porque ¿qué peligro puede entrañar, pensaban hasta ahora ellos, pobres ingenuos y desinformados, que un hombre que no es un hombre y que habla con voz de tiple esté cerca de sus damas? ¡Ay, Claretta, si las paredes de los harenes orientales hablasen! ¡Ay, si los eunucos de Argel o de Constantinopla hubiesen escrito sus memorias! Pero, por suerte para las damas y desdicha de los maridos, a ninguno le dio por la literatura. ¿Comprendes ahora el fervor de las mujeres por Farinelli?

—Ahora sí, pero lo que sigo sin entender es la falta de fervor de Farinelli por ellas.

—Eso deberías preguntárselo a él, pero me da a mí que con la parte de su cuerpo que le cercenaron, le cercenaron también su capacidad de amar. Él puede dar placer, pero no sentirlo. He aquí la maldición de los *castrati*.

* * *

Me parecieron terribles las últimas palabras de mi tío, pero nada dije. Tampoco volví a comentar con él el modo en que Farinelli continuaba esquivándolas a todas y durmiendo solo. Porque pronto descubrí, para mi desconcierto, que a estos dos silencios míos tendría que unir un tercero y aún más inconfesable. El corazón no acostumbra a pedirnos permiso para amar, y el mío se había enamorado perdidamente de Farinelli. Era tan inteligente y cultivado y, a la vez, tan bueno y generoso conmigo que, cuando lo tenía cerca, mi loco corazón se hacía ilusiones y latía desatado. No lo podía evitar. Sobre todo, cuando me citaba en su gabinete con ánimo de planear nuevos montajes escénicos y me recibía en su tina de baño. Entonces, una suerte de culebrilla hirviente recorría mi espinazo cada vez que el agua perfumada de nardos de su bañera se erizaba en cientos de olitas lechosas ocupadas de custodiar su secreto mejor guardado mientras él hablaba o ensayaba alguna de sus arias. Cuando esto ocurría, yo procuraba cerrar los ojos, y, al igual que aquella tarde en la que él, ante el espejo, me regaló un rostro nuevo, me dejaba transportar por la belleza de su voz sin parangón. Soñar es gratis y no ofende a nadie, de modo que me afanaba en elaborar en mi imaginación toda clase de deliciosas puestas en escena con solo dos actores, Farinelli y yo. Tal vez por eso, cuando, en un día de tantos en el que, con los ojos cerrados, le escuchaba cantar, al sentir sobre mi hombro la presión de una mano cálida y mojada, no supe discernir si aquel tacto era real o parte de mis lucubraciones.

—Claretta —dijo, y yo seguí soñando.

Entonces me besó. Sus labios húmedos se fundieron con los míos mientras su lengua intentaba abrirse paso de un modo que se me antojó, ¿cómo decirlo?, inexperto, sí, eso es, acaso infantil. Estaba desnudo y temblaba de pies a cabeza.

—Dios mío, señor, os vais a enfriar —fue lo único que estúpidamente atiné a decir. Tampoco me atrevía a mirar hacia abajo, hacia, ¿cómo los había llamado mi tío? Bueno, esa parte de su anatomía.

—Ven, Claretta —añadió, cogiéndome de la mano, y juntos recorrimos el escaso trecho que nos separaba de su cama. Era esta alta, barroca, adornada en cada esquina con un par de angelotes. También mullida y acogedora, tal como yo la había imaginado en sueños, solo que ahora todo era verdad y Farinelli empezaba a desvestirme, suave, muy lentamente, besando primero mi cuello, luego mis hombros, aunque con labios trémulos, extrañamente párvulos e inseguros.

Comenzó así una larga mañana de amor que se unió con la tarde hasta convertirse en noche.

Si alguien de nuestro siempre tan atareado equipo, un actor, un tramoyista o cualquiera de los figurinistas nos echó en falta, tuvo la delicadeza de no llamar a la puerta. ¿Cuánto tiempo nos amamos? Solo puedo decir que nos sorprendió el alba, por lo que, en lo que a duración se refiere, mi tío no andaba descaminado en sus apreciaciones.

—¿Por qué yo? —le pregunté, recreándome en cómo las luces del alba bañaban de plata su torso y el mío. La semipenumbra me permitió observar también cómo su cuerpo blanco, duro, perfecto, digno de la más bella de las estatuas, y el mío —al que, por fortuna, el fuego había respetado— se fundían de tal modo que resultaba imposible discernir dónde acababa uno y comenzaba otro—. ¿Por qué yo y no cualquiera de las muchas damas que tanto te procuran? —me atreví a preguntarle entonces. Farinelli dejó que dos de sus dedos resbalaran por la parte desfigurada de mi rostro—. ¡Dios mío, espera! —me sobresalté al tiempo que intentaba recuperar el antifaz que horas atrás había dejado sobre su mesilla. De noche, todos los gatos son pardos, pero el resplandor del día no tardaría en revelar con toda crudeza mi carne chamuscada.

—No, amor, no te lo pongas todavía. Esa máscara la hice para el resto de la gente, yo te prefiero así.

—¿Con solo media cara? ¿Solo media mujer?

—También yo soy solo medio hombre, ¿recuerdas?

—Nunca he visto un hombre más entero que tú. Pero eso no responde a mi pregunta. ¿Por qué yo? La corte está llena de mujeres que darían cualquier cosa por estar en mi lugar. Todas te adoran, te desean.

—¿Ah, sí? —rio él—. Pues yo a ellas no.

—Mi tío dice... —comencé y me contuve. Era una imprudencia repetir lo que me había secreteado tío Giacomo, eso de que los *castrati* dan placer pero son incapaces de sentirlo. Además, acababa de comprobar, no una vez sino varias a lo largo de la noche, que tal afirmación era falsa.

—Lo que él dice —continuó Farinelli, como si conociera el parecer de mi tío— es la pura verdad. Tal es la maldición de nosotros, los *castrati*.

—¿Cómo? No entiendo, tú... —Pero él selló mis labios con un beso.

—¿No has visto los meses que he tardado en acercarme a ti? ¿Y no viste también el modo en que temblaba cuando empecé a besarte?

—Sí, es cierto, y tampoco lo entiendo.

—Tal vez lo entiendas si te digo que esta de hoy es mi segunda noche de amor, Claretta, la primera la viví cuando tenía quince años.

—¡¿Y en todo ese tiempo nunca has estado con una mujer?! —me escandalicé.

—Con decenas, querida, imposible recordar con cuántas. Y en cada una de ellas buscaba lo que ninguna podía darme, hasta que un día, simplemente, dejé de buscar. Por eso dice bien tu tío: un castrado da placer, pero es incapaz de sentirlo. De ahí que —sonrió Farinelli—, al menos en lo que a mí respecta, tanto él como su discípulo Casanova pueden estar muy tranquilos. No seré yo quien compita con ellos. Aunque también puedes decirles a ambos —sonrió de nuevo— que existe una excepción a tan monacal regla.

—Y ¿cuál es?

—¿No la adivinas? Pensé que anoche te había dado más de una prueba. Un *castrato* nada siente, a menos que esté enamorado.

«Dios mío —pensé—, no puede ser verdad, esto tiene todas las trazas de ser un sueño».

Y sin embargo hacía tiempo que la noche había dado paso al día. El sol brillaba alto y allí estábamos los dos, abrazados y una vez más amándonos: él medio hombre y yo media mujer... ¿Sería esa circunstancia —no lo que teníamos, sino lo que a ambos nos faltaba— lo que le unía a mí? Debía preguntárselo a Farinelli. Pero había otra pregunta que me apremiaba más.

—¿Qué pasó con ella? Con la otra mujer, quiero decir, esa de la que te enamoraste a los quince años.

—¿Que qué pasó? Lo más habitual del mundo, lo que ocurre todos los días, y no por eso deja de ser una tragedia. Yo la amaba, y ella no. Y me temo que para tan cruel regla no hay excepción: se necesitan dos para bailar un minué o, como solemos decir los cantantes, una voz no hace coro. Precisamente, esa definición me place más que cualquier otra, porque —concluyó él buscando de nuevo mi cuerpo bajo las sábanas—, ¿qué es el amor sino el más perfecto y afinado de los duetos?

Séptima parte

Justo antes del diluvio

(Cosas que pasaban en la corte de Carlos III)

CARLOS III. Madrid, 1716-Madrid, 1788

Esposa:

María Amalia de Sajonia (1724-1760)

Hijos:

Tuvieron trece, pero solo siete llegaron a adultos: María Josefa Carmela (figura importante en el cuadro de Goya *La familia de Carlos IV*); María Luisa, infanta de España, casada con Leopoldo II de Austria; Felipe Antonio, infante de España y duque de Calabria, excluido de la sucesión al trono debido a su condición de deficiente mental; Carlos IV, rey de España, casado con María Luisa de Borbón-Parma; Fernando I, rey de las Dos Sicilias, casado con María Carolina de Habsburgo; Gabriel, infante de España, casado con Mariana Victoria de Braganza; Antonio Pascual, infante de España, casado con María Amalia de Borbón.

Fecha: 1788
Lugar: Palacio Real de Madrid

Mi nombre es Gabriel y llevo media vida esquivando la locura. ¿Existirá algún tipo de maldición familiar por la que nosotros, los Borbones, ganamos el trono de España y perdimos a cambio el seso? Mi confesor, fray Martinho, que llegó a conocer a mi tío bisabuelo, Carlos el Hechizado, opinaba que sí. Fue él quien me secreteó que, cuando no era más que un mozalbete al servicio del gran inquisidor don Pascual de Aragón y mientras este instaba a su desventurada majestad a trasegar uno de los muchos brebajes con los que intentaban curar sus flaquezas de cuerpo y espíritu, le oyó sentenciar: «Aprontaos, porque otros vendrán que cuerdos me harán».

Yo, que me considero hijo devoto del Siglo de la Razón, y por tanto no creo en profecías ni en maldiciones, confieso, no obstante, que cada vez que paso ante el retrato de mi malhadado antecesor, creo pispar en él una sonrisa mitad torcida, mitad burlona. «¡Pero si el pobre diablo no podía sonreír de otro modo porque tenía la quijada más protuberante que la de un jabalí!», me dicen, pero para mí que el Hechizado anda por allá arriba, en el reino de los justos, carcajéandose de nosotros a mandíbula batiente (y nunca mejor dicho en su caso). Sí, estoy por asegurarlo, porque otra cosa que aprendí del viejo fray Martinho, a quien Dios tenga en su seno, es que, aunque uno no crea en las meigas, haberlas haylas.

¿He dicho ya que soy hijo segundón —o mejor dicho, tercerón— de nuestro buen rey Carlos III? Él también ha pasado buena parte de su vida huyendo de la locura. En su caso, aún con más ahínco porque tanto su padre, Felipe V, como su hermano Fernando VI acabaron como dos reales cencerros. Si a esta circunstancia sumamos una cuñada (y prima carnal) que se paseaba desnuda por los palacios y una madre ambiciosa y manipuladora como Isabel de Farnesio, tenemos ya todos los ingredientes de lo que las brujas en aquella famosa tragedia de Shakespeare llamaban una «cocción de reales problemas», *a broth of real trouble*.

Siempre me he preguntado qué hubiera escrito el genio de Stratford de haber conocido a mi familia y en especial a mi abuela, Isabel de Farnesio. Todos temblaban como el azogue en su presencia, y no era para menos. Muchos a sus espaldas la llamaban Livia Drusila por su similitud con la esposa del emperador Augusto, esa que tanta sangre (y no pocos venenos) derramó con ánimo de allanar los caminos de su hijo Tiberio hacia el trono. Mi abuela no tuvo que recurrir a métodos tan extremosos para convertir en rey de Nápoles y más tarde de España a mi padre, pero también allanó lo suyo. ¡Qué talento para la intriga, qué arte a la hora de manipular, torcer y moldear voluntades! Pero, por encima de su talento y audacia, abuela Lilí, como a ella le gustaba que la llamáramos, poseía otro don aún más útil: tenía buena suerte. El destino *siempre* se ponía de su lado. Como cuando los dos hijos del primer matrimonio de su marido, Felipe V, murieron jóvenes y sin descendencia. Como cuando su muy ambiciosa e inteligente nuera Bárbara de Braganza —que hacía honor a su nombre en todo porque comía, bebía, gastaba y también menstruaba bárbaramente— pereció víctima de un tumor de útero y, según cuentan, con el vientre lleno de gusanos. Muchos quisieron ver en tan triste final la larga mano de abuela Lilí, pero qué sabe nadie. En cambio, lo que sí es incontestable es que tres veces la alejaron del trono y tres veces volvió más poderosa que antes hasta que, por fin, pudo ver a mi padre, Carlos, convertido en rey. El mejor rey que ha tenido España, eso dicen. No me corresponde a mí juzgarlo, pero, lo que sí puedo afirmar es que fue el mejor y más cumplidor de los hijos. Para una rata de biblioteca que pasa la mayor parte de su tiempo entre libros y papelotes como yo, fue fácil hacerse con las cartas que él les escribía a sus padres contando hasta los detalles más íntimos y sonrojantes de su vida. He aquí la mayor ventaja de ser un segundón: mientras otros reinan, yo observo. Y de paso aprendo. No solo de todas las artes que tan fecundamente florecen de un tiempo a esta parte, como historia, música, pintura; también —o quizá debería decir, sobre todo— aprendo de la naturaleza humana. Y donde esta con más impudicia se revela, sin duda, es en cartas privadas. En especial, si quien las escribe es un muchacho metódico y cumplidor como lo era mi padre en sus años mozos. He aquí, por ejemplo, un extracto de la que escribió a sus padres el día después de su noche de bodas con mi madre. Mi madre, por cierto, acababa de cumplir trece años.

> [...] *Vuestras majestades suponían que cuando recibierais esta carta estaría alegre mi corazón y habría consumado el matrimonio... A veces las jovencitas no son tan fáciles y tuve que ahorrar fuerzas con estos calores, de modo de no hice todo lo que me apetecía, no fuera a arruinar mi salud y acabara derrengado y no valiera para nada. Ni para mí ni tampoco para ella, puesto que más vale servir a las señoras poco y de continuo que hacerlo mucho una vez y luego nada.*

Y por si estos pormenores no bastaran, un par de líneas más adelante añadía otros más que yo, como hijo, leí entre asombrado y rojo escarlata.

> [...] *Tanto tiempo necesitó ella para desnudarse y despeinarse que llegó la hora de la cena y no pude hacer nada, a pesar de que tenía muchas ganas. Nos acostamos a las nueve y temblábamos los dos, pero empezamos a besarnos y enseguida estuve listo y empecé. Al cabo de un cuarto de hora la rompí, y en esta ocasión, no pudimos derramar ninguno de los dos; más tarde, a las tres de la mañana, volví a empezar y derramamos los dos al mismo tiempo. Desde entonces hemos seguido así, dos veces por noche excepto aquella en la que debíamos venir aquí que, como tuvimos que levantarnos a las cuatro de la mañana, solo pudimos hacerlo una vez y aseguro que hubiera podido hacerlo muchas más, pero me aguanto por las razones que me dieron y diré también que siempre derramamos al mismo tiempo porque uno espera al otro.*

Una vez que pude reponerme de mi filial sonrojo, reflexioné y me dije que cartas como esta revelaban todo lo que, por aquel entonces, era mi padre: un hijo en extremo obediente que, a pesar de que su progenitor navegaba desde hacía años por las aguas de la locura y de la más negra melancolía, él le informaba puntualmente de todos sus quehaceres, hasta de los más reservados y secretos. También era un joven ordenado y puntilloso, como denota su afán por anotarlo todo, desde el número de perdices, corzos o jabalíes que cazaba a diario hasta datos precisos de cuándo y dónde hacía de vientre. Ignoro si anotaba también sus «derramamientos» con mi madre, pero no me sorprendería.

A los que sí parecían sorprender mucho aquellos ardores conyugales (tan fogosos y frecuentes que tendrían como consecuencia la nada desdeñable prole de trece hijos vivos) era a sus cortesanos de Nápoles. Ellos, amantes de la belleza, se maravillaban de semejante intensidad amatoria. «Son la pareja más fea que he visto en toda mi vida», oí comentar una tarde a un par de caballeros que no repararon en que podía oírles. Aún recuerdo la llantina que produjo una aseveración tal en mis escasas nueve primaveras. Pero me temo que tenían razón. Mis padres formaban una pareja peculiar. Mi madre, Amalia de Sajonia, tenía hechuras de valquiria. Era alta como una torre, robusta, nada agraciada y dueña de una voz taladrante y desafinada. Mi padre era un hombre a una nariz pegado. Sí, la suya era una napia al estilo de la que describe Quevedo en sus versos, enorme, superlativa. Más conspicua aún si tenemos en cuenta que era bajo de estatura, flaco como un hilo, pero, a la vez, adornado de un vientre del tamaño de una sandía, igual —cavilaba yo de niño y con la imaginación propia de mis pocos años— que si se hubiera tragado uno de esos globos terráqueos entonces tan en boga.

—Poco puede extrañar, por tanto, que de tales mimbres hayan salido tales cestos —oí comentar también a aquel par de napolitanos lenguaraces.

—¿A qué os referís? —preguntó un tercero, recién llegado.

—Hablábamos de los hijos de sus majestades. Hasta cinco niñas tuvieron en los primeros años de casados, a razón de una cada catorce meses y todas feísimas como sus augustos padres. Por fin nació el ansiado varón, aunque no fue precisamente en hora buena. Bastaba con ver al pobre muchacho. ¿Cómo se llamaba?

—Querréis decir más bien cómo se llama, puesto que vive.

—Sí, si a eso se le puede llamar vivir... —suspiró el segundo con dudosa conmiseración cristiana—. Felipe le pusieron en la pila bautismal en honor a su abuelo, pero sin imaginar que habría de heredar de él algo más que el nombre.

—¿Otro loco?

—Unos opinan que loco, otros que endemoniado. El caso es que tiembla y se agita soltando espumarajos por la boca hasta caer seco con gran peligro de tragarse la lengua.

—Pues en ese caso —intervino otro—, bien puede dar gracias al cielo de haber nacido en el Siglo de la Razón y en alta cuna. Hasta ayer, como quien dice, los que así nacían acababan en la hoguera o encerrados de por vida en un cuartucho.

—A este pobre Felipillo no lo han encerrado, pero lo esconden. Un heredero con el mal de San Valentín es funesto auspicio. Claro que el siguiente niño en nacer tampoco es ninguna perla. Apenas sus padres se recuperaron del disgusto de Felipillo, resulta que va y nace Carlitos, que...

* * *

—¿Gabriel? Gabriel, *meu ben.* ¿Qué escribes? ¿Otra vez te ha raptado Salustio, ese malvado romano? ¿O es de Julio César de quien debo sentir celos esta vez?

Es el amor de mi vida quien acaba de interrumpir la redacción de estas memorias en las que me afano desde hace días. Una dulce interrupción que hace que alce la cabeza y sonría a mi niña. Yo nunca escribí a mi padre una carta como la que él envió al suyo tras su noche de bodas. De haberlo hecho, los pormenores habrían sido aún más apasionados. Mariana de Braganza es mi luz, mi sol, mi vida entera. Cuando observo a otras parejas de mi entorno y veo la resignación con la que reyes y nobles se someten al infierno de tener que compartir vida, y lo que es peor, lecho con personas a las que no solo no quieren, sino que, en la mayoría de los casos, aborrecen, me digo: ¿qué he hecho yo para merecer tanta suerte? Y como sé que la respuesta a esta pregunta es que nada he hecho para ameritar tan grande dicha, me asalta el temor de que la vida mude un día su risueña cara y llame a mi puerta para decir: «Gabriel de Borbón, infante de España, la felicidad nunca es gratis. Vengo a cobrar. ¡Paga!».

* * *

Por el momento no se anuncia la llegada de tan severa acreedora, pero si algún día aparece, con gusto pagaré lo que me exija en compensación por mis treinta y seis años de vida venturosa, bendecida además con dos grandes pasiones: Mariana, mi mujer, y mi amor por el estudio, mi sed por saber y aprender.

No, yo nunca quise ser rey. Mi padre, en cambio, hubiera dado cualquier cosa por que fuese su primogénito en vez de mi hermano Carlos; me lo ha dicho tantas veces... Si Dios no lo impide (y barrunto que no lo impedirá), mi hermano mayor, al que solo le interesa la fabricación de relojes, la caza y desafinar al violonchelo, reinará un día con el nombre de Carlos IV. Y yo calculo que estaré aquí, bajo el mismo techo, en el ala oeste del recién estrenado Palacio Real de Madrid, muy cerca de él, pero sin poder aconsejarle ni ayudarle como querría nuestro padre. Imposible, Carlos (o, mejor dicho, su mujer) jamás permitiría interferencia alguna. Por eso sé que seguiré como hasta ahora, entregado a mis grandes amores: mi esposa y mis libros. Entregado también a la nueva actividad que acabo de iniciar: escribir unas memorias al estilo de uno de mis personajes favoritos, el duque de Saint-Simon. Cierto es que el duque está considerado uno de los memorialistas más inteligentes y refinados de todos los tiempos. Cierto igualmente que las tres mil cuatrocientas cincuenta y una páginas de recuerdos que legó al mundo sirven ahora para comprender qué se cocía en la corte de Luis XIV, también en la de Luis XV e incluso en la española, que visitó en tiempos de mi abuelo Felipe V. Pero, más allá de agudas reflexiones políticas, filosóficas e intelectuales, sus memorias me gustan porque están llenas de eso que los franceses llaman *petits potins* o, dicho en román paladino, de enredos, comidillas, suculentos chismes. También las mías lo estarán. ¿Frívolo Saint-Simon y frívolo yo? Por supuesto. La frivolidad es la sal de la vida. Pero, sobre todo, lo que al duque le interesaba, y ahora también a mí, es ahondar en la siempre sorprendente y contradictoria naturaleza humana. Al fin y al cabo, es ella, con sus grandes miserias y sus pequeñas infamias, la que realmente escribe la historia.

Por desgracia, mi amada no entendería este punto. Se escandalizaría mucho si llegara a saber que su marido se dedica a rebuscar entre lo que ella llama fruslerías. Por eso, al menos de momento, Mariana cree que las muchas horas que paso encerrado en mi biblioteca las empleo en traducir al romano historiador Salustio. Y no le falta razón. Buena parte de mi tiempo lo dedico a trasladar del latín al español su *Conjuración de Catilina*. Pero, si quieren que les diga la verdad, lo que hago en realidad es imitar descaradamente su técnica. Me interesa ver de qué modo retrata las andanzas de Julio César, también los discursos de Cicerón y todas las maquinaciones y mezquindades en las que, en aquel entonces, andaban metidos tribunos y senadores. De estas pasiones tan bajas como humanas se compondrán también mis memorias, pero ahora, chitón, llega mi amada y debo contestar a su pregunta.

—No, tesoro, no estaba ni con César ni con Salustio, sino escribiendo en mi diario —le digo, lo cual es una forma de mentir sin faltar demasiado a la verdad—. ¿Cómo está mi princesa esta mañana?

—*Meu bem*, sabes que no me gusta nada que me llames princesa —se queja ella, frunciendo las cejas de modo tan adorable que logra que chispeen aún más sus ojos verdes—. Ese título se lo dejo a nuestra querida cuñada, Quesito de Parma.

Es necesario precisar que mi niña, que no haría daño a una mosca y jamás pierde la paciencia, tiene sin embargo una única *bête noire* o bestia negra, y es la mujer de mi hermano Carlos. Razones no le faltan. Desde el mismo día que, con solo dieciséis años, Mariana llegó a Madrid para casarse conmigo, María Luisa de Parma dedicó todos sus empeños a hacerle la vida imposible. Desplantes, feos, mentiras, insidias... A qué no habrá recurrido con ánimo de dejar bien claro que la princesa de Asturias es ella. Como si temiera que Mariana pudiese arrebatarle tal privilegio. Bueno, en realidad y para ser más exactos, no es ese sino otro privilegio del que ella se cree acreedora el que envidia en Mariana: el de reinar en el corazón del rey y también en el del pueblo.

—Pero ¿cómo habría de reinar ella en corazón alguno si, a sus escasos treinta y seis años, no conserva ninguno de los atributos que hacen agradable a una dama?

—No es nada digno de ti ese comentario —me regaña Mariana, a pesar de la poca simpatía que le tiene—. Las damas no deben medirse por su aspecto, sino por virtudes menos conspicuas.

—¿Como cuáles? Tú misma acabas de llamarla Queso de Parma, y supongo que el epíteto no se lo has puesto por su tez nívea ni tampoco por su afición a bañarse en leche de burra.

Mi niña sonrió entonces reconociendo que no me faltaba razón, que se arrepentía de haber hecho tan tonto juego de palabras. Uno que se le había ocurrido al oír a María Luisa ayer mismo decir: «La comida en este país es atroz —eso había sentenciado asegurándose de que el rey pudiera oírla—. Nunca me acostumbraré a sus ajos, a sus guisotes, a sus fritangas. Por eso cada semana ordeno que me traigan un buen cargamento de jamón, de pasta y sobre todo de mi adorado quesito de Parma. Solo así logro sobrevivir in *questo* páramo *orribile...*».

* * *

No volví a preguntarle a Mariana sobre cuáles, según ella, eran las escondidas virtudes de nuestra cuñada. Sin embargo, y aun a riesgo de disgustar a mi niña, cuando llegue el momento de hablar de María Luisa en mis memorias, no tendré más remedio que describir su aspecto físico, puesto que dice mucho del tipo de persona en la que se ha convertido. Desvela, por ejemplo, que nada queda de la bella, pizpireta e ingeniosa muchacha que un día llegó a la corte de Madrid para casarse con mi hermano. El larguísimo pelo rubio que entonces lucía y toda su dentadura han hecho mutis por el foro. «Un embarazo, un diente», eso dicen las abuelas, y en el caso de María Luisa se cumple a rajatabla. Siguiendo la prolífica estela de mi madre, también ella ha traído al mundo una criatura por año y en ocasiones gemelos, de modo que, a estas alturas, no le queda ni un triste molar. Aun así, y como bien apunta mi niña, la falta de atractivo físico nunca ha sido obstáculo para alcanzar el cariño del pueblo. En su caso son otras fealdades las que consiguen que nadie la quiera. Tal vez debería matizar ligeramente ese «nadie» porque mi hermano la adora, como bien atestigua la nutrida prole de principitos que siguen naciendo con regularidad matemática. Claro que hay quien secretea que no todos son hijos de su marido. Hace unos años, el rey mi padre tuvo que aconsejar a cierto individuo de nombre Pignatelli que tomara cuanto antes el camino de Francia. Por lo visto, la duquesa de Alba y María Luisa compartían los amores de este atrevido donjuán, al que no se le ocurrió mejor idea que regalar a la parmesana cierto anillo que la duquesa le había dado a él como amorosa prenda. En uno de los besamanos de palacio, Cayetana de Alba vio de pronto el anillo de marras en el dedo de su rival; se puso como una pantera y dos días más tarde consumó su venganza. Vistió con trajes idénticos a los de mi cuñada a diez de sus criadas más feas y orondas y las puso a pasear así ataviadas arriba y abajo por el paseo del Retiro. No se hablaba de otra cosa en todo Madrid. Claro que nada de esto pareció concernir a mi hermano, que miraba para otro lado al tiempo que redoblaba sus afanes en montar y desmontar relojes.

Últimamente se dice que la parmesana ha puesto sus ojos en un nuevo galán. Un jovencísimo guardia de corps de nombre Manuel Godoy al que ella y mi hermano conocieron cuando escoltó el carruaje de los príncipes entre La Granja y Segovia. Por lo visto, al muchacho se le desbocó su caballo y tan gallardamente logró domeñarlo que la parmesana quedó admirada. Desde entonces, los tres se han convertido en inseparables. Godoy pasa horas en las habitaciones de mis cuñados y hasta está aprendiendo a tocar el violín para acompañar a mi hermano en sus (bastante desafinados) recitales. Las lenguas de triple filo ya van por ahí diciendo que, a pesar de que por edad bien podría ser su hijo, son otros duetos, y no precisamente de violín, los que toca con mi cuñada.

No, no —me digo, deteniendo en este punto la pluma con la que escribo estas memorias—. Seguro que a mi niña no le gustará nada que me haga eco de esta hablilla que posiblemente ni siquiera sea cierta. «Más que el duque de Saint-Simon pareces una comadre» —seguro que me diría, si pudiese leer lo que acabo de anotar—. «Si tu deseo es que la gente que te lea, dentro de cien o doscientos años, sepa cómo era la corte de Carlos III por dentro, has de hablar de asuntos más elevados, y de los muchos logros de tu familia. Glosar, por ejemplo, el modo en que un monarca ilustrado como tu padre se las ha ingeniado para modernizar, en pocos años, tan viejo y anquilosado imperio. Mencionar que, con la ayuda de ministros muy eficaces, como el conde de Aranda, Campomanes y Floridablanca, ha liberalizado el comercio, encargándose también de mejorar la salubridad de las ciudades por medio de redes sanitarias que han permitido paliar la inveterada costumbre popular de arrojar a la calle toda clase de inmundicias al grito de ¡agua va!, algo que convertía a las urbes en festín de ratas. Claro que, para ser fiel a la verdad, entre tantas luces tendrías que incluir también alguna sombra. Hablar, por ejemplo, del Motín de Esquilache y contar cómo Madrid entero se echó a la calle después de que al tan odiado ministro reformista Squillace se le ocurriera pasar una ley por la que obligaba a los hombres a recortar el largo de sus capas y modificar sus sombreros con ánimo de evitar las muchas pendencias y crímenes que los embozados cometían en la calle incluso a plena luz del día...».

«Está bien, mi niña, creo que tienes razón —le digo ahora mentalmente a Mariana—. Será mejor que hacerlo como tú dices. Aunque creo que lo haré dando una de cal y otra de arena. Así es como escribían tanto Saint-Simon como Salustio. Me gusta su receta de entreverar información seria con unos cuantos sucedidos curiosos.

Por cierto. Hablando de sucedidos curiosos, me pregunto qué pasará esta noche. La parmesana y mi hermano nos han invitado a Mariana y a mí a una de sus veladas musicales, pero se me antoja extraña la invitación. Es la primera vez que nos convidan a las reuniones que semanalmente celebran en sus habitaciones privadas.

Concierto a cargo de su alteza el príncipe de Asturias, acompañado por don Manuel Godoy.

Así reza el tarjetón que hemos recibido, y luego hay al pie una nota manuscrita de mi cuñada que añade: «También bautizaremos a la Peregrina». ¿Qué querrá decir esto último?

—*Meu bem,* ¿te has dado cuenta de qué hora es? —me dice, esta vez sí en verdad y no en mi imaginación, Mariana, que acaba de asomar por la puerta—. Espero que recuerdes que esta noche nos esperan Carlos y María Luisa.

—¿Ya no la llamas Quesito de Parma? —rio yo.

Mi niña sonríe. Ella es incapaz de guardar rencor a alguien más allá de un par de días.

—No me esperaba su invitación, ha sido un bonito gesto por su parte, ¿no crees? Pelillos a la mar, pues. Todo el mundo merece una segunda oportunidad.

* * *

—¡... Pero qué alegría que hayáis podido venir! Y qué guapa estás, Marianita, *bella, molto bella,* pasad, pasad. Mira, Carlos, aquí están nuestros queridos hermanos, te dije que no nos fallarían. Qué bueno es ver a la familia unida, ¿verdad, Manuel...? Ah, ¿que no os conocéis? Este es Manuel Godoy, guardia de corps. Mucho oiréis hablar de él en el futuro porque el muchacho promete... ¿Habéis visto lo guapo que es? Me tiene fascinada ese hoyito que tiene en la barbilla. *Santa Madona! Bello, bello uomo!*

Mi cuñada María Luisa de Parma hablaba y hablaba. Y lo hacía con tanto aspaviento que la perla Peregrina, que, según pude ver, pendía de su cuello, navegaba, izquierda, derecha, izquierda, por su nada recatado escote, tal que si fuera una diminuta nao con el velamen desplegado y a punto de naufragar en su, por lo demás, ajado canalillo.

—¡Ah! Veo que has reparado en ella, querido cuñado. Hombre observador, sí, señor. ¿Qué te parece cómo he engarzado a esta preciosura? ¿Está o no mi perla absolutamente di-vi-na con el realce que le he mandado colocar por mi joyero? Y tú dirás: ¿por qué a María Luisa, que tiene tan buen gusto, se le ha ocurrido rodear la parte superior de la Peregrina con una gruesa banda de oro? ¿No luce mejor sola? ¡En efecto! —continuó mi cuñada, que es de esas personas que primero preguntan y acto seguido ellas mismas se responden—. Así es, ni falta que le hace perifollo alguno. Solo que esta banda no es un perifollo, sino un aviso a navegantes. Ven, acércate, mira y lee lo que he hecho grabar en el oro con letras harto grandes para que destaque: «Yo soy la Peregrina». Y tú te preguntarás: ¿por qué María Luisa se ve en la necesidad de subrayar lo que ya todo el mundo sabe?

—¡Ah, pues *che cavolo*! Porque últimamente hay demasiada impostora suelta por ahí.

—¿Impostora? —pregunté, logrando por fin abrir una mínima brecha en su soliloquio.

—Impostoras, sí, y más falsas que Judas. De un tiempo a esta parte, Europa parece invadida de perlas en forma de lágrima. ¡Una verdadera plaga! En la corte de Viena, por ejemplo, hasta las condesas de chicha y nabo se hacen retratar con perlas que intentan comparar con la Peregrina, mientras que en París a María Antonieta, a la que, por cierto, últimamente le ha dado por vestirse de pastorcita y ordeñar ovejas en Versalles... Ah, ¿que no lo sabías? ¡Pero si no se habla de otra cosa en toda la cristiandad! En fin, a lo que iba: resulta que la muy locuela (un día de estos va a perder la cabeza de tan poco como la usa)... la muy locatis, digo, ni siquiera para acometer tan rústica tarea se quita del cuello la Pelegrina, que es la parienta pobre de la mía. Sí, *mio caro fratello* —continuó indesmayable la de Parma—. Digo bien, la Pe-le-gri-na, que también era nuestra pero, desde que Felipe IV se la regaló a su hija María Teresa por su boda con Luis XIV, la tienen los gabachos. Un lío de nombres, seguro que la llamaron así para despistar. ¡Pero no tiene ni color con esta! —añadió, acercando de tal modo su pechamenta a mis turbados ojos que temí que también ellos fueran a naufragar entre carnes tan trémulas—. La Peregrina es única —redundó—. I-rre-pe-ti-ble. Y no solo eso. También tiene ciertos poderes muy necesarios en los tiempos que corren.

* * *

Esta vez sí hizo una pausa, como si aguardara la pregunta de alguien para retomar, con redoblado ímpetu, su monólogo.

Fue mi niña quien la complació.

—¿A qué poderes te refieres?

—*Jetattore, jettatore.* ¿No lo sabes? *Il vaiolo,* querida.

—¿De qué hablas? —incidí yo.

—¡*Madonna,* pero en qué limbo vivís tú y tu mujer! ¡No me digas que no te has enterado tú tampoco, Gabriel! No, claro que no. Es lo que tiene pasarse la vida entre librotes con la única compañía de Cicerón, Julio César o Salustio. Si vivieras en este mundo lo sabrías, *caro mio*. Dicen que es la peor epidemia en años.

—¿Epidemia de qué?

—De qué va a ser, criatura —continuó la parmesana, dirigiéndose ahora a Mariana—. De ese mal que es capaz de borrar de un plumazo todos tus lindos rasgos y convertirte en un adefesio. Bueno, eso si no mueres entre delirios, hemorragias, pústulas y calenturas, claro, porque el mal del que hablo es muy igualitario y no hace distingos: lo mismo desfigura a una princesita como tú que manda a las calderas de Pedro Botero a una fregona o a un arzobispo. La viruela, chica, la viruela. Asola Europa en todas las direcciones. Solo en París han muerto ya ni se sabe cuántos infelices. Cómo será el asunto que, según cuentan, más de uno se ha arriesgado a convertirse en vaca.

—¡Qué disparates dices! —intervine entonces porque comenzaba a perder la paciencia con tanta cháchara.

—Su alteza no dice disparate alguno —terció en ese momento el joven Manuel Godoy, que hasta entonces se había mantenido cerca de su protectora, envuelto en un respetuoso silencio—. Veo que el señor no ha oído hablar del curioso estudio del doctor Jenner.

—Por cierto que no.

—Natural, querido cuñado, como pasas todo tu tiempo en Roma con Cicerón... —suspiró la parmesana.

Pero yo no estaba interesado en sus sarcasmos y sí en cambio en lo que contaba Godoy. Se daba el caso de que, meses atrás, había leído cierto extracto de las *Cartas filosóficas* de Voltaire en el que se hacía eco de que en Francia el sesenta por ciento de la población padecía o había padecido la viruela. ¿Habrían encontrado cura a mal tan arrasador? Quizá tuviera cierta razón mi insufrible cuñada. Tal vez debería vivir menos en mi biblioteca e interesarme más por las cosas del presente.

—Como sin duda sabéis, alteza —comenzó Godoy, y en su voz no había la menor traza de ironía, sino lo que parecía un muy respetuoso deseo de informar (un tipo listo, me dije, taimado desde luego)—... como sin duda sabéis, desde hace años, médicos de toda Europa dedican sus esfuerzos a estudiar las virtudes de la variolización.

—Y ¿qué es eso? —preguntó Mariana.

—Una técnica curativa, señora. Consiste en hacer una pequeña incisión en la piel del paciente e introducir allí polvo de las costras de alguien que haya sobrevivido a la viruela.

—¡Qué cochinada! —intervino María Luisa, rescatando a la Peregrina de las profundidades de su escote para sobarla con ímpetu a modo de amuleto.

—Al contrario —retomó Godoy—. Se ha observado que las personas así tratadas contraen una versión leve de la enfermedad que las inmuniza por completo.

—Y ¿cuál es entonces el descubrimiento el doctor Jenner? —me interesé yo.

—Aún está en mantillas, pero puede ser un gran avance. La variolización falla con más frecuencia de la deseable, de modo que, en muchos casos, en vez de quedar inmunizado, el paciente sufre la enfermedad en su versión más devastadora y muere. El doctor Jenner, que lleva años estudiando este tipo de procesos, dice que ha reparado en que las mozas que se dedican a ordeñar vacas, al estar en permanente contacto con animales, sufren una variedad de la viruela propia de los bovinos y más leve, jamás contraen dicho mal. Por eso se propone en un futuro inocular a alguien sano, posiblemente un niño, con pus obtenida de las manos de una de esas mozas y ver qué pasa.

—¡Qué método de experimentación tan bárbaro! —comentó Mariana—. Que se lo impidan como sea, lo más probable es que muera esa pobre criatura.

—Pero ¿y si no muere? Así es como avanza la ciencia, me temo. En todo caso, es demasiado pronto para echar las campanas al vuelo. Experimentos como estos tardan lustros en dar fruto, a saber qué terribles efectos indeseados tiene, además.

—Seguro que horrendos —intervino la parmesana, encantada de recuperar las riendas de la conversación—. ¡Pavorosos! Quién sabe, se me ocurre que, si tiene que ver con las vacas, a lo mejor resulta que te crecen cuernos y ubres. Y la variolización debe de ser igual de peligrosa, estoy segura. Por eso, yo antes muerta que dejar que me sajen y me metan bajo la piel a saber qué porquerías.

—Pues tu prima María Antonieta sí que se ha dejado —terció en ese momento mi hermano Carlos, que, hasta entonces, había asistido a la conversación como una muda, inmóvil y bastante voluminosa estatua de sal—. Me lo contó el otro día el conde de Aranda, que es nuestro embajador en París. La epidemia en la ciudad es tan pavorosa que no solo se ha vacunado ella, sino que también ha hecho que inoculen a sus tres hijos.

—Y ¿qué tiene de particular, tontito mío —condescendió la parmesana, palmeándole maternalmente el antebrazo con su abanico—, que una cabeza hueca como María Antonieta, que anda todo el día entre cabras y ovejas, se deje embadurnar con un poco de pus de un enfermo, de una vaca o de lo que sea? Anda, anda, *caro mio*, vete a templar tu violonchelo que enseguida empezamos con el concierto. Yo, mientras tanto, terminaré al punto de ilustrar a Gabriel y a Marianita. Aún me queda por contarles cuál es mi plan para luchar contra la viruela.

—¿De qué plan se trata si tú misma has dicho que no crees en la ciencia? —pregunté.

—Bah, resulta que ahora, con esto de que estamos en el siglo XVIII, blablá, la centuria de la razón, blablablá, a todo el mundo se le llena la boca con tal palabreja. Pero dime, ¿qué es realmente la ciencia? Algo que existe desde que el mundo es mundo, solo que antes no le dábamos tal nombre. De toda la vida la gente sabe, por ejemplo, que la corteza de sauce es mano de santo contra la calentura y el dolor de muelas. O que una herida infectada mejora muchísimo si se la cubre con no sé qué clase de hongo o, mejor aún, con una telaraña.

—Eso no es ciencia, es superstición.

—¿Pero cura o no cura?

—Sí —tuve que admitir yo—, los tres remedios que acabas de mencionar han demostrado su eficacia, pero, por contra, hay otros miles que solo son paparruchas y cuentos de viejas que...

—¡Nada de cuentos de viejas! Todo en la naturaleza cumple un propósito, solo es menester saber qué propiedades tiene cada cosa. Por ejemplo, ella —añadió, rescatando a la Peregrina, que una vez más había sido engullida por su arrugado canalillo—... ella es la mejor protección que se conoce contra la viruela, lo tengo comprobado.

—¡Pamplinas!

—Su alteza dice la verdad —terció Manuel Godoy—. Puedo dar fe.

—¿Fe de qué?

—De lo que he visto, señor. Soy tan racional como vos, pero lo que es cierto, es cierto. Se da el caso de que, hace más o menos un mes, tuve el placer de acompañar a su alteza mientras se probaba un vestido. Y la casualidad quiso también que ese día ella llevara consigo la Peregrina, puesto que, según dijo, era su deseo comprobar cómo entonaba la joya con su nuevo traje. Bien, pues, durante al menos durante una hora, la modista se afanó todo lo cerca de su alteza que una situación como aquella requiere. La mujer parecía estar acatarrada y estornudó y tosió no pocas veces. Al cabo de unos días, nos enteramos de que había caído con viruelas. Lamentablemente, no logró superarlas...

—E imagino —comenté escéptico, dirigiéndome no a Godoy, sino a mi cuñada— que atribuís a la perla el milagro de no haberos contagiado.

—No me contagié yo, ni tampoco Manuel —especificó la parmesana, acariciando la perla, y a continuación y muy suavemente, rozó el brazo de su joven amigo en un gesto que, si lo añadimos al hecho de que el guardia de corps la acompañara a la prueba de un vestido, me hizo cavilar sobre qué otras intimidades compartiría tan desigual pareja—. Ya lo ves, querido y muy descreído cuñado mío —continuó ella—, aquí estoy, más fresca que una lechuga después de que esa desventurada me estornudara lo menos cien veces encima. Y Manuel, lo mismo.

—¿Queréis decir que también él se ha beneficiado de los... salutíferos efluvios de la Peregrina? —inquirí, sin poder evitar un cierto retintín. Pero María Luisa aventó mis ironías con un impaciente vaivén de la mano.

—Por supuesto que sí. En cuanto supe de la muerte de la modista, obligué a Manuel a dormir con mi perla al cuello varias noches y me obedeció como un ángel. ¿Cierto o no, *sole mio*?

Hasta segundos antes de que los músicos, con mi hermano Carlos como solista, arrancaran a tocar un cuarteto de Boccherini, intenté hacerle ver a mi cuñada lo disparatado de su creencia. Argumenté que la viruela, como tantos otros males, es imprevisible y antojadiza, por lo que se ceba en unas personas y en otras no, de modo que nada tenía que ver la Peregrina en que ni ella ni Godoy la hubieran contraído. Añadí también que en la naturaleza algunas cosas tienen poderes curativos y otras no y que jamás se ha tenido constancia —más allá de lo que dicen las leyendas y los cuentos de hadas— de que las perlas eviten, y menos aún curen, enfermedad alguna. Sin embargo, perdí por completo la batalla. No logré convencer a mi cuñada, ni tampoco a su joven amigo, de que cometían un grave error al confiar su protección a un objeto como aquel. Peor aún, al punto me di cuenta de que lo relatado por María Luisa había tenido, como indeseado efecto lateral, convencer a Mariana de tan inexistentes virtudes.

—¡Ay, *meu bem!* ¿Por qué no va a ser cierto lo que dice nuestra cuñada? Confiar por encima de todo en la razón, como haces tú, está muy bien, pero hay en este mundo tantísimos misterios que escapan a nuestro entendimiento... Ten por seguro que, si alguna vez caigo con la viruela, me pondré al cuello todas las perlas que tengo.

—Y ¿por qué en vez de esa tontería no recurrimos a la variolización? En algo sí tiene razón la parmesana. Si en Francia el mal arrecia y se ha llevado por delante ya cientos de miles de vidas, es razonable pensar que en España no tardará en suceder otro tanto. Probemos con lo que se ha demostrado eficaz contra el mal.

—¿Y que nos sajen para meternos costras o sangre de un moribundo? Ni lo sueñes.

* * *

Durante meses no volvimos a hablar del asunto. Apenas una semana después del concierto en las habitaciones de Carlos y María Luisa, descubrimos que Mariana estaba embarazada. Supuso una enorme alegría para los dos porque solo teníamos un hijo y, un año antes, habíamos perdido una niñita de corta edad.

Nuestro hijo Carlos José nació en el otoño del 1788 y todos los astros parecían alinearse a nuestro favor. Mariana se volcó en su cuidado y yo avanzaba a buen paso con la redacción de mis memorias. También las relaciones con mi hermano y su mujer mejoraron después de aquella velada musical, mientras que nuestro padre, tras unos años de conflictos y turbulencias callejeras, logró recuperar el fervor de su pueblo, que lo llamaba ahora «el rey alcalde» por los muchos y espléndidos monumentos con los que embelleció Madrid y otras ciudades. Nuestro pequeño y recién llegado Carlos José, por su parte, crecía fuerte y robusto. Era un niño con un ángel especial.

No obstante, quiso la fatalidad que fuese a través de él que llegara nuestra desdicha. Una mañana de otoño el pequeño amaneció con fiebre. Al principio pensamos que se trataba solo de una calentura, era una criatura sana. Pero el médico al examinarlo meneó la cabeza.

—Viruelas, *madame.* Me temo que es poco lo que la ciencia puede hacer por una criatura tan pequeña. Sus altezas han de prepararse para lo peor.

Mariana se negó a aceptarlo. Se empeñó en ocuparse personalmente de él y no hubo modo de separarla de su lado. Velaba su sueño, apenas comía ni bebía para no dejarlo solo ni un segundo y cuando expiró, a duras penas logré arrancárselo de los brazos. No había pasado aún una semana cuando también ella cayó víctima del mismo mal.

Mil veces maldije entonces mi suerte, también mi falta de determinación. ¿Por qué, sabiendo de las virtudes de la variolización, no había insistido más en la necesidad de inocularnos? ¿Sería cierto el comentario de María Luisa de que vivía más en mi biblioteca y entre mis escritos que en la realidad? Ahora que mi dulce Mariana, luz de mi vida, se moría sin remedio, ¿qué podía hacer yo para ganarle la partida a la muerte?

—*Meu bem* —susurró ella, arrancándome de mis cavilaciones—, ¿te acuerdas de lo que nos contó la parmesana?

Hacía dos noches que velaba junto a su cama. El médico dijo que era una temeridad y me obligó a usar una suerte de máscara que contenía en su interior hojas secas de no sé qué árbol para evitar contagios. Mariana también se la había puesto mientras atendía a nuestro hijo muerto, pero decía que le estorbaba y sospecho que muchas veces prescindió de ella. Por el contrario, y desde el primer día, se había empeñado en llevar encima todas las perlas de su joyero, que, por supuesto, no surtieron efecto benéfico alguno.

—*Meu bem*, estoy segura de que María Luisa está en lo cierto.

—¿En lo cierto en qué, mi sol?

—En lo de las perlas. Ya viste lo que dijo. Tanto ella como Godoy estuvieron en contacto con la enfermedad y no la contrajeron.

—Son paparruchas, cielo. También tú llevabas perlas mientras atendías a nuestro hijo, y ya ves lo que ha pasado....

—Pero mis perlas no son la Peregrina. Es ella la que salvó a María Luisa, *ella* la que evitó que se contagiara. Seguro que también puede salvarme a mí.

—Tú ya has contraído la viruela —dije, notando cómo cada sílaba que pronunciaba se me clavaba en el alma.

—No quiero morir, Gabriel, no quiero dejarte. Ya sé que en la eternidad volveremos a estar juntos, pero no puedo esperar tanto. Tráeme la perla. Ella me curará. Lo presiento. Lo sé. Sé también que no se sale de esta enfermedad indemne. Quedaré desfigurada, ya nunca seré la que fui. ¿Me querrás igual?

—Igual no, mi vida, te querré más, si cabe. Yo...

Se me quebró la voz. No atinaba a hablar y sin embargo ahora por fin sabía lo que debía hacer: ir a ver a la parmesana. Tragarme todas mis muy razonables palabras, someterme a sus burlas, a sus sarcasmos: «¡... Mira quién viene por aquí con el rabo entre las piernas! Pero si es mi doctísimo cuñado Gabriel, el que solo confía en la ciencia y desdeña paparruchas. ¿*Dimi, caro mio,* quién estaba en lo cierto ahora, tú o yo? La buena, la dulce, la guapísima Marianita se nos muere, vaya por Dios, qué pena tan grande. Y ¿qué pasará si ahora te digo que no te presto la Peregrina? Anda, pídemela, suplícame otra vez...».

Sí, algo de tal jaez tuve que oír de labios de mi cuñada, pero no me importó. Mi único afán era volver cuanto antes junto a mi niña y cumplir su deseo. ¿Y si María Luisa estuviera en lo cierto? ¿Y si fuesen verdad las leyendas que, en todas las culturas, atribuyen a las perlas poderes curativos y extraordinarios? La idea era descabellada, pero uno nunca sabe... Además, me dije, existe también otro fenómeno, y este sí perfectamente racional y harto conocido. El poder de la sugestión. Ese incomprensible mecanismo que hace que, por el mero hecho de creer que algo cura, logra que se pongan en marcha quién sabe qué portentosos humores o sustancias que logran que lo que con tanto fervor se desea, en efecto, suceda.

Y sucedió. Bastó con que colgara la Peregrina de su cuello («... pero mucho cuidadito con ella, ¿eh? Pase lo que pase, la quiero de nuevo en mi joyero el lunes», eso me había advertido María Luisa después de jugar con mi paciencia lo indecible), bastó, como digo, que colgase la Peregrina del cuello de mi niña para que comenzara una mejoría. Fueron días de inmensa esperanza en los que la fiebre remitió y ella volvió a sonreír.

—¿Ves, *meu bem*? ¿Qué tienes que decir ahora, hombre de poca fe?

—Digo que no tendré más remedio que dar por buenas las razones de la parmesana e incluso levantarle un monumento si ella me lo pide. Aunque para mí lo más verosímil —lo que sí creo y a pies juntillas— es que la fe mueve montañas, cielo mío. Incluso cuando se deposita en algo tan poco sacrosanto como una perla.

—No seas blasfemo, *meu bem*. Mira, cuando esté curada del todo, iremos juntos a dar gracias a la Virgen de Atocha, al Cristo de Medinaceli e incluso a san Pascual Bailón, que es el santo preferido de María Luisa. Imagina lo ufana que estará contando a todo el mundo cómo entre la Peregrina y ella me rescataron de las garras de la muerte.

* * *

Mi cuñada nunca pudo ufanarse de la curación de Mariana. La mejoría de mi niña resultó ser un espejismo, producto, me temo, de sus muchos deseos de no dejarme. Apenas dos días más tarde, volvieron las fiebres, acompañadas, esta vez, de nuevas y más virulentas pústulas que no solo se abigarraron aún más, desdibujando sus bellísimas facciones, sino que se apoderaron de todo su cuerpo. Con ellas llegaron también los delirios y estos la engañaban haciéndole creer que estaba sana.

—... Dile a María Luisa que dentro de un par de días podré devolverle su perla. Mírame, ¿ves? Ya estoy bien. ¿A que estoy muy guapa esta mañana?

Y, por inverosímil que parezca, así era. A medida que el fin se aproximaba, la virulencia de sus pústulas comenzó a atemperarse hasta devolvérmela más joven y guapa que nunca. Fue entonces cuando tomé la decisión de quitarme la máscara medicinal que había llevado durante su enfermedad.

—¡No lo hagáis! —se horrorizó el médico—. Es lo único que puede protegeros del mal y, aun así, ni siquiera existe seguridad de que no se haya producido ya el contagio.

—Pues, en ese caso, habré de asegurarme de que así sea —dije mientras, ante los espantados ojos del galeno, me inclinaba a dar un beso de amor a mi niña. Sus labios exangües se entreabrieron para recibirme y mi lengua se trenzó con la suya, dulce, fría, en un último y apasionado encuentro.

* * *

Aún no sé cuánto tardaré en reunirme con ella. Esta mañana, al ponerme la camisa he descubierto en mi cuello las primeras manchas rosadas. Lo que sí sé, en cambio, es que ya nunca terminaré las memorias en las que, al estilo de las de Salustio o Saint-Simon, me había embarcado con ánimo de contar al mundo los entresijos de la corte de

Carlos III. En mi tintero quedarán todas las próximas andanzas de María Luisa de Parma y su Manuel Godoy mientras mi hermano los mira y toca el violonchelo. Tampoco llegaré a relatar cómo fueron los últimos, y me atrevo a aventurar que muy prósperos, años del reinado de mi padre, y menos aún tendré tiempo de hablar de los oscuros nubarrones que comienzan a formarse al otro lado de nuestras fronteras, allá en Francia. Según los más agoreros, en el país vecino, a un verano en el que la viruela ha hecho estragos en la población ha venido a sumarse un invierno tan cruel que es muy posible que logre acabar con las cosechas, y lo que es peor, también con la ya escasa paciencia de las buenas gentes hastiadas de sus reyes y, en especial, de María Antonieta. «Si no tienen pan que coman pasteles», dicen que comentó al enterarse de que el pueblo empezaba a pasar hambre. Salustio dejó escrito que la concordia hace crecer las cosas pequeñas mientras que la discordia destruye las grandes. Ojalá no estemos en puertas del comienzo de una Gran Discordia. Mi curiosidad intelectual, que siempre ha sido tan ávida como insaciable, lamenta mucho no poder estar en el mundo de los vivos para averiguar qué acontecerá de ahora en adelante. Estamos a finales de noviembre de 1788. ¿Será 1789 un año de concordia o de discordia? Ustedes llegarán a averiguarlo, yo no.

Y ahora, adiós. Debo despedirme. Comencé la redacción de estas páginas diciendo que pasé mi vida huyendo de la locura que tantos estragos ha causado en mi familia. Sin duda más de uno, leyendo esta recolección de recuerdos, dirá que no lo conseguí. Argumentará que no tiene nada de cuerdo buscar la muerte besando el cadáver de mi niña como yo hice. Y sí, en efecto. No les faltará razón. Loco fui, mas loco enamorado.

Octava parte

Caprichos y esperpentos de Goya

(La corte de Carlos IV)

CARLOS IV. Porti, 1748-Nápoles, 1819

Esposa:

María Luisa de Parma (1751-1819)

Hijos:

Tuvieron catorce de las veinticuatro veces que María Luisa de Parma estuvo embarazada, pero solo siete llegaron a la edad adulta: Carlota Joaquina, casada con Juan VI de Portugal; María Amalia, casada con su tío Antonio Pascual de Borbón; María Luisa Josefina, casada con Luis de Borbón-Parma; Fernando (1784-1833), rey de España como Fernando VII; Carlos María Isidro, fundador del carlismo; María Isabel, casada con Francisco I de las Dos Sicilias y después con Francisco, conde del Balzo; y Francisco de Paula Antonio, casado con Luisa Carlota de Borbón-Dos Sicilias.

Año: mayo de 1808
Lugar: Madrid

Cuentan los que saben, que Francisco de Goya nunca quiso deshacerse de ciertos bocetos, apuntes y pequeños óleos preparatorios de los que se servía para pintar sus cuadros.

«Me siento a gusto rodeado de fantasmas», suele gruñir cuando su fiel Isidro protesta diciendo que aquel taller suyo más parece una galería de espectros. «¿No os da mal fario tener tantos rostros acechándoos? Cualquier día de estos acabaréis pintarrajeando caras y espantajos por todas las paredes, llenándolas de brujas y criaturas del averno. Permitid al menos que suba al desván los viejos esbozos que tomasteis para pintar a la familia de Carlos IV, hace de esto lo menos ocho años. ¿De veras era tan feísima María Luisa de Parma? Dolor da mirarla...».

No es cierto que el taller de Goya parezca siempre una galería de espectros. Al contrario, por lo general reina un orden inusual entre los artistas. «Cada cosa en su sitio y un sitio para cada cosa», ese ha sido siempre su lema. Si bien le gusta conservar todos sus bocetos, estos suelen almacenarse, bien etiquetados y clasificados, en otra estancia. ¿Por qué entonces esta noche le ha pedido a su ayudante que le traiga aquel material olvidado? El viejo Isidro debería saberlo. ¿O es que acaso no recuerda ya lo vivido junto a su amo la víspera? ¿Cómo es posible que haya conseguido borrar tan pronto de su memoria tantos ojos vacíos y despavoridos, toda aquella colección de bocas contraídas en muecas de dolor, de horror, y aquel siniestro e inhiesto bosque de brazos yertos e implorantes que erizaban la ladera de la montaña del Príncipe Pío...?

En realidad, va a ser difícil que ninguno de los dos olvide aquel comienzo del mayo de 1808. Un par de días atrás, mujeres y hombres de Madrid se habían lanzado a las calles, armados de cuchillos, navajas barberas o cualquier otra improvisada arma con la que plantar cara a los malditos gabachos. Según cuentan, la sublevación comenzó cuando un grupo de vecinas aseguró haber visto llorar a Francisco de Paula, el menor de los hijos de Carlos IV, al que los invasores franceses, con Murat a la cabeza, pretendía mandar detenido a Bayona. Al grito de «¡Que nos lo llevan!», las buenas gentes lograron impedir la salida del infante y la revuelta acabó en un baño de sangre. Horas más tarde, tras una resistencia tan heroica como desesperada, los invasores lograron imponerse al pueblo y la venganza de Murat se consumó con fusilamientos masivos el día 3. Una carnicería que Goya, merced a los apuntes tomados *in situ*, inmortalizaría años más tarde en uno de sus célebres cuadros.

El maestro se gira ahora para observar sus bocetos. No los realizados ayer tarde en las laderas del Príncipe Pío, sino esos otros que tienen por protagonistas a los miembros de la familia real, retratados por él en plena gloria. Se detiene en estudiar sus poses majestuosas, sus ropajes, el decorado rico y deslumbrante que los envuelve... ¿Cómo había llegado su querida España de aquella escena regia años atrás a la monstruosa vivida la víspera? A Goya le cuesta creer las noticias que, con cuentagotas y letales como si de un veneno se tratara, llegan desde Bayona. Lo que relatan es tan inverosímil y esperpéntico que hace palidecer a esos *Caprichos* en los que a él le gusta recrear lo más oscuro de la naturaleza humana. Hace casi diez años que Goya dio por terminada tal galería de disparates. Pero la realidad del momento es tan fecunda en horrores que ganas le dan de tomar papel y carboncillo y bosquejar un par más. Sí, por qué no. Pongamos que empieza por el hecho increíble de que, tanto el rey Carlos IV como su hijo Fernando no solo pusieron pies en polvorosa huyendo a Francia, sino que a punto están ahora de regalar el trono de España a un oscuro, paticorto y mal encarado general corso. ¿Cabe acaso mayor desvarío?

Duda por dónde empezar a darle forma a esta idea, pero de inmediato le viene a la cabeza una palabra: Fontainebleau. Con ese nombre se conoce el acuerdo por el que Carlos IV, a instancias de su valido Manuel Godoy, permitió en octubre del año pasado que las tropas de Napoleón se adentraran en la Península con ánimo, supuestamente, de llegar a Portugal y castigar a los lusos por su connivencia con los ingleses, enemigos declarados de Francia. Una vez en España, que Dios te conserve la vista, querido Godoy, los gabachos habían optado por quedarse, de modo que ahora mismo había nada menos que cien mil soldados franceses triscando por montes españoles y ocupando ciudades. ¿Cuál será, se pregunta a continuación el maestro, la mejor forma de dibujar semejante delirio? Sus dedos se estremecen con un cosquilleo anticipatorio mientras sus ojos escapan una vez más hacia el bosquejo de aquel gran retrato de la familia real que pintara años atrás en busca de una respuesta.

Y no le resulta difícil encontrarla porque enseguida recuerda lo mucho que le había sorprendido reparar entonces en cómo se miraban entre sí los tres actores principales de la actual tragicomedia. El modo, por ejemplo, en que tanto los vacunos ojos de Carlos IV como los de su heredero, el príncipe Fernando, procuran evitarse. Y luego estaba la mirada estrábica de María Luisa de Parma, que, desde el centro del cuadro, vigila a padre e hijo con expresión hastiada. Tres almas que se detestaban desde hacía años, de eso no había duda, pero ¿por qué? ¿Cómo nació odio tan feroz que acabaría convirtiendo a España en juguete en manos de Napoleón? Unos decían que comenzó el día en que, siendo poco más que un niño, Fernando sorprendió a su madre en la cama con Godoy. Goya, sin embargo, siempre ha puesto en solfa esta habladuría. De tanto pintar rostros, se precia de leer en ellos como en un libro abierto. Por eso, es más de la opinión de que los supuestos retozos carnales de la fea María Luisa de Parma con su antiguo guardia de corps, dieciséis años menor, son una patraña. O, para ser exactos, una exageración convenientemente alimentada por los partidarios de Fernando, con ánimo de sembrar discordia. Pero bueno, sean ciertos o no aquellos amoríos, el hecho es que el odio que el hijo siente por sus padres no ha hecho más que crecer hasta materializarse en el primer esperpento que el maestro se dispone a bosquejar. Uno que bien podría llamarse *La mascarada de Aranjuez* y al que sus dedos comienzan de pronto a dar vida recreando una escena de la que todo Madrid se hizo lenguas. Mírenlo, masculla para sí: he aquí a Manuel Godoy, con el camisón sucio y desgarrado y el pelo en desorden. Acaba de emerger de la enorme alfombra enrollada en la que ha estado oculto toda la noche para que no lo descubriera el grupo de revoltosos desarrapados que asaltó su palacio de Aranjuez la víspera. Pero aquellos revoltosos, a los que también piensa dar vida a continuación el carboncillo del maestro, no son campesinos hambrientos y desesperados como cabría esperar. Tampoco son ciudadanos hartos de la inepta y corrupta «trinidad» que forman los reyes con su valido, sino unos cuantos amigotes del príncipe de Asturias disfrazados de plebe que se desplazaron hasta Aranjuez con ánimo de aterrorizar a los reyes y fingir que tomaban el palacio. Veamos, ¿cómo convertir en *Capricho* aquel sucedido?, se pregunta el maestro. «Ya sé, después de dar vida a la escena del motín, voy a bosquejar también lo ocurrido después, el segundo acto de tan chusco sainete».

* * *

Con la ayuda de media docena de certeros trazos, el maestro hace materializarse sobre el papel la figura del príncipe Fernando, de pie y triunfante en lo alto de la escalera de palacio con un habano humeante en los labios. Carlos IV, que está en el piso superior y al que Goya dibuja a continuación, tiene una única angustia: «¿Cómo está nuestro querido amigo Godoy?», pregunta, asomándose por la barandilla. En la escena siguiente vemos que, aterrado por la traición de su heredero, Carlos acaba abdicando en «mi caro hijo Fernando por motivos de salud».

¿Fin del *Capricho*? No, aún queda lo mejor y dedos lábiles se esmeran en darle forma: minutos después, Carlos se arrepiente de haber abdicado, y él y la parmesana (que previamente había dedicado cariñosos epítetos a su hijo, como «maldita carroña» y otras beldades) escribieron a Murat, el invasor de Madrid, suplicando su protección. «Para que vos, señor y hermano nuestro —le dicen en su misiva—, nos ayudéis a marchar hacia Bayona, donde nos ha convocado su majestad imperial Napoleón Bonaparte...».

* * *

—¡Isidro! ¿Isidro? —vocea ahora el maestro, dejando por un momento papel y carboncillo a un lado—. Ya sé que andas por ahí trasteando, viejo gruñón. Anda, en vez de acechar tanto, baja presto a la despensa y tráeme esa botella de orujo que me escondes. ... Sí, sé bien lo que ha dicho el galeno, que mi hígado está hecho paté y que nada de aguardientes una vez que se pone el sol. Pero el sol se ha puesto ya del todo sobre nuestra desdichada España y un par de tragos nunca mataron a nadie... Vale, sí, descuida, voto a Dios, un par de dibujos más y me voy a la cama, tienes mi palabra. Ni tú ni yo pegamos ojo ni ayer ni anteayer, ¿verdad, viejo amigo...? Ve, corre a hacer lo que pido. Aún me falta dar vida al mayor esperpento de todos.

Es con un trago de orujo templándole las tripas que Goya da forma al último de sus *Caprichos*: un diminuto Napoleón sentado en un trono enorme tiene bajo sus pies a Carlos y a Fernando, ambos en actitud sumisa y genuflexa mientras él los observa con indisimulado desprecio. «Su majestad imperial desconoce el mayor de los dolores —le dice Carlos—. No hay desdicha más grande que la de un padre al avergonzarse de su propio hijo».

Media docena de trazos más y aparece ahora Fernando, que suplica a Bonaparte: «Hágame su majestad imperial el honor de concederme la mano de una princesa de vuestra sangre para que me case con ella». Y por fin, he aquí a María Luisa de Parma, que acaba de entrar por la puerta para rogarle entre gritos a Napoleón: «¡Mátelo, su majestad imperial! ¿No ve que es un hijo de mala madre...?». La guinda a la escena la pone Josefina, emperatriz de Francia, que secretea al oído de su marido: «¿Te has fijado, *mon cher, quelle horreur*? Esta mujer tan profusamente maquillada y exageradamente escotada parece una momia semidesnuda...».

* * *

El carboncillo cae de las manos del maestro. Las palabras de Josefina Beauharnais, que son textuales y que él ha reproducido al pie de su *Capricho*, actúan como conjuro y traen a su memoria un tropel de fantasmas no invitados. Cadáveres y más cadáveres. Hombres, mujeres, niños... Bravos muchachos que apenas habían empezado a vivir cuando la muerte los encontró luchando por su país. Aquí están todos a una: son los espectros de aquellos mismos mutilados y semidesnudos que él bosquejó la víspera en Príncipe Pío y a los que los gabachos convirtieron en pasto de ratas, de cucarachas, por haber tenido la osadía de intentar recuperar la tierra y el trono que Carlos y su hijo Fernando frívolamente han regalado a Bonaparte.

Y ahora que el gabacho los tiene a ambos a su merced, ¿qué pasará?, se pregunta a continuación el maestro. Quizá Napoleón decida mantener a Fernando en el trono para manejarlo como un patético polichinela. Pero puede ocurrir también que opte por mandarlo al basurero de la historia y siente en el trono de España a uno de sus hermanos, como ya ha hecho en Holanda, en Nápoles o en Westfalia. Difícil es saberlo, se dice, pero, en cualquier caso, alumbran tiempos recios. La sangre derramada en Madrid anteayer no es más que el preludio de una guerra larga y cruel.

Goya vuelve a mirar sus bosquejos. No los realizados ahora mismo. Tampoco los apuntes que tomó ayer en la montaña de Príncipe Pío, sino los otros, los dibujados en tiempos de gloria y que le sirvieron para dar forma a *La familia de Carlos IV*. «Mi particular homenaje a *Las meninas*», dice, sirviéndose otra media copita de orujo. Uno muy medido, meditado, tanto en las similitudes como en las diferencias, porque si el maestro sevillano se había autorretratado a la izquierda de su cuadro y de cuerpo entero, él en el suyo había preferido ocupar un lugar más discreto.

A la izquierda también, pero apenas visible entre las cabezas de sus personajes.

«Muy mal hecho, Fancho, tenías que haberte puesto ahí, ¡paf!, bien en el medio y robarle la escena a esa tonta cacatúa».

Eso dice ahora otro de sus fantasmas.

No importa a quién dibuje ni a qué espectros convoque su imaginación, ella siempre acaba apareciendo. De hecho, nunca ha dejado de estar ahí. Le sonríe desde los muchos bocetos y apuntes que guarda como tesoros. Y luego están los aguafuertes de los que también es protagonista, en especial, ese al que él llamó *Volaverunt* y en el que se la puede ver vestida de negro, con una extraña y enorme mariposa sobre la cabeza mientras surca los cielos a hombros de tres feas brujas.

—Sí, Tana —le dice usando aquel nombre familiar y cariñoso con el que jamás se atrevió a interpelarla en vida—. Si quieres saber la verdad, te diré que no le robé la escena a la reina (o a la cacatúa, como tú la llamas), pero casi: hay que ver la de encontronazos que tuve con ella mientras la pintaba. Y la culpa es solo tuya. Porque, si no fuera por ti, ¿a santo de qué iba yo a granjearme la enemistad de la mujer más poderosa de España en aquel momento?

—¡La más poderosa era yo, Fancho! —retruca el espectro—. Puede que la parmesana reinase en el Palacio Real e incluso en las cabezas del sinfín de aduladores y pisaverdes que le hacían mil reverencias para luego carcajearse del rey y de ella a sus espaldas. Yo, en cambio, bien lo sabes, reinaba en todos los corazones. En los de esos mismos pisaverdes, que hubieran dado media vida por casarse conmigo cuando quedé viuda. Pero también, y eso es lo que más me place, en el de los majos, en el de los chisperos, en el de las manolas, cómicos, toreros y en los de toda la buena gente que lloraba gritando: «¡Viva la duquesa de

Alba!», cuando el féretro con mi cuerpo recorrió calles y plazas. ¿Lo has olvidado ya, Fancho?

Cómo olvidarlo. Su rostro exangüe acompaña aún todas sus pesadillas. No quiso dibujarla muerta como sí hizo con otras personas queridas. Por ejemplo, los siete hijos que Josefa, su mujer, y él tendrían la desdicha de enterrar y de los que tomó varios apuntes para no olvidar sus rostros. A ella, por el contrario, prefiere recordarla llena de vida. Como era, por ejemplo, en el inolvidable viaje que hicieron juntos a su palacio en el Coto de Doñana.

«¿Qué haces ahí tras la puerta, Fancho? A ver si crees que se me ha quedado abierta, ¡uuups!, por puritita casualidad y me has pillado en camisón y recién levantada. Anda, pasa, tontín. Así podrás tomar apuntes desde más cerca...».

Y entonces la puerta que Tana había dejado entornada se abría y allí estaba ella, en camisa y con el pelo revuelto, jugando con María de la Luz, la niñita negra que había adoptado un par de años atrás convirtiéndola en su hija. Una extravagancia más a las que era dada, decían todos. Como la de vestirse al estilo de las manolas con basquiña o falda corta; como la de subir a los escenarios y representar sainetes; como la de escaparse a la verbena de San Antonio con alguna de sus criadas, «a buscar novio». O como la de preferir la compañía de toreros y cómicos antes que la de nobles y cortesanos... Y luego estaba, por supuesto, el asunto de sus muchos amantes. Se cuchicheaba por ahí que había compartido ardores con Costillares, con Pedro Romero, con aquel comicastro petimetre, ¿cómo rayos se llamaba?, ah, sí, Isidoro Máiquez, ese que iba siempre con colorete en las mejillas; también con el mismísimo Godoy, favorito de la reina. ¿Sería verdad tan larga lista? Goya creía —o prefería creer— que Tana solo jugaba con ellos igual que jugaba con él, dándoles primero esperanzas, más tarde calabazas.

La que desde luego no la veía así era María Luisa de Parma. Para ella María del Pilar Teresa Cayetana Álvarez de Toledo, decimotercera duquesa de Alba, era Jezabel encarnada. O —tal como hubiera dicho salpimentando su parla con italianismos como era su costumbre— la mismísima *puttana di Babilonia*.

El maestro recurre de nuevo al orujo. Ay, si lo viera su mujer bebiendo a deshoras y hablando con ella. Pero Josefa ha tenido siempre el buen tino de hacer como que nada ve y nada oye cuando se trata de Cayetana. Incluso, o, mejor dicho, sobre todo ahora que está muerta. «Dejemos a Fancho a solas con sus espectros —eso es lo que dice antes de añadir—: ¿Qué mal puede hacerme parlamentando con sombras?».

—Mucho tendría la parmesana que aprender de tu parienta —interviene ahora Tana.

—¿De qué, querida?

—¿De qué va a ser, tontín? De cuernos y de celos. ¿Sabes lo que esa bruja tuvo el tupé de escribir a Godoy poco antes de mi muerte? Escucha y pásmate, porque son palabras textuales: «Hace poco vi a la de Alba... Está estropeadísima, parece una piltrafa humana, seguro que ahora no caerías en sus redes...». ¿Tú crees que se pueden decir tantas bobadas en tan pocas palabras? Menuda elementa. Su problema es que jamás me perdonó que le birlara aquel sonso donjuán que nos hacía la corte a las dos. Sí, hombre, ya sabes, el guapísimo tarambana de Juan Pignatelli, a quien Satanás tenga en su seno. Pero aquello ocurrió cuando aún era princesa de Asturias, hace de esto lo menos un siglo. No había necesidad de guardármela y mostrarse tan cruel conmigo al cabo de los años, ¿no crees?

El maestro recuerda ahora el pavoroso incendio que casi convirtió en cenizas el palacio de los Alba. «Fue culpa de Goya —llegó a decir más de uno—. Es lo que ocurre cuando tienes tanta pintura y tanto barniz desperdigados por ahí. Una extravagancia más de Tana. Mira que dejar que un fámulo (porque, al fin y al cabo, ¿qué es un pintor, por muy Goya que sea, sino un simple criado?) monte estudio en uno de sus salones. Lo raro es que Buenavista entero no haya ardido hasta los cimientos».

—Pero tú y yo sabemos bien quién fue la pirómana, ¿verdad, Fancho? Tres tizianos y dos rafaeles desaparecidos para siempre, eso por no mencionar muebles, tapices y todos los documentos de mi antepasado el conde-duque de Olivares. Claro que quemar mi casa no fue más que el aperitivo. El plato principal vendría luego, el 23 de julio de 1802...

Se dijeron tantas cosas, se aventuraron multitud de teorías al respecto. Incluso hubo quien, una vez más, le echó la culpa a él: «¿... Cómo? ¿Pero no sabéis el último dislate de Tanita pocos días antes de morir? Resulta que como se acercaba su cumpleaños y, de un tiempo a esta parte, se la veía algo desmejorada, no se le ocurrió mejor idea que pedirle a Goya que la maquillara con sus óleos. Y mira que el maestro se lo advirtió: "No, señora duquesa, eso no es posible. Varios de los pigmentos que yo uso contienen arsénico, y el blanco de albayalde, por ejemplo, es plomo puro...". ¿Tú crees que le hizo caso? Ni por mientes. Y, al final, el viejo cascarrabias no tuvo más remedio que obedecer. Cualquiera le dice no a Cayetana de Alba».

* * *

—Mentira —dice ahora y en voz alta el maestro—. Es cierto que me lo pidió, incluso me lo suplicó, pero siempre me negué a capricho tan peligroso como absurdo. Hubo, cómo no, especulaciones para todos los gustos. Los que no me echaban la culpa de envenenarla con mis óleos, invocaban el siempre tan socorrido *cui prodest?* para decir que era harto sospechoso que varios cuadros propiedad de Tana, incluida nada menos que *La Venus del espejo*, de Velázquez, pasaran, a la semana de su muerte, a engrosar la colección privada de Manuel Godoy... Otros, en cambio, señalaban como asesino al príncipe Fernando. Según esta versión, la maquiavélica jugada del muchacho consistía en acabar con Cayetana para que las sospechas recayeran en su madre. Y por fin estaba la conjetura más mentada de todas, la que apuntaba directamente a la reina, haciendo mención a su ascendencia italiana, a la que atribuían el conocimiento de ciertos venenos tan sutiles como indetectables.

—... Y esa es la razón por la que muchos dijeron también que tus desencuentros con la parmesana comenzaron a raíz de mi muerte. ¿No es verdad, Fancho? Pero yo sé que esa medallita no me la puedo colgar. Tus encontronazos con ella vienen de al menos un par de años antes. ¿Me equivoco acaso, viejo gruñón?

Goya asiente. Así es. Los primeros bocetos de *La familia de Carlos IV* los había empezado a pintar allá por la primavera de 1800, más de dos años antes de que Tana muriera. Y ya entonces no había manera de entenderse con la reina.

—... Escuchad bien: así es como queremos su majestad y yo que sea nuestro retrato. —Estas fueron las palabras con las que María Luisa inició la primera reunión que tuvieron—. A mí me situareis en el centro de cuadro, y a mi izquierda y un pasito delante de mí, ¡solo un pasito!, ¿entendéis?, tachonado de condecoraciones y medallas, ha de estar al rey. En cuanto al príncipe de Asturias, lo quiero allá en el extremo izquierdo del óleo y ni por mientes se te ocurra ponerlo delante de nosotros, ha de estar *muy* en segundo plano, y luego el resto...

—El resto lo decidiré yo —había interrumpido él.

Aquello no fue más que el principio. Cada personaje del que hablaban era motivo de conflicto: que si el hermano del rey, el infante Antonio, que se parecía a su majestad como dos gotas de agua, era fundamental que estuviese bien al fondo para no crear confusiones...; que si ella, la reina, había de llevar de la mano al infante Francisco de Paula y a la infanta Isabel... «Vaya por Dios, justo los dos infantitos que las malas lenguas dicen que son hijos de Godoy, qué poco tino», pensó Goya, pero no dijo nada. Para qué. Cuando la reina empezaba a perorar, mejor dejar que se explayara.

—... En cuanto a mi vestimenta, ya os diré más adelante qué traje he escogido para la ocasión. ¡Ah, por cierto! Eso me recuerda que es *muy* importante que resaltéis al máximo mis bien torneados brazos, son fama *in tutta Europa* —había añadido, italianizando como siempre su perorata—, *belli, bellissimi*. En lo que concierne a los adornos de mi persona, no quiero bandas ni condecoraciones, son una lata y arruinan el atuendo. Joyas sí. Todas las que se me ocurran y, por supuesto, llevaré la Peregrina, como han hecho todas mis antecesoras, además, habéis de saber que yo la he mejorado muchísimo...

—¿Mejorado, su majestad?

—*Moltissimo*. Parece otra. Mirad, la he traído para enseñárosla.

—¿Qué es ese anillo tan grueso? —había preguntado él al ver que la perla, que tan bien conocía de haberla visto pintada por todos los grandes maestros de los últimos tres siglos, lucía ahora aprisionada en su parte superior por una plana y fea banda de oro.

—Ya conozco esa cara de vinagre —atajó la reina con una gran sonrisa para que el maestro pudiera admirar su recién estrenada dentadura. Después de años de ir por la vida más seria que un ajo para que no se vieran sus encías desdentadas. Después de innumerables y lamentables experimentos con artilugios diversos como cierta dentadura de madera policromada igual a la que lucía George Washington (horrorosa, por cierto. Pronto descubrió que la hacía parecer una sonriente calavera), la siguiente tentativa fue encargar a Sèvres una de porcelana. Muy mona, muy primorosa, pero solo servía para presumir, no para masticar, de modo que, durante las cenas de gala, María Luisa no tenía más remedio que dejarla flotando en un vasito... Sin embargo, ¡albricias!, después de mil penurias dentales, un hombre, un genio, un gran benefactor de la humanidad, un oriundo de Medina de Rioseco, de nombre Antonio Saelices, había inventado el artilugio perfecto. La llamada castañeta, confeccionada con dientes de verdad. Que dichos dientes provinieran de cadáveres era una insignificancia comparada con los beneficios estéticos que producía a sus portadores. Como a la parmesana, que ahora mismo sonreía a toda mandíbula para decirle a Goya:

—En efecto, conozco bien esa cara de ajo. Es la misma que puso hace años mi cuñado Gabriel de Borbón cuando le enseñé cómo había engarzado la perla. *Carissimo fratello*, le dije, mira aquí y lee lo que he hecho grabar en esta lindísima banda de oro: «Yo-soy-la-Peregrina». ¿Ves? De este modo, quedará meridianamente claro que esta es la única, la auténtica e inimitable. ¿Comprendéis ahora vos también, Goya?

—Sí, pero... —había comenzado el maestro, temiendo que su sinceridad aragonesa le hiciese decir lo que realmente pensaba de aquella mejora: que añadir una banda de oro tan gruesa y burda en la parte superior hacía parecer que la perla llevaba puesto un ridículo sombrerito.

—... ¡Sí, pero nada! Tampoco a Gabriel le gustó y luego no tuvo más remedio que tragarse sus palabras. Porque supongo que sabéis cómo encontraron él y también su mujer la muerte, ¿verdad?

—Sí, majestad, según tengo entendido, sucumbieron víctimas de la viruela... Una gran pérdida, un matrimonio que se adoraba, no había más que verlos.

—¡Bah! —se impacientó María Luisa, descartando aquella apreciación con una briosa sacudida de su abanico—. ¡Tanto amor, tanto amor! No me hicieron caso en lo que les dije y ahora ya veis, los dos andan por allá arriba tocando la lira con los querubines —explicitó la reina, señalando vagamente el éter—. Pero vamos a lo que vamos, Fancho, ¿no es así como te llama nuestra querida Cayetana, que tan amiga tuya es? Por cierto, me contaron que su palacio ha sido pasto de un pavoroso incendio no hace mucho. ¡Qué lástima! Pero es lo que les suele suceder a las personas que juegan con fuego, ¿verdad?

* * *

—¿Fancho querido, me escuchas? —Es el espectro de Tana quien interrumpe nuevamente sus cavilaciones—. Vamos, viejo cabezota, dame esa botella. Ya has trasegado suficiente orujo, me parece a mí... Como sigas empinando el codo, empezarás a verme revolotear por tu taller a lomos de un trío de brujas como en aquel *Capricho* que me dibujaste. Qué guapa era yo entonces, ¿verdad? Tú y yo siempre juntos, cuánto nos divertíamos. ¡Pero bueno! ¿A qué viene eso ahora? ¿Lágrimas, Fancho? Anda, tontín, mira que eres sentimental. ¿Qué te ha hecho poner así de triste...? No, si ya lo sé. Lo que ocurre es que entre el orujo, los recuerdos y ahora tu preocupación por todo lo que está pasando en España, resulta que has acabado por convocar más espectros y fantasmas de lo que conviene. Mira, lo mejor es que me vaya...

—No, Tana. Por favor, no me dejes. Si te vas, el resto de los fantasmas se volverán implacables. Mira, mira estos apuntes que tomé ayer. Cuánto horror, Tana, cuánta sangre, tantas vidas truncadas y todo por culpa de ellos —añade, apuntando con la barbilla en dirección al boceto de *La familia de Carlos IV*—. Ellos abrieron la puerta a los gabachos y ahora estamos en la antesala de una guerra. Y mientras tanto, ¿Carlos y María Luisa dónde están? En su dorado exilio desde donde escriben cartas a su «idolatrado emperador y protector, su majestad imperial», para que no olvide mandarles la pensión que les prometió, el mísero plato de lentejas por el que vendieron España. En cuanto a Fernando, seguro que muy pronto seguirá el ejemplo de sus padres. Son tal para cual, lo único que le importa a ese maldito trío es salvar el pellejo. Míralos aquí —añade, volviendo a señalar hacia el cuadro—, obsérvalos en plena gloria. ¿Qué aspecto tendrán ahora?, me pregunto. Aunque sé bien cuál es la respuesta: los indeseables no cambian. Seguro que continúan vestidos de seda y satenes y cuajados de joyas: cuentan que se han llevado las mejores piezas con ellos al exilio. ¿También la Peregrina? María Luisa sentía veneración por esa perla. Por eso me tomé la libertad de robársela...

Tana ríe. Y lo hace igual que cuando pasaban noches enteras charlando en su palacio del Coto: ella tirada en su *chaise longue* favorita bebiendo limonada con agua de azahar, él con su sempiterno cuadernillo de apuntes en la mano, por si descubría en su rostro un nuevo gesto, alguna desconocida picardía.

—¿De qué te ríes, amor? —Por supuesto estas palabras jamás salieron de los labios de Goya cuando ella estaba viva, pero uno puede tomarse todas las libertades que quiera con los fantasmas—. ¿Verdad, Tana? Mi niña, mi vida, mi amor que nunca fue...

—No sé qué me vas a contar, Fancho, pero, por la cara que acabas de poner, me da a mí que será divertido, a ti siempre te gustaron las chanzas. Cuenta. ¿Qué es eso de que le robaste la Peregrina a la parmesana? Imagino que, si se la quitaste, no fue más que por un ratito. Con esa arpía cualquiera se toma libertades.

—No se la robé un ratito, Tana, sino por toda la eternidad.

—Anda que no eres *exagerao* tú ni *ná* —vuelve a reír ella, imitando la parla de los chisperos y manolas, tal como le gustaba hacer en vida.

—Pero ¿quieres o no quieres que te cuente cómo lo hice? —se impacienta el maestro.

Como si fuera una niña aplicada, como si de nuevo estuvieran en el Coto, el espectro de Cayetana de Alba apoya ambas manos en las mejillas antes de decir:

—Soy toda oídos, Fancho. Muero por conocer tu faceta de ladrón.

—Sí, mi niña, descuida, ahora mismo te cuento cómo sucedió aquello. Pero antes, con tu permiso, otro traguito de orujo... Anda, no seas así, uno y no más, tienes mi palabra. Bueno, bueno, no te pongas así, tú tan mandona como siempre, ya veo. En fin... Allá va mi historia. Si tuviera que ponerle un título como hago con mis *Caprichos* tal vez podría llamarse *El misterioso sfumato de la perla Peregrina.* ¿Cómo? ¿Que no te gusta...? ¿Demasiado técnico, dices? ... ¡Pero tesoro, es el título que mejor le encaja a lo que voy a contar! Quien más, quien menos, todo el mundo sabe que *sfumato* es una técnica inventada por el maestro Da Vinci... Sí, sí, mira, ahora mismo te la explico. Consiste, simplemente, en superponer varias capas de pintura, todas extraordinariamente sutiles, con ánimo de crear una composición de contornos vagos e imprecisos. «Sin líneas ni bordes, en forma de humo», así lo definía Leonardo.

... Pero mujer, mira que eres caprichosa, siempre has de salirte con la tuya... Está bien, está bien, prometo buscarle otro título más a tu gusto, pero ahora mismo no se me ocurre. Quizá luego, cuando te acabe de contar la peripecia...

Escucha bien, Tana, porque eres la culpable de lo que aconteció. Lo hice por ti, mi sol.

Resulta —comenzó entonces a relatar Goya a su fantasma— que después de aquella primera reunión con la parmesana para acordar la composición del cuadro, hubo lo menos otras cuatro, a cuál más tediosa. Ella quería cazoletear y opinar de todo, y yo, bueno, ya me conoces, a cabezota aragonés no ha de ganarme nadie. El caso es que, al cabo de no sé cuántas semanas y cuando ya comenzaba a desesperar, por fin logré dar forma a un primer bosquejo general conjunto. Este que aquí ves, sensiblemente más pequeño que el tamaño del cuadro final y hecho a carboncillo, pero ya con todos los personajes en su sitio. Cuando la parmesana lo vio, volvimos a los desencuentros.

—A ver, Fancho —comenzó—. La composición no está mal, pero me falta ver los detalles.

—Lógico, su majestad, esto solo es un apunte. Pero, además, os adelanto que incluso cuando las caras, los cuerpos y los trajes estén finiquitados, seguirá sin haber detalles. Mi ánimo es incorporarlos cuando esté a punto de entregaros el cuadro.

—Y eso ¿cuándo será?

He aquí la pregunta que más detestamos los artistas, de modo que decidí responder con las palabras que Miguel Ángel solía mascullar cuando el Papa lo reprendía por lo mucho que tardaba en culminar la Capilla Sixtina: «Terminaré... cuando termine».

—Pues más te vale que sea pronto, Fancho, que mi paciencia se agota —sentenció ella.

Y así comenzaron a correr los meses, muchos. Para entonces yo, que había hecho posar a cada personaje por separado no solo porque es práctica habitual en los retratos de grupo, sino porque imagínate, en este caso, a trece personas de pie durante horas y detestándose entre ellas;

eso sí que hubiera sido una jaula de grillos, me di cuenta de que necesitaba más tiempo para dar forma al fondo, a los decorados, y, por supuesto, para pintar los acabados, que son los que hacen cobrar vida a un cuadro. Me refiero a los pormenores de los trajes, también a las joyas.

—Recuerda lo que te advertí el primer día. Quiero que se vea *muy* bien la banda de oro que le he puesto a la Peregrina —insistió la reina—. De tu maestría espero, Fancho, que pueda leerse con toda nitidez la inscripción que lleva grabada. ¿Me has comprendido? ¡Qué ganas tengo de ver el resultado final! ¿Cuándo vas a termi...?

Antes de que acabara su pregunta, mascullé de nuevo la respuesta de Miguel Ángel, y así pasaron unos cuantos meses más. En este tiempo y muy a mi pesar, pinté la Peregrina tal como la reina deseaba, es decir, con el mayor de los realismos y coronada de esa fea banda de oro y su inscripción. Para complicar más las cosas, el resto del cuadro estaba pintado con una técnica parecida al *sfumato* del maestro Da Vinci, esa que te he explicado antes, de modo que la perla, reproducida con tanta precisión y detalle, chirriaba horriblemente. Tan protuberante e incongruente era su presencia que, ¿cómo decirte?, parecía a punto de saltar del cuadro, salirse de él. Intenté olvidarme de ella y dedicar mi atención a completar el resto de los detalles. Llegaba el momento de dar vida a la textura de las telas, a las puntillas, a los encajes, así como al resto de las joyas que adornaban a la reina. Puse en ello mi empeño, pero era como si los pinceles se negaran a obedecerme o hubiesen decidido confabularse contra mí. Empezaron entonces los ensayos fallidos, los errores, los malditos *pentimentos* o arrepentimientos, que no hacían más que emborronar mi obra.

—¿Cuándo terminareis? —volvió a preguntarme María Luisa, y por enésima vez farfullé la respuesta de Miguel Ángel.

Pero sabía que tanto mi tiempo como la paciencia de la reina se agotaban. Por un lado, no podía desobedecer sus órdenes, pero, por otro, los pinceles se negaban a obedecer las mías. La única solución posible, cavilé, era acabarlo como fuera, incluso aunque el resultado estuviera muy por debajo de mi talento, algo que me atormentaba grandemente. Entonces, una mañana en que estaba en mi estudio peleándome con los pinceles como era triste costumbre desde hacía meses, llegó la noticia.

La adiviné aun antes de que mi buen Isidro alcanzara a decirme nada. Llevaba la palabra muerte escrita en el rostro. Pero nunca pensé que pudiera tratarse de la tuya, Tana. Nos habíamos enfadado pocos días atrás, ¿recuerdas? Tú habías vuelto a insistir en que te maquillara la cara y yo no estaba para monsergas.

—Esta vez no me puedes decir que no, Fancho, por favor, mírame —suplicaste—, estoy muy fea. No sé qué me pasa de unas semanas a esta parte, deben de ser estos calores, que me tienen descompuesta.

Era cierto, habías perdido peso y tus ojos no brillaban con su habitual lustre. Pero en ese momento, necio de mí, no le di importancia.

—Hablad con vuestro médico —te recomendé—, el sol de principio de verano es inmisericorde y la calima trae malas fiebres. En cuanto al maquillaje, señora duquesa, ni hoy ni nunca consentiré en pintaros la cara. No querréis que os envenene con mis óleos, ¿verdad?

Esas fueron las últimas palabras que intercambiamos. Tú giraste sobre tus talones y te fuiste sin mirarme siquiera. «Ya se le pasará —pensé—, es tan caprichosa...». ¿Cómo sospechar, vida mía, que, en menos de siete días, estarías muerta?

Si crees que hoy se me ha ido la mano con el orujo, a mí que tan rara vez bebo, deberías haberme visto aquel día.

Me encerré con mis óleos y mis cuadros, sin querer ver a nadie. Pensaba que solo ellos podían consolarme. Y, entre todos y más grande que el resto, allí estaba *La familia de Carlos IV.* Los ojos de cada uno de sus personajes parecían seguirme a todas partes. Vidriosos unos, duros otros, desdeñosos todos. «¡Qué! —les espeté—. ¿Os gusta verme llorar? ¿Por qué me miráis así? ¿Reís acaso? Sobre todo tú, parmesana. ¿Tanto la odiabas que decidisteis...?».

* * *

Aquella sospecha, Tana, no hizo más que crecer en los días venideros. En toda la Villa y Corte se hablaba de cierta caja de frutas escarchadas que la reina te había enviado días antes. Yo, por mi parte, no sabía qué pensar ni tampoco qué hacer. Como siempre que me invade un gran dolor, busqué refugio en ellos, en mis pinceles. Por un momento temí que se rebelaran más que nunca en mi contra, pero ocurrió exactamente lo contrario. De pronto, comenzaron a correr diestros sobre la tela de *La familia de Carlos IV* con trazos decididos, sutiles, perfectos. Era como si el trabajo que antes se habían negado a realizar cobrase vida ante mis ojos. No había nada que mi voluntad pudiera hacer, salvo observar asombrado cómo ciertas pinceladas que, vistas de cerca, no eran más que manchurrones de pintura, meros garabatos informes, observadas en cambio a media, o mejor aún, a larga distancia, como suele mirarse un cuadro, configuraban ahora detalles y objetos perfectamente definidos. Aquellas pinceladas díscolas dieron forma en pocos minutos a multitud de detalles. Dotaron de cuerpo a los brocados; de textura a encajes y puntillas; añadieron con sutil maestría delicadas minucias a cada una de las joyas.

Pero quedaba ella, la Peregrina. Situada casi en el centro geométrico del cuadro y pintada con el hiperbólico realismo que la reina me había ordenado, parecía una protuberante excrecencia que continuaba arruinando mi obra.

Mis pinceles no lo dudaron un segundo. Cuando quise darme cuenta ya se habían ocupado de difuminar sus contornos, de modo que la perla comenzó de pronto a desenfocarse, a desdibujarse. El absurdo sombrerito superior con su inscripción desapareció por completo, mientras que el cuerpo de la Peregrina pasó, no sé por qué capricho de mis pinceles, de redondo a oblongo, tanto que más que a una perla empezó a parecerse a una pequeña pero alargada y borrosa estalagmita.

—*Santa Madonna!* ¡Qué demonios! Pero ¿qué es *esto?* —bramó la reina mientras sus ojos escudriñaban, a medio palmo de distancia, el lugar donde antes estaba «su» Peregrina—. ¡Desaparecida! ¡Emborronada! ¡Esfumada! ¡Completamente *disparuta*!

—Perdone su majestad, pero esa no es forma de mirar un cuadro.

—¿Me vas a explicar tú, Fancho, cómo ha de mirar una reina? —se enfureció la parmesana, regalándome, por cierto, una nueva panorámica de su flamante dentadura postiza, que debía de tener problemas de sujeción porque bailoteaba sobre las reales encías amenazando con saltar de un momento a otro de la no menos real boca.

¿Y sabes qué hice yo entonces, Tana? —continúa narrando el maestro—. Sin decir ni una palabra, tomé a la parmesana suavemente por el codo y, antes de que pusiera el grito en el cielo por el descaro de que un tosco campesino de Fuendetodos tuviese la increíble osadía de tocar a la reina de España, hice que retrocediese seis o siete pasos. Solo entonces, añadí:

—Mire su majestad ahora, y dígame qué le parece el cuadro.

Quedó unos minutos suspensa como si le deslumbrase lo que veía, pero debió de pensar que era demasiado pronto para manifestar su aprobación y menos aún su admiración. Mejor protestar y quejarse otro poco.

—... Sí, bueno, en fin, no está mal del todo, pero del conjunto del cuadro ya hablaremos luego. Por el momento hay cosas que no pienso tolerar de ninguna manera. Vamos a ver, Fancho: ¿no te quedó *meridianamente* claro lo que te dije de la Peregrina? ¡Nítida, perfecta! Así la quería yo, tan real que alguien al mirarla pensara que podría cogerla. Y ¿qué has pintado tú en vez? Esto no es la Peregrina sino tu visión —o peor aún, es tu *impresión*— de la Peregrina.

—Qué término tan bien escogido, majestad —dije, genuinamente admirado. Porque, tendrá todos los defectos del mundo tu gran enemiga, Tana, y posiblemente haya pecado contra cada uno de los mandamientos de la ley de Dios, incluido el quinto, pero de lo que no hay duda es de que tiene buen ojo. Yo mismo no habría podido expresarlo mejor: impresionismo, qué término interesante, tengo que cavilar un poco más sobre esta idea. Tal vez se trate de una nueva forma de pintar, me dije. Pero no era momento de perderse en reflexiones artísticas. La reina estaba como una hiena.

—*Rapinatore!* —gritaba—. ¡Ladrón! Me has robado la Peregrina, Fancho. *Sfumata, disparuta*! Tenías delante la perla más hermosa del mundo, y ¿qué has hecho con ella? Desdibujarla con media docena de trazos informes y difusos, de modo que lo mismo puede ser ella que un abalorio de vidrio. Te juro que has de pagar cara esta licencia imperdonable, vaya que sí.

* * *

—Maestro, maestro, ¿aún estáis ahí? ¿Os encontráis bien? ¿Qué voces son esas? —Es Isidro, que asoma la cabeza tras la puerta con preocupación—. Recordad, os ruego vuestra promesa de iros a la cama al punto —añade ahora—. Son más de las tres de la madrugada y vuestra esposa está inquieta por vos. ¿Con quién estabais hablando, hay alguien ahí? Sin duda la falta de sueño y el orujo os nublan las entendederas. No habréis vuelto a ver brujas revoloteando por las paredes como en la pesadilla esa que tuvisteis el otro día, ¿verdad? Debéis descansar, por favor, os lo ruego.

A Francisco de Goya le gustaría mandar a paseo al viejo Isidro, camarada de tantos años y de tantas fatigas, el mismo que la noche anterior lo acompañó a la montaña de Príncipe Pío a dibujar cadáveres. El incondicional que, junto a su mujer, ha llorado tanto como ellos ante la tumba de la pequeña Hermenegilda, su niñita de rizos color miel y ojos de ónix. También ante la de Francisco Javier, o la de María Pilar, o la de Antonio, Vicente o la de cualquiera de los pequeñuelos que han tenido la desdicha de enterrar a destiempo. A Josefa y a él solo les queda un hijo vivo, Javier. Los demás forman parte del ejército de sombras con las que se ha acostumbrado a convivir, hasta el punto de que le parecen más vivos que los vivos.

—Como tú, mi Tana. ¿Te has ido ya? Vuelve, amor. Aún tengo más que contarte. O quizá, en vez de tanto hablar yo, podrías hacerlo tú, mi sol. Desvelarme, por ejemplo, qué va a pasar después de la carnicería que tuvo lugar en Príncipe Pío. ¿Vendrá un rey gabacho? El pueblo jamás lo tolerará. Igual que se levantaron anteayer en Madrid, se levantará España entera. Habrá guerra, eso lo doy por seguro. Y a vosotros ¿qué os parece? —pregunta, volviéndose ahora hacia los personajes de *La familia de Carlos IV*—. La culpa de lo que acontezca será solo vuestra. Tuya, Carlos, por indolente y huevón; tuya, Fernando, por felón e hideputa; ¿y tú,

María Luisa? ¿Qué decir de ti? Aunque contigo tengo, además, otra cuenta que ajustar antes. Habla y por una vez no mientas: ¿mataste a quien yo más quería?

* * *

—Fancho, por favor, abre la puerta, te lo ruego.

Esta vez no es Tana. Tana se ha ido. Lo ha dejado solo con sus preguntas sin respuesta. Ella siempre ha sido así: su adorada *Volaverunt*. Qué nombre tan bien escogido aquel. «Lo inasible, lo que se perdió, lo que no está», ese es su significado. «Igual que tú, mi amor. ¿Volverás otro día? ¿Responderás por fin a alguna de mis preguntas?».

—Fancho, por favor, soy Josefa, abre.

Francisco de Goya se impacienta, Francisco de Goya rezonga. Le gustaría continuar un rato más a solas. Para parlamentar de nuevo con las sombras. Para dar otro par de tientos a la botella de orujo, que dos o tres copitas nunca han matado a nadie, carajo... Y, sobre todo, para poder olvidar todos aquellos cadáveres y mutilados cuerpos que —a la intemperie y sin enterrar por mandato expreso de los gabachos— son en este momento festín de buitres y ratas. Los dedos del maestro, los mismos que años atrás dieron forma a *La familia de Carlos IV* e hicieron que se esfumara del cuello de la parmesana la Peregrina, esos mismos que tantas veces dibujaron a Tana y que ayer mismo retrataron los horrores del 2 de mayo, se estremecen ahora con un extraño y nuevo picor.

Isidro y Josefa tendrán que esperar. También el sueño e incluso el orujo. Cuando los pinceles mandan, lo demás deja de existir. Acaba de ocurrírsele una idea. Si en *La familia de Carlos IV* la figura central era una mujer —María Luisa de Parma ricamente ataviada y enjoyada—, en la obra que tal vez pinte algún día será un hombre. Pongamos que un descamisado, de rodillas con los brazos en alto, los ojos despavoridos y rodeado de cadáveres, como en aquel funesto 3 de mayo en Príncipe Pío. Si en el cuadro de la familia real el primer plano lo ocupaba Carlos IV y, premonitoriamente, un pasito por delante de él su hijo Fernando, en ese tendrá que haber, en cambio, un pelotón de fusilamiento.

—¡Voy, Josefa! —grita a continuación, girándose hacia la puerta, pero aun así con papel y carboncillo al alcance de la mano—. Dame unos minutos más, mujer, treinta a lo sumo, y te juro que esta vez, sin rechistar, subiré a acostarme. Ya sabes cómo son estos dedos míos, van a su aire y no queda otra que hacerles caso. Solo un apunte, un par de trazos para que no se me olvide, y enseguida estoy contigo, mujer, tienes mi palabra. En cuanto a ti, Tana —añade, buscándola entre sombras—, ven, te lo ruego, siéntate conmigo mientras dibujo. Un poco más cerca, amor, sí, así, juntos como antes. Como siempre.

Novena parte

Pepe Botella
o el rey del botín

(La corte de José Bonaparte)

JOSÉ I BONAPARTE. Córcega, 1768-Florencia, 1844

Esposa:

María Julia Clary (1771-1845)

Hijos:

El matrimonio tuvo dos hijas: Zenaida Leticia Julia Bonaparte y Carlota Napoleona Bonaparte, casada con Luis Napoleón Bonaparte (1804-1831), rey de Holanda durante 1810.

Año: circa *1816, veinte meses después de la derrota de Napoleón en Waterloo*
Lugar: manicomio de la Pitié Salpêtrière-París

Yo, Cristóbal Chimbelli, viendo que a no ha mucho andar llegará el momento de rendir cuentas al Altísimo, expreso mi deseo de confesar aquí el peor de mis crímenes.

—Pero veamos, Chimbelli, ¿otra vez a las andadas? ¿Qué son esos papelotes que intenta que yo no vea? Se lo he dicho mil veces. No se moleste en poner por escrito cosa alguna, nadie le va a creer. ¿Quién va a creer a un loco? Eche un vistazo alrededor y dígame: ¿cuántos de los desdichados que ve usted por ahí van asegurando que son Napoleón Bonaparte? ¿Diez, quince, veinte tal vez...? El Imperio se acabó, Napoleón nunca regresará de Santa Elena, nada queda de aquellas glorias, y, sin embargo, el mundo está lleno de perturbados que juran ser él, qué cosas. Y ahora venga, bajemos al comedor, que se le enfría la sopa. ¿No querrá que el muchacho que se sienta frente a usted en el refectorio vuelva a escupir en su escudilla como ayer, o que aquel majadero de la habitación 243 le plante un orinal por sombrero como hizo el jueves, verdad?

Mucho me temo que también de este tipo de pormenores habré de dar cuenta en los recuerdos que ahora me dispongo a poner por escrito a modo de confesión. He aquí lo que es actualmente mi vida: los locos de la Pitié-Salpêtrière, la casa de salud más famosa de Europa, son ya mis únicos amigos, mis compañeros de infortunio. Pero no crean que me quejo, hay gentes extraordinarias tras de estos muros. Como el general F, por ejemplo, que hizo la campaña de Rusia junto al mariscal Ney; o la pequeña T, a la que conocí en una venta cerca de Valladolid en la que exhibía sus encantos. Dicen que G (sí, ese, el tipo manco, cojo y tuerto que se pasa horas escudriñando con un catalejo por la ventana de su celda y al que todos toman el pelo llamándole *le petit* Nelson) fue en su día un marino ilustre. Y no son los únicos. Aquí dentro, cada uno cuenta una historia a cuál más extravagante. Yo las oigo todas y luego sonrío. También callo porque sé que la mía es la más peregrina de todas. Por eso, mientras que los demás hablan, yo prefiero dejarlo todo por escrito. De este modo, cuando muera, al fin se conocerá la verdad. «Desengáñese, nadie creerá las confesiones de un majareta», eso me repite Jean Pierre, el celador de nuestra planta, al que le gusta demasiado meterse en lo que no le incumbe. Pero ¿qué puede saber Jean Pierre si tiene poco más de veinte años y no llegó a conocer las glorias del Imperio? En los dieciséis años que duró aquel rutilante sueño, todo fue posible: posible que el hijo de un oscuro funcionario de Pau como Bernadotte, que llevaba tatuado en un brazo «Muerte a los reyes», se convirtiera en soberano de Suecia. O que un mulato bastardo como Thomas Dumas —sí, sí, el padre de Alejandro, ese escritor tan prometedor de igual apellido— llegara a general. O el caso más excepcional de todos: que un oscuro segundón corso, al que en los salones parisinos apodaban el Alfeñique, conquistara medio mundo. Yo me moví en círculos muy próximos a él, pero este pormenor jamás se lo revelaré a Jean Pierre. ¿Para qué? ¿Para que me añada a la lista de orates a los que se les ha secado el entendimiento?

Lo peor de los manicomios como la Pitié no es que estén llenos de locos, sino que algunos de nosotros estamos cuerdos y nadie nos cree. Como ocurre sin duda con el caballero tuerto del pelo cortado a cepillo con el que me cruzo cada mañana camino del desayuno. Uno más de los muchos mutilados de guerra que tenemos aquí. En la Pitié, al que no le falta un ojo, le falta un brazo o una pierna. O las tres cosas. Son las miserias del glorioso imperio que levantó Napoleón Bonaparte. A cada uno nos arrebató algo. Aun así, ese caballero lleva su mutilación con mucho donaire. En vez de ponerse uno de esos feos y fijos ojos de cristal que hace que su portador parezca un besugo, él lleva un parche, como los piratas. O como los bandoleros. Jamás hemos pasado de un cortés *«Bonjour, monsieur»*, pero sé que es de los míos. Lo noto en ese único ojo suyo, oscuro y expresivo, en el que se espejan tiempos más felices. También sé que lo llaman *monsieur* Martínez y que es español, aunque lleva más de media vida en Francia. Estos pormenores me los ha contado Jean Pierre y no he querido inquirir más. ¿Para qué? ¿Para que ese caballero descubra que fui uno de los cientos de miles de gabachos que invadieron España a las órdenes del intruso Pepe Botella?

Pepe Botella, qué epíteto tan inmerecido. Se lo pusieron porque, al ascender al trono, una de sus primeras medidas fue rebajar los impuestos de los aguardientes y decretar su libre circulación por toda España. Ya ven, así le caen a uno los motes y se escribe la historia. A partir de aquel momento, todo el mundo empezó a creer que empinaba el codo. Él, que no bebía más que un par de *flûtes de champagne*, y eso solo cuando se encontraba en buena compañía (femenina naturalmente). Podrían haberle vilipendiado más certeramente por ahí, pienso yo, por su irredenta debilidad por las damas. Al fin y al cabo, por su lecho desfilaron mujeres de todas las edades, de todos los orígenes, de todos los colores, incluso. ¿Que cómo lo sé? ¿Cómo no iba a saberlo si fui sus ojos, sus oídos, su mejor espía? También, y durante buena parte de los cinco años que estuvo en el trono de España, fui su ayuda de cámara y su más ferviente enamorado. Pero shhh, silencio, es aún pronto para revelaciones de tal índole, y aquí viene Jean Paul a importunarme de nuevo para que baje a tomar la sopa.

—¡Ya voy, muchacho, ya voy! Cuida bien de que nadie se acerque a mi escudilla con malas intenciones y te daré una moneda de las que tanto te gustan.

Y ahora, silencio de nuevo. De esto, es decir, de mis monedas y de mis caudales, también habré de hablar más adelante. Por el momento, chitón, las paredes oyen.

* * *

Hoy estoy contento. Después del almuerzo, que ha sido más sustancioso de lo habitual por ser domingo, me he decidido a dar un paseo por el jardín. Los que se compadecen de nosotros los locos de la Pitié-Salpêtrière piensan que vivimos en un infierno. Nos imaginan atados a nuestras camas, encadenados a la pared con grilletes, sometidos a diario a baños helados o a la mordedura del látigo de celadores desaprensivos. Quienes así piensan, no han oído hablar del doctor Pinel. Él es el ángel protector de nosotros los «alienados», como nos llaman allá fuera. Hace años, y en recuerdo de un amigo al que amaba y que acabó suicidándose, Pinel reformó el trato atroz que normalmente se dispensa en este tipo de instituciones. Nuestra gloriosa revolución de 1789 trajo ríos de sangre, pero, una vez pasado el Gran Terror, más tarde el Directorio y por fin el Imperio, ríos tan turbulentos acabaron por dejar sedimentos positivos. Como la Declaración de los Derechos del Hombre, por ejemplo, que, en el caso de nosotros los alienados y con la ayuda del doctor Pinel, se tradujo en un adiós a los grilletes y al látigo. Cierto es que los muros de la Pitié son altos y los castigos severos para quien se atreve a ensayar la huida. Cierto es también que la compañía de gentes que deambula por los pasillos con un embudo en la cabeza, hablando sola o jurando que son Napoleón no es muy estimulante que digamos, pero créanme si les digo que fuera de estos muros hay más locos de atar que aquí.

—*Bonjour, monsieur* Martínez! Hermosa mañana —saludo al pasar a ese amable caballero con quien me cruzo con tanta frecuencia camino del refectorio. Es la primera vez que lo veo por aquí, en el jardín, me refiero, y tal vez por eso dedico unos segundos a estudiarlo. Facciones angulosas y hermosamente masculinas, apenas afeadas por ese parche en el ojo derecho, cavilo, antes de reparar en su cuerpo, que es aún esbelto y fibroso, de piernas y brazos largos y bien torneados. En resumen, si bien algo tosco, se trata de un *bell'uomo,* como decimos allá en Córcega. Ah, por cierto, no sé si he mencionado ya que soy paisano de los Bonaparte. Creo que no. Y el dato tiene su interés, porque a tal circunstancia debo mi puesto como ayuda de cámara de José I. Muchos en la corte de Madrid, al oírnos hablar en corso, pensaban que nos conocíamos de muy atrás, pero, en realidad, fue un golpe de fortuna lo que nos unió. Cuando José Bonaparte se proclamó rey, llevaba yo más de un lustro en la aburrida privanza del conde de Tramera, primero en Nápoles y luego en la Villa y Corte. Él fue uno de los muchos afrancesados que recibieron a José I con agrado y se pusieron a su servicio con la esperanza de que la presencia de los Bonaparte en España trajera vientos de Ilustración y progreso. El conde, un día y así como de pasada, le comentó a su majestad que tenía a su servicio un paisano suyo y a él pareció caerle en gracia la coincidencia. A los corsos, el terruño nos tira tanto que según sostienen algunos, acaba volviéndonos en exceso sentimentales.

«... En ese caso, tal vez a su majestad le agrade tenerle entre sus servidores y para mí será un gran honor cedéroslo», argumentó Tramera, al tiempo que le regalaba la más cortesana de sus reverencias. Al nuevo rey le complació el ofrecimiento, o tal vez pensó que mis conocimientos del país podrían serle útiles porque aceptó al punto.

Al principio, mi cometido consistía en poco más que en preparar la tina de baño de su majestad y supervisar que el mozo de retretes hubiese enjuagado bien las escupideras y el orinal. Pero algo debió de ver en mí porque, a los pocos meses, me convertí en ayuda de cámara de José el Intruso, como por aquellas fechas ya habían comenzado a llamarle sus nuevos súbditos, entre otros nada halagüeños epítetos.

—Descuidad, *sire*, ya veréis cómo a no mucho andar comienzan a mudar de opinión. Es solo cuestión de tiempo que las buenas gentes valoren lo mucho que su majestad está haciendo por ellas.

Eso le dije cierta mañana, más o menos dos años después de su llegada al trono, cuando, a pesar del hostigamiento de las tropas que se oponían a nuestra presencia en la Península y de la guerra de guerrillas que por todo el país arreciaba, el Intruso había logrado ya poner en marcha no pocas reformas. Como las urbanísticas que embellecieron Madrid casi de un día para otro (y le valieron, cómo no, un nuevo mote: esta vez el de Pepe Plazuelas). Como los planes que tenía de instaurar un ministerio de policía y de abolir la muy temida Inquisición. O su gran proyecto también de crear un museo nacional con ánimo de dar a conocer al mundo el talento de Goya, de Velázquez, de Zurbarán o de Murillo. Eso por no mencionar la implantación en España de ideas reformistas e ilustradas cuyo fin era mejorar la vida y también las haciendas de unos ciudadanos a los que la vergonzosa abdicación de Carlos IV y luego de su hijo Fernando, así como los conflictos bélicos que aumentaban por toda la Península, habían perjudicado considerablemente.

—No, Chimbelli, no es reconocimiento lo que busco, me conformo con hacer las cosas lo mejor que sé —me respondió, antes de añadir—: Vaya por Dios, parece que hoy tengo la *mala testa*. ¿Sabes? Así llama mi madre a la melancolía. *Grande la mia mamma,* ni mis hermanos, incluyendo al emperador, ni tampoco yo estaríamos donde ahora estamos de no ser por ella. ¿Sabes lo que responde cuando la adulan y felicitan por ser la matriarca de la estirpe que rige los destinos de casi toda Europa? «Con tal de que dure...», o lo que es lo mismo: «*Pourr vuuu que ça durre*», dicho con un irredento acento corso que ni ella ni ninguno de nosotros hemos perdido. También es la que se ocupa de surtirnos con toda clase de viandas y productos de Ajaccio para que no olvidemos nunca de dónde venimos. Incluso nos manda Rappu, con lo mal que viaja ese vinacho nuestro tan resinoso. ¿Te gusta el Rappu, Chimbelli? Anda, muchacho, tráete una botella. A ver si así se me quita esta maldita *mala testa*.

—¡Pero si su majestad no bebe nunca! —me escandalicé, cavilando que era una pésima idea darles en modo alguno la razón a aquellos que lo llamaban Pepe Botella.

—Llevas tiempo suficiente a mi servicio como para saberlo, Chimbelli, solo bebo cuando me encuentro en buena compañía. Venga, tráete un par de vasos, uno para mí y otro para ti.

—No merezco tal honor... —repliqué confundido, pero él, sería por lo de la *mala testa,* sería por la pena que le causaba su incapacidad de complacer al que era ahora su pueblo, me pasó un fraternal brazo por encima del hombro antes de preguntar:

—¿Crees que alguna vez lograré conquistar sus corazones, Chimbelli? Realmente no sé qué más puedo hacer para que, si bien no me amen, cosa que comprendo, me den al menos la oportunidad de demostrarles que mi único afán es procurar su bien. Mi hermano... —añadió, y se le empañaron los ojos. No dijo más, pero yo pude fácilmente rellenar sus puntos suspensivos. En palacio todos sabíamos de la difícil relación que mantenía con él. Napoleón era el emperador, pero, dentro del esquema de pensamiento de una familia pequeñoburguesa corsa, José seguía siendo el primogénito, y como tal intentaba comportarse. Difícil tarea cuando al segundón se le equiparaba con Julio César o con Alejandro. Tal vez por eso, José procuraba dar su impronta personal a todo lo que hacía: si su hermano era colérico, él prefería mostrarse templado. Si Napoleón creía que el fin justifica los medios, él pensaba que los medios estaban para lograr buenos fines. Si el emperador pretendía sojuzgar a todo el continente europeo e incluso conquistar Asia y África, su hermano mayor se contentaba con poder conquistar, con sus ilustradas ideas y sus buenas obras, el corazón de aquellos que ahora eran sus súbditos.

Pero existía además otro reino nada desdeñable en el que José era más poderoso que Napoleón. El de los afectos, y, en concreto, los femeninos. Bajito, mal encarado y de pelo escaso, Napoleón siempre envidió el físico privilegiado de su hermano y su éxito con las mujeres. José, por su parte, sabía de sus celos y hacía todo lo posible por fomentarlos. Desde su llegada a España, sin la compañía de su bella y sufridora esposa Julia Clary, sus conquistas se contaban por docenas (yo me atrevería a decir que por cientos). Las más guapas, las más deseables y casquivanas, pero también las más recatadas y pías, todas sucumbían a sus encantos. Porque es necesario precisar que José pertenecía a la estirpe de seductores más irresistible que se conoce: la de aquellos que se enamoran de sus conquistas. Cierto que su pasión era tan caprichosa como menguante. A veces le duraba un año, otras un mes, en ocasiones apenas unas semanas, un par de días o incluso horas. Pero durante ese tiempo, no existía en el vasto universo nadie tan deslumbrante, tan deseable e irresistible como la dama que en ese instante monopolizaba sus sueños. José las adoraba a todas, de ahí mi azoramiento y gran confusión cuando, esa noche y sin que se le pueda echar la culpa al Rappu de nuestra tierra con el que apenas se había mojado los labios, me abrazó.

Sentí cómo una corriente tórrida recorría mi cuerpo de arriba abajo antes de alojárseme en la entrepierna al tiempo que mi loco corazón se desacompasaba. No puedo decir que fuera la primera vez que latía por un hombre. Ha habido otros en mi vida, algunos incluso muy amados. Pero aquella sensación era distinta. ¿Cómo describirla? Digamos que en ella se entreveraban deseo con ternura, lujuria con afán de protección, pasión con caución. Ahí estaba el mismísimo rey de España llorando en mis brazos y, sin embargo, en ese momento, yo solo alcanzaba a ver a un campesino corso igual que yo en busca de consuelo. ¿O sería quizá amor? Sus lágrimas bañaban de tal modo mis mejillas que por un instante contemplé la loca idea de enjugarlas con mi lengua y luego aproximar mis labios a los suyos. Hasta la última fibra de mi cuerpo gritaba que lo hiciera, pero logré recuperar la cordura, domeñarme e incluso decir de la manera más templada y racional que supe:

—Su majestad trabaja demasiado. Necesitáis descanso, eso es todo. Dormir os hará bien. ¿Desea el señor que lo ayude a despojarse de su ropa?

Él se irguió, enjugándose las lágrimas de un manotazo, e intentó reír.

—Ay, Chimbelli, menos mal que este despliegue de imperdonable *mala testa* me ha dado ante un paisano. Los corsos somos de lágrima fácil, ¿verdad que sí? Pero, por descontado, nada de esto quiere decir... —comenzó como si creyera necesaria la puntualización, y luego, a mitad de camino, rectificó—: Ya está, ya pasó. Sírveme un poco más de Rappu ahora que no nos ve nadie, ¿quieres? Y luego vayámonos a dormir. Son más de las dos de la madrugada. ¡Venga! —añadió, sin catar apenas el vaso de Rappu que yo, obediente (y, por qué no decirlo, también bastante esperanzado), acababa de llenarle hasta el borde—. Se acabaron las cuitas, basta de melancolías y ayúdame a desvestirme. Es una suerte que hoy no me haya dado por ponerme manto de armiño y corona de laureles como alguien que yo me sé —bromeó con una sonora carcajada—. Ya me conoces, soy más de percal que de sedas. Anda, muchacho, empieza por quitarme las botas. Otro regalito de *il mio caro fratello*, muy vistosas, sí, pero con tanto corchete y tantas hebillitas tarda uno un siglo en librarse de ellas.

Le ayudé a despojarse de su vestimenta, al igual que había hecho otras muchas noches, solo que ya nada era como antes. Con cada botón que desabrochaba, con cada mínimo roce de su piel, la mía se encendía como la yesca. Ni siquiera me atrevía a mirarle a los ojos, y mi único y desesperado afán era que los suyos no descendieran demasiado, no fuera que descubriesen entre mis piernas el creciente secreto que nadie, y él menos que nadie, debía sospechar. Dios mío, imploré, por favor, ayúdame, ¿cómo voy a terminar mi tarea de desnudarle sin delatarme? Piedad, Señor, dame fuerzas, impide al menos que mis dedos tiemblen al...

—¿Estás bien, Chimbelli? —preguntó cuándo, no sin dificultad, atiné a despojarlo de sus pantalones—. Tienes las manos heladas.

¡Heladas! Debía de ser la única parte de mi cuerpo que no hervía. Qué iba a hacer de ahora en adelante, me preguntaba. Incluso si hoy lograba disimular mi conturbación, solo era cuestión de tiempo que la descubriera. Lo mejor, cavilé, sería renunciar a mi puesto. Mejor para él, ya que era obvio que no le gustaban los hombres. Y mejor también para este desdichado servidor suyo. Porque, qué indecible castigo, me decía yo, iba a ser de ahora en adelante tener ante mí, un día y otro, y otro más, bello, desnudo, deseable, aquel cuerpo vedado que despertaba en el mío pasión tan imposible de embridar. Saber que podría tocarlo, pero jamás acariciarlo, verlo pero no catarlo, tan cerca y a la vez tan lejos, igual que en aquel suplicio al que los dioses condenaron por toda la eternidad al malaventurado de Tántalo. Si en su caso el martirio consistía en estar inmerso en un hermoso lago con el agua a la altura de la barbilla y bajo las ramas de un espléndido árbol repleto de deliciosas frutas teniendo que ver cómo el agua y la fruta se retiraban cada vez que buscaba saciar su sed o su hambre, tal sería también mi eterno tormento.

Creo que ese día fue cuando Zeus, o Eros o quien quiera que se ocupe de estos menesteres allá en el Olimpo, puso la primera baldosa en mi camino hacia la locura. Y la segunda la puse yo mismo, porque, contra todo tino, sensatez y cordura, opté por continuar al servicio de mi señor. Tan cerca y a la vez inalcanzable, tan a mano y sin la menor esperanza. Esa fue mi elección, también mi fatal condena.

* * *

—¿Qué, *monsieur* Chimbelli? ¿Cómo va la redacción de esos papelotes? ¿O debería quizá llamarlo «confesiones»? ¿No es así como el viejo Jean-Jacques Rousseau tituló a las suyas? Y desde entonces le han salido miles de imitadores. Todo el mundo que se cree alguien, anda poniendo por escrito sus indiscreciones, sus más atroces escándalos y secretos, así de estúpidas son las modas. A ver, a ver, ¿qué tenemos aquí...? Mmm, más de diez o quince páginas, calculo yo, de letra apretada y prolija. Mira qué bien, al doctor Pinel le alegrará saberlo. Dice que, hasta el momento, no ha logrado sonsacarle nada de su negro pasado. ¿Ah, le sorprende que lo sepa? Amigo mío, aquí en la Pitié todo se acaba sabiendo tarde o temprano. Es lo que tiene estar rodeado de locos, los secretos no existen.

Qué tipo tan irritante es Jean Pierre, mi celador. Por supuesto no tengo la menor intención de contarle al doctor Pinel nada de lo que él llama «mis confesiones». Y sí, en efecto, reconozco que es esa obra de Rousseau la que tenía en mente cuando comencé a escribir estos folios. Al leer sus *Confessions,* me sorprendió vivamente que un caballero tan respetado y revestido de púrpura se atreviera a desvelar pasajes tan bochornosos de su vida. Como ese, por ejemplo, en el que reconoce que, después de cometer un robo, se las ingenió para lograr que las sospechas recayeran sobre una pobre incauta que acabó entre rejas. O más vergonzosamente aún, el momento en el que cuenta cómo fue abandonando, uno tras otro y en un hospicio, a sus cinco hijos. Un tipo exhibicionista, *monsieur* Rousseau; según él, la verdad es terapéutica. El doctor Pinel también cree en el poder curativo de la confesión. Como buen ilustrado, ha sustituido la camisa de fuerza y la sofocación en pilones de agua por otro método más humanitario. «Tratamiento moral de los locos», así lo llama, y consiste, dicho en sus propias palabras, «en recurrir con fines terapéuticos a la parte de la razón del paciente que no esté perturbada». Comoquiera que la única parte perturbada de mi persona tiene un nombre —José Bonaparte—, bien podría el doctor trabajar con mi parte cuerda, que es amplia y más que razonable, pero de ninguna manera pienso facilitarle la labor dándole a leer mis confesiones. Y menos aún se las daré a Jean Pierre, que anda por aquí, revoloteando a mi alrededor y en círculos cada vez más cerrados como una enojosa ave de presa. Por eso es menester que encuentre el modo de salvaguardar mis confesiones de ojos voraces e impertinentes. ¿Qué tal si después de terminar de escribirlas las mastico y me las como? Eso sí que las haría desaparecer por completo. Pero ¡qué digo! Una vez más y como ocurre siempre que a mi memoria acude el recuerdo de José, la cabeza se me va y empiezo a disparatar seriamente. Vuelve a la cordura, Cristóbal Chimbelli, retoma pluma y papel, regresa a tus folios.

Veamos, ¿por dónde iba? Ah, sí, acababa de narrar cómo tomé la decisión de someterme el suplicio de Tántalo y permanecer al servicio de José Bonaparte. Tal vez para que se comprenda mejor el castigo que acababa de aceptar, debería hablar un poco de la agitada vida amorosa de José, una que comenzó mucho antes de que nos conociéramos.

Como ya he referido, José estaba casado con la bella Julia Clary. Julia era el contrapunto perfecto para un hombre como él. Sensata, abnegada y fiel, jamás puso en cuestión los argumentos de su marido según los cuales no era recomendable que ella y sus hijas se trasladasen a los lugares a los que Napoleón lo destinaba. El primero fue el reino de Nápoles, que José, en cartas a Julia, describía como «licencioso y con harto peligro para nuestras hijas». En cuanto al segundo destino, España, ni siquiera tuvo que mentir porque el país entero se hallaba inmerso en la cruel guerra de Independencia, motivada, por cierto, por su llegada al trono. José decía adorar a su mujer, a la que escribía todos los lunes largas y amorosas cartas, ritual que jamás desatendió, ni siquiera cuando estaba en el frente de batalla o inmerso en alguna de sus muchas fintas galantes más propias de Eros que de Ares, dios de la guerra. «Julia es el fiel de mi balanza —me confesó más de una vez, sobre todo cuando andaba con su *mala testa*—. Aunque se encuentre lejos, la llevo siempre en mi corazón». Eso proclamaba con nostalgia, pero lo cierto es que, con tan conveniente ausencia, se aseguraba el campo libre para poder entregarse a las muchas y a veces simultáneas pasiones que se le presentaban. Como la que le unió, por ejemplo y durante años, a *madame* Dezolle, viuda de un oficial. Una dama con tanta experiencia amatoria y tan poca discreción que no le importó contar a sus amistades que José era «el hombre mejor dotado por la naturaleza de los muchos que he conocido». Después vino la princesa María Giulia Colonna, casada en matrimonio blanco con el duque de Atri, a la que le dejó como *souvenir* dos criaturas. U otra nutrida lista de damas de cuyos nombres no quiero ni puedo acordarme, hasta caer en brazos de la marquesa de Montehermoso, que (además de contar con un marido consentidor, lo cual tiene sus indudables ventajas) poseía una rara virtud: ayudaba a José a alcanzar los favores de otras damas más difíciles que ella, como Teresa de Montalvo, una belleza cubana que no tardó en destaparse como dueña de una fogosidad volcánica. Lástima que tanto fuego tropical se extinguiese de pronto por la temprana muerte de la habanera. Sin embargo, allí estaba su hija, que era un calco exacto de la difunta para sustituirla. Todas estas féminas, y muchas otras, compartían favores, además, con un sinnúmero de modistillas, cómicas y pastorcillas, porque José se enamoraba de todas y a todas atendía con devota atención.

Tanto trajín de damas por las habitaciones de mi amo requería de mano izquierda y no poca logística, y de ambas tareas, con diligencia y encomiable discreción, se ocupaba Tántalo, es decir, este sufrido servidor.

—¡Chimbelli! ¿Dónde se encontraba el rey anoche, que no me convocó como había prometido?

—¡¡Chimbelli!! ¿De quién es esta enagua horrorosa y cuajada de puntillas que acabo de descubrir bajo el secreter de su majestad?

—¡¡¡Chimbelli!!! ¿Podríais entregarle a su majestad este *billet doux*? Estoy tan desesperada...

Mi misión consistía en apagar incendios y en consolar a las que caían en el olvido de mi señor, tarea nada grata, puesto que, aparte de ser el sufrido pararrayos de un sinfín de iras y lamentos, más de una vez me tocó impedir que a alguna se le fuera la mano con el láudano o intentara emular a Ofelia marchándose tempranamente de este mundo. También formaba parte de mis obligaciones el pernoctar en un estrecho habitáculo contiguo al dormitorio de su majestad, habilitado de modo que él me tuviera cerca por si me necesitaba en mitad de la noche como coartada para librarse de una dama antes de acudir a la llamada de otra.

—¿Ves esta rendija de ventilación que he hecho colocar para que comunique ambas habitaciones, Chimbelli? Por aquí te será fácil escuchar todo lo que pasa en la mía. Tenemos que acordar una palabra clave para que, cuando en el curso de una conversación cualquiera oigas tú que la pronuncio, de inmediato te levantes, toques a la puerta y luego entres con cara compungida y apologética diciendo que se me reclama para solucionar algún asunto urgente. Mmmmm, veamos, ¿qué contraseña podemos elegir...? ¿Qué tal «Rappu»? Sí, ya está, esa es la palabra perfecta. En cuanto me oigas mencionarla, ya sabes, acudes aquí, raudo. ¿Has comprendido, viejo amigo? —añadió, dándome un par de fraternales golpecitos en la espalda.

Aquella indiscreta rendija de ventilación pavimentó lo menos media legua más mi camino hacia la locura. Ni Tántalo hubiera soportado el martirio que suponía estar condenado a oír, noche tras noche, todos los gemidos, jadeos y sonidos harto explícitos que aquel cuerpo tan amado compartía con otras personas. Hacía yo esfuerzos por conciliar el sueño, pero el remedio en ese caso era más cruel que la enfermedad porque eran entonces mis pesadillas las que me castigaban inmisericordes. En ellas lograba, no sé cómo, atravesar la pared que nos separaba y de pronto me veía ahí, en la inmensa cama de mi rey, desnudos los dos y a punto de recibir los mismos besos y caricias que a sus amantes prodigaba. Sentía con nitidez cómo sus manos comenzaban a recorrer mi cuerpo en busca de su más secreto escondrijo. Él suspiraba, yo también, nuestros cuerpos hacían ademán de acoplarse prometiéndome placer, y éxtasis, pero solo para despertar segundos antes de alcanzarlo con cruel sobresalto, jadeante... y suspendido *et in medias res*, porque jamás, ni siquiera en sueños, los dioses permitieron que este desventurado Tántalo saciara su sed.

En otras ocasiones era la propia voz de mi amo la que me expulsaba del paraíso. «¡Rappu!», le oía decir a través de aquella maldita rendija y, fiel a nuestra acordada contraseña, no me quedaba otra que tantear en la oscuridad en busca de mi bata de lana, ceñírmela a toda prisa y acudir a su llamada, tan erecto como desdichado.

—Disculpad, *sire* —decía, irrumpiendo en la habitación como era lo acordado—, el secretario de su majestad me pide que os diga que los ingleses...

—¡Qué interrupción es esta, Chimbelli! —retrucaba él desde la cama, en la que no se había tomado la molestia siquiera de correr una recatada cortina. Y luego, con mal fingida sorpresa, añadía—: ¿No ves que estoy ocupado? ¡Cómo osas entrar así!

—Disculpad, *sire*, pero la razón es de peso. Llegan noticias de que han avistado movimiento de tropas enemigas en la sierra.

—Vamos, vamos, Chimbelli, ¿no serán exageraciones tuyas? —Y, a continuación, saltaba de la cama yendo hacia mí gloriosamente desnudo y, reclamando de mis temblonas manos la espléndida *robe de chambre* en la que solía envolverse tras sus embates amorosos—. Oh, bueno, está bien —fingía entonces claudicar—. Es preferible que me cerciore de que solo es una falsa alarma. Mejor ser precavidos, ¿verdad? Cuánto lo siento, querida. —Y se volvía hacia la horrorizada dama, que veía expuesta no solo su desnudez, sino toda ella amenazada por un intempestivo ataque del enemigo—. Gajes del oficio, *ma chère*. Chimbelli se ocupará de ti.

—¡No quiero que se ocupe de mí ningún estúpido ayuda de cámara! —solía renegar la dama, y con toda la razón. Pero José era maestro en atemperar este tipo de situaciones con más besos y ternezas que lograban contentar a la agraviada, mientras que yo, obligado a tener que presenciar otra tanda de arrumacos, veía cómo se sumaban un par de adoquines más en mi camino hacia el desvarío.

—*Tut, tut, ma chérie*, no más lágrimas —concluía, envolviéndola en su cálida mirada—. Seguro que no es nada, ya lo verás. Pero es preferible estar alerta, porque algún día, no lo quiera Dios, quizá sí se trate de un avance de los malditos ingleses. O si no, de las tropas españolas contrarias a mi persona. Ya sabes cómo son estas cosas, *ma belle*, mucha falsa alarma, mucho ¡que viene el lobo!, pero ¿qué pasa si viene de verdad?

Y un día el lobo llegó.

En aquella ocasión, ni el rey gritó ¡Rappu! ni yo acudí, envuelto en mi bata de lana, a contar embustes que le permitieran librarse de los brazos de una amante para caer en los de otra. Para entonces, debía de ser el mes de septiembre, calculo yo, se habían producido varios sucesos inquietantes. En Sevilla, una Junta Suprema Central comenzaba a coordinar con éxito los esfuerzos de todos aquellos que denostaban la dominación francesa. En su ayuda habían acudido, cómo no, tropas inglesas encantadas de colaborar en la tarea de expulsar de España al hermano del emperador. Como consecuencia de ello, un par de meses atrás, en campos de Bailén, el general Castaños (lamentablemente para nosotros, un caballero arrojado y muy valiente) logró infligir a Napoleón y a nuestra gloriosa *Grande Armée* su primera gran derrota.

La noticia resonó por toda la Península. «¡Napoleón no es invencible! ¡Somos los primeros en torcer su maldito brazo! ¡Podemos expulsar de nuestra patria a los gabachos!». Tan inesperada como inoportuna derrota echó por tierra todos los planes de José al tiempo que obligaba a varios de nuestros generales a capitular, tanto en la línea del Ebro como allá en el norte. En cuanto a Madrid, nuestro dispositivo quedó desprotegido mientras que el pueblo, envalentonado al conjuro de la palabra «Bailén», se concentraba en calles y plazas amenazando con un levantamiento más sangriento aún que el del 2 de mayo de 1808. Para colmo, el fracaso de la *Armée* sirvió para hacer más patente aún el desdén con el que nuestros generales miraban a José, dejándole claro que ellos obedecían al emperador, no a él. Lo más urgente, dada la situación, era poder evacuar a los más de dos mil franceses que se encontraban en Madrid, muchos de ellos heridos. Misión complicada, puesto que, a pesar de que ministros como el marqués de Urquijo o el conde de Cabarrús ratificaron a José su fidelidad, los ciudadanos y prácticamente todos los sirvientes de palacio aprovecharon para dar rienda suelta a su desafección. Los dos mil empleados de las caballerizas reales, por ejemplo, desaparecieron en el momento de cumplir con las órdenes de evacuación dadas por su majestad y solo fue posible encontrar un único cochero dispuesto a conducirle en su retirada hacia el norte.

—No me queda más remedio que abandonar Madrid —me dijo, abriendo sus brazos con las palmas hacia arriba a modo de disculpa—. Por eso te he mandado llamar.

Tenía los ojos enrojecidos por la falta de sueño. Había pasado la noche en vela. Bien lo sabía yo, que, al otro lado de mi rendija de ventilación, lo había oído recorrer su dormitorio a grandes zancadas hasta las primeras luces.

—Escucha bien lo que he de decirte, Chimbelli. El emperador tiene pensado entrar en la Península y llegar hasta Madrid con su *Grande Armée* para afianzarme en el trono. ¡Mi hermano, siempre mi hermano! —añadió con amargura—. Cree que no soy capaz de hacer nada por mí mismo. Ya le demostraré más adelante que se equivoca. Pero ahora lo más cabal es que me dirija al norte, y espere en Burgos o en Miranda de Ebro su llegada. No me queda otra.

—Y yo estaré siempre al lado de su majestad —le aseguré.

—No, Cristoballino —dijo, llamándome, por primera vez desde que nos conocíamos, con tan cariñoso diminutivo, lo que hizo que mi siempre atolondrado corazón se desacompasase—. Te necesito para una misión delicada. Mira, ven, quiero enseñarte algo.

Me llevó entonces hasta cierto secreter de ébano que había junto a una de las ventanas, el mismo ante el que tantas veces le había visto redactar cartas, en especial las que todos los lunes enviaba a su esposa. Junto a sus útiles de escritura reinaba el único retrato de Julia Clary que yo conocía. Más de una vez me había detenido a estudiar aquel rostro sereno y bondadoso, de una belleza pálida y sin estridencias, que parecía observarme.

—No sería nada sin ella —comentó José, besando suavemente aquella miniatura—. Julia es quien me sostiene.

«Querréis decir más bien que es quien os aguanta y perdona lo indecible», pensé, pero nada dije. Empezaba a estar acostumbrado a los arranques de nostalgia y melancolía de mi señor. Como aquel primero en el que lloró en mis brazos, inaugurando mi suplicio de Tántalo. En el tiempo que llevaba a su servicio, había habido otros episodios de eso que los Bonaparte llamaban su *mala testa*, y siempre recurría a mí, aunque solo fuera para recordar con nostalgia nuestra tierra, o para compartir una copa de Rappu, que yo apuraba hasta el fondo mientras él apenas se mojaba los labios. José era tan frívolo como sentimental, y ese era el lado suyo que más amaba. «¿Llorará hoy entre mis brazos como aquella noche única?», me pregunté. Por un lado, hasta la última fibra de mi cuerpo deseaba que sí, mientras que mi buen sentido suplicaba lo contrario. Porque si él daba rienda a su pena, ¿cómo demonios lograría contenerme viéndolo tan vulnerable, tan derrotado? Allí estaba el Intruso, el rey a quien sus generales no obedecían y al que el pueblo detestaba. Y por fin y más humillantemente aún, allí estaba José, el hermano mayor de los Bonaparte, condenado a esperar a que el pequeño viniera a España para afianzarlo en su trono. Acababa de sentarse ante su secreter y al hacerlo me dio la espalda de modo que su nuca quedó a escasas pulgadas de mis manos, también de mis labios. Qué fácil, qué rematadamente sencillo sería abrazarlo, decirle que estaba con él, que siempre lo estaría, que ninguna de sus amantes podría jamás amarlo como yo, jurarle que mil veces daría mi vida por él, que...

—¿Has oído lo que te acabo de decir, Chimbelli?

José volvía a llamarme por mi apellido. La fruta prohibida se alejaba una vez más de la boca de Tántalo.

—Perdonad, *sire*, ¿qué decía su majestad?

José se giró. Tenía en la mano una faltriquera de cuero de la que extrajo un objeto.

—¿Sabes qué es esto?

—Sí, señor —respondí, admirando cómo las llamas de las velas arrancaban destellos iridiscentes a la Peregrina.

—No sé qué me deparará la suerte de ahora en adelante, pero quiero que ella la tenga.

—¿Su majestad la reina? —aventuré.

—Sí, Cristoballino. Una perla excepcional merece dueña igual de extraordinaria. Julia es... —comenzó, y sus ojos se anegaron en lágrimas. Pero, al punto, se sobrepuso y, al igual que aquel día en que comenzó mi suplicio, de un solo manotazo las enjugó con impaciencia—. Bueno, basta de nostalgias y de puta *mala testa*, que tampoco es el fin del mundo —añadió, sumando a sus palabras una voluntariosa sonrisa—. Los franceses reconquistaremos Madrid y también el resto de la Península, de eso no me cabe la menor duda. En realidad, no hay de qué acuitarse, todo se arreglará. Sí, eso es, no hay duda posible. Digamos por tanto que, sin motivo especial, y solo por el placer de hacerlo, deseo que Julia reciba una prueba de mi incondicional amor por ella. Tú me comprendes, ¿verdad, Chimbelli?

Podría haberle dicho que no, que para alguien que amaba sin remedio como yo era del todo incomprensible que confesase adorar a Julia mientras se encamaba con una mujer diferente cada noche; argumentar que obras son amores y no buenas razones y que era imposible querer aquello que ni se cuida ni se respeta. Pero una vez más callé. Quién sabe, me dije, intentando convencerme de la veracidad de mis palabras, tal vez sea que cada uno ama como Dios le da a entender y esa es la única manera en que José sabe hacerlo...

—Mira, estoy pensando que le escribiré además unas líneas especiales para que también le lleguen de tu mano —añadió al punto—. Deseo que sepa que, si todo va bien, una vez que regrese a Madrid para seguir siendo el rey de España, lo primero que haré será pedirle que se reúna conmigo. Ella y también nuestras hijas, Zenaida y Carlota. Son tan guapas como su madre, ¿sabes? Bueno, Carlota es igualita a mí, te gustará conocerla, Chimbelli, estoy seguro —añadió de un modo que me pareció que escondía una secreta intención.

Pero seguramente eran lucubraciones mías. Imposible que José conociera mis sentimientos. Para él yo era solo un criado, servicial y sumamente eficaz, pero poco más que parte del mobiliario. Pero bueno, me convencí, no había tiempo para cavilaciones estériles, eran muchas las cosas a pensar antes de la partida. En especial, estudiar a fondo cuál podría ser la ruta menos arriesgada para llegar a la frontera con Francia. Toda la Península estaba en armas, y alguien que viajara solo y siendo forastero tenía demasiadas probabilidades de acabar sus días con un tiro en la nuca y comido por las liebres o las alimañas. Aunque tal vez, calibré a continuación, sí existiese una posibilidad de no caer en manos del ejército enemigo. Tanto las tropas inglesas como las de la Junta Suprema Central se movían preferentemente por los caminos reales, por lo que bastaba con evitarlos. Había, por fortuna, rutas alternativas usadas por pastores y buhoneros. El peligro de estas, sin embargo, radicaba en que eran las favoritas de ciertos actores nada secundarios en la cruel guerra que desangraba a España. Desde la invasión de nuestras tropas, campesinos, militares de baja graduación y hasta frailes se habían echado al monte a combatirnos desde las sombras. Gentes como el cura Merino, o como un tal Juan Martín Díez, al que llaman el Empecinado, que practicaba una estrategia de lucha tan eficaz como poco marcial: la llamada «guerra de guerrillas», que consistía en moverse en cuadrillas formadas por un puñado de hombres que se emboscaban para luego caer sobre nuestras tropas en el momento más inopinado con saña y crueldad más propias de bandoleros o ladrones que de soldados dignos de tal nombre. Eran estos guerrilleros los que se ocupaban de cortar nuestras líneas de comunicación, interceptaban correos, apresaban convoyes de víveres, de dinero, de armas, causando a nuestras tropas tanto o más daño que el ejército inglés con toda su parafernalia. Dadas las circunstancias, me preguntaba yo, ¿qué probabilidades podía tener un hombre solo y desconocedor del terreno de llegar a la frontera con una carta y una valiosísima joya? Sin duda, pocas. Prácticamente ninguna, concluí, si, tal como era el caso, este enviado del rey, este aprendiz de mensajero y espía apenas sabía manejar un arma de fuego y, para colmo, hablaba español con un delator acento entre gabacho y corso.

—Vos lo que necesitáis es un Martínez.

Me volví sorprendido, y ahí estaba, observándome desde las sombras, el muchacho al que todas las mañanas entregaba el orinal y la escupidera de su majestad para que los vaciara y enjuagase a conciencia. Nunca había reparado demasiado en él. Apenas intercambiábamos media docena de palabras cada mañana, y ni siquiera conocía su nombre. Aun así, recordaba que, tras una noche especialmente toledana en la que mi señor me había convocado a sus habitaciones lo menos tres veces al conjuro de nuestra convenida contraseña, por la mañana temprano él había llamado a mi puerta: «Ha sobrado esto de las vituallas que a diario pongo en el cuarto de vestir de su majestad —recuerdo que me dijo, ofreciéndome un ramito de violetas y unos pasteles—. He pensado que tal vez podrían endulzaros esta mañana tan gris». No dijo más, lo que me hizo a su vez cavilar que quizá pudiese conocer mi triste cometido o incluso mis sentimientos más secretos. Aparte de ocuparse de limpiar orinales y reponer dulces y flores, cumplía la función de deshollinador, y ya se sabe lo indiscretos que pueden ser los tiros de las chimeneas: las conversaciones viajan raudas por sus conductos y llegan hasta los oídos más inesperados. Pero luego me encogí de hombros, diciéndome que daba igual lo que supiera aquel muchacho desgalichado y altísimo como una espingarda. ¿Qué importancia podía tener su opinión o lo que él conociera de mi persona?

—Repare el señor en que, con ese acento gabacho que tiene, lo más probable es que en cuanto abra la boca por esos caminos de Dios, lo afeiten en seco con una navaja barbera, mandándolo derechito con Pedro Botero. —Eso añadió el zagal mientras se balanceaba de un pie a otro de una manera que se me antojó sincopada y bobalicona, casi como si sufriera el baile de San Vito.

—¿Se puede saber qué has estado fisgoneando por ahí?

—Oh, no, don Chimbelli —dijo él, y sonaba en verdad alarmado—. Yo no sé nada. O, mejor dicho, aquello que sé lo guardo para mi coleto.

—Más te vale que así sea, y no me llames don Chimbelli —retruqué con un gesto de la mano con el que indicaba que se marchase, que su conversación me importunaba.

Él no se movió de donde estaba.

—... Lo que sé lo guardo para mi coleto —repitió—. Es la única manera, no solo de mantener un puesto que mucho necesito, sino de cuidar el pescuezo. Son tiempos difíciles, por menos de nada se lo rebanan a uno, ¿verdad, señor?

—¿Qué es eso que me decías antes de un tal Martínez?

—Martínez soy yo, señor, Agapito Martínez, esa es mi gracia. Por eso me gusta tanto cantar. Incluso me he aprendido esa canción gabacha que lleva mi nombre:

Frère Jacques, frère Jacques
Dormez-vous?
Sonnez les Martínez, sonnez les Martínez
Ding, dang dong, ding dang dong.

Así canturreó el tal Agapito, balanceándose de nuevo de un pie a otro como un flaquísimo y ridículo tentetieso y haciéndome barruntar que no debía de estar muy bien de la azotea. Y para ratificarme en mi creencia, recordé de pronto que, una de las precauciones de Napoleón Bonaparte que su hermano José había hecho también suya era la costumbre de contratar, para las labores más bajas y a la vez muy próximas a su persona, a muchachos de escasas luces que entendieran poco y nada de lo que veían y oían.

Sonnez les Martínez, sonnez les Martínez!, repitió el deshollinador y vaciador de orinales, desafinando atrozmente, pero, al tiempo, regalándome una idea interesante: si tal como pensaban los Bonaparte, un tonto es más útil que un cabal para según qué menesteres, quizá estuviese yo ahora mismo ante el perfecto acompañante para mi misión. Sí, por qué no. En un viaje como el que pretendía emprender no me vendría mal contar con una tapadera. Alguien que, cuando así se terciara, pudiese hablar por mí, evitando que mi acento extranjero me delatase; alguien con la inteligencia justa como para llevar a cabo lo que le ordenase, pero que pensara poco y nada por sí mismo. En otras palabras, un mentecato bien dispuesto, ya que los tontos y los niños dicen siempre la verdad. Eso por lo menos es lo que la gente cree, de modo que me vendría muy bien para despistar en posibles encuentros no deseados. Y esto pasaba por intentar hacer creer, a quienquiera que me encontrase por el camino, que yo no era francés sino un italiano desertor de las filas de los malditos gabachos que deseaba regresar a mi país en compañía de Agapito Martínez, un muchacho medio idiota que había conocido por el camino. La historia era perfectamente plausible e incluso inspiraba ternura. ¿Lograría hacérsela tragar a todo aquel que intentara interceptar mi camino? Con una brújula por toda guía y la Peregrina a buen recaudo en una bolsilla que tuve la precaución de coser al interior de la caña de una de mis botas, no tardaría en averiguarlo.

* * *

—¡*Monsieur* Chimbelli, *monsieur* Chimbelli, aquí está su plato de sopa, sano y salvo! Hube de rescatarlo justo cuando ese sucio muchacho de la 107 se disponía a introducir en él una cucaracha. ¿Por qué ha tardado usted tanto en bajar? ¿De nuevo a vueltas con sus memorias? Pues ahora ¡hala!, a fastidiarse, la sopa se le ha quedado fría. Claro que a mí eso me trae al fresco. Yo he cumplido con lo que usted me encargó, así que venga la media pieza de plata prometida.

Otra vez por aquí este irritante de Jean Paul. ¿Qué puede importarme que el loco de la 107 ahogue en mi sopa todas las cucarachas que se le antojen? No tengo hambre, no quiero sopa.

—¡Bébetela tú! —le espeto a Jean Paul antes de enfilar de nuevo hacia mi cuarto.

—¿Y mi pieza de plata? —insiste el muy pesado.

—Pásate por mi habitación cuando acabes de servir la cena y te la daré —mascullo antes de reemprender camino hacia la galería superior a buen paso. La caída de la tarde es un momento delicado en los manicomios. Los ánimos se alteran. Unos orates gimen, otros ríen y todos gritan, lo que me obliga a dar un rodeo para esquivar a un par de perturbados que canturrean sonsamente asomados a los barrotes de sus ventanas. Tienen la mala costumbre de arrojarle a uno cosas, una percha, un cenicero o, con preferencia, el inmundo contenido de su orinal, por lo que no conviene ponerse a tiro. En la ventana de la derecha veo asomar a una mujer de larguísimos cabellos blancos que llora abrazada a una muñeca de trapo; la saludo, no sea que me escupa o algo peor, y luego sigo mi camino.

—*Bon soir, monsieur!* —saludo ahora al cruzarme, cerca ya de la escalera, con el tipo alto con el parche en un ojo. Él me devuelve un muy educado: «*Bon soir aussi à vous*», acompañado de una suave sonrisa que se me antoja un oasis en tierra de infieles. Somos pocos los locos a los que se nos permite movernos con cierta libertad por el edificio. Locos inofensivos, nos llaman. Si ellos supieran... Pero basta de digresiones y tontos comentarios al margen, ya estoy llegando a mi habitación. Entro, cierro con tiento mi puerta antes de recuperar del lugar en el que los escondí los folios que estaba escribiendo antes de bajar al comedor y los pongo de nuevo sobre la mesa. Solo cuando todo está dispuesto con milimétrica prolijidad, la pluma, el tintero, también un par de lápices y el papel secante, voy a mi otro escondrijo secreto en busca de la moneda que le prometí a Jean Paul, a la que decido sumar una más.

—Esta va de propina, muchacho, para que esta noche casualmente «olvides» apagar la lámpara de gas de mi habitáculo —le digo cuando por fin asoma su entrometida narizota tras la puerta—. Con que la dejes hasta que suenen los cuartos me basta. Ahora que he convocado ciertos recuerdos y los tengo tan frescos en mi cabeza, no quiero que se me diluyan, ¿comprendes? Anda, no te hagas de rogar, lo que te pido es sumamente fácil, un olvido lo tiene cualquiera y solo será un rato...

* * *

El muy latoso de Jean Paul me ha concedido solo la mitad del tiempo que le solicité, por lo que es preferible que obvie cualquier circunloquio y pase a explicar el modo en que Agapito y yo nos pusimos en ruta una soleada mañana, no sin antes haberle instruido sobre las reglas y normas que iban a regir nuestra asociación.

—Tú, muchacho, solo hablarás cuando me dirija a ti, ¿te queda claro? El resto del tiempo, más calladito que una ostra; me gusta el silencio. En cuanto a la ruta, evitaremos en lo posible pueblos y ventas; no olvides añadir a tu petate ropa de abrigo y una buena manta, pues serán muchas (o tal vez todas) las noches que durmamos al sereno. Con respecto a las comidas, cuando te lo indique, habrás de bajar a las poblaciones a comprar vituallas. Pero cuidadito con pegar la hebra o dar detalles de nuestro viaje. Tú nada ves, nada oyes, nada *sabes* —añadí, acariciando el lugar, entre la bota y mi pantorrilla, donde dormía la Peregrina, de cuya presencia, huelga decir, Agapito Martínez no tenía la menor noticia—. ¿Me has comprendido bien?

Él por toda respuesta comenzó a canturrear esa pintoresca versión suya de *Frère Jacques*, al tiempo que se mecía de un pie a otro como un absurdo pajarraco.

... dormez vous? dormez vous?
Sonnez le Martínez, sonnez le Martínez
Ding, dang, dong.

Lo mandé callar de un pescozón y, sin embargo, una vez en ruta, he de decir que no tardé en descubrir que, aparte de canturrear desafinadamente y de tener las entendederas más cortas que las mangas de un chaleco, el muchacho poseía ciertas virtudes, como una vista y un oído finísimos, cualidades de gran utilidad cuando uno ha de moverse procurando no tropezar con gentes no deseadas. Tampoco era manca su intuición a la hora de orientarse en pleno monte y más de una vez me sorprendió señalando una ruta alternativa que resultó ser más corta que la que yo había pensado. Para hacer más llevadero el camino y matar las largas noches al raso, permití que me contara algo de su vida. Dijo haber sido de niño pastor y no tener ni padre ni madre. Por lo visto, a los ocho años, un tío suyo lo empleó como mozo en un matadero de cochinos cerca de su pueblo donde lo habría de descubrir meses más tarde uno de los sirvientes de su majestad que andaba por aquellos andurriales en busca de un zote.

—¿Un zote? —repetí, puesto que desconocía el significado de tal palabra.

—Sí, señor, un tonto, un botarate, un lerdo —abundó Agapito sin mudar el gesto y como si lo que dijese fuera lo más natural del mundo.

—Entonces tú estás al tanto de que, para realizar ciertas tareas muy cercanas a su majestad, se requiere ser un...

—¿Un perfecto zopenco? Claro que sí, señor, y sé también que su merced no podría encontrar para este viaje acólito mejor que este menda —añadió con el mismo aire de quien explica lo obvio.

* * *

Buenas y renovadas muestras de su estulticia iba a darme Agapito Martínez en la primera semana de nuestro viaje.

Para entonces, habíamos logrado cruzar sin demasiados contratiempos el puerto de Guadarrama y transitábamos por un sendero tan abrupto y zigzagueante que daba la impresión de que hasta guerrilleros y emboscados lo evitaban. Fue en uno de esos inhóspitos pagos que, cierta mañana, lo encontré sentado en una roca, completamente desnudo y mirando al cielo. A mi pregunta de qué rayos hacía de tal guisa respondió que estaba muy sucio del polvo del camino y, como amenazaba lluvia, esperaba lavarse a conciencia.

A punto estaba de levantarlo de aquel peñasco a capones cuando oímos voces a nuestra espalda.

—Huelo a hoguera —dijo una que sonaba ronca y desconfiada—, a ver si va a haber por aquí algún puto gabacho renegado.

—Renegado o no, no hay mejor gabacho que el gabacho muerto —apuntó una segunda voz, lo que tuvo como consecuencia que otras tres o cuatro más se unieran a las anteriores con nuevos comentarios.

—Mirad estas mantas y pertrechos, alguien ha acampado aquí esta noche.

—Son al menos dos los hideputas. Voto a mí que se trata de desertores franchutes, por eso se esconden.

—¡Cabrones!

—Deben de haber trepado por aquellos peñascos al oírnos.

—Vamos tras ellos, no estarán lejos.

—Sí, mirad, algo se mueve allá arriba. ¡Tras esos arbustos!

—¿Veis algo?

—No, pero si están ahí no tienen escapatoria, se han metido solitos en una ratonera.

—¡Tras ellos, carajo, tras ellos!

Debían de ser lo menos media docena de hombres. Desde donde estaba, tras los arbustos, pude ver cómo subían ya hacia donde nos encontrábamos. Y sí, tenían razón, nosotros no podíamos subir ni tampoco bajar, nos iban a cazar como ratas.

Opté por echarme a tierra y rodar buscando el abrigo de una roca que allí había mientras me encomendaba a todos los santos imaginables: «San Luis, rey de los franceses; san Simplicio y santa Devota, patronos de Córcega; san Judas Tadeo, abogado de las causas perdidas, por favor, por misericordia, ayudadme...».

En ese mismo momento se puso en pie de un salto. Hablo de Agapito, que, desnudo como estaba y haciendo aspavientos y gritando a grandes voces, se lanzó sendero abajo al encuentro de aquellos tipos como alma que lleva el diablo.

—¡Qué haces, loco! —quise vocalizar, pero el miedo atoró mis palabras. Desde donde me encontraba, lo único que podía hacer era convertirme en horrorizado testigo de lo que estaba a punto de acontecerle a mi criado.

—¡Se acaba el mundo! —voceaba, corriendo en dirección a ellos y apuntándoles con un dedo acusador—. ¡Arrepentíos, malditos perros, arrepentíos! ¡Mi amo me manda! ¡Acabaré con vosotros para que el agua del cielo limpie mis pecados!

Cerré los ojos. Prefería no ver cómo esos tipos enfebrecidos convertían en picadillo a aquel tonto de remate. Sin embargo, lo próximo que oí fue una sinfonía de risotadas.

—¡Dónde vas, *desgraciao*!

—¿De qué puto amo hablas?

—¡Anda ven *pacá* que te voy a calentar ese culo que tienes!

Del resto de lo sucedido entre Agapito y aquellos individuos nada puedo decir. Decidí aprovechar la algarabía para correr hacia la boca de una cueva cercana y, oculto allí y a oscuras, esperar acontecimientos. Pasó el tiempo y, cuando ya pensaba que no volvería a ver con vida a Agapito, observé cómo asomaba por la boca de mi cueva. Columbré que debía de haber pasado previamente por el lugar de nuestra acampada porque venía pulcramente vestido y con el pelo húmedo como si, en efecto, los cielos le hubieran regalado la tan higiénica ducha que había manifestado esperar. Por toda explicación se encogió de hombros y pasó a balancearse de un pie a otro mientras entonaba a voz en grito aquella boba cancioncilla suya de «*Sonnez le Martínez, sonnez les Martínez*».

* * *

Renuncié a averiguar si se trataba de un loco o de un tonto de remate, aunque más bien me inclinaba por lo primero. A veces, al despertar a medianoche, me lo encontraba observándome en la penumbra como si velara mi sueño. Pero su mirada era tan inexpresiva y vacía que se me antojó que debía de ser sonámbulo, así que lo dejé estar. Por lo demás, bien podía decirse que Agapito era el compañero de viaje perfecto. Solo hablaba cuando se le dirigía la palabra y no remoloneaba como otros criados a la hora de obedecer. Únicamente resultaba insufrible con su cancioncilla, pero le prohibí que la cantara, y así fueron pasando los días. Seguimos camino adelante, entramos en tierras de Burgos y estábamos ya a pocas leguas de la frontera cuando, una mañana especialmente calurosa, me dije que haber llegado hasta allí sin contratiempo bien merecía un premio.

—Mira, muchacho —comencé, señalando el humo que se elevaba desde la chimenea de una casona algo apartada del camino—, aquello que allí se ve, si no es una venta, mucho se le parece. Acércate a comprobar que no hay moros en la costa y, en caso de que no los haya, te invito a una comida caliente y una jarra de vino. Cansado estoy de comer a salto de mata y beber solo agua del río.

No tuve que decírselo dos veces. Allá se fue Agapito todo lo aprisa que lo llevaban sus largas piernas camino de la venta sin tomar precaución alguna. Por suerte para ambos, al cabo de media hora regresó con la noticia de que no se trataba de una venta sino de una tahona, pero que tenían por costumbre acoger y dar una buena olla a viajeros, siempre que se conviniera un precio razonable.

Tantos días de camino habían hecho mella en mí. Soñaba con un cocido caliente y un buen tinto, y mis deseos no se vieron defraudados. La tahona se encontraba en un paraje de una belleza deslumbrante. Al frente, se extendía un prado y por detrás, salvo una pequeña balconada de tierra en la que el tahonero había instalado un par de rústicas mesas con sus sillas, el edificio se alzaba a pocas varas de una garganta erizada de maleza y espinos por cuyo fondo serpenteaba un arroyuelo. Me decanté por una mesa próxima al borde para poder oír el siempre sedante rumor del agua mientras Agapito (que era quien parlamentaba con los extraños para evitar que me delatase mi acento corso) se ocupaba de encargar al dueño del establecimiento nuestro almuerzo.

Acabábamos de dar cuenta de una deliciosa olla podrida y Agapito había ido en busca del encargado para solicitar más vino cuando dos tipos vinieron a sentarse a la mesa de al lado. Uno era claramente un campesino, pero el otro, pese a tener el mismo aspecto rústico que su acompañante, vestía una suerte de improvisado uniforme militar que hizo que se me helara la sangre. En aquel entonces, todos sabíamos que los guerrilleros que se habían echado al monte a luchar contra nosotros, los gabachos, gustaban especialmente de tal tipo de indumentaria. A este particular, habría que añadir además una barba cerrada, mirada fiera y el aspecto general de llevar demasiado tiempo durmiendo al raso. Eso por no mencionar la faca que lucía al cinto y el tono rudo con el que se dirigió a mí.

—¡Con Dios, amigo! —saludó desde su mesa mientras sus ojos negros sombreados de espesas cejas se ocupaban de pasar revista a mi indumentaria. Debió de quedar conforme, no solo con la vestimenta deliberadamente campesina y humilde que yo había elegido para el viaje, sino también con mis facciones. Por fortuna, no es fácil distinguir un corso de un español y, en cuanto a mi acento, el «¡Salud, amigos!» que le devolví fue tan escueto que no contenía ningún sonido que pudiera traicionarme. Aun así, rompí a sudar. Y con más profusión todavía al oír que su acompañante se dirigía a él como «Juan Martín».

¿Querría mi maldita suerte que, en el único momento de tan largo viaje en el que había bajado la guardia, fuese yo a topar con el más mentado guerrillero del momento, Juan Martín Díez, el Empecinado? Cuanto más lo miraba, más me convencía de que era él. Encajaba en todo con lo que había oído contar de aquel ahora célebre campesino vallisoletano que, ya por entonces, había logrado infligir sensibles bajas al ejército francés, emboscándose junto a medio centenar de fieles para luego caer sobre nuestros soldados y pasarlos a cuchillo de la manera más brutal. Miré al cielo en busca del amparo de mis santos protectores habituales, pero mi vista fue a topar con dos buitres. Volaban en círculos cada vez más cerrados sobre mi cabeza.

—¿Qué? ¿Venís de la sierra? —preguntó el Empecinado, utilizando para señalar en aquella dirección la punta de la faca con la que ya había comenzado a hacer los honores a su olla podrida.

—De Segovia —mentí escuetamente, eligiendo para mi respuesta las palabras que menos pudiesen delatar mi acento extranjero.

—¡Buen provecho, amigo! —continuó el tipo—. Y también a ellos —añadió, señalando con la faca hacia los buitres que nos sobrevolaban—. Buen festín que se dieron el otro día con un par de gabachos que sorprendimos camino de Miranda, ¿verdad, Pepín? —sonrió en dirección a su acompañante.

Si alguna duda me quedaba respecto a la identidad de mis interlocutores, se disipó al punto. Para colmo, sentí como el vino, después de tantos días sin catarlo, comenzaba a nublarme peligrosamente las entendederas. Ahora no, Dios mío. ¡Precisamente cuando tanto las necesito! Debía evitar a toda costa cometer cualquier error que pudiera revelar quién era y qué secreta misión me había traído hasta aquellos andurriales. Lentamente, dejé que mi mano derecha se deslizara hasta el lugar en el que llevaba oculta la Peregrina. ¿Acabaría la perla más famosa de todos los tiempos en manos de los peores enemigos de José? De ninguna manera podía permitirlo. Antes prefería tirarla con disimulo barranco abajo. De este modo, y suponiendo que no me rebanasen el cuello, había al menos una ínfima posibilidad de recuperarla y poder entregarla algún día a su destinataria.

En estas penosas cavilaciones me encontraba cuando vi avanzar hacia mí al Empecinado. Traía en la mano una jarra de vino y en la otra aquella faca que con tanta facilidad blandía y que, de pronto y con beoda saña, clavó en la oscura y sucia madera de mi mesa.

—Un brindis —dijo, levantando la jarra—, un brindis por nuestra tierra. ¡Por España!

—¡Por España! —repetí, intentando que no me traicionara mi lamentablemente gabacho modo de pronunciar las erres.

—¡Muera José Bonaparte! ¡Muera el Intruso! —abundó el Empecinado.

—¡Muera J...! —comencé a vocalizar, pero me fue imposible terminar la frase. Un temor supersticioso me impedía desear la muerte a quien más amaba.

—No te he oído, muchacho. ¡Muera José Bonaparte!

Volví a intentarlo y por segunda vez fracasé.

—A ver si va a resultar que este hideputa es franchute —intervino entonces el tal Pepín, aproximándose también él, cuchillo en mano, solo que la punta del suyo, en vez de apuntar a la madera de la mesa, señalaba directamente mi gaznate.

—¡Muera... Napoleón Bonaparte! —atiné a decir, haciendo votos por que la argucia me ayudase a salvar la situación. Pero solo conseguí empeorarla porque esta vez sí descubrieron mi acento delator.

—¡Gabacho de mierda! —vociferó entonces a mi espalda alguien que acababa de agarrarme brutalmente por los cabellos—. ¡Mataste a mi madre, cabrón, pero por fin llega tu merecido!

Retorciéndome el pelo hasta arrancarme un buen mechón, aquel energúmeno me obligó a girar la cabeza, y en mi confusión y atroz sorpresa, descubrí que se trataba de Agapito, mi criado.

* * *

—¡Hideputa, gabacho de mierda! —le grito yo ahora a Jean Paul, mi celador—. ¿Justo tenías que aparecer por aquí en este preciso momento, mala entraña? ¿No podrías haber esperado un rato más antes de venir a apagar la luz de mi velador? ¿Qué? ¿Es más plata lo que buscas? ¿No te ha bastado con las monedas que ya te di?

Jean Paul me mira con la expresión que suele reservar a los locos más contumaces. Una en la que se mezcla hastío con petulancia antes de decir:

—Ya conoce las reglas, Chimbelli, y si no, se las vuelvo a explicar: aquí en la Pitié las luces se apagan con las campanadas de las ocho. Bastante manga ancha he tenido ya con usted, de modo que no haga que me arrepienta. Si se pone muy pesado no me quedará otra que dar parte al doctor Pinel, y usted no quiere que haga eso, ¿verdad? De ningún modo querrá que el doctor confisque eso tan interesante que está escribiendo ¿No es así, Chimbelli? Sus famosas confesiones, esas secretas y oscuras. A ver, déjeme que eche un vistacito... ¡No, hombre, no hace falta que se sulfure de esa forma, solo es una broma! ¿Qué me importan a mí sus vetustas batallitas? La Pitié está llena de vejetes locos como sonajas que cuentan peripecias, a cuál más heroica y disparatada. Y ahora, ¡hala, a dormir! No quiero tener que repetírselo.

* * *

Qué tipo cargante, Jean Paul. Anoche interrumpió la redacción de mi historia en el momento más inoportuno, justo cuando acababa de descubrir yo que quien me tenía cogido por los cabellos, acusándome de a saber qué inexistentes crímenes, no era otro que Agapito. Por eso hoy, para evitar nuevas y enojosas interrupciones por parte de Jean Paul, después del desayuno he decidido instalarme aquí. Sí, justamente donde ahora me encuentro, en esta vieja mesa de piedra que hay al fondo del parque de la Pitié. La mesa está medio cubierta por el musgo y la silla es vieja y desvencijada, pero al menos sé que estaré solo. El único que viene de vez en cuando por esta zona olvidada del jardín es el hombre tuerto de apellido español. ¿Cómo se llamaba? ¿López? ¿García? ¿Pérez? ¿Gómez, tal vez? A saber, ya se me olvidó, un apellido muy vulgar el suyo. Fueron muchos los españoles fieles a José que tuvieron que refugiarse en Francia tras su caída; lo más probable es que sea uno de ellos. En cualquier caso, posee una gran virtud, no se mete en la vida de los demás. Tal vez pase por aquí dentro de un rato apoyado en su viejo bastón, pero, de ser así, solo nos dedicaremos un escueto «buenos días»... ¡Hombre! Si antes lo digo, antes sucede. Hablando del rey de Roma, por allí que asoma.

—*Bonjour, monsieur.*

—*Bonjour aussi à vous, monsieur.*

¡Qué tipo tan agradable! Así debería de ser todo el mundo; vive y deja vivir, ese es mi lema y da la impresión de que también el suyo. En fin, veamos, ¿por dónde me quedé anoche...? Ah, sí, aquí está, página treinta y cuatro. Retomaré la narración justo en ese punto.

... Fue tal mi sorpresa al ver a Agapito que no atiné a musitar palabra. En cualquier caso, difícil lo tenía mientras él me cubría de salivazos, insultos y acusaciones terribles.

—Sí, amigos míos —concluyó, después de enumerar no sé cuántos horrendos crímenes de los que me hacía responsable y, dirigiéndose luego al Empecinado y a su acompañante, explicó—: Vengo siguiendo el rastro de este maldito gusano desde Madrid, y por fin nos vemos las caras. Logró darme esquinazo en la sierra y se me volvió a escapar en Burgos, pero Dios es grande y a cada cerdo le llega su San Martín. —Desenterró de la mesa de madera el cuchillo con el que el Empecinado me había amenazado y me lo acercó al pescuezo. Hizo entonces ademán de rebanármelo sin más dilación, pero el Empecinado se interpuso.

—Mira, chico, que le saques las tripas y las pongas a secar al sol me parece de perlas, pero no con mi faca, la necesito para la pitanza. ¿No tienes cuchillo?

Aquí Agapito dudó un instante, pero de inmediato recuperó su aire feroz.

—¡Ni falta que me hace para arreglar cuentas con este! Pronto veréis lo que hago. Tú, escoria, ¡muévete! —ordenó, retorciéndome un brazo a la espalda con tal saña que proferí un grito—. Empieza a decir tus oraciones porque en menos de un amén Jesús te voy a mandar a donde más gabachos hay, ¡al infierno, carajo!

—Agapi... —ensayé suplicar, pero él por toda respuesta me soltó un puñetazo en la cara de una brutalidad tal que rodé por tierra. Nos encontrábamos peligrosamente cerca del borde de aquella quebrada que se abría a los pies de la tahona. Hasta mis desventurados oídos llegaban bien nítidas las risotadas de los dos guerrilleros que daban cuenta de su almuerzo algunas varas más allá, al tiempo que disfrutaban del espectáculo. De rodillas y a cuatro patas, intenté ponerme de pie, pero una feroz rodillada del majara aquel en salva sea la parte casi logró que me desmayase del dolor. Entonces, cuando me tenía por completo a su merced, con una sonrisa en los labios y de una única y certera patada, empujó mi maltrecho cuerpo terraplén abajo.

—¡Bravo muchacho, un hideputa menos! —oí decir a los dos guerrilleros antes de rodar por la empinada pendiente. Creí llegada mi última hora y procuré asirme a los zarzales que allí había desollándome las manos, aunque lo que realmente me salvó fue la retorcida y protuberante raíz de un árbol muerto que logró atajar mi caída. Allí estaba yo, aturdido, desmadejado y con las manos ensangrentadas y cuajadas de espinos a mitad de camino entre el lugar desde el que Agapito Martínez me había despeñado y el arroyuelo que culebreaba en el fondo del barranco.

—¡Ahí te pudras, gabacho!

Era Agapito quien así me despedía desde arriba. Incluso alcancé a verle escupir en mi dirección; después de eso, nada, silencio. Me quedé, solo, consternado y con mil interrogantes girando en mi cabeza. ¿Qué demonios había pasado? ¿Cómo era posible que aquel simple, aquel tonto de capirote me hubiese engañado y luego traicionado de tal modo? Maldito muchacho, nunca debí confiar en él; quien con bobos y niños se acuesta, ya se sabe cómo acaba. Pero, un momento, cavilé de pronto, ¿y si no se tratase de una traición sino de una argucia? Al fin y a la postre, lo que

Agapito Martínez acababa de hacer empujándome terraplén abajo era salvarme de una muerte segura a manos del Empecinado. No. Imposible. Un botarate jamás podría haber discurrido un salvamento así. Y, sin embargo, reflexioné a continuación, pensándolo bien, no era la primera vez que me salvaba. Voluntariamente o no, ya lo había hecho la mañana aquella en que se arrancó a triscar en cueros ladera abajo cuando nos encontramos con una docena de individuos cerca de Guadarrama. ¿Traidor o salvador? ¿Qué era Martínez? Sea lo que fuere, había un único modo de averiguarlo. Si su intención al molerme a golpes y patearme barranco abajo había sido evitar que cayera en manos del Empecinado (y yo más bien me inclinaba a creer que no), dentro de un rato, un par de horas a lo sumo, cuando los tipos aquellos se marcharan, bajaría en mi busca, igual que había hecho en Guadarrama. De ser así, lo mejor que podía hacer era esperar. La raíz de árbol que había detenido mi caída era lo suficientemente cóncava como para recostarme en ella y aguardar acontecimientos.

Empezaron a transcurrir las horas. Cayó la tarde y llegó la noche, y de Agapito ni rastro. La luna estaba alta en el cielo cuando decidí que no tenía sentido esperar más. «Qué iluso soy», me reproché mientras comenzaba, con todo el dolor de mis maltrechos huesos, la ascensión hacia el borde del terraplén. ¿Cómo había llegado a pensar que Agapito pudiera tener la intención de salvarme la vida escenificando ante aquellos guerrilleros semejante sarta de supuestos agravios? Un idiota siempre será un idiota, no había más vueltas que darle.

* * *

Brillaban las primeras luces del alba cuando por fin pude dejar atrás la tahona. No tenía petate ni manta, pero, después de lavarme en un arroyo cercano y dar una cabezada en una cueva que me pareció segura, recuperé fuerzas y pude reemprender viaje. Anduve días evitando todos los caminos principales y alimentándome de lo que encontraba en el campo, setas, bayas, espárragos, y cuando por fin arribé a la frontera con Francia no podía creer mi suerte. Estaba a salvo. Los soldados que la custodiaban se cuadraron al ver el salvoconducto que llevaba firmado por el rey e incluso se ofrecieron a poner a mi disposición un caballo. Decliné la oferta. Los caudales que guardaba a buen recaudo en la caña de mi bota junto a la Peregrina me permitieron un lujo aún mayor, alquilar un carruaje que me llevó al cabo de varias jornadas hasta donde vivía la destinataria de la perla.

Todos los sinsabores, penurias y desventuras del viaje se me borraron como por ensalmo al ver la cara de Julia Clary. No soy lo que se dice sensible a los encantos femeninos, pero no podía dejar de mirarla. Sentía como si una suerte de conexión me uniese a ella, algo así como un invisible vínculo. A fin de cuentas, se me ocurrió pensar, los dos amábamos, y sin la menor esperanza, al mismo hombre; quizá fuera eso lo que me la hacía tan próxima.

—Es vuestra —dije, entregándole la Peregrina—. Su majestad el rey me ha pedido que os la diera en mano. —Y luego, al ver su expresión de inmensa alegría, me pareció oportuno mentir—: No hay hora ni minuto del día en que su majestad no piense en vos, sois su único amor.

—Vos lo amáis también, ¿verdad? —preguntó con una suave sonrisa. No atiné a decir palabra, pero fue ella quien respondió por mí—: Claro que lo amáis, todo el mundo adora a José. Sus muchas *cocottes* lo quieren porque es guapo y porque es poderoso y yo lo amo porque es parte indivisible de mí, de mis hijas, mientras que vos, Chimbelli... —Una vez más se adelantó con la respuesta—: Vos lo amáis por lealtad, por espíritu de servicio, porque es vuestro rey. ¿No es así?

—Sí, señora, así es.

—Pero también lo amáis como yo.

—No entiendo lo que queréis decir —atajé, confundido—. ¿Como vos?

—La razón que os acabo de dar antes es pura palabrería. Cierto que lo amo porque es parte de mí y de mis hijas, pero más cierto es aún que lo quiero... porque no puedo evitarlo. Qué caprichosos son los sentimientos, ¿verdad, Chimbelli? Algunos amamos así. Contra toda sensatez, contra toda cordura. Contra toda esperanza también, sin remedio y del modo más callado e invisible. ¿Me equivoco, acaso?

Después de esta extraña revelación, sonrió, apartando, con un gesto casi imperceptible, una lágrima mientras procedía a colgarse al cuello la Peregrina hasta hacerla descansar muy cerca de su corazón.

Sólo entonces pasó a preguntarme por mi viaje y yo le hablé de las penurias del camino, de los sobresaltos, de mi encuentro con el Empecinado y también de Agapito Martínez, que primero fue mi criado y acompañante, pero que más tarde acabó traicionándome.

* * *

Sonnez les Martínez, sonnez les Martínez
Ding, dang, dong

Dios mío, otra vez esa maldita canción; puedo oírla ahora con toda nitidez. Aunque lo extraño, lo peregrino y del todo incomprensible es que no suena en mi cabeza, tampoco en mi recuerdo, sino justo detrás de mí, en el lugar en que me encuentro escribiendo mis memorias, en el jardín de la Pitié-Salpêtrière.

—*Ding, dang, dong* —repite a continuación el caballero tuerto de pelo cortado a cepillo—. Y lo hace balanceándose de un pie a otro, igual que solía hacer Agapito.

—Nunca se dio usted cuenta, ¿verdad, *monsieur* Chimbelli? —me pregunta.

—Darme cuenta... ¿de qué?

—De que algunos de nosotros amamos así: «Contra toda sensatez, contra toda cordura. Contra toda esperanza también, sin remedio y del modo más callado e invisible». ¿No es eso lo que acaba de anotar en sus memorias?

—Y usted ¿cómo lo sabe? —inquiero, resistiéndome a creer que pueda ser él, Agapito, y que lleve un rato ahí, tan cerca de mí que incluso ha alcanzado a leer lo que estoy escribiendo. ¿Tan ensimismado estaba en mi labor como para no darme cuenta de que lo tenía a mi lado? ¿Cómo era posible tal ceguera?

—Muy fácil, señor —contesta él—, porque jamás se fijó en mí. En el viaje que hicimos juntos y en el que utilicé todo mi conocimiento de antiguo pastor para elegir para usted los caminos más seguros, los arroyos más cristalinos, los atajos más fiables, solo vio en mí a un botarate. No se le ocurrió ni por un momento que todo lo que fingí, todo lo que arriesgué y mentí, fue porque lo amaba.

—Que tú me... ¿qué...? —comienzo incrédulo.

—Que yo te amaba —dice, pasando de pronto a un familiar tuteo—. Y lo hice con la misma veneración, con la misma idolatría que tú a él. —Sonríe mientras me ofrece un cigarro que yo acepto, aunque hace años que he dejado de fumar. Solo después de encender el de ambos y de disipar el humo que hace bizquear su único ojo sano, Agapito Martínez continúa—: Y mira que tenías razones para darte cuenta. Porque nadie como tú, Chimbelli, sabe lo que es amar sin la menor expectativa, pero con tanto fervor y pasión que darías tu vida por esa persona. Como hiciste, por cierto, cuando aceptaste sin rechistar complacer a tu rey en tan innecesaria como riesgosa encomienda. O como hice yo cuando me las ingenié para acompañarte, a sabiendas de que un gabacho en tierra cuajada de guerrilleros lo más probable era que acabase en una cuneta cosido a navajazos. Porque supongo que recordarás el momento en que el cuchillo de Juan Martín el Empecinado estuvo a media pulgada de rebanarte el cuello.

—Y yo supongo —intervengo, resistiéndome aún a creer su versión de lo sucedido— que, si de verdad hubieses querido salvarme, no me habrías molido a golpes ni menos aún despeñado quebrada abajo sin saber qué había en el fondo.

—Y ¿qué te hace pensar que no lo sabía? El problema es que tú siempre pensaste que era idiota y yo preferí no sacarte de tu error.

—¿Qué ventaja tiene, si puede saberse, pasar por idiota cuando no lo eres?

—Muchas —responde Martínez—. Para empezar, porque solo a los simples y a los tontos de capirote se les permiten ciertas licencias del todo vedadas a los cabales.

—¿Como triscar desnudo por los riscos?

Agapito Martínez da otra larga calada a su cigarro antes de contestar.

—Sí, pero también como velar tu sueño y poderte mirar y amar en silencio, a sabiendas de que jamás me estaría permitido besarte, tocarte siquiera. ¿Recuerdas aquella vez que despertaste a medianoche y yo estaba ahí, a oscuras y a tu lado?

—Cómo no la voy a recordar, me diste un susto de muerte. Ese día, más que tonto pensé que estabas como un cencerro. Pero no has contestado a mi pregunta. ¿Cómo sabías que no me condenabas a una muerte segura despeñándome quebrada abajo?

—Primero, porque condenado ya estabas. El Empecinado y su amigo jamás te hubieran permitido salir vivo de aquel encuentro. Y, segundo, porque de niño fui pastor, ¿recuerdas?, de modo que sé calcular, por el sonido del agua, a qué distancia está un arroyo que corre por el fondo de una garganta. Incluso en el caso de que hubieras rodado hasta abajo, lo peor que podría haberte pasado era partirte una pierna o un par de costillas.

—Valiente solución —admití, reticente—. Pero sea como fuere, lo único cierto es que luego no te tomaste la molestia de salir de dudas. En vez de esperar a que aquellos tipos se largaran y luego bajar a auxiliarme, pusiste pies en polvorosa.

Él me mira ahora con su ojo sano y a continuación levanta el parche que cubre el otro. En su lugar, no hay siquiera párpado, apenas una oquedad oscura, brutal.

Solo entonces Agapito Martínez me contó cómo, después de empujarme terraplén abajo y cuando pensaba que con su argucia había logrado engañar a los guerrilleros y no tendría más que esperar a que se marcharan para ir en mi auxilio, cometió un error. Al ir a saldar cuentas con el tahonero, le dio dos monedas de más creyendo que así compraba su silencio, para que no le delatase, contando que él y el despeñado habían llegado juntos. Pero el tahonero, que resultó ser más medroso que avaricioso, prefirió ir con el cuento al Empecinado, que poco tardó en confrontarlo diciendo que a él no lo engañaba nadie. Que quien andaba con gabachos merecía su misma suerte.

—El Empecinado vino hacia mí —continúa relatando Agapito—. Yo estaba desarmado y veía ya llegada mi hora cuando el otro guerrillero, el tal Pepín, intervino diciendo que no valía la pena malgastar su precioso tiempo con un chiquilicuatre como yo. Que seguramente el gabacho —es decir, tú, Chimbelli— me habías engañado también y que, mejor que acabar con mi vida, era preferible darme un escarmiento que sirviera como advertencia a otros de lo que acontece a quien tiene tratos con los franceses.

»—Para que la próxima vez mires con más cuidado con quién andas —sentenció mientras ensartaba con su faca mi ojo izquierdo igual que si fuera una aceituna.

»—¡Buen trabajo, Pepín! —oí que le decía el Empecinado mientras me dejaban allí tuerto y en medio de un charco de sangre.

»—Y ahora arreando, que se nos hace tarde.

* * *

Agapito Martínez apura su cigarro con parsimonia.

—El resto de mi historia es sencilla —añade, esbozando una cansada sonrisa—. Ni siquiera intenté volver a la corte. Me hubiera gustado estar junto a ti, continuar amándote desde lejos, trayéndote de vez en cuando dulces o un ramito de violetas para hacer más llevaderas tus penosas obligaciones nocturnas. Pero, para vaciar los orinales del rey, contratan bobos, no lisiados. Después pasaron tantas cosas... Años más tarde la diosa Fortuna se puso de parte de nosotros, los españoles en la guerra, y José Bonaparte emprendió camino a la frontera con su voluminoso equipaje. Esta vez no se trataba de mandar a su esposa la joya más señera de la Corona española. La Peregrina puede considerarse una gota de agua comparada con la inmensidad oceánica del tesoro que se llevó con él. Nada menos que un sinfín de convoyes uno detrás de otro, llenos hasta arriba de piezas de oro, plata y piedras preciosas, así como todas las obras de arte imaginables, cuadros de Velázquez, Ribera, Brueghel, Rubens, Murillo, hasta un número de mil quinientos de los mejores maestros del mundo, ese fue su botín. Tantas fueron las riquezas de las que se apropió que poco pudo importarle que, entre mil quinientos y dos mil de aquellos carruajes y furgones quedaran abandonados en una vieja calzada romana próxima a Pamplona al ser interceptados por los ingleses mientras él huía con el resto de lo que consiguió expoliar. Qué ridícula parece ahora nuestra gesta de hacer llegar la Peregrina a Julia Clary, comparada con un robo tan bestial, ¿verdad, Chimbelli? Pero qué te voy a contar, si tú estabas ahí, acompañando a tu José, fiel como siempre. Incluso supe que continuaste años a su servicio hasta que te despidió, porque, según dijo, deseaba emigrar a los Estados Unidos y convertirse en *gentleman farmer* en la enorme posesión que había comprado en Nueva Jersey, y ya no te necesitaba. ¿Cómo pudiste vivir tantos años siendo su alcahuete, su coartada, su involuntario y desdichado *voyeur*, amando y callando siempre sin la menor esperanza? ¿Qué mayor martirio puede haber que ese? Bueno, sí, se me ocurre uno aún peor. Ser apartado un mal día, descartado como una escoba vieja, tal como hizo él contigo. No me sorprende nada que hayas acabado aquí, en la Pitié, lo que me extraña es que no perdieras mucho antes la cordura.

Agapito me mira de nuevo con su único ojo sano y vuelve a balancearse, derecha, izquierda, derecha, igual que cuando estábamos en el monte.

—Qué extraña cosa es la locura —dice—. A veces, es lo único que nos protege de la desesperación. ¿No es así?

—Y ¿tú por qué estás aquí, Agapito, si es evidente que no estás, ni nunca has estado, loco?

—Tampoco esta vez adivinas la respuesta, ¿verdad, Chimbelli? Tántalo nunca llegó a saciar su sed —dice ahora, demostrándome que estas confesiones, que tan celosamente he ocultado a los ojos de todos, nunca lograron esquivar el suyo—. Una sed eterna y sin remisión, esa fue su cruel condena. Pero si has leído con detenimiento su historia sabrás que, un buen día, los dioses decidieron apiadarse de él y lo enviaron al Averno, donde pudo reunirse con otros castigados eternos. Con Sísifo, el condenado a subir por siempre su piedra, con Prometeo, al que le roen sin tregua los hígados, con Atlas, que hasta el fin de los tiempos ha de llevar el mundo sobre sus hombros... Y ¿sabes lo que le ocurrió entonces, Chimbelli? Que, en compañía de otros de igual suerte, Tántalo logró encontrar al fin la paz e incluso algo muy parecido a la felicidad.

—¿Por eso me seguiste hasta aquí, hasta la Pitié, hasta un manicomio?

—Y hasta el mismísimo infierno te habría seguido, vida mía. Porque tal es el castigo de los que amamos sin remedio y, a partir de este momento y si tú lo quieres, también nuestra compartida bendición.

Décima parte

El amor y los Mandingas

(La Peregrina, de manos de José Bonaparte
a las de Napoleón III)

Año: 1844
Lugar: Florencia, a la muerte de José Bonaparte

Año: 1865
Lugar: Londres, a la muerte de Harriet Howard

—¡Pero si parece cosa de Mandinga! Veamos, muchacha, a ver si te he entendido bien. Dices que todo esto que vas a contarme te lo ha secreteado ¿una *perla*?

—Sí, *madame*, pero no una cualquiera. Mire, aquí la tengo —añadió su interlocutora, sacando de una bolsita de terciopelo la Peregrina—. ¿Ha visto alguna vez cosa igual?

—¡Carajo, chica! —exclamó *madame*, que llevaba lustros en Europa, por lo que hablaba ya como una *principessa*. Pero ¡carajo una vez más! porque tanto el aspecto de su visitante como la joya que mostraba eran harto inusuales.

Los ojos de *madame* Leopoldina, que tantos portentos y rarezas habían visto a lo largo de sus años de carrera como sanadora de corazones rotos, se entretuvieron unos segundos en hacer un estudio somero de la mulata (Lucy O'Brian, había dicho llamarse) que tenía delante: veintitantos años, ropa cara, cabello negro y muy rizado recogido al modo criollo; altura superior a la media y una piel canela tostada en la que deslumbraban un par de ojos verdes producto, calculó *madame*, de un afortunado entrevero de razas.

—Mi madre era esclava conga y mi padre mitad irlandés, mitad normando —explicó la visitante, que debía de estar acostumbrada a este tipo de nada disimulados escrutinios—. Se conocieron allá en mi Nueva Jersey natal. Él acababa de llegar a América en la comitiva de José Bonaparte, mientras que ella se afanaba como pinche en las cocinas de su mansión.

—¿José Bonaparte? ¿El hermano del emperador, al que llamaban Pepe Botella por lo mucho que empinaba el codo?

—Esa es solo una de las tantas calumnias que hemos tenido que soportar —atajó Lucy, utilizando un plural que hizo cavilar a *madame* Leopoldina sobre qué tipo de relación uniría a su visitante con quien fuera, aunque fugazmente, rey de España. ¿Su criada? ¿Su amante? Cuerpo tan bello combinado con ojos tan extraordinarios hacían inclinar la balanza a favor de lo segundo.

—Soy su ama de llaves y persona de confianza —explicó Lucy—. Desde hace unos años, él no da un paso sin pedirme que consulte mis caracoles.

—¡Ah, los caracoles! —repitió *madame* Leopoldina, que también había comenzado su lucrativa carrera gracias a aquel método de adivinación. Sin poder evitarlo, y por un momento, se dejó llevar por la nostalgia recordando sus comienzos allá en Portobello. Qué tiempos. Corría el año de 1812 y ella era entonces una esclava tanto o más linda que Lucy O'Brian que logró escapar del amo colándose de matute en un barco para viajar a Europa. Al llegar a Cádiz había descubierto que España estaba inmersa en una cruel guerra contra los franceses. Y, sin embargo, en Cádiz, e inspirados por ideas liberales, los patriotas que se oponían a Pepe Botella acababan de firmar una Constitución a la que llamaron «la Pepa». A la recién llegada Leopoldina, ciudad tan bulliciosa, en la que se mezclaban gentes de todos los puntos cardinales, le pareció el paraíso en la tierra y el sitio ideal para que una muchacha con grandes ambiciones y pocos remilgos como ella pudiera comenzar a abrirse camino. Lástima que hubiera caído en las redes de aquel miserable. Marcel Duval había sido el único traspié de toda su larga vida. Pero quiá, hasta un traspié se convierte en un salto adelante si una es avispada y no se deja llevar por bobos romanticismos. A buen seguro, si aquel gabacho sin escrúpulos no la hubiera primero enamorado, más tarde delatado y por fin encarcelado, rompiendo para siempre su corazón, no sería ahora lo que es. Y aquí estaba. Lustros más tarde. Convertida en célebre proveedora de filtros y pócimas contra el mal de amores, la bruja más reputada de toda Florencia. Gracias a Marcel Duval, no volvió a amar a persona alguna, pero a cambio llegó a convencerse, para siempre, de que quien no se enamora no se equivoca y su helado corazón la había convertido en imbatible, tanto en la vida como en su profesión. Bueno, su corazón helado y también el hecho de haber conseguido convencer a todos de que era discípula aventajada del conde de Saint Germain. ¿Y qué importaba que tan archifamoso conde, el ocultista y sanador más mentado de todos los tiempos, llevara años criando malvas cuando ella llegó por primera vez a Italia? Según decían —y por supuesto Leopoldina se ocupó de propalar aún más—, Saint Germain había descubierto el elixir de la eterna juventud. Era, por tanto, inmortal, por lo que las noticias de su muerte no podían ser más que patrañas. Si no se le veía por Florencia era porque andaba por esos mundos de Dios, tal vez en Pernambuco o en Samarcanda, en pos de nuevos bebedizos con los que asombrar a su clientela. Mientras tanto y hasta su regreso, ella suplía su ausencia. Incluso, según se encargó también de proclamar Leopoldina, la discípula era mejor que el maestro, puesto que, a las secretas artes aprendidas del conde, sumaba otras de su cosecha, un conjunto de ritos y conjuros yorubas y congos, originarios de África y mejorados posteriormente en América, que le proporcionaban una clarividencia portentosa.

Sin embargo, no era a propósito de ella ni de sus pasados logros sobre lo que Leopoldina deseaba cavilar en aquellos momentos, sino sobre su inusual visitante. Veamos, pues, y recapitulemos un poco, se dijo: ¿qué era eso que había comenzado a contarle Lucy O'Brian sobre una perla y Pepe Botella?

—José no ha sido nunca un borracho —retomó Lucy cuando la pitonisa verbalizó su pregunta—. Solo ahora, a su regreso a Europa después de años de exilio en Nueva Jersey, ha desarrollado un cierto gusto por el armañac. Pero únicamente porque adormece los terribles dolores que se han apoderado de sus huesos. Duerme poco y nada, sufre continuas pesadillas e incluso sus vigilias son un tormento.

—Y tú su único consuelo, supongo.

—Más que eso, *madame*, soy quien lo mantiene vivo.

—Con tus caracoles.

—Con ellos sí, pero también, y sobre todo —explicó, llevándose las manos al corazón—, con esto.

Madame observó a su visitante con cierta desilusión. Ella, que jamás había vuelto a amar, miraba con una mezcla de condescendencia y desdén a quienes acudían a su consulta en busca de alivio para sus corazones afligidos. Pero algo le decía que el caso de Lucy era distinto. ¿De veras podía estar una muchacha tan linda enamorada de un viejo decrépito y desencantado como José Bonaparte?

Leopoldina se dijo que tenía ante sí un espécimen humano interesante de estudiar. Sin embargo, para comprender cómo era su clienta, debía esperar a que se abriera, que bajara la guardia y le contase algo más.

—Y bien, querida, estoy deseando oír tu historia, pero antes, dime: ¿qué tiene que ver la Peregrina en todo este asunto? ¿Por qué la has traído?

Lucy retiró de su frente un encantador rizo que acababa de escapar de su *bandeau* antes de responder con otra pregunta.

—¿Creéis, *madame*, que las perlas hablan?

—Amiga mía, yo me lo creo todo, ese es mi trabajo —suspiró Leopoldina, encendiendo un larguísimo cigarrillo ruso liado en papel rosa—. Cuéntame, ¿en qué idioma hablan las perlas, en español, en italiano, en latín, tal vez? ¿Y qué es lo que te ha dicho esta?

—Decir no ha dicho nada. Habla a través de los caracoles y yo los leo. También se me apareció anoche en sueños bañada en sangre, por eso sé que a José le faltan pocos días para morir.

—Y eso te aterra, naturalmente. Él ha sido tu protector, tu amante, y tú, en agradecimiento, le has alegrado sus últimos años de vida entregándole tu juventud, tu belleza...

Madame Leopoldina se detuvo y miró a Lucy con aprensión. ¿Estaría siendo demasiado sarcástica con la muchacha? No sentía la menor simpatía por un donjuán declinante como José Bonaparte, pero Lucy le caía bien. Tenía algo que le recordaba a ella. La fe, la fuerza, el amor. Todo lo que Leopoldina poseía antes de que Marcel Duval le congelara el corazón. Ahora era envidiada, rica y respetada, había logrado en la vida mucho más de lo que una pobre esclava podría siquiera haber soñado y, sin embargo... «Bah —se interrumpió impaciente—. ¿Desde cuándo eres una sentimental? Una roca, una isla, así soy yo. Las rocas no sienten dolor y las islas nunca lloran, y con esta premisa me ha ido maravillosamente».

—Perdona, querida, a veces me pongo a pensar en otras cosas y pierdo el hilo, pero me interesa mucho todo lo que te pasa. Dices que, según los caracoles, José Bonaparte morirá en breve. Siendo así, ¿qué es lo que esperas de mí y en qué puedo ayudarte?

* * *

Más de veinte años han pasado desde aquella visita a *madame* Leopoldina, pero si recuerdo ahora sus cigarrillos rusos y el corazón helado del que estaba tan orgullosa, es porque acabo de leer su obituario en *The Times*. Estoy segura de que le hubieran gustado mucho los términos en los que está escrito, pues dice así:

> *Muere en Florencia a los ciento dos años de edad la afamada ocultista Leopoldina Sagan, discípula del conde de Saint Germain, que logró amasar una fortuna gracias a sus, según dicen, infalibles bebedizos y filtros amorosos. Amiga de Lord Byron y de Percy y Mary Shelley, que la consultaban con frecuencia (al igual que hacían otros muchos notorios corazones rotos como Baudelaire), Leopoldina sostenía que su capacidad para conocer el alma humana derivaba del hecho de no haberse enamorado nunca. También —tras haber hecho suya la célebre frase de Byron según la cual «el amor es parte importante en la vida de un hombre, pero es para una mujer su vida entera»— profetizó que las féminas jamás llegarán a ser dueñas de su destino hasta que descubran que es precisamente el amor el que las hace débiles y dependientes de los hombres.*

Me pregunto si *madame* no cambiaría de opinión al verme ahora. Porque heme aquí, casi un cuarto de siglo más tarde, la misma mulata Lucy O'Brian que un día fue a verla porque el hombre al que amaba estaba a punto de morir, convertida en dama y, lo que es aún más importante, en dueña absoluta de su destino. En mi visita de aquel día le conté que, la noche anterior, la perla Peregrina se me había aparecido en sueños bañada en sangre, anunciando que José Bonaparte moriría muy pronto. Pero a continuación añadí otro dato que fue el que realmente me llevó hasta su consultorio.

—Y aparte de su triste anuncio —comencé explicándole a Leopoldina—, la perla me ha dado una extraña orden: que no me despegue de ella. No entiendo a qué se puede referir con eso, *madame*. Antes de acudir a vos, consulté con mis caracoles y ellos dicen que he de robarla, que eso es lo que la perla desea. Pero ¿cómo voy a hacer semejante cosa? No soy más que una pobre mulata en tierra extraña, ni siquiera conozco el idioma, me detendrían al punto, me condenarían a muerte, me...

Madame aventó entonces hacia mí una nube de humo de su extraño cigarrillo rosa con una carcajada.

—Querida, no hay que cumplir al pie de la letra lo que dicen los caracoles, tampoco las perlas. Usa «esta» en vez de «este» —explicó, señalando en primer lugar la cabeza y después el corazón—. El corazón es una calamidad a la hora de tomar decisiones. Se equivoca todo el tiempo, no hay más que mirar atrás en la vida propia para descubrirlo, se enamora uno de cada imbécil... La cabeza, en cambio, es más de fiar. ¿Qué dice tu cabeza?

—Que deje la perla donde está y no me meta en líos.

—Eso suena sensato, pero también te ha dado una orden: que no la dejes.

—¿En qué quedamos? —pregunté confundida—. ¿Tengo que hacerle caso a la perla o no?

—Hay muchas formas de no despegarse de ella. No hace falta que la robes, basta con que la sigas donde quiera que vaya de ahora en adelante.

—Eso es igual de difícil que robarla. A la muerte de José lo lógico es que acabe en manos de su hija Zenaida. Pero ella me detesta, ya ha dicho que se niega a tener tratos con la que llama la barragana negra de su padre.

—Pues tendrás que arreglártelas para conquistar su afecto. Las perlas no hablan a humo de pajas, criatura, y si esta te ha ordenado que la sigas es porque no solo quiere, por alguna razón que ignoramos, que lo hagas, sino porque, en cumplir su deseo radica también tu fortuna. Además, quién sabe, tal vez José Bonaparte tenga pensado dejarle la Peregrina a otra persona que no sea su hija. ¿Existen más legatarios?

—Sí, uno, pero casi prefiero congraciarme con su hija antes que con él —respondí, pensando en Luis Napoleón, el sobrino de José, considerado el heredero de los Bonaparte y en el que habían puesto sus esperanzas de que un día hiciera reverdecer los laureles y las glorias de la familia.

Yo había tenido oportunidad de conocer al joven Luis Napoleón en Nueva Jersey, cuando visitó a su tío años antes de que nos mudáramos a Florencia. Por aquel entonces yo aún no había cumplido los diez años y ni siquiera podía soñar con que a no mucho andar me movería por esos mismos salones en los que de niña me colaba sin ser vista. Fue de este modo, espiando tras unas cortinas, que vi por primera vez a este caballero, y no me gustó. Quizá me influyera su aspecto, porque no solo no se parecía a José (del que ya entonces estaba yo infantilmente enamorada), sino que había heredado los peores rasgos físicos de la familia.

—En otras palabras —le expliqué a *madame* Leopoldina—, es bajo, pero con la cabeza y el tronco demasiado grandes para su tamaño, de modo que, cuando está sentado, su aspecto puede incluso pasar por señorial. Sin embargo, al ponerse de pie, descubre una que se sostiene sobre unas piernecitas tan cortas y delgadas que más parece un presuntuoso busto sobre una esmirriada peana. Tampoco su rostro es especialmente agraciado. Tiene los ojos juntos y la nariz bulbosa, pero lo que más llama la atención —al menos en aquellos tiempos en los que aún no había logrado alcanzar ninguna de sus ambiciones— era un gesto adusto, una forma de fruncir los labios que parecía denotar un permanente fastidio.

—Pues más te vale que empieces a encontrarlo simpático y hasta guapo —intervino *madame*—, porque, si mis presagios y mis caracoles no fallan, será el próximo dueño de la Peregrina.

* * *

Lamentablemente, tampoco fallaron mis caracoles ni mis presagios, puesto que José murió dos días después de mi visita a *madame* Leopoldina. Y —para tampoco desdecir los vaticinios de *madame*—, meses después del entierro vi reaparecer en mi vida a Luis Napoleón Bonaparte.

Para entonces, Zenaida llevaba días yendo y viniendo por la casa, haciendo inventario de todos los bienes de su padre, catalogando muebles, negociando con anticuarios y joyeros para acelerar la venta de objetos y enseres. Tanta prisa tenía por liquidarlo todo que, al menos de momento, no se ocupaba de mí, y eso me permitió vagar de una habitación a otra con ánimo de despedirme para siempre de recuerdos felices: de la salita rosa en la que solíamos sentarnos José y yo por las tardes a jugar al whist; del gabinete verde, que era nuestro favorito en verano y donde reinaba —subido a una percha y canturreando canciones en portugués con voz atrozmente desafinada—, Coco, nuestro guacamayo de Bahía. Recuerdo que acababa de entrar en la biblioteca en la que José pasaba horas leyéndome en voz alta para gran deleite mío, cuando oí a mi espalda el inconfundible frufrú de unas faldas femeninas. Me volví sobresaltada pensando que podía ser Zenaida y que me echaría de allí sin contemplaciones, pero a quien vi bajo el dintel de la puerta fue a una dama desconocida. Enjugué como pude mis lágrimas que tantos amados recuerdos habían convocado, y me acerqué a darle los buenos días.

—Vaya, debo de haberme confundido de estancia —dijo ella, correspondiendo a mi saludo con una amigable sonrisa, y luego añadió—: Eres Lucy, ¿verdad? Debes de estar muy apenada.

Era la primera persona que me daba el pésame. Al fin y al cabo, ¿a quién puede importarle el dolor o los sentimientos de una criada, de una ramera mulata a la que pronto van a despedir para que no cause problemas?

—¿Lo amabas, no es cierto? —preguntó en un italiano tan defectuoso como el mío hasta que las dos caímos en que teníamos como lengua materna el inglés.

—Sí, señora, más que a mi vida —respondí.

—¿Y qué vas a hacer a partir de ahora?

—Supongo que volver a los Estados Unidos —le dije, sorprendida por su cercanía y por su interés—. Siempre y cuando consiga reunir el dinero del pasaje, claro está.

—¡Harriet! —nos interrumpió en ese momento una nueva visita, que resultó ser el sobrino de José—. ¿Qué haces aquí y de charla con esa negra, además? Realmente, querida, eres incorregible. Ven, te he estado buscando por toda la casa. Los albaceas nos han reunido en el salón y quiero que oigas lo que ha dispuesto mi tío.

Luis Napoleón había cambiado bastante en los años transcurridos desde su visita a Nueva Jersey. Seguía teniendo las mismas piernecillas de gnomo y la nariz bulbosa, pero el gesto adusto se le había dulcificado considerablemente. Tal vez el cambio se debiera a sus penurias. José me había contado que su sobrino intentó por dos veces dar un golpe de estado en Francia y que, tras el último, lo habían condenado a cadena perpetua en la fortaleza de Ham. «Aunque tampoco se puede decir que lo pasara del todo mal en su cautiverio —recuerdo que me comentó José, ahogando una sonrisa divertida—. Gozaba de una celda espaciosa y de cierta libertad de movimientos, al menos los suficientes como para enamorar a una de las lavanderas de la prisión, con la que tuvo dos hijos. Cuando logró escaparse —por cierto, muy al estilo de *El conde de Montecristo,* esa novela que publica por entregas el *Journal des Debats*, cuyo primer capítulo te gustó tanto— se fue a Inglaterra. Ahora vive en casa de Harriet Howard, una actriz y deliciosa *demimondaine,* dueña de una considerable fortuna, que ha puesto todo su dinero a disposición de mi sobrino. Según Harriet, que es ferviente bonapartista, que Dios la bendiga, su mayor deseo es contribuir a que *dearest Louis,* como ella lo llama, pueda regir muy pronto los destinos de Francia, bien sea como presidente de la república, si algún día logramos echar del trono al torpe de Luis Felipe; o, idealmente —y en esa empresa estamos todos en la familia— como nuevo emperador de Francia. Una mujer espléndida, *miss* Howard. Me gustaría conocerla algún día».

Su deseo no llegó a cumplirse, pero allí estaba ahora, la misma Harriet Howard, ataviada con un maravilloso vestido de terciopelo granate, admirando los libros de la biblioteca de José. Se trataba de una mujer de unos veintitantos años, calculé yo, pero, aun así, de una belleza virginal. Esbelta y muy alta, le llevaba casi una cabeza a su enamorado, a pesar de que (según pude observar también ese día) *dearest Louis* gastaba botas de suela harto gruesa, lo que me hizo maliciar que disimulaban dentro unas muy convenientes alzas. Además de estos pormenores, hay que decir que los rasgos de *miss* Harriet, sin ser del todo perfectos, tenían tal encanto que no podía dejar de mirarla. Tal vez su magnetismo residiera en el color de sus ojos, que eran inmensamente azules; o, si no, en la generosidad de su boca, siempre presta a regalar una sonrisa, una palabra amable. Más tarde sabría que su infancia y primera juventud no distaban tanto de las mías. Hija de un zapatero remendón, se fugó con poco más de catorce años con un afamado jockey que la abandonó meses más tarde. Se convirtió entonces en actriz, pero su vida dio un nuevo giro al cruzarse en su camino dos hombres. El primero, un comerciante de cerca de ochenta años que se enamoró de ella y le legó una fortuna. El segundo, esta vez joven y guapo, se llamaba Mountjoy Martyn y era un acaudalado (y casado) hombre de negocios. Aun así, y para sorpresa de todos, también él, al morir poco después, le dejó buenos caudales, amén de un hijo al que ella adoraba.

Sin embargo, de momento, aquella mañana en la biblioteca de José, aparte de sus ojos y su formidable sonrisa, lo único que llegué a columbrar fue su templanza, también su cordialidad para conmigo, impensable en aquellos tiempos (y también en estos) dadas las diferencias sociales que nos separaban. Incluso se me antojó que confiaba en mi discreción, puesto que no le importó preguntarle a Luis Napoleón estando yo delante:

—Y bien, *darling*, espero que tu tío haya tenido presentes tus necesidades.

Luis Napoleón tampoco tuvo empacho en responder conmigo ahí, de convidado de piedra, pero me malicio que no por la misma razón que Harriet, sino más bien porque consideraba a una negra como yo tan irrelevante como Coco, nuestro guacamayo.

—No puedo decir que se haya estirado mucho —adujo, frunciendo el ceño de un modo que lo convirtió de inmediato en la réplica del jovencito insatisfecho que yo había conocido en Nueva Jersey—. No me ha dejado más que la perla Peregrina. Bueno, eso y una nota manuscrita en la que dice que no puede haber mejor legado para quien intenta recuperar el poder para los Bonaparte, porque, según él, las perlas, además de caudales, otorgan a quien las posee algo aún mejor: ventura. Fíjate que sarta de inanidades y paparruchas —se impacientó él—. O bien mi querido tío pretendía tomarme el pelo, o bien nunca dejó de ser lo que era antes de salir de Ajaccio, un corso crédulo y supersticioso. ¿Cómo me va a traer ventura la Peregrina si en cuanto llegue a Londres pienso venderla al mejor postor? Por cierto, querida, ¿a quién se te ocurre que podamos ofrecérsela? ¿Qué joyero nos dará un mejor precio? ¿Asprey & Garrad? ¿Boodles, quizá? Aunque tampoco estaría mal intentar vendérsela privadamente y con discreción a alguno de tus riquísimos amigos.

Yo no era corsa como José, pero creía en el poder de las perlas. Por eso estaba segura, ahora más que nunca, de que, tal como la Peregrina me había revelado en sueños, mi ventura estaba en que no me separase de ella. Pero ¿cómo iba a lograr que Luis Napoleón me llevase con él a Londres? Quizá pudiera hablar con Harriet y contarle mis cuitas, parecía una mujer comprensiva. Aun así, era preferible no tentar a la suerte. Debía de haber una forma más segura e infalible de lograr mi propósito, y mi mejor baza, se me ocurrió, era intentar convertirme —bien para Harriet, o mejor aún para el propio Luis Napoleón— en alguien imprescindible.

* * *

Apuesto a que Leopoldina habría estado orgullosa de mí, porque el método que elegí para alcanzar mi propósito bien podría haberlo pergeñado una mente como la suya. Al dejar Nueva Jersey y venirme a Europa, había tenido la precaución de traer conmigo de América un buen surtido de hierbas y raíces con el que aliviar las dolencias de José. Mi madre, que era tan experta en pócimas como *madame*, decía siempre que la mayor virtud de las plantas es que sirven tanto para curar como para matar, y de manera discreta y silenciosa. No es que yo estuviese planeando un asesinato, pero sí, digamos, un leve contratiempo, que no tardó en producirse.

A medianoche, cuando todos dormían y la luna acababa de esconderse tras unas perezosas nubes, el silencio de nuestra casa se vio rasgado por un atroz alarido.

—¿Qué ocurre? ¿Necesitáis ayuda? —pregunté, acudiendo, quinqué en mano, y presurosa, a la puerta tras la que arreciaban los gritos. Ni dos segundos tardé en llegar hasta ella porque, en realidad, no me encontraba en el minúsculo y húmedo cuartucho en el ala de servicio al que me había relegado Carlota, sino abajo, a un paso de la habitación de Harriet y Luis Napoleón, aguardando a que comenzara la emergencia. Al fin y al cabo, era yo quien la había propiciado. O, para ser exactos, cierta hierba que obra milagros cuando a uno le duele la cabeza, pero que, tomada en exceso, produce violentos retortijones y vómitos, preludio de una fastuosa cagalera.

—¡Pronto! —exclamó Harriet, franqueándome la puerta—. No sé qué le ocurre al príncipe, está muy enfermo. Que alguien vaya a escape en busca de un médico. ¿Cuánto calculas que tardará en llegar hasta aquí?

—Mucho, señora —mentí, con un suspiro de (casi) verdadera consternación—. Esta casa está muy apartada.

—¿Y no habrá un doctor en las proximidades, en algún pueblo de por aquí?

Una vez más la miré consternada.

—No, señora, pero, si me permitís, yo puedo servir de ayuda.

Por encima del hombro de Harriet se alcanzaba a ver a Luis Napoleón en su lecho. Se retorcía de dolor en medio de un conspicuo charco de sustancia verde.

«Dios mío, espero que no se me haya ido la mano con la *parsis colleta*», me alarmé, recordando la sustancia que liberalmente había esparcido sobre la crema de crustáceos de Luis Napoleón poco antes de que se sentara a la mesa. Dos tazas se bebió, antes de dar cuenta de un excelente *gigot d'agneau aux fines herbes* seguido del no menos suculento *soufflé au grand marnier,* que yo había mandado preparar en su honor.

—¿Digiere mal los mariscos? —pregunté, acercándome al lecho para tomarle el pulso con aire profesional—. Conozco algo más que los rudimentos de la enfermería después de tantos años de ocuparme de la salud de su majestad —expliqué mientras fingía examinar las pupilas de Luis Napoleón—. Si me lo permitís, puedo aliviar a su alteza con ayuda de una de mis plantas medicinales...

Noté que *miss* Harriet tuvo un instante de duda y luego otro de prevención, pero de ambas la arrancó un nuevo y redoblado alarido del sufriente.

—¡Haz lo que sea! ¡Mi pobre ángel se muere sin remedio!

—De ninguna manera, señora —la conforté esta vez con genuino sentimiento. Me caía bien Harriet. Una mujer generosa y tan enamorada de su Bonaparte como yo del mío—. Descuidad —añadí—, nada hay que temer, yo me ocupo. Tengo entre mi colección de hierbas exactamente lo que el príncipe necesita en estos momentos. También el rey José sufría de esta clase de cólicos. Se ve que el gusto por la comida abundante es cosa de familia —sonreí—. Vuelvo enseguida. Ya veréis que no es nada de cuidado.

«No es nada de cuidado, no es nada de cuidado», eso me repetí, más que como deseo, como plegaria, mientras corría hacia mi habitación en el ático. ¿Y si mis plantas me fallaban? ¿Y si mandaba al otro mundo al heredero de los Bonaparte? «Por favor, mamá querida —imploré, invocándola como solo hacía en las situaciones más desesperadas—. Guía mi mano y mi instinto para que pueda salvarle».

No sé si fue mi madre, o los caracoles, o quién sabe si el embrujo de la Peregrina los que me iluminaron, pero el caso es que el menjunje que previamente había preparado como antídoto funcionó a las mil maravillas y, para mi alivio y contento de todos, dos o tres días más tarde, con la piel amarillenta y oscuros círculos bajo sus ojos como único recuerdo de tan monumental diarrea, Luis Napoleón Bonaparte emulaba al ave fénix renaciendo de sus biliosas cenizas.

* * *

A partir de aquel momento y como por ensalmo, dejé de ser para el futuro Napoleón III parte del mobiliario y me convertí en indispensable. Más aún, a todos aquellos con los que hablaba —incluida su descreída prima Zenaida (que lo miraba como si no estuviese recuperado del todo de su ordalía y, por tanto, algo flojo de mollera)— les decía que yo era la mismísima reencarnación de *mademoiselle* Céleste.

—¿Y quién es esa *mademoiselle*? —decidí preguntarle a *miss* Harriet en cuanto tuve la ocasión, y ella me explicó que se trataba de un personaje mítico en la vida de los Bonaparte.

—O más concretamente en la de los Beauharnais —añadió a continuación—. Porque supongo que sabes que Josefina Beauharnais, la mujer de Napoleón, era natural de la isla de la Martinica, ¿verdad, Lucy? Pues bien, cuentan que, cuando era aún una niña, ella y su prima Aimée de Rivéry escaparon un día de sus casas para visitar a escondidas a cierta hechicera del lugar, que vaticinó que las dos serían emperatrices.

—Por lo menos en el caso de Josefina se cumplió —apunté.

—Sí, pero lo más asombroso es que en el de su prima también.

—¿Cómo así?

—Se trata de una historia en verdad curiosa. En 1784, cuando Aimée regresaba a Martinica después de cursar estudios en un internado francés, el barco en el que viajaba fue apresado por piratas que la secuestraron y la llevaron como esclava a Argelia. La pequeña Aimée se había convertido para entonces en una espléndida muchacha, pelirroja y con los ojos azules. El rey de aquel país se enamoró de ella, pero, como estaba en serias dificultares con el sultán de Turquía, decidió congraciarse con él ofreciéndole regalo tan deslumbrante. Años más tarde, Aimée llegaría a convertirse en madre del futuro sultán y en una de las mujeres más legendarias y cultas de su tiempo. Ella y su prima no se volvieron a encontrar, pero Josefina jamás olvidó a Aimée, como tampoco olvidó a la vieja Céleste que había predicho su fortuna. Por eso, hasta el fin de sus días, fue devota de todo tipo de ritos y conjuros africanos. Decía que no había nada tan poderoso como un amarre congo.

—Sí, ya, de eso también yo puedo dar fe —sonreí—. Pero imagino que Luis Napoleón debía de ser un niño cuando murió la emperatriz, y no creo que, con cuatro o cinco años, su abuela le hablara de brujerías.

—No, pero su madre, es decir, Hortense Beauharnais, hija de Josefina y casada con Luis Bonaparte, sí. Hortense era aún más supersticiosa que la emperatriz, no daba un paso sin hablar con Céleste.

—¡No me digáis que la vieja bruja de la Martinica había hecho un pacto con Mandinga y sobrevivió todos esos años!

—Los pormenores no los sé, pero lo que sí te puedo decir es que cada vez que Hortense tenía una racha de muy buena suerte se la atribuía al espíritu de Céleste, con el que parlamentaba con frecuencia.

* * *

También yo empecé a creer que *mademoiselle* Céleste era tan inmortal como el conde de Saint Germain y que me había tomado bajo su protección. Porque, apenas dos semanas más tarde, y repuesto ya del todo de sus problemas intestinales, Luis Bonaparte le comunicó a su prima Zenaida que había contratado mis servicios y que su intención era llevarme con ellos a Londres.

—Por mí como si te la llevas al mismísimo infierno —le respondió Zenaida, con el cariño hacia mi persona que la caracterizaba.

—Claro que antes, y para asegurarme de que no arrambla con algo que no es suyo —continuó— yo misma he tenido la precaución de inspeccionar su habitáculo. ¡Nunca he visto tal colección de porquerías, hierbajos y cachivaches! Ordénale que lo vacíe cuanto antes y que se largue con viento fresco. Espero que ni tú ni Harriet os tengáis que arrepentir de haberos quedado con la ramera de mi padre.

* * *

Comenzó entonces una nueva vida para mí. Una en la que se mezclaban incertidumbre y novedad con otros ingredientes que enseguida pasaré a relatar. Luis Napoleón solo se acordaba de mi persona (o mejor dicho, de la negra Céleste a la que yo encarnaba) cuando sentía alguna indisposición o precisaba consultar con los caracoles: «¿Podré volver a Francia algún día? ¿Se cumplirán mis sueños, Céleste? ¿No tienes un filtro que pueda hacer que ocurra...?».

Si por él fuese, seguro que me hubiera confinado con mis hierbas y mis métodos de adivinación a algún remoto cuartucho en el ático de la suntuosa mansión de *miss* Harriet. Ella, en cambio, sí se interesó por mí, y desde el primer día.

—Eres inteligente —me dijo cuando aún estábamos en el barco en ruta hacia Londres—. No creas que no me di cuenta de tu pequeña astucia.

—No sé a qué os referís, señora —respondí, intentando poner la misma cara de inocencia que la noche en la que salvé al príncipe de sus males.

—¿Sabes cuál es la diferencia entre una persona con seso y otra sin él? —continuó *miss* Harriet—. La sin seso mira sin ver, mientras que la avispada todo lo ve, pero sin que nadie se dé cuenta. Claro que hay también una segunda diferencia notable: como los tontos no ven, jamás aprenden, mientras que los listos aprenden de las argucias de otros, incluso cuando los engañan como a chinos. Como tú hiciste con nosotros, y muy arteramente, por cierto.

Primero la miré con aprensión. Pero luego decidí que con ella era preferible jugar con las cartas descubiertas. Le supliqué que me perdonara, le juré que en ningún momento la vida de Luis Napoleón había corrido peligro y que mi único afán era salvar el pellejo, alejarme de Zenaida y empezar una nueva vida.

—... A ser posible a vuestro servicio —dije con lágrimas en los ojos—. Y pensar que vos os disteis cuenta de todo —añadí, bajando la mirada con genuino bochorno—. Nunca os podré agradecer lo suficiente el que no me hayáis delatado. Yo...

—No me lo agradezcas —me interrumpió, devolviéndome otra sonrisa que en ese momento no supe cómo interpretar—. Yo tampoco doy puntada sin hilo, ya tendrás ocasión de comprobarlo.

* * *

Una vez llegados a Inglaterra, no tardé en descubrir cuál era la posición de Harriet en la sociedad londinense, así como el valor de un apellido como Bonaparte en un círculo tan selecto y excluyente. Jamás lo hubiera imaginado. A pesar de que no estaban casados, a pesar también de que Waterloo y, por tanto, Gran Bretaña habían acabado con el emperador, el Londres elegante hervía de bonapartistas. Duques que pagaban fortunas por una cajita de rapé, una pluma o cualquier otro objeto que hubiese pertenecido a Napoleón; petimetres que se vestían siempre de verde por ser su color favorito; damas devotas del espiritismo que juraban mantener conversaciones interesantísimas con el Gran Corso... Y, aventajándolos a todos, con su casa llena de los *memorabilia* napoleónicos más inimaginables, y perdidamente enamorada de su sobrino, estaba ella. Mi nueva amiga, Harriet Howard. Amiga, sí, porque, a diferencia de Luis Napoleón, *miss* Harriet me convirtió primero en su ama de llaves, más tarde en secretaria y, a no mucho andar, también en su cómplice y confidente.

* * *

—¿Has leído *The Times* de hoy, Lucy? ¿Has visto ya la espléndida noticia? —irrumpió en mi cuarto cierta mañana, un par de años más tarde de mi llegada a Londres, periódico en mano—. ¡Prepáralo todo, nos vamos a Francia!

—¿A Francia? —repetí mientras echaba un vistazo a la portada de *The Times* que Harriet acababa de dejar triunfalmente sobre mi mesa—. «Cae la monarquía en Francia» —rezaba un titular y, un poco más abajo podía leerse también—: «Salpicado por la corrupción de sus ministros y acuciado por la amenaza de una nueva revolución, Luis

Felipe abdica después de negarse a disparar contra los insurrectos».

—Nos vamos a París, Lucy. ¡A París!

—Pero si el príncipe no puede —comencé yo, sabedora de que, tras la restauración monárquica, los Bonaparte tenían prohibido pisar suelo francés—. Aunque haya caído Luis Felipe —argüí—, seguro que son muchos los que pretenden hacerse con el poder y a ninguno le interesará que él cruce la frontera, menos aún que entre en París. Lo detendrán en cuanto ponga un pie allí.

—A él sí, pero a nosotras, no. Mañana mismo quiero estar en Calais.

—¿Y qué solucionamos con eso?

—Menos preguntas y más acción, Lucy querida, prepáralo todo. Esta noche sin falta cruzaremos el canal. Ya te iré contando mis planes por el camino.

No tuve que esperar mucho para saber qué se proponía *miss* Harriet. Según ella, ahora que un nuevo período político alumbraba en Francia, posiblemente se instaurara una república y Luis Napoleón debía estar allí. Más aún, era fundamental que se presentara a los comicios que, con seguridad, iban a convocarse. Pero ¿cómo hacerlo si tenía prohibida la entrada a territorio francés? Esa fue precisamente la pregunta que le hice aquella noche a *miss* Harriet en el barco que nos llevaba a Calais, y ella me respondió con otra pregunta.

—¿Recuerdas lo que te dije sobre los tontos y los listos cuando empezaste a trabajar para nosotros?

—¿Eso de que los tontos miran sin ver y los listos ven sin apenas tener que mirar?

—Sí, pero lo más importante era la segunda parte: los listos aprenden de las argucias de otros.

—¿Queréis decir que me habéis traído a Francia para que produzca en alguien una monumental diarrea? —me alarmé—. Siempre viajo con mis caracoles y mis hierbas, pero no sé si habré traído *esa* en concreto.

—De momento no creo que vaya a necesitarla, aunque nunca se sabe. En realidad, en este caso no estoy hablando de copiar una argucia tuya, sino una de Julio César.

—¿De Julio César? —repetí asombrada—. ¿El de *Veni, vidi, vici*? José siempre me hablaba de sus hazañas.

—Sí, solo que en este caso el «venir» y el «ver» lo haremos nosotras, mientras que el «vencer» se lo dejamos a mi ángel.

Así solía llamar Harriet a Luis Napoleón. Un epíteto bastante exagerado, a mi modo de ver. Nunca le vi atractivo alguno a su ángel. Físicamente no era gran cosa, y en cuanto a personalidad y virtudes morales, tampoco le adornaba ninguno de los atributos que yo valoraba. Pero bueno, me dije, recordando las palabras de *madame* Leopoldina la noche que contraté sus servicios adivinatorios, no se ama a alguien por sus virtudes sino a pesar de sus horribles defectos. «El amor, además de ciego, también es muy tonto, se enamora uno de cada persona que no lo merece», eso opinaba *madame* Leopoldina, que atribuía su éxito en la vida al no haber sucumbido jamás a tan engañoso espejismo: el que no ama no sufre y se equivoca menos.

Harriet, en cambio, era de otro parecer: «Se ama porque se ama y no hay nada que uno pueda hacer al respecto, de modo que es mejor amar sin preguntas, sin reproches, también sin esperar nada a cambio. —Tal era su forma de ver las cosas—. Si crees que "amor con amor se paga", vas dada y solo cosecharás chascos. El placer de amar está en lo que uno siente, no en lo que espera recibir, y eso es lo que yo hago con mi ángel. ¿Comprendes, Lucy?».

Su ángel se hubiera quedado estupefacto al ver toda la suerte de ardides, argucias y, por qué no decirlo, también sobornos que puso en marcha *miss* Harriet nada más llegar a París. Yo, por mi parte, la miraba entre atónita y asombrada. Lo primero que hizo, por ejemplo, después de haberse vestido con un traje de tafetán verde tan recatado como favorecedor que la hacía parecer aún más joven y virginal, fue visitar a cada uno de los directores de los periódicos importantes de la ciudad. Una vez ante ellos, e inaugurando una práctica que luego se haría muy habitual pero del todo desconocida en aquel entonces, les ofrecía:

—... Algo que sin duda interesará enormemente a sus lectores —comenzaba diciendo en tono bajo y confidencial—. Una entrevista exclusiva y a corazón abierto con su alteza el príncipe Luis Napoleón. Sí, amigo mío, porque, como tal vez sepa usted y si no yo se lo digo, el príncipe cuenta con el total apoyo de —y aquí Harriet bajaba aún más el diapasón de su voz hasta convertirla en un susurro cómplice para mentir—..., el total apoyo tanto de la reina Victoria como del mismísimo duque de Wellington, con lo que eso significa —añadía, mencionando al vencedor de Waterloo y, por tanto, la némesis del emperador. Por supuesto, y si usted lo desea, yo puedo organizar para que el príncipe haga unas declaraciones *solo* a su periódico —volvería a mentir a continuación—. ¿No le gustaría a usted, *monsieur*, ser el primero en publicar información tan sensible?

Si alguno de aquellos asombrados caballeros expresaba su incredulidad ante tamaño «castillo en España», que es como en Francia llaman a las quimeras, las exageraciones y las grandísimas trolas, Harriet extraía entonces de su *pochette* de terciopelo negro una libreta de cheques con «Banco de Inglaterra» convenientemente grabado al dorso en letras doradas y la ponía sobre la mesa, al tiempo que le regalaba al reticente la más cándida (y deslumbrante) de sus sonrisas.

Conclusión y epílogo: al final de la semana, en cada una de las publicaciones más leídas de Francia, aparecía Luis Napoleón. En una se hacía hincapié, por ejemplo, en el entusiasmo sin límites que su figura despertaba en Inglaterra; en otra se enumeraban las muchas cualidades personales del príncipe, su inteligencia, su valentía, incluso su prestancia y apostura (sic). Y, por fin, en un ditirambo firmado por un destacado intelectual parisino de la época, se hablaba sin ambages de cómo «... la atroz situación de caos y desconcierto que se ha producido tras la caída de la monarquía se beneficiaría mucho con la presencia de Luis Napoleón, sobrino y heredero de nuestro glorioso emperador. ¡Francia entera reclama su vuelta! —concluía diciendo aquel rendido devoto—: ¡Que se levante la absurda prohibición de que pise suelo patrio! ¡Libertad, ya!».

—Ahora lo entiendo. A esto es a lo que os referíais con el *Veni, vidi, vici*. ¿No es así? —pregunté a *miss* Harriet mientras desayunábamos en el viejo café Procope, con todos los periódicos desplegados sobre nuestra mesa—. Estoy segura —añadí, dándole un mordisco a mi brioche— de que Julio César estaría muy complacido con vuestra actuación inspirada en él.

—Te equivocas de medio a medio, querida. Mi intención no es complacer a nadie, y menos a un muerto, por muy César que sea. Ya te he dicho que mi estrategia es solo aprender de los ardides de otros, no compararme con ellos. Además, lo que he hecho con esos amables caballeros de la prensa no ha sido emular su *Veni, vidi*... sino imitar otra argucia suya también muy eficaz: la táctica de las Galias.

—Eso me lo vais a tener que explicar un poco mejor —dije, porque mis conocimientos de la vida de Julio César no iban mucho más allá.

—Te lo contaré en pocas palabras porque el tiempo es oro y hoy tenemos mucha tarea —respondió *miss* Harriet, mojando un brioche en su taza de chocolate y luego chupándose los dedos de un modo que en ella quedaba hasta elegante—. César era un genio militar, posiblemente el más grande que ha existido. Pero, por encima de todo, era un genio a la hora de adornar su propio personaje. ¿Para qué crees que escribió *La guerra de la Galias?*

—No tengo la menor idea.

—Pues para glorificarse. Otros generales ganaban batallas y esperaban a que los vates o los historiadores glosasen y enalteciesen sus hazañas. Él, en cambio, se convirtió en su propio vate y también en su propio historiador.

—¿Cómo?

—Muy sencillo. Escribiendo él mismo la crónica de sus victorias.

—¿Igual que si fuera un diario, narrándolo en primera persona?

—¡No, mucho más astutamente! Redactó su crónica en tercera persona: «César vino», «César hizo», «César logró...», igual que si estuviera haciéndose eco —con todo bombo y no poco ditirambo— de las extraordinarias gestas y logros de un asombroso y brillante personaje... que no era otro que él mismo.

—Creo que lo voy comprendiendo. Es como el ardid que habéis utilizado con los directores de periódicos. Solo que, en este caso, en vez de escribir vos misma las hazañas de vuestro ángel, os las habéis arreglado para que sean otros quienes las escriban, muy astuto por vuestra parte.

—Me alegro de que haya funcionado mi pequeño truco —se limitó a comentar ella, que, al menos en lo de darse pisto y bombo no se parecía en nada a César—. Pero ahora me queda poner en práctica otro truco de tan gran maestro y también utilísimo. Uno que ayudará mucho, espero, a la promoción de mi ángel. ¿Sabes que César, al llegar al poder, de las primeras medidas que tomó fue poner su cara en las monedas de curso legal? Un ardid que, si bien no es de su invención, él hizo suyo.

—¿Y para qué?

—¿Para qué? —se impacientó *miss* Harriet, apurando tanto su taza de chocolate que le quedó un leve bigotillo que se encargó de eliminar al tiempo que comprobaba su impecable aspecto en un espejito de mano—. ¿Para qué va a ser, niña? ¿Existe mejor modo de hacer que todo el mundo te conozca que conseguir que cada ciudadano lleve tu efigie en el bolsillo o en la faltriquera?

—¿Y eso es lo que piensa hacer usted, *miss* Harriet, acuñar monedas? —pregunté incrédula.

—Una vez más haces demasiadas preguntas, querida, y algunas muy tontas. Espera y verás.

* * *

Apenas me había dado tiempo de enderezarme el sombrero y ceñirme los guantes cuando *miss* Harriet me empujó dentro de un fiacre. Esta vez nuestro destino no iba a ser ninguno de los elegantes edificios en los que tenían su sede los periódicos más importantes de la ciudad, sino otra construcción, lúgubre y gris, en la que se encontraba la Jefatura de Policía de París, cerca de la Sainte Chapelle. He olvidado el nombre del jefe de los policías, pero no su aspecto. Lo recuerdo como un enorme bulldog, casi más grueso que largo, pero con unos ojos bondadosos y mansos, que nos recibió repantingado (y medio oculto) tras una imponente mesa color ébano.

—¿Qué puedo hacer por usted, *madame*? —preguntó, irguiéndose unos centímetros para admirar mejor los ojos deslumbrantemente azules que *miss* Harriet acababa de dejar al descubierto al alzar la tenue *voilette* que adornaba su sombrero.

—¿Puedo ser del todo franca con usted, *monsieur*? —preguntó ella, recurriendo a una expresión que yo ya le había visto utilizar otras veces, sobre todo cuando se disponía a contar a su interlocutor una grandísima mentira. El manso bulldog asintió con la cabeza y *miss* Harriet se inclinó levemente en dirección a su interlocutor al tiempo que modulaba la voz para decir—: Estoy completamente perdida, *monsieur*, y solo usted puede ayudarme.

Noté cómo el bulldog comenzaba a ablandarse.

—¿En qué, *madame*?

—Oh, no sé si atreverme, es tan inusual lo que vengo a pedirle...

—Créame si le digo que estoy más que acostumbrado a lo inusual. Aquí la gente viene a plantearme cada cosa... Con tal de que no me pida que ponga en libertad a algún reo, el resto todo es posible... Bueno, casi todo.

—¿Y si le pido a usted una lista de rateros, por ejemplo?

—¿Cómo dice? —se asombró el pacífico bulldog, amusgando las orejas como si no hubiese entendido bien.

—¡Ya sabía que usted me iba a comprender, *monsieur*! —fingió alegrarse muchísimo *miss* Harriet, mientras sacaba de su *pochette* una polvera con ánimo de retocarse la nariz, pero, al mismo tiempo, dejando al descubierto la libreta de cheques que tantos corazones había ablandado entre los directores de periódico—. Lo que yo necesito es una relación de los mejores cacos de París. En especial, los más arteros, diestros y ágiles a la hora de aligerar bolsillos ajenos.

—*Sacre bleu, madame*! Y ¿para qué, si puede saberse? ¿Piensa usted quizá intentar redimirlos, devolverlos al recto camino, salvarlos de las garras del vicio y la perdición? Desde ya le digo que son duros de pelar, menuda tribu.

—¡Qué perspicaz es usted! —fingió asombrarse *miss* Harriet mientras regalaba a su interlocutor otro deslumbrante destello de sus ojos azules—. Exactamente eso es lo que quiero hacer, convertirlos a una buena causa, mientras que a usted, si me lo permite y en agradecimiento por facilitarme sus nombres, también desearía hacerle un pequeño obsequio —añadió, dejando que su pluma volara veloz sobre uno de los cheques del Banco de Inglaterra—. Para los huérfanos de la Policía, naturalmente —explicó, adelantándose al rictus de desconfianza que acababa de apoderarse de aquellas nobles facciones perrunas—. O para sus viudas, que también sufren lo suyo. Yo pongo en el recto camino a unos cuantos de sus rateros y usted, con esta modesta aportación, hace feliz a quien estime oportuno, eso lo dejo a su entera discreción. ¿Qué le parece mi trato? *Semper bonum facere,* «Siempre hacer el bien», ese es mi lema, *monsieur*.

Media hora más tarde, ya con la lista de los más arteros ladrones de París en su *pochette* de terciopelo negro, *miss* Harriet abandonaba la central de la Policía de París en compañía de esta asombrada ayudante suya que apenas se atrevió a inquirir: «Y ahora ¿dónde vamos?».

En realidad, la pregunta era ociosa. Después de entregarle la lista y antes de acompañarnos hasta la misma portezuela del coche que nos había llevado hasta allí, el jefe de Policía hizo un par de recomendaciones a *miss* Harriet.

—El primer nombre de la lista es el que más útil le puede resultar. Al *père* Pierrot lo puede encontrar fácilmente en los aledaños de Notre-Dame, ese es su territorio de «caza». Hay por allí un par de calles y plazuelas en las que suelen reunirse muchos de su misma ralea. No le recomiendo, *madame*, que se adentre en ellas, no es lugar para damas. Pero si pregunta por Pierrot cerca de la catedral y abre con prudencia las cintas de su generosa *pochette,* seguro que alguien se ofrece voluntario para ir en su busca.

—Que Dios le bendiga —le respondió *miss* Harriet, que, a estas alturas de la conversación, ya había adoptado, y de modo admirable, el aire de dama protectora de menesterosos—. Acaba de hacerme un gran favor. A mí y también a todos esos pobres descarriados, *merci bien*.

Preferí, como digo, no hacer preguntas y me dejé mecer por el traqueteo de nuestro fiacre camino de Notre-Dame. *Miss* Harriet aprovechó el trayecto para retocarse el maquillaje. Su pintura de guerra, así llamaba yo a aquella ceremonia que tanto me recordaba la de los sioux y otros pieles rojas de las praderas antes de entrar en batalla. La pintura de guerra de *miss* Harriet era tan sutil y artística como su propietaria, pero tenía los mismos efectos taumatúrgicos que la de los sioux. Sin ir más lejos, aquella misma tarde, la vi obrar grandes portentos. Con el velo de su sombrero levantado y una sonrisa radiante en los labios, *miss* Harriet se bajó del fiacre y rápidamente dirigió sus pasos a un estrecho y oscuro callejón que había en las proximidades.

—¡*Miss* Harriet! —grité mientras me apresuraba a alcanzarla con la esperanza de que cambiara de rumbo—. Pero ¡adónde vais! ¿No os ha dicho el comisario que es peligroso? ¡Volved aquí! Preguntemos a alguna de estas personas, ellas avisarán a ese tal Pierrot.

—Ya sabes lo que vulgarmente se dice, Lucy, querida: el que quiera coger peces que se moje *le cul* —vocalizó elegantemente antes de arremangarse la falda y salvar un par de charcos que había en el arranque de la sucia y apestosa callejuela por la que enfiló sin la menor precaución. La seguí. Qué otra cosa podía hacer. Al menos yo, por el color de mi piel, no desentonaba tanto en aquel ambiente y quizá pudiera serle de ayuda. Ninguna dama en sus cabales se hubiera atrevido a adentrarse en un lugar así. Bastaba con ver las gentes que pululaban en las proximidades de cierta plaza llena de mugre a la que fuimos a desembocar. Niños desarrapados que corrían tras un pobre chucho a cuya cola habían atado latas y otros cachivaches; mujeres que exhibían con una mezcla de impudicia y desesperación sus cuerpos sucios y medio desnudos; ratas enormes y lustrosas paseaban por allí sin que a nadie pareciera llamarle la atención. Pero lo más aterrador eran los hombres. Si esos eran lo que entonces llamaban «los miserables» de París, bien merecían su apodo. Rostros amenazantes y cuerpos lacerados de cicatrices se arremolinaban en grupos. Unos discutían a gritos, otros en cuclillas en la acera, no parecían tener más actividad que sacarle punta a una estaca con un cuchillo o dibujar con su navaja arabescos en la tierra. Uno de aquel grupo, al que le faltaba un brazo, alzó la vista y, al vernos, vino hacia nosotras con lo que me parecieron las peores intenciones.

—¡... Vaya, vaya, miren qué tenemos por aquí! ¡Pero si son dos palomitas, una blanca y una negra, que han extraviado el camino! A ver, prenda —comenzó mientras alargaba hacia la bolsa de terciopelo de *miss* Harriet una mano cubierta de costras y pústulas—. Trae *pacá.*

Pero ella, sin amedrentarse ni recular, lo detuvo poniéndole una enguantada mano en el pecho.

—¿Dónde está el *père* Pierrot? Necesito hablar con él. Vete y dile que lo estoy buscando. ¡Ahora mismo! —añadió, regalándole esa sonrisa suya derretidora de témpanos.

A saber si fue la sonrisa, la pintura de guerra o el aire entre sereno y firme con que *miss* Harriet lo miraba, pero lo cierto es que minutos más tarde aquel individuo nos había llevado ya hasta donde se encontraba el *père* Pierrot.

Era este un hombre de unos cincuenta años, alto, rubio y dueño de una dentadura deslumbrante. Un raro lujo no solo en aquel ambiente, sino incluso en otros más selectos. Para una mulata de Nueva Jersey como yo, había sido un perturbador descubrimiento constatar que en el Viejo Mundo desde los condes a los duques (pasando por las condesas y duquesas, que en esto no hay distingos) todos sin excepción llegaban a la cuarentena sin un mal diente en las encías. Harriet aún era joven, pero a Luis Napoleón, en cambio, ya le había tenido que financiar una carísima dentadura postiza porque, como ella misma decía, ¿dónde se ha visto un ángel desportillado, sobre todo cuando aspira a los más altos designios?

—¿Y qué os trae por aquí, *madame*? —preguntó aquel hombre con un acento suave y educado que me hizo cavilar que, posiblemente, antes de formar parte de los miserables de París, el *père* Pierrot hubiese tenido otra vida bastante más afortunada. Nos recibió en una cochambrosa fonda que olía a vino rancio y mugre y al punto nos invitó a sentarnos a su mesa. Yo temí que las ratas y ratones del lugar decidieran hacer una excursión exploratoria bajo mis faldas, y me preparé para lo peor. Pero, al mismo tiempo, no quería perder ripio de la conversación en curso, de modo que junté las piernas todo lo que pude, me senté erguida y muy atenta al tiempo que intentaba imitar la acogedora sonrisa de *miss* Harriet.

—Vengo a proponerle un negocio, *monsieur* —comenzó ella sin más preámbulos—. Uno que estoy segura va a interesarle a usted y también a todos estos —añadió, abarcando con un amplio gesto de la mano a los presentes, entre los que había hombres, mujeres e incluso un par de niños con pinta de haber corrido mucho pese a sus tiernos años—. Bueno, para ser más exactos —especificó—, le interesará en especial a los más hábiles a la hora de meter la mano en bolsillos ajenos.

—Si se trata de ese tipo de negocio, aquí somos todos doctorados —rio con ganas Pierrot mientras hacía señas al posadero de que sirviera un vino que resultó ser rasposo y espeso, al que *miss* Harriet hizo los honores—. ¿A quién hay que desvalijar? —preguntó nuestro anfitrión.

—Bueno, verá usted, el trabajillo que le propongo no consiste en quitar nada de los bolsillos del prójimo, sino más bien en poner.

—¿En poner? —se asombró el *père* Pierrot, y yo también.

Por toda respuesta, *miss* Harriet posó sobre la mesa su inefable bolso de terciopelo negro. Pero esta vez no extrajo de él chequera alguna, sino un montón de lo que, en un primer vistazo, me parecieron monedas o medallas como de hojalata, así como un taco de cartulinas algo mayores que una tarjeta de visita e impresas en letra pulcra y bien legible. Una vez hecho esto, comenzó a emparejar aquellos pequeños discos metálicos con las tarjetas, y solo cuando la grasienta superficie de la mesa se vio cubierta por tan extraños objetos, explicó:

—El negocio que le propongo, *monsieur*, a usted y a todos sus colaboradores, es que se ocupen de que, en los próximos días, el mayor número posible de caballeros de la ciudad de París, al ir a echar mano a su bolsillo, encuentren dentro esto.

—¿Esto? —repitió el *père* Pierrot, observando más de cerca aquellos discos de hojalata—. ¿De quién rayos es esta cara que hay aquí? No conozco a este tipo de nada.

—Precisamente de eso se trata. De que, en el plazo de unos días, todo el mundo sepa quién es este caballero. —«¿Verdad que está guapo mi ángel?», me preguntó *miss* Harriet por lo bajini mientras el *père* Pierrot y los suyos examinaban la mercancía, y yo no tuve más remedio que reconocer que sí, que lucía muy favorecido e imperial—... En resumen, damas, caballeros y niños —continuó mi amiga ya en voz alta y dirigiéndose a la concurrencia—, ¿quién quiere ganarse un dinero fácil?

Solo entonces comprendí cuál era la astucia de Julio César que *miss* Harriet había copiado esta vez. Allí estaba —no en monedas de curso legal, pero sí en una especie de elegante medalla orlada de laureles— el perfil de Luis Napoleón, mientras que en las tarjetas que había hecho imprimir a tal efecto se recordaba quién era tan noble patriota sobrino de Napoleón, su mejor discípulo, su perfecta réplica. Un hombre que dos veces había luchado por derrocar a la monarquía, sufriendo por esta causa seis años de larga e injusta prisión...

—A ver si lo he entendido bien —comenzó el *père* Pierrot, rascándose la cabeza—. Si no me equivoco, lo que *madame* pretende —añadió, y era la primera vez que se dirigía a *miss* Harriet en esos términos y con esa ceremonia—..., lo que *madame* pretende es dar a conocer a este sujeto con vistas a las elecciones legislativas que se van a convocar en breve. Pero ¿qué le hace pensar que nosotros, los miserables de París, que acabamos de echar a un rey, vamos a colaborar para que elijan a un tipo cuyo único mérito conocido es ser sobrino de un emperador?

—¿Puedo ser completamente franca con usted, *monsieur*? —preguntó *miss* Harriet, usando su conocida fórmula acompañada de otra de sus proverbiales sonrisas—. Los Bonaparte han aprendido su lección y Luis Napoleón más que ninguno. Él no quiere ser emperador, esas son fórmulas del pasado. Estamos a mediados del siglo XIX, amigo mío. No son tiempos de autócratas sino de de-mó-cra-tas, silabeó. Lo que Luis Napoleón desea en estas elecciones, que son las primeras que se celebran en Francia con sufragio universal (masculino, me temo, pero de que voten las mujeres ya nos tendremos que ocupar más adelante) —añadió *miss* Harriet, dirigiendo una mirada cómplice a las muchas mujeres que la escuchaban—... lo que Luis Napoleón se propone es acabar de una vez por todas con las desigualdades, con la pobreza extrema, con los niños que no pueden ir a la escuela, con...

—*Madame* —la interrumpió el *père* Pierrot, y esta vez no había en su forma de dirigirse a ella tanta consideración como antes, sino algo más parecido a la impaciencia—, a nosotros los miserables nos importan poco y nada las bellas palabras de vuestro Luis Napoleón. No nos creemos ni las suyas ni las de ningún candidato a las venideras elecciones. Sabemos de sobra que, gane quien gane, nada cambiará, de modo que vayamos a lo práctico. ¿Cuánto nos dará a cada uno para que mañana en el bolsillo de los ciudadanos de París esté la cara de vuestro Napoleón?

* * *

Nunca llegué a averiguar cuántos caudales pudo costarle a *miss* Harriet convertir en realidad los sueños de poder de su ángel. Solo sé que, después de salir elegido en cuatro departamentos de Francia y de ocupar su escaño en la Asamblea, más adelante, Luis Napoleón se presentaría como candidato a la presidencia, para ganar con el setenta y cinco por ciento de los votos. Pero sé también que, para que todo esto llegara a ocurrir, *miss* Harriet hubo de poner en venta una de sus posesiones más amadas, cierto *palazzo* que poseía en las afueras de Roma. Aun así, jamás la oí lamentar su pérdida, como tampoco pareció importarle tener que desprenderse de las piezas más importantes de su joyero. Su ángel estaba a punto de regresar para siempre a Francia, donde —a juzgar por el enfebrecido entusiasmo que había despertado su elección como diputado— lo recibirían como si de la reencarnación de su ilustre tío se tratase.

Fue un par de semanas antes de que él y *miss* Harriet se mudaran definitivamente a París para comenzar esta nueva etapa de sus vidas cuando Luis Napoleón solicitó mis servicios visionarios, o, para ser más exactos, los de *mademoiselle* Céleste. A medida que se acercaba el día de la partida era habitual que lo hiciera, sobre todo cuando se cernía sobre él la *mala testa*. Yo conocía bien aquella expresión y me traía dulces recuerdos. Muchos ataques de melancolía, o, como los Bonaparte solían llamarla, de *mala testa*, había ayudado yo a disipar a mi buen José en el pasado. Pero, en el caso del sobrino, su melancolía tenía solo un nombre: dinero. Era un secreto a voces que Luis Napoleón vivía de *miss* Harriet. Todo el mundo lo aceptaba, excepto él, razón por la que se había embarcado en diversas aventuras empresariales, la mayoría de las cuales acabaron en desastre. Y, cada vez que esto pasaba, recurría a mí.

—A ver, muchacha, qué dicen hoy tus caracoles. Pregúntales si puede ser interesante comprar una mina de estaño en Polonia. —Mis caracoles decían que no, y él se desesperaba—. ¿No tienen tus malditas conchas ninguna buena noticia para mí? ¡Consúltalas otra vez, *sacrebleu*!

Lamentablemente, por mucho que consultase con el más allá, la respuesta era siempre la misma. En lo que a dinero se refería, la suerte se mostraba esquiva.

—Tenga su alteza paciencia —intentaba confortarlo yo—. Todo se andará. Los caracoles le auguran laureles, no caudales.

—¡Sin caudales no hay laureles y yo estoy harto de vivir de Harriet!

Me dolieron sus palabras. Ella no se las merecía, así que le contesté y no de muy buen modo:

—En ese caso, ya sabéis lo que tenéis que hacer, vender la Peregrina.

—¿Y quedarme sin hucha? ¿Sin la única reserva de dinero propio que tengo? Prefiero seguir como estoy.

Todo esto había ocurrido meses atrás, y, mientras tanto, la Peregrina dormía una larga siesta en el joyero de *miss* Harriet porque, según ella, las perlas traían mala suerte.

—Mira lo que le pasó a tu José, cómo lo echaron de España con cajas destempladas. Y otro tanto le ocurrió a María Luisa de Parma, que tan orgullosa estaba de su perla. En cuanto a sus dueños anteriores, mejor ni hablar: Felipe V y sus hijos Luis I y Fernando VI, locos como sonajas; Carlos II, tullido y estéril, mientras que rara es la reina de España a la que no se le murieron lo menos cuatro o cinco hijos. Y, con todo, debían de estar agradecidas, porque lo habitual era que, encima de tanta desgracia, se fueran al otro mundo antes de cumplir los treinta. Menuda sarta de calamidades. Prefiero llevar una baratija al cuello antes que la Peregrina.

De nada sirvió que le explicara que las perlas traen también amor y ventura, porque *miss* Harriet perseveró en sus trece.

Tampoco a Luis Napoleón le interesaba la Peregrina. Para él era solo esa hucha a la que una vez hizo mención. Sin embargo, ahora las circunstancias habían cambiado. Estaba a punto de regresar a Francia con muchas posibilidades de convertirse un día no muy lejano en presidente de la república. Llegaba el momento de volar solo, sin depender de nadie, ni siquiera de Harriet. Porque, al fin y al cabo, ¿qué era ella, por muy guapa y por mucho dinero que tuviese? Solo una actriz, hija de un zapatero remendón. Difícilmente podría encajar en su nueva vida. Un político debe cuidar su buen nombre, su reputación. Además, debía empezar a buscar esposa. La máxima autoridad de la república francesa debería de estar casado. Eso era lo decoroso, lo recomendable, lo que tenía que ser.

Huelga decir que nada de esto verbalizó Luis Napoleón al requerir mis servicios pocas semanas antes de viajar a París, pero yo lo leí en los caracoles. También me desvelaron que sus ambiciones ni siquiera se detenían en alcanzar la presidencia de la república, sino que iban más allá.

—¿Y qué más ves por ahí, Céleste? ¿Muchos nubarrones en el horizonte? Con Francia carcomida por la corrupción, las penurias y el descontento de sus gentes, un presidente de la república puede durar menos que un suspiro.

¿Crees que me mantendré en el cargo? ¿Ves posibilidades de que llegue más alto aún?

Los caracoles estaban especialmente locuaces aquella noche y en ellos pude ver cómo, detrás de una banda presidencial, se escondía una corona de laureles muy similar a la que, años atrás, adornara las sienes de su tío el emperador. Y como los caracoles estaban tan parlanchines, me revelaron también otras escenas futuras en las que, junto a Luis Napoleón, ya no estaba *miss* Harriet, sino una dama casi tan guapa como ella. Una que hablaba francés con un suave acento español y que al preguntarle Luis Napoleón: «¿Decidme, Eugenia, por dónde se llega a vuestras habitaciones?», ella contestaba, entre inocente y coqueta: «Se llega pasando por el altar, majestad...».

De lo que me contaron los caracoles aquella noche, a Luis Napoleón solo desvelé una parte, la que hablaba de su éxito como presidente de la república. El resto me lo reservé, debatiéndome sobre si debía contarle o no a *miss* Harriet qué futuro le esperaba a su ángel. Al final opté por decirle que, después de la presidencia, le aguardaba una corona imperial, pero nada revelé de esa tal Eugenia a cuya habitación Luis Napoleón accedería pasando por el altar. «Se lo contaré, pero más adelante», me prometí. Me partía el alma verla tan feliz preparándolo todo para mudarse juntos a Francia.

—Y, por supuesto, tú vendrás con nosotros, Lucy. Me muero por ver la cara de mis futuras amigas francesas cuando les cuente lo infalible que son tus caracoles. Te convertirás en la sensación de París, ya lo verás. *Quelle merveille*! —añadió en francés, tratando de pulir su bastante macarrónico acento—. Y ahora ven, querida. Ayúdame con esto y con esto otro y también con lo de más allá. Nos queda tanto por organizar antes del viaje y solo un par de semanas para prepararlo todo. ¡Allá vamos, *ma très chère France*!

«Se lo diré mañana», volví a prometerme. Pero una vez más pospuse revelarle qué habían dicho los caracoles, y así comenzaron a pasar los días. Al cabo de una semana, Luis Napoleón volvió a consultarme. Esta vez quería saber cuál era, según mis conchas, el mejor comprador para su Peregrina.

—¿Cómo? ¿Así que habéis decidido desprenderos de ella? —pregunté. ¿No decíais que era vuestra hucha?

—Las huchas están para romperlas —se impacientó él, y luego añadió—: Llega el momento de despegarse de ciertas faldas. Pero bueno, no es asunto tuyo. Solo quiero que me digas el nombre de un joyero, el que más dinero pueda darme por ella.

Tiré con desgana mis caracoles y vi cómo también ellos se mostraban remolones.

—¿Qué pasa, chica? No me digas que se han vuelto mudos de repente. Prueba otra vez, date prisa.

No sé qué opinaría *madame* Leopoldina al respecto, pero tengo observado que los caracoles, cuando se los apremia, se ponen rebeldes y cuentan cosas que nadie les ha preguntado. Por eso, aquella tarde me desvelaron capítulos de la futura vida de Luis Napoleón que seguro que él preferiría ignorar. Me dejaron ver, por ejemplo, que en medio de tanta gloria como le esperaba, la mala hierba del desamor crecería hasta ensombrecer su matrimonio, y también me revelaron otros capítulos aún más dolorosos. La caída de su imperio y el destierro, seguido como epílogo por la muerte de su único hijo, solo y ensangrentado, en tierras lejanas, tratando de demostrar a todos que era más valiente que su padre.

Tres, cuatro, hasta diez veces tuve que tirar mis conchas para que contestaran al fin a la pregunta que él les había hecho: indicar el nombre del joyero que más podía ofrecer por la Peregrina. Sin embargo, cuando al fin me lo facilitaron, Luis Napoleón torció el gesto.

—¿Abercorn? ¿Seguro que eso es lo que han dicho? Malditos caracoles, la única persona de ese nombre que conozco es un viejo amigo de Harriet y tiene de joyero lo que yo de fumista. Consúltalos de nuevo. No tengo tiempo de ir de joyería en joyería como un mercachifle ofreciendo mi mercancía, necesito ir directo al mejor postor.

Esta vez los caracoles dieron un nombre diferente: Hamilton.

—¡Hamilton! —se asombró Luis Napoleón—. En ese caso debe de ser verdad.

—No entiendo, señor.

—El bueno de James Hamilton es marqués de Abercorn. ¡Tus caracoles son únicos, muchacha! Estoy tan contento que hasta te podría dar un par de besos —exclamó en un ataque de muy poco habitual cariño hacia mi persona que, por suerte, no se vio materializado en ósculo alguno—. Y, por cierto —añadió cuando ya estaba con la mano en el pomo de la puerta—. Ni una palabra de la venta a Harriet, ¿me has entendido? No tiene por qué enterarse. Además, ni siquiera creo que la eche en falta, según ella la Peregrina solo trae mal fario.

* * *

Ahora, tantos años más tarde, y gracias a los recuerdos que en mí ha despertado leer la esquela de *madame* Leopoldina en *The Times,* los acontecimientos que tuvieron lugar a continuación se atropellan en mi cabeza sin demasiado orden. Recuerdo, por ejemplo, que la noche después de darle a Luis Napoleón el nombre de Abercorn, volví a soñar con la perla. Solo que, en esta ocasión, en vez de pedirme que la siguiera como hizo cuando estábamos en Florencia, dijo que venía a despedirse. Eso me hizo respirar aliviada. No me atraía en absoluto la idea de tener que inventarme a saber qué complicada argucia para conseguir que me contratara la marquesa de Abercorn, a la que no conocía de nada. Las perlas son así de caprichosas. Un día te ordenan que las sigas, y otro que las dejes seguir su camino. Muchas veces me he preguntado cómo habrá sido la estancia de la Peregrina con su nueva familia, aunque algunos capítulos de esta nueva andadura sí pude conocerlos. De primera mano supe, porque así me lo revelaron los caracoles, que apenas unos días antes de nuestra partida de Londres, Luis Napoleón visitó a James Hamilton, marqués de Abercorn, en su casa de Mayfair. No sé cuál fue exactamente la conversación que mantuvieron, pero, con todo lo que mis conchas me han enseñado sobre la naturaleza humana, casi puedo reconstruirla punto por punto.

—Amigo mío —le habrá dicho Luis Napoleón—, vengo a despedirme, regreso en breve a Francia.

—Enhorabuena, príncipe, será usted un magnífico diputado. Y, como dicen todos, a no poco andar, también un espléndido presidente de la república.

—Sí —suspiraría tal vez a continuación Luis Napoleón, encendiendo uno de los puritos egipcios a los que se había aficionado desde que le dieron la buena noticia—, pero ya sabe, mi querido amigo, lo exiguos que son los sueldos de los funcionarios. Por eso he venido a recabar su consejo. ¿Ve esta perla? —añadiría con su aire más inocente y *nonchalant*—. Mi tío José Bonaparte me la dejó en herencia para que pudiera costear mi campaña electoral. Me he resistido hasta ahora a desprenderme de ella, en el fondo soy un sentimental. —Dejaría que el humo de su purito lo envolviera en una pudorosa nube por unos instantes—. Pero los gastos en los que he incurrido financiando mi elección han sido enormes y las deudas me apremian. ¡Imagínese! Justo ahora que debo volver a Francia e intentar sacar a mi patria de la terrible situación en la que se encuentra... Jamás se me ocurriría venderla en otras circunstancias. Se trata de la Peregrina. Huelga decir que, a un hombre de mundo como usted, no hace falta que le hable de la increíble historia que encierra. ¿Se le ocurre alguien a quien pueda interesar su compra?

—¿Interesar su compra? ¡La Peregrina, nada menos! —respondería casi con toda seguridad Abercorn, calibrando rápidamente la situación: a él recurría en busca de consejo el futuro presidente de Francia, el príncipe Napoleón, para más datos. Hasta el presente, lo tenía solo por un tipo de apellido sonoro y no excesivamente simpático que vivía a costa de *miss* Harriet, pero las tornas comenzaban a cambiar. ¿No sería una buena inversión hacerle un favor a alguien con ciertas estrecheces circunstanciales, pero, al mismo tiempo, con tanto potencial como él? Y, por otro lado, tampoco era ninguna mala idea que, en el próximo baile del palacio de Buckingham al que acababan de invitarle, acudiera lady Abercorn luciendo perla tan legendaria. ¿Cuánto podrían valer estas dos apuestas a futuro?, calculó aquel caballero mientras extraía de la primera gaveta de su secreter una libreta de cheques aún más rumbosa que la de *miss* Harriet.

—¿Os parece bien esta cifra? —diría seguramente, después de añadir un par de ceros a la cantidad que había pensado en un primer momento.

—¡Es usted sumamente generoso, amigo mío!

—Nada, nada, un pequeño detalle, eso es todo. Digamos que se trata de una contribución a la causa napoleónica, querido príncipe. ¿Cuándo parte para Francia...? ¿Ah, sí? ¿Tan pronto...? Espléndido, espléndido... Por cierto, mi familia posee una pequeña bodega en Burdeos y algún que otro interés comercial más en su hermoso país. La próxima vez que cruce el canal (que será en breve) pasaré por París a saludarlo y hablaremos de todo un poco. ¿Le parece bien? ¡...Magnífico, magnífico! Esperaré a que esté instalado y ya al mando de la nave, como quien dice, antes de hacerle una visita. ¡Y, por supuesto, cuente desde ya con varias cajas de nuestra mejor reserva, faltaría más! Un placer, príncipe, un verdadero placer...

* * *

Más o menos de este modo la Peregrina abandonó la familia Bonaparte para comenzar una nueva andadura lejos de mí. Nunca se me volvió a aparecer en sueños y tampoco mis caracoles me hablaron de ella. Demasiado ocupados estaban en desvelarme las futuras peripecias de mi querida *miss* Harriet, que fueron muchas.

Cuánto siento que no llegaran a conocerse *madame* Leopoldina y ella. Nunca he visto a dos mujeres con ideas tan dispares sobre la vida y el amor. Para Leopoldina, el amor solo servía para debilitar a quien lo siente y dejarlo indefenso ante los egoísmos y caprichos de los demás. Para *miss* Harriet, era la razón de su existencia. Ningún desdén lograba descorazonarla. Ni siquiera la vi dolerse cuando llegamos a Francia y descubrió que su ángel comenzaba a marcar distancias. Con el bolsillo bien surtido gracias a los beneficios que le procuró la venta de la Peregrina, lo primero que hizo Luis Napoleón tras ser nombrado presidente, como todo el mundo había vaticinado, fue instalarse en el Elíseo. Un hermoso palacio del elegante *faubourg* Saint Honoré.

—... En el que lamentablemente no podrás vivir tú, querida. —Eso le dijo a la mujer que lo había convertido en presidente de Francia—. Para mí también será un verdadero suplicio. —Suspiró a continuación con lo que parecían genuinas lágrimas en los ojos—, pero todo sea por la patria. Tú me comprendes, ¿verdad, tesoro?

—Por supuesto, no añadió que, en su futura vida, no encajaba una actriz con la que había vivido en concubinato, por muy rica y talentosa que fuera. Tampoco se atrevió a confesarle que, a partir de ese momento, las funciones de primera dama las iba a ejercer su prima Matilde Bonaparte.

—Es del todo inofensiva, te lo aseguro, querida. No se inmiscuirá para nada en nuestras vidas y podremos seguir viéndonos sin problemas. La vida no ha sido demasiado generosa con mi prima. Su marido, un príncipe ruso, le pegaba tales palizas que más de una vez apareció con un ojo a la funerala en las reuniones familiares, *la pauvre.* Ahora está feliz con el puesto que le he asignado, pero descuida, no es más que una ama de llaves ilustrada.

—Cuidado con ella —le advertí a *miss* Harriet cuando mis caracoles me anticiparon que tan ilustrada ama de llaves no solo había estado secretamente enamorada de su primo toda su vida, sino que, una vez convencida de que jamás iba a alcanzar sus amores, se había reconvertido en alcahueta—. Y lo próximo que hará —añadí— es meterle por los ojos a la primera jovencita inexperta que vea que puede manejar a su antojo. Los caracoles no mienten, *miss* Harriet, eso es lo que va a pasar. Vuestro ángel ya no es el que era, será mejor que lo olvide antes de que él la olvide a usted.

Ella descartó tan agoreras predicciones con un despreocupado vaivén de la mano.

—Mi querida Lucy —rio—, el amor no es algo que uno pueda encender y apagar a voluntad como un quinqué. Siempre querré a mi ángel, no lo puedo evitar.

—¿Pase lo que pase?

—Pase lo que pase.

—¿Aunque os traicione, aunque os olvide después de todo lo que habéis hecho por él, aunque os deje por otra?

—No lo entiendes —volvió a reír—. Para mí, el amor es como tu Peregrina. ¿Recuerdas lo que me decías de ella? Lo que te quita con una mano, te lo devuelve con otra. Siempre ocurre así.

—Suena bien lo que decís, pero no es cierto en absoluto.

—¡Al contrario! Se trata de una ley infalible, siempre y cuando, claro está, cumplas una premisa fundamental: no esperar nunca reciprocidad. Si crees que amor con amor se paga, vas lista. Por contra, si das sin esperar nada a cambio, la vida te lo devuelve multiplicado y por donde menos lo esperas.

Me pareció estrafalaria su teoría. Y completamente equivocada. Sobre todo, cuando comenzaron a cumplirse los vaticinios de mis caracoles.

El primero en materializarse fue ver cómo Matilde Bonaparte empezaba a ejercer de silenciosa celestina hasta que encontró para su primo la candidata perfecta. Una señorita de Granada, de nombre Eugenia de Montijo, de la que su ángel cayó rendidamente enamorado. Por lo demás, ya se había cumplido otra de las profecías de mis caracoles. Con el fervor generalizado que despertó la vuelta de un Bonaparte al país, le fue muy fácil dar un golpe de timón que lo convirtió, apenas unos años más tarde, de presidente de la República en su majestad imperial Napoleón III. Para entonces, *miss* Harriet y yo nos habíamos instalado en una hermosa propiedad próxima al Elíseo, en la rue du Cirque. Sin embargo, y a pesar de todos los desplantes y desdenes e incluso de haberse enamorado de otra a la que no tardó en convertir en su esposa, ella seguía recibiendo a su ángel con la misma alegría que en los viejos tiempos.

—¡Cómo podéis ser tan tonta! —le decía yo con mi tono más *leopoldino* y sentencioso—. ¿No veis que es un desagradecido, un perfecto caradura? ¡Mandadlo a paseo, es lo menos que se merece!

Pero ella volvía a repetirme aquello de que el amor no es un quinqué y también aquello otro de que el amor que uno da, la vida lo devuelve multiplicado por otro lado.

* * *

Sea como fuere, no me quedé junto a *miss* Harriet para comprobarlo. Acababa de conocer a alguien. A un hombre que se enamoró de mí tan perdidamente como yo, en su día, de José Bonaparte. No eran del todo opuestos. Paul me llevaba más de treinta años y también era corso. Pero no acababan ahí las similitudes. Era asimismo un devoto de los libros, también de los escritores.

—Tú deberías convertirte en una de ellos —me dijo al verme tan afanada siempre en la escritura de mi diario—. Son muchos los sucedidos que puedes —y deberías— contar. Mira, por ejemplo, a *mademoiselle* Aurore Dupin, el pisto que se da yendo por ahí vestida de hombre y haciéndose llamar George Sand. Aunque no tiene ni la mitad de vivencias que tú, lo que escribe causa sensación y la ha convertido en un personaje.

—Pero ¿tú me has visto bien? —reí yo—. ¿Amante del rey expoliador José I, bruja que lee los caracoles, compinche de otra aventurera como *miss* Harriet y, para colmo... negra?

—Mulata —corrigió Paul.

—Mulata o negra, da igual. ¿Quién querría leer mis libros?

—Los mismos que leen a Pushkin, por ejemplo. Él era tan mulato como tú.

—Sí, solo que él descendía de un príncipe etíope y yo de una esclava conga.

—¡Pues en ese caso, igual que una de nuestras mayores glorias nacionales! —rio Paul—. Si tú eres hija de una esclava de Nueva Jersey, Alejandro Dumas es nieto e hijo de esclavos haitianos; no hay ninguna diferencia. Supongo que conoces la historia de su padre. Hijo ilegítimo de una negra y de un rico hacendado, llevó grilletes hasta que, con catorce años, su padre lo liberó y lo mandó a la metrópoli para que se educase. Un chico listo, Thomas Alexandre; con la llegada de Napoleón al poder se convirtió en el primer general negro de Francia. No pocas de sus vivencias le sirvieron de inspiración a su hijo cuando escribió *El conde de Montecristo*. Tú podrías hacer lo mismo.

Paul y yo fuimos felices hasta que murió seis años más tarde. Durante ese tiempo me dediqué por completo a él, igual que había hecho antes con José. Nos fuimos a vivir a Niza, lejos de París y, por tanto, también de *miss* Harriet, y, aunque al principio nos escribíamos con frecuencia, con los años dejé de tener noticias suyas. ¿Seguiría en contacto con su ángel o se habría extinguido su amor por él como se apaga un quinqué? En sus primeras cartas, solo me hablaba de su nueva residencia en La Celle-Saint-Cloud y de asuntos banales y cotidianos. Del color de las rosas que acababa de plantar en sus parterres; de la deliciosa *eau de vie* que había logrado destilar en la bodega del palacio de Beauregard, donde ahora vivía; también de un telescopio que había comprado para admirar las estrellas. Yo, por mi parte, y para disgusto de Paul, nunca más volví a abrir los cuadernos en los que había ido escribiendo mis vivencias con ella y con Luis Napoleón. Poco después de nuestra boda, mi marido me llevó a visitar a *monsieur* Dumas con la esperanza de que, conocer a tan gran maestro, me animara a retomar la idea de publicar un libro con mis recuerdos. Yo iba muy ilusionada de conocer a un autor que me había hecho pasar tan buenos ratos con sus historias, pero ese día descubrí que, a los ídolos que uno venera, es preferible admirarlos de lejos. El autor de tantas novelas inolvidables vivía en un estrafalario castillo de estilo renacentista. Por sus salones oscuros y recubiertos de frescos podía uno coincidir a diario con gentes de lo más variadas. Con amigos sacaperras del dueño de la casa tendidos en los sofás bebiendo absenta o fumando olorosas pipas de agua; con niños de diversas edades tan desatendidos como malcriados; con damas que competían por atraer la atención de Dumas mientras que él, envuelto en un batín escarlata que a duras penas alcanzaba a cubrir sus carnes desbordantes, las miraba desde su *chaise longue*. También me miró a mí e incluso me invitó a sentarme a su lado, pero en cuanto Paul le dijo que escribía y que qué consejo podía darme, perdió todo interés y se puso a hacerle cucamonas no a alguna de las damas, sino a un escandaloso papagayo que aleteaba por ahí.

Después de aquella visita, me desencanté de la escritura. ¿Para qué, me decía? Me hubiese gustado mucho escribir una novela sobre *miss* Harriet y hacer que el mundo supiera de su inteligencia, de su generosidad. Pero todas mis intenciones naufragaban ante un obstáculo insalvable. Una buena historia ha de tener un buen final, y la de *miss* Harriet acababa con su ángel casándose con otra. Una lástima, porque la vida de mi amiga tenía, por ejemplo, algunas interesantes similitudes con la del conde de Montecristo. A Edmundo Dantés, su protagonista, también lo utilizaron, lo engañaron y perdió al amor de su vida. Pero, mil páginas más tarde, no solo recuperó a su amada y todo lo que le habían arrebatado, sino que pudo ajustar cuentas con quienes lo habían traicionado. La dulce venganza: he aquí el tema central de la novela de Dumas, también la justicia tardía; y ambos ingredientes la han convertido en una de las obras más leídas de todos los tiempos. Pero ni justicia tardía ni tampoco dulce venganza hubo en la historia de amor de *miss* Harriet, por eso desistí de escribirla. O al menos la postergué, hasta que un día, quince años más tarde, cuando ya había vuelto a vivir a Londres tras la muerte de Paul, y al igual que hoy he podido leer en *The Times* el obituario de *madame* Leopoldina, mis ojos tropezaron con una necrológica dedicada a *miss* Harriet. El corazón me dio un vuelco. ¡Qué guapa estaba en el daguerrotipo que acompañaba la noticia, casi tan joven y espléndida como yo la recordaba!

> *Lamentamos hoy la muerte de* miss *Harriet Howard.* Miss *Harriet, que acababa de cumplir cuarenta y un años, falleció el pasado 19 de agosto de 1865 rodeada de las muchas personas que la amaban.*

El texto, después de relatar su infancia humilde, su primera y ajetreada juventud, así como su breve carrera como actriz y el hecho extraordinario de que sucesivamente dos caballeros le hubieran legado sendas fortunas, pasaba a hablar de su relación con Napoleón III. Pero la trataba como una simple amante sin hacer mención alguna al papel que jugó en convertirlo en emperador. Por el contrario, se explayaba en detalles de su vida más reciente, que glosaba en los siguientes términos:

> *... Una vez perdido el favor de su amante imperial,* miss *Harriet no se descorazonó. Siguió cultivando la amistad de Napoleón III, que le hizo obsequio del castillo de Beauregard, cerca de Versalles, así como del título de condesa de Beauregard. Para entonces, ella ya se había casado con el bizarro capitán Clarence Trelawny, criador de caballos ingleses, que se valió del dinero de su esposa para embarcarse en varias y ruinosas aventuras financieras, lo que desembocó en el divorcio de la pareja. Desde ese día,* miss *Harriet optó por abrir su castillo a personas necesi-*

> *tadas, en especial huérfanos y jóvenes madres solteras que ahora la lloran como la mejor y más generosa de las matriarcas.* Miss *Harriet no deja memorias escritas de su novelesca existencia, pero sí unas palabras que, según disposición suya, figuran ahora en su lápida, y son estas:* «Felix fui, quod multum amavi». *Fui feliz porque mucho amé.*

* * *

No fue hasta un par de meses más tarde que me decidí a viajar a Francia y visitar la tumba de Harriet Howard. Para entonces, ya había comenzado a poner en orden estos recuerdos que ahora culmino. Si alguna vez pensé que no podría escribir sus vivencias porque carecían de un final feliz, épico y redentor como el del conde de Montecristo, ahora sé que las historias de amor más bellas que puedan existir son otras y tienen por lema el que *miss* Harriet eligió para su lápida. Por eso sé también que a ella la vida la acabó premiando con la mayor de las recompensas. Una que solo las personas desprendidas y generosas alcanzan a conocer. La imbatible felicidad que procura el dar, no el recibir; el amar, no el ser amado. ¿Qué diría *madame* Leopoldina de todo esto? Ella creyó triunfar cuando, después de que un único desengaño amoroso con quince años secara su corazón, llegó a vivir más de cien años. Se le debieron de hacer muy largos, pienso yo ahora ante la tumba de Harriet Howard. Y me complace ver cómo su mausoleo se ha convertido en santuario para todos a quienes tanto ayudó y se turnan y compiten para adornarlo a diario con las más bellas flores. Sobre su lápida añado ahora también yo una rosa y, sobre todo, una promesa: la de contar al mundo su vida para que no acabe extraviada entre los torcidos y tantas veces mentirosos renglones con los que se escribe la historia.

Al hablar de Napoleón III, todos piensan en Eugenia de Montijo y en el gran amor que, al menos durante unos años, le unió a ella. Cuando termine la novela que pienso escribir al estilo del señor Dumas, espero que sepan también que, detrás de tan romántica relación amorosa, hay otra sin la cual la segunda jamás habría existido. La historia de una mujer que, según su propia definición, fue siempre feliz porque supo amar sin esperar nada a cambio.

Undécima parte

La Peregrina versus la Pelegrina

(Una historia en la que se mezclan la corte
de la reina Victoria, la muerte de Rasputín
y los ardides de cierto agente secreto que supo
estar en todas partes sin [apenas] ser visto)

Año: 1960
Lugar: Botley, Oxfordshire, Inglaterra, casa de Oswald Rayner, antiguo miembro del MI6

—...Veamos si le he entendido bien, señor Rayner, dice usted que el príncipe Yusúpov, asesino de Rasputín, y usted se conocieron debajo de un sofá de Buckingham Palace. ¿No es demasiado rocambolesco e inverosímil? ¿Qué podían estar haciendo dos jóvenes de buena familia por los suelos y a cuatro patas ante su majestad británica? Explíqueme, por favor, soy todo oídos.

El viejo Oswald Rayner observa a su interlocutor con la misma expresión de resignado hastío con la que mira siempre a sus entrevistadores. ¿Cuántos periodistas, historiadores o simples curiosos habrán intentado tirarle de la lengua desde aquellos ya lejanísimos primeros años de principios de siglo hasta el presente? Difícil de saber. Decenas, docenas, más de un centenar lo más probable. Durante mucho tiempo, él se había limitado a no recibirlos, atrincherado en la pequeña casa campestre a la que se retiró tras jubilarse, pero después fue cambiando de estrategia. No le quedó más remedio: insufribles plumillas, y *reporters*, más insistentes y agotadores a medida que pasaba el tiempo y crecía su fama de hermético e inaccesible, empezaron a esperarlo detrás de unas matas cuando se disponía a dar un paseo por los alrededores. O lo asaltaban en la tienda del pueblo donde acudía una vez por semana a surtirse de tabaco para su pipa. También se fingían policías, inspectores de gas o vendedores de todo tipo de absurdos productos con la pretensión de que les abriera la puerta. Una verdadera plaga. Por eso, había acabado por desarrollar un sistema neutralizante muy eficaz. Recibirlos y luego divagar. Cuando le preguntaban una cosa, contestar otra que no tenía nada que ver hasta hacer correr la voz de que estaba chocho. Acababa de cumplir setenta y un años, entraba por tanto en lo que los franceses llaman *«un grand âge»*. Perfectamente creíble que comenzara a navegar ya por los mares de la arteriosclerosis y la desmemoria.

¡Los mares de la desmemoria, precisamente él, que se acordaba de cada anécdota, de cada dato, de cada conversación que había mantenido a lo largo de los años al servicio de su majestad británica! Y, si algo escapaba a sus recuerdos, contingencia improbable, todo estaba registrado por escrito con pulquérrima caligrafía y en cierto código taquigráfico de su invención a prueba de miradas indiscretas. A tan minuciosa tarea había dedicado los últimos tres años de su vida. Todo estaba ahí, archivado dentro de cinco grandes cajas negras que guardaba bajo llave en un habitáculo construido a tal efecto al fondo del jardín, justo detrás de su parterre de rosas *hot princess*. Cartas, fotos, notas, documentos, facturas, telegramas, también el diario privado que llevó desde sus años de estudiante en Oxford hasta el mismo día de su jubilación. Años de anotaciones. Aun así, tan larga y secreta recopilación tenía como fin únicamente un placer solitario. No estaba destinada a sobrevivirle. Para Oswald Rayner todo aquel material tan codiciado era como uno de esos mandalas que, con infinita paciencia y buen pulso, elaboran los monjes tibetanos con montoncitos de arena de diferentes colores. Espectaculares y pormenorizados diagramas y dibujos que representan el cosmos, pero que, una vez terminados y como acto de humildad, su propio autor destruye tras ofrecer apenas un puñado de arena a los espectadores, que, desolados, observan cómo desaparece ante sus ojos tan laboriosa belleza. Eso mismo pensaba hacer él con el contenido de aquel cuartito antes de morir, destruirlo todo. Como el fiel sirviente público y leal súbdito de su majestad que había sido, tal era su obligación. Pero también su mayor triunfo, borrar toda constancia de los acontecimientos de los que había sido partícipe y que llegaron a cambiar el curso de la historia. Como, por ejemplo, la verdad sobre la muerte de Rasputín, preludio de la Revolución rusa, por la que acaba de preguntarle hace un par de minutos ese impertinente *reporter* de la revista *Life* y al que él le había respondido yéndose por las ramas, o, para ser más precisos dado el caso, por las verdes colinas de Botley.

—... Sí, así nos conocimos Félix Yusúpov yo. Y todo gracias a nuestro común amigo Ernest Hamilton, nieto del duque de Abercorn, presente también aquel día.

—¿Duque? —atajó entonces aquel enervante plumilla, que, según la tarjeta de visita que había extraído del bolsillo superior de su chaqueta de cuadros, se llamaba Dough Fairewell. «...Sí, sí, amigo Rayner, ese soy yo, Dough Fairewell de Nashville, Tennessee, ganador de un Pulitzer por más señas»—. Modestia aparte, le digo que Abercorn no es duque sino marqués, lo sé bien, además de todo, soy experto en heráldica.

—Pues está usted algo así como cien años atrasado de noticias —suspiró Rayner con paciencia franciscana—. Sir John Hamilton fue hecho duque cuando lo nombraron virrey de Irlanda allá por 1866. De esas fechas tan lejanas data también la amistad de su mujer, lady Louisa, con la reina Victoria, que, como usted sabrá, fue muy longeva. Y esa es la razón por la que, casi sesenta años más tarde, su nieto

Ernest, Félix Yusúpov y yo mismo estábamos en Buckingham Palace. Lady Louisa se había empeñado en que la acompañáramos a tomar el té con su majestad.

A Dough Fairewell de Nashville, Tennessee, le importaba poco y nada el *five o'clock tea* de Rayner con la reina Victoria. ¿Qué tenía que ver aquella merendola con lo que él deseaba contar a sus lectores de *Life*, esto es la muerte de Rasputín? Aun así, se dijo que tal vez remontándose a aquella vieja anécdota, que probablemente a su entrevistado, por puro y trasnochado esnobismo, le gustaba rememorar, podría servir para reconducirlo arteramente a la buena senda y sonsacarle la información deseada. A los viejos les encantan las batallitas y son muy dados a los circunloquios. «Pero al final acabará cantando como una *prima donna*», se dijo al tiempo que dejaba a un lado su libreta de notas para extraer de su portafolio el flamante magnetófono de dos bobinas que había traído consigo. Qué gran avance técnico aquel. Le ahorraba a uno mucha taquigrafía, tinta y esfuerzo. Sobre todo cuando el entrevistado era tan premioso como el señor Rayner. Pero él no sería Dough Fairewell de Nashville, Tennessee, si no conseguía arrancarle su historia. El Pulitzer se lo habían dado por recrear la vida de los esquimales, por lo que treinta días con sus correspondientes noches árticas se había pasado en un iglú, alimentándose de arenques y grasa de foca (inolvidablemente aborrecible, por cierto). A pertinaz no le ganaba nadie, y menos aún aquel viejo tozudo.

—Bueno, bueno, amigo Rayner, cuénteme cómo era el príncipe Yusúpov en aquel entonces, su carácter, sus costumbres, sus manías. Y puesto que usted lo conoció en sus años mozos, dígame también: ¿no sería un grandísimo mentiroso que se inventó todo lo que nos ha contado sobre cómo mató a Rasputín? Amigos suyos dicen que era un diletante, un figurón, un irredento *show off* al que le encantaba alardear, pero absolutamente incapaz de matar una mosca. ¿Usted qué opina?

Oswald Rayner miró a su interlocutor (casi) con simpatía. Estaba claro que el pobre no tenía la menor idea de con quién se jugaba los cuartos. Para alguien como él, que había logrado salir airoso de interrogatorios de la Okhrana, la policía secreta del zar, las tentativas de Fairewell por arrancarle información eran un pícnic. Notó que empezaba a resultarle divertida la situación. ¿Así que pretendes sonsacarme qué papel jugaron en la muerte de Rasputín los servicios secretos británicos, no es así? Pues espera sentado, porque ahora mismo te voy a aplicar un «gato por liebre». Tal era el nombre que Cumming, director (e inventor) de los servicios secretos británicos daba a este sistema tan eficaz. «Escuchad bien, muchachos —solía decirles en las sesiones de entrenamiento a los aspirantes a convertirse en perfectos agentes especiales—. Cuando os intenten sonsacar algo, lo que tenéis que hacer es complacerles... dándoles otro retazo de información diferente. Uno llamativo y escandaloso y —esto es lo más importante— que sea rigurosamente cierto. Es el mejor modo de confundir al enemigo: meterlo en otra pista».

—Amigo mío —comenzó Rayner, juntando las yemas de los dedos como quien se dispone a narrar algo largo y detallado—. Si lo que desea usted es entender la compleja personalidad de Félix Yusúpov, lo más importante que debe saber es que era la más deliciosa e irresistible mujer que he conocido.

—¿Mujer? —atajó Fairewell, subiendo el volumen de su magnetófono y retomando a toda prisa la abandonada libretita de apuntes.

—Así es, y desde la cuna. Su madre, la guapísima Zinaida Yusupova, una de las mujeres más ricas del mundo, dicho sea de paso, siempre quiso tener una niña, de modo que, cuando él nació y una vez superada su desilusión, se dedicó a vestir a Félix con trajecitos de puntillas, volantes y bodoques. Y con sus joyas correspondientes, como es natural.

—Bah, eso no tiene nada de raro —terció Fairewell reticente—. Hasta hace solo unos años, en Nashville, Tennessee, a muchos bebés, en especial a los de familias pudientes, los vestían de niñas.

—En Inglaterra también —aceptó Rayner—, pero no hasta cumplir los diez años, como es el caso. En fin, sea como fuere, al cabo de un tiempo, Félix abandonó las puntillas. En realidad, no las volvió a retomar hasta más o menos cuando nos conocimos en las circunstancias que antes le he señalado. ¿Desea saber ahora qué hacíamos él y yo bajo un sofá en Buckingham Palace a principios de siglo?

—Si no hay más remedio...

—Como le dije, nos conocimos ese día a través de un común amigo, Ernest Hamilton, nieto del antes mencionado duque de Abercorn. Claro que, para entonces, su abuelo llevaba *pushing daisies*, criando margaritas, como decimos en Inglaterra, un montón de años. Pero, de todas formas, es un personaje importante en esta historia porque, en sus años mozos, cuando llevaba apenas unos años casado, le hizo a su mujer un regalo realmente excepcional, la perla Peregrina.

—¿La Peregrina, esa mítica perla que luce Bloody Mary en todos sus retratos?

—Lo veo enteradísimo, amigo mío.

—Es mi trabajo saberlo todo —se pavoneó Fairewell, encantado de poder demostrar a su interlocutor sus polifacéticos conocimientos—. También sé que la perla fue el regalo de boda de Felipe II. Todo eso antes de dejarla plantada como una col y regresar a España.

—Siento contradecirle, pero no fue así. Durante mucho tiempo se pensó que la perla que Felipe II regaló a María Tudor era la Peregrina. Pero en realidad se trataba de otra pieza llegada a España con anterioridad. Una casi tan bella y fácilmente distinguible porque tiene una pequeña muesca en forma de cruz en la base. Después de la muerte de María Tudor, esta perla, que con el tiempo empezaron a llamar la Pelegrina con ele, volvió a la Corona española hasta que Felipe IV se la regaló a su hija María Teresa el día en que se casó con Luis XIV. Luego, más adelante, durante la Revolución francesa desapareció hasta reaparecer en Rusia, donde la compró a familia Yusúpov. Mientras tanto, la otra, la Peregrina, también abandonó España en tiempos de José Bonaparte y tras muchas andanzas acabó en manos de Abercorn.

—Mareado me tiene con sus perlas. Ahora me tendrá que explicar qué tiene todo esto que ver con la visita de ustedes a Buckingham Palace. No me diga que una de ellas estaba presente ese día y decidió darse un garbeo por su cuenta...

—¡Bingo! Es usted extraordinariamente perspicaz —exclamó Oswald Rayner, poniendo en práctica otro de los protocolos del manual del perfecto espía: hacer creer al interrogador que es brillante—. En efecto, así es. Lady Abercorn, la abuela de mi amigo Hamilton, era enormemente presumida y, para ir a visitar aquella tarde a su amiga la reina Victoria decidió lucir la Peregrina. «*My dear Louisa* —le dijo la soberana al descubrir sobre el sobrio vestido de tafetán malva de su amiga tan notoria perla—, veo que te gusta desafiar a los elfos». La reina Victoria sentía verdadera devoción por los elfos, comprende usted. Esa es otra historia apasionante, ahora mismo se la voy a contar.

—Nooo, muchas gracias —atajó Fairewell, aterrado ante la posibilidad de que su entrevistado se fuera una vez más por las ramas—. No hace falta. Lo sé todo sobre la reina y su pasión por los duendes —mintió sin sonrojo—. Justamente hice el mes pasado un reportaje en *Reader's Digest* sobre el tema; volvamos a la perla.

—Como quiera —sonrió Rayner, que se lo estaba pasando en grande mortificando al plumilla—. ¿Seguro que no quiere que le cotillee un par de cositas al respecto? ¿Sabe usted, por ejemplo, que su majestad era espiritista y que se pasaba horas parlamentando con su difunto marido, el príncipe Alberto?

—¡Por favor, señor Rayner!

—Está bien, está bien. ¿Por dónde iba? Ah, sí, la reina le estaba diciendo a su amiga Louisa Abercorn que le gustaba desafiar a los elfos. ¿Se imagina usted por qué?

—No, pero espero que esté relacionado con el único personaje de esta historia que me interesa, el príncipe Yusúpov.

—Oh, sí, directísimamente relacionado. La mención a los elfos venía porque, como la Peregrina no estaba taladrada, por dos veces ya lady Louisa había perdido tan valiosísima joya y siempre en Buckingham Palace. Una, bailando un *scottish jig* con el duque de York, y otra, en un *five o'clock tea* con un comité de damas sufragistas que, por cierto, horrorizaron a su majestad... ¿Quiere que le cuente detalles?

—Noooo —imploró Fairewell, que para entonces empezaba a acunar un descomunal dolor de cabeza.

—Resumiendo y para hacerle el cuento corto, amigo mío —retomó Oswald Rayner, haciendo verdaderos esfuerzos por contener la risa—. En las dos ocasiones anteriores, los elfos de palacio, que, según la reina, son terriblemente traviesos y hacen desaparecer objetos todo el rato, se portaron muy bien. La perla apareció la primera vez bajo una cortina y la segunda entre las faldas de una de las sufragistas.

—Ya, y supongo que la tarde en que usted estuvo presente la volvió a perder y por eso estaban todos a cuatro patas buscándola. ¿No le parece que no hacía falta marear tanto la perdiz para contar algo tan simple?

—Usted me preguntó cómo había conocido a Yusúpov, y esa es la respuesta —sonrió con tierna inocencia el exespía—. De hecho, fue él quien descubrió la Peregrina bajo uno de los radiadores reales. Tenía un ojo de lince para las perlas. Claro que no me extraña. Como ya le dije, su madre era dueña la Pelegrina, y él se la tomó prestada en más de una ocasión. Y ahora, mi querido amigo, llega la anécdota que le quería contar para que conozca un poco mejor la personalidad de Félix Yusúpov. Afile bien el lápiz y anote en su libretita, porque esto les va a encantar a sus lectores de *Life*. Resulta que un día...

* * *

Dough Fairewell de Nashville, Tennessee, el mismo al que habían dado un Pulitzer por sobrevivir en el ártico durante meses en condiciones extremas, se dijo que era preferible volver al iglú e ingerir ingentes cantidades de arenques y grasa de foca antes que hacerle una entrevista a un exmiembro de los servicios secretos británicos. «Pero no has de poder conmigo, Oswald Rayner —se prometió corajudamente—. Si hay que aguantar otra media hora de batallitas que nada tienen que ver con lo que me interesa, se aguanta. *Stiff upper lip, my boy*», dijo recordando una de las expresiones favoritas de los ingleses, mantengamos la compostura a todo trance y a ver quién se cansa antes.

—Adelante, soy todo oídos. Venga su anécdota.

—Bueno —comenzó Rayner, que de nuevo había juntado las yemas de sus dedos con aire de gran concentración—. Primero, sitúese usted, amigo Fairewell, en el tiempo y en el espacio. Faltan apenas unos meses para que Bertie, el príncipe de Gales, que lleva casi sesenta años esperando convertirse en rey de Inglaterra, suba al trono. El pobre se aburre como una ostra porque su madre lo quiere lo más lejos posible de los asuntos de Estado. Y ¿qué hace él? Obviamente, matar el tiempo, por lo que, al llegar las vacaciones de Navidad, decide dejar atrás las brumas londinenses y hacer un viaje al lugar más vital y divertido del momento. A París, naturalmente, la Ciudad Luz, con sus cabarés, con sus salas de juego y, sobre todo, con sus mujeres fatales, ¡Y qué guapas son todas! Liane de Pougy, Émilienne d'Alençon... Damas fascinantes por las que los hombres pierden la cabeza. Bertie le tiene echado el ojo a una en especial. La llaman la Bella Otero y es española. También la apodan la Sirena de los Suicidios por el número de hombres que se han descerrajado un tiro por ella. Varios reyes y príncipes primos de Bertie la han amado y dicen que no hay nada comparable. Guillermo de Alemania, el zar Nicolás y Leopoldo de Bélgica, todos beben los vientos por la Otero. Y allá se va el príncipe de Gales con unos cuantos amigotes dispuestos a conocerla, pero, antes de concertar una cita, deciden cenar en cierto restorán de moda dentro del Bois de Boulogne donde les han dicho que es muy posible que se encuentren con la Otero. Perfecto, se dice Bertie, que siempre fue muy ahorrativo, incluso en el terreno sentimental. Antes de gastarse una fortuna (la Bella Otero era una verdadera comedora de diamantes, toda una virtuosa a la hora de desplumar caballeros) mejor inspeccionar el material y ver si vale la pena el dispendio, así que se dirigen al local a disfrutar de una agradable cena. En esas estaban, muy atentos a la puerta por ver si aparecía la Bella cuajada de diamantes, como solía aderezarse para las *soirées*, cuando ¿quién diría usted que se acerca a saludar a Bertie, al que conocía bastante bien a pesar de la gran diferencia de edad que los separa?

—Sí, ya, supongo que me va decir usted que nuestro jovencísimo amigo Félix Yusúpov, que andaba también por ahí incendiando la noche y gastándose la fortuna de su mamá.

—Una vez más, ¡bingo!, mi querido amigo. Sí, en efecto, también él había decidido pasar un fin de semana loco en París en buena compañía.

—Con alguna *cocotte* de lujo, claro.

—Tres o cuatro, y a cuál más guapa, venían con él, pero la verdad es que Félix era la más bella de todas.

—¡¿¿??!

—Sí, ya le he dicho antes que de niño lo vestían de chica. Y de mayor continuó con el juego. Y le aseguro que el resultado no podía ser más deslumbrante. Su cuerpo elástico y sinuoso como el de una gata, sus facciones perfectas, sus ojos transparentes del color del hielo... —En este punto a Oswald Rayner se le escapó un suave y nostálgico suspiro, que logró reconvertir a tiempo en un perfectamente creíble y muy respetable acceso de tos—. Algún día tendré que abandonar el tabaco —se disculpó, señalando apologéticamente su nutrida colección de pipas, antes de retomar la narración—. Como se lo cuento, amigo Fairewell. Quienes lo vieron aseguran que Félix estaba especialmente arrebatadora aquella noche. Tanto que el príncipe de Gales no podía dejar de mirarla. Además, para simular mejor que era una riquísima *cocotte*, se había echado encima todo el joyero de su madre.

—Cómo son estos aristócratas, cuánta depravación —comentó escandalizado Dough Fairewell, que era de Tennessee, pero tenía un lado puritano considerable—. No me diga que la princesa Yusupova seguía con su mala costumbre de fomentarle su lado femenino.

—En absoluto. Cierto es que ella y su marido habían viajado de San Petersburgo a París para pasar unos días con su retoño, pero le hubiera dado un patatús de verlo así: con tres o cuatro brazaletes de diamantes en las muñecas, zarcillos y sortijas de rubíes, profusión de perlas al cuello y la Pelegrina suspendida con una fina cinta de satén sobre la frente al modo de las odaliscas.

—Ahora me contará, supongo, que también se le cayó al suelo y el príncipe de Gales y sus amigotes acabaron a cuatro patas buscando la joya.

—Si quiere adornar más la anécdota para sus lectores, como hacen muchos de sus colegas, puede usted decir que sí y mezclar la peripecia de Buckingham con esta. Pero yo me caracterizo por contar siempre la verdad —enfatizó Rayner—, por lo que tengo que decir que no. La Pelegrina tiene una sujeción mucho más fiable que la de la Peregrina. Y todo gracias a cierta orfebre rusa de nombre Irina Pavlova, que trabajó muchos años para los joyeros de Versalles y más tarde murió en el pavoroso incendio que destruyó el Alcázar de Madrid. ¿Le cuento su historia? Es apasionante. Va de locos, de castrados, de desfigurados por el fuego y de...

—¡No! —se desesperó el plumilla, que a estas alturas lo único en lo que pensaba era en acabar aquella entrevista para tomarse un par de aspirinas con un whisky doble a ver si renacía de sus cenizas. Pero ¡contención! ¡Aguante! *Stiff upper lip*! Si había sobrevivido a meses de grasa de foca y fríos árticos, también podía sobrevivir a las divagaciones de aquel viejo chocho. Paciencia.

—¿Seguro que está usted bien, señor Fairewell? Le noto pálido. Verduzco sería más el tono. ¿Prefiere que dejemos aquí nuestra interviú?

—De ninguna manera, estoy perfectamente, continúe. ¿Qué me decía del príncipe de Gales y el asesino de Rasputín vestido de odalisca?

—Para hacerle el cuento corto —repitió Rayner, al que le empezaba a encantar aquella muletilla—, apunte bien lo que ocurrió: a pesar de que Bertie había coincidido en no pocas ocasiones con Félix e incluso jugado con él al bridge como pareja, no lo reconoció. Al contrario, sintió un súbito arrebato amoroso por aquella mujer fatal de altos y exóticos pómulos sobre los que centellaban unos ojos transparentes.

»—¿Cómo se llama usted, *mademoiselle*? —preguntó.

»—Felicité, alteza —contestó él en su impecable francés.

»—Pues a partir de ahora y para mí serás Palomita —indicó Bertie, que tenía por estrategia llamar así a todas sus mujeres, incluida su esposa, una elemental precaución con la que evitaba, en plenos fragores amorosos, equivocaciones fatales—. ¿Quieres tomar conmigo una copa de *champagne*, Palomita?

»—Y una botella también, alteza, pero a ser posible en un lugar más *intime* —contestó Félix, batiendo sus sedosas pestañas, y allá se fueron los dos, camino del hotel de Bertie, que estaba, según me contó Félix, providencialmente cerca del restorán, por lo que no le tocó tener que soportar más que unos cuantos besitos y toqueteos del príncipe de Gales hasta llegar a destino.

—*Disgusting!* —comentó pudibundamente el plumilla, que, a pesar de su repulsa, no perdía ripio de lo que contaba Rayner—. Quién podría imaginar que al príncipe de Gales le diese igual carne que pescado... ¿O es que su amigo reveló a tiempo su identidad?

—Ni una cosa ni otra. No me extrañaría que, hasta el día de su muerte, Bertie haya soñado con tan dulce Palomita. ¡Pero qué desconsideración por mi parte! —se interrumpió de pronto Oswald Rayner, consultando su reloj y haciendo como si se sorprendiera muchísimo—. Tengo tan pocas oportunidades de hablar con alguien y estoy tan a gusto charlando con usted que no me he dado cuenta de que la cinta de su magnetófono está a punto de acabarse. Qué interesante cacharrito. Todo un avance, ¿no cree? Así se ahorra usted una tendinitis teniendo que anotar todo lo que dicen los entrevistados prolijos como yo, ¿verdad? Bueno, no se preocupe, termino ahora mismo la peripecia. Mire usted cómo acabó la velada: una vez llegados a su suite, Bertie se ausentó para ponerse «algo más cómodo», momento que Félix aprovechó para ahuecar el ala. Muy triste debió de quedarse el príncipe con el vuelo de su Palomita porque se bebió él solo las dos botellas de Krug Private Cuvée que había encargado para la ocasión. Una suerte para Félix realmente, porque, ya en el fiacre camino de su hotel, se dio cuenta con horror de que la Pelegrina que por precaución había guardado en su bolsillo durante los prolegómenos amorosos con Bertie, había desaparecido. Qué desastre. ¿Qué hacer? La perla valía una fortuna. No le quedaba otra que volver e intentar recuperarla. El príncipe de Gales abrió la puerta y se mostró contentísimo de ver a su Palomita. «Vuelas de nuevo a mí», le dijo al tiempo que recomenzaba con las cucamonas. Menos mal que Félix, juventud divino tesoro, tenía muy buena vista y solo tuvo que soportar unos cuantos besitos y un par de lametones hasta descubrir, bajo la cama, la Pelegrina de su madre a pocas pulgadas de la real pantufla de su enfebrecido festejante. Esta vez no se anduvo con tantos miramientos. Cogió la perla y puso pies en polvorosa, dejando a Bertie tan erecto como desolado.

* * *

Al dar por terminada su historia, Oswald Rayner mira a Dough Fairewell sin saber cómo interpretar su expresión. ¿Se ha quedado satisfecho con la historia de Félix Yusúpov convertido en *cocotte* del príncipe de Gales? ¿Sería su argucia suficiente para hacerle creer al plumilla que era un viejo divagante y gagá? Ojalá aquello sirviera también para hacer correr la voz entre los colegas de Fairewell y lo dejaran tranquilo de una vez.

Sus lucubraciones se vieron interrumpidas en ese momento por una especie de silbido proveniente del magnetófono del periodista de *Life*. La cinta magnética había llegado a su fin y las bobinas giraban locas en el vacío.

—¿Qué, señor Fairewell, quedamos mañana y le cuento la historia de los elfos de la reina Victoria? ¿O a lo mejor prefiere un relato de diez o doce anécdotas que me sé tanto de la Peregrina como de La Pe*l*egrina? Las dos tienen peripecias increíbles y en ellas participan como protagonistas personajes muy conocidos. ¡Ha sido estupendo tener tan buena compañía estas horas! Estoy tan solo aquí, en Botley, ¿sabe usted? Al principio, algún que otro vecino se dejaba caer por casa y yo los amenizaba con mis viejas historias, pero deben de haberse cansado porque hace siglos que no sé de ellos. Y los inviernos son tal largos y húmedos... Prométame que volverá mañana. Ya verá qué interesantes historias; seguro que a sus lectores de *Life* les encantarán las muchas aventuras que tengo en la cabeza. ¿Cómo? ¿Que se va usted ya? Pero... ¡pero si apenas son las cinco de la tarde y el tren de Londres pasa a las seis y tres minutos...! No se mueva, le traeré un whisky, qué imperdonable falta de hospitalidad la mía, no le he ofrecido nada hasta ahora... Aguarde, no tan de prisa, se lo ruego, déjeme al menos que le cuente qué le dijo la reina Victoria a Bertie cuando se enteró de que... ¿Adónde va? ¡Vuelva!

* * *

Son las siete y quince minutos. A las siete y media, la señora Gozney, que le ayuda con las tareas domésticas, aparece puntualmente por la puerta de la biblioteca, aparta un par de libros y, rezongando como siempre, deja sobre su mesa de despacho la bandeja con la cena: una ensalada de tomate y rabanitos recién cogidos del huerto, un par de salchichas con puré y *baked beans* y una tartaleta de ruibarbo de postre.

—¿Otra vez trabajando a estas horas? —refunfuña—. ¿No ha tenido suficiente con esa visita pesadísima que acaba de marcharse? Ya le ha dicho el médico que no debe agotar sus fuerzas. Que no es usted ningún niño, que cualquier día de estos...

La señora Gozney deja la frase inacabada, pero Oswald Rayner sabe qué significado tiene lo que omite. El doctor Wooldridge se lo ha explicado con todas las letras. «Un aneurisma es como una bomba de relojería. Uno nunca sabe cuándo puede detonar, por eso no conviene tentar a la suerte. Vida ordenada y prohibido forzar la máquina. Y ni que decir tiene que se acabó el whisky. Señora Gozney, ocúpese de que desaparezcan de esta casa todas las botellas de J&B y de Johnnie Walker. En cuanto a usted, mi querido amigo, nada de hacer trampas, ¿me ha entendido?».

* * *

Sí que le ha entendido. También sabe que no debe trabajar por las noches, que el descanso es fundamental y acostarse temprano es la única forma de luchar contra el insomnio irredento que lo acosa desde que se jubiló. Mala suerte, doctor Wooldridge, porque esta noche piensa saltarse el toque de queda. La visita del plumilla de la revista *Life* acaba de traerle a la memoria ciertos detalles concernientes al asesinato de Rasputín en los que no pensaba desde hace años. Qué *reporter* tan descuidado el tal Fairewell. Con tanto que presumía de sabelotodo, no había acertado a averiguar que lo que describía como vieja amistad de juventud entre Yusúpov y él llegaba hasta el presente. Es verdad que hacía años que no se veían y solo se escribían por Navidad, pero el tipo de lazo que un día los unió era de los que perduran para siempre. Acorde con la táctica de los servicios secretos, según la cual el mejor modo de engañar es contar verdades, todo lo que acababa de relatarle al plumilla era rigurosamente cierto. Cierto que Yusúpov y él se habían conocido a través de la familia Abercorn a principios de siglo; cierto que la Peregrina se había perdido y recuperado varias veces en Buckingham Palace; cierta también la aventura de Félix, por aquellas mismas fechas convertido en deslumbrante *cocotte*; y ciertísimo por fin que el príncipe de Gales se había prendado de él.

«Nada tiene de raro —se dice ahora Rayner—. Félix Yusúpov es el ser más atractivo que he conocido jamás».

¿Cuándo se había dejado deslumbrar por él? ¿En Oxford a principios de siglo? ¿O fue luego, cuando el MI6 lo mandó a Petrogrado en plena guerra del catorce y con la orden de que retomara la vieja amistad que los unía para un propósito muy concreto?

Oswald Rayner aparta suavemente la bandeja que la señora Gozney le ha dejado con la cena. ¿Quién quiere, se pregunta, hincarle el diente a un par de salchichas o a una tonta tartaleta de ruibarbo cuando puede tomarse un copazo? Además, diga lo que diga el doctor Wooldridge, dos dedos de whisky con mucha soda no le hacen mal a nadie. ¿Dónde ha escondido los vasos? «Ah, míralos, aquí están, voy a disponer dos, uno para mí y otro para ti, Félix».

Rayner nunca ha sido de esos que parlamentan con fantasmas. Ni siquiera cree en ellos, pero el vaso vacío que acaba de poner junto al suyo lleno le hace recordar cómo comenzó todo. Años después de la peripecia en Buckingham Palace había reencontrado a Félix una vez más a través de su amigo del colegio, Abercorn. Félix no lo había reconocido. Él entonces no era nadie. Apenas el hijo de un tendero rico con un don prodigioso para los idiomas. Con veintipocos años dominaba el francés, el alemán y el ruso, pero no era *«one of us»*, «uno de los nuestros», como se llamaban entre sí los hijos de familias importantes. Por no ser, ni siquiera era guapo. Con ojos separados y saltones y orejas demasiado grandes, más bien causaba risa. Félix, en cambio, los enamoraba a todos, tanto a mujeres como a hombres. *«À voile et à vapeur»*, «navego igual a vela que a vapor», así le gustaba definirse sexualmente. A Rayner, por el contrario, su moral provinciana y de clase media le hacía alejar de su pensamiento ese tipo de pasiones. Fue cuando acababa de graduarse que los recientemente creados servicios secretos y de inteligencia se interesaron por él. Tenían ojeadores tanto en Oxford como en Cambridge en busca de talentos que pudieran serles útiles.

—...Y cuando uno entra a formar parte de nosotros, muchachos —le habían explicado a él y a otro par de novatos que ficharon al mismo tiempo—, hay que prescindir de reparos, remilgos y de cualquier clase de escrúpulos. ¿Sabéis para qué se ha creado este grupo de élite? Viene especificado en la primera página del escrito que os acabo de repartir. Son palabras de nuestro fundador y jefe, el capitán Mansfield Cumming, a quien a partir de ahora os referiréis, tanto de palabra como en todos los documentos internos, como «C». A ver, Rayner, lea usted en voz alta.

—«Ante la inquietante actitud de algunas potencias —leyó Rayner con voz clara y decidida—, Inglaterra ha creado unos servicios de inteligencia cuya finalidad es la defensa de los intereses de la Gran Bretaña por cualquier medio, incluido el asesinato».

Precisamente a esta cláusula había apelado también, en el año 1916, su jefe en Petrogrado, el señor Hoare, cuando le ordenó infiltrarse en el círculo íntimo de Yusúpov.

—Usted lo conoce de tiempo atrás, tengo entendido, qué feliz coincidencia. O quizá no sea tan casual. ¿Para qué cree que sus superiores lo han destinado a nuestras oficinas de Petrogrado?

—Pensé que era por mis conocimientos de ruso, señor.

—Tut, tut —se impacientó Hoare—, su conocimiento de lenguas es notable, Rayner, pero no es el único tan bien dotado. En cambio, nos viene usted pintiparado para la misión que Londres espera de nosotros a estas alturas de la guerra. Supongo que conoce la coyuntura política en la que nos encontramos.

Él no respondió. Ya había aprendido que, en un trabajo como el suyo, era fundamental saber interpretar los mensajes subliminales, así como decodificar todos los gestos y tics de sus superiores. Por eso, a pesar de llevar apenas una semana en Rusia, ya había podido constatar que Hoare, además de su costumbre de descartar los comentarios que consideraba irrelevantes con un aristocrático «tut, tut», gustaba de hacer preguntas que él mismo respondía sin esperar a que lo hiciera su subordinado.

—... Porque imagino que sabrá —continuó Hoare— que después de dos años del comienzo de la guerra que libramos contra los alemanes, el zar se encuentra en una situación desesperada. La cifra de muertos es brutal y más que lo será en el futuro. Existen fundados rumores de que ese maldito monje Rasputín, que tiene enorme ascendente sobre él y más aún sobre la zarina, porque es el único que consigue aliviar los dolores de su hijo hemofílico, lleva meses intentando convencerle de que firme la paz con los alemanes. Supongo que sabe lo que eso significaría para nosotros los británicos, ¿verdad, Rayner? —La respuesta era tan evidente que Rayner abrió la boca para responder. Pero Hoare debía de considerarlo tan novato como desinformado porque de nuevo contestó la pregunta por él—:

Ni más ni menos que nuestra derrota, eso es lo que significaría. Si el zar firma la paz con el káiser, todas las tropas alemanas desplegadas para combatir a los rusos quedarán libres para atacarnos en el frente oeste, y perderíamos la guerra. Así que imaginará usted lo que debemos hacer, ¿verdad?

Una vez más, Rayner permaneció callado, en esta ocasión porque no tenía la menor idea de cuál podía ser la respuesta. Suerte que Hoare vino al rescate.

—Sabemos que existen en Petrogrado al menos tres complots diferentes que tienen como objetivo matar a Rasputín. Rusia entera está harta de la nefasta influencia que Fuerzas Oscuras, como aquí lo llaman, ejerce sobre el zar. Los reformistas que sueñan con derrocar a Nicolás II lo odian porque lo hacen corresponsable de sus errores. Los conservadores lo detestan por la misma razón, pero piensan que, sin él cuchicheando al oído del zar, aún podrían mantenerlo en su tambaleante trono. Hemos estado investigando quién encabeza esos tres complots para ver cuál podemos tutelar discretamente y asegurarnos de su éxito, y el que nos parece con más probabilidades de éxito es el del príncipe Yusúpov.

—¡Yusúpov! —repitió entre asombrado y complacido Oswald Rayner.

Desde su llegada a Petrogrado había estado pensando en una buena excusa para ponerse en contacto con su viejo camarada de universidad, sin tener que desvelar a qué se dedicaba. Había calculado que siempre podría decirle que formaba parte del cuerpo diplomático, las embajadas suministraban coartada a los miembros del servicio de inteligencia. Solo necesitaba inventarse un puesto y unas responsabilidades verosímiles, agregado comercial o cultural, en fin, algo por el estilo. Aun así, había preferido hacer unas cuantas averiguaciones antes de llamarle. Por eso ya sabía que Félix se había casado un par de años atrás con una sobrina de Nicolás II, nada menos. Irina Alexandrovna era la mujer más bella de Rusia, según decían todos. ¿Se habría su antiguo amigo decantado finalmente por la vela abandonando por completo el vapor? Rayner sintió un diminuto pinchazo nostálgico en cierta parte sensible de su anatomía y eso le sorprendió; también le alarmó. Él ya no era el adolescente ambiguo e impresionable que había sido en tiempos capaz de confundir admiración juvenil con otras pulsiones. De hecho, había mantenido amores con varias mujeres y todos muy satisfactorios. Incluso ahora mismo, había en la casa de huéspedes en la que se alojaba junto con otros diez o doce caballeros tan respetables como él, una muchacha, de nombre Katinka, encargada del comedor, que le aceleraba agradablemente el pulso. Bobadas de juventud, se dijo, al tiempo que se preguntaba qué aspecto tendría Félix. ¿Seguiría tan deliciosamente frívolo, despreocupado y bromista como antes? Desde luego no encajaba en absoluto con su forma de ser el haberse embarcado en una conjura para matar a Rasputín. ¿Yusúpov, un conspirador? Lo suyo era el arte, la belleza, la música, la buena vida. Además, repetidamente había dicho que le horrorizaban las armas y que jamás empuñaría una. Y luego estaba el asunto de la discreción, virtud indispensable en alguien que se dispone a planear un asesinato. Félix tenía todas las virtudes imaginables, salvo esa: era exhibicionista, presumido e incapaz de guardar un secreto. Ni antes ni después de matar a Fuerzas Oscuras sería capaz de mantener la boca cerrada...

—¿En qué piensa, Rayner? Espero que no sea usted uno de esos hombres a los que les cuesta compartir pensamientos e impresiones con sus superiores.

—En absoluto, señor, de ninguna manera. Me decía que es altamente improbable que prospere un complot encabezado por el príncipe Yusúpov.

—Precisamente por eso hemos elegido el suyo.

—No entiendo...

—Mi querido Rayner, qué joven es usted —suspiró Hoare con lo que parecía una nostálgica simpatía por su subordinado—. Es mucho más fácil manipular a un príncipe diletante y figurón que a otros complotados de colmillo retorcido. Según hemos podido averiguar, su grupo de conspiradores incluye, escuche usted bien qué plantel: a un diputado de la Duma algo borrachín y sin demasiadas luces de nombre Purishkévich; al gran duque Dimitri Pavlovich, otro devoto de la botella y un frívolo; y también a un médico cuyo nombre ahora mismo no recuerdo pero que tampoco parece que haya descubierto la aspirina. Mañana mismo, por tanto, quiero que se ponga en contacto con Yusúpov e intime con él al precio que sea.

—¿Al precio que sea, señor? Creo que tampoco le entiendo.

—Tut, tut, muchacho. Si el lema fundacional de nuestro cuerpo es defender los intereses de Gran Bretaña por todos los medios, incluido el asesinato, comprenderá que eso incluye, también, otros sacrificios personales que no me parece necesario especificar ni describir.

* * *

Llegado a este punto en sus recuerdos, Oswald Rayner decide servirse otros dos dedos de whisky. Y los mide con milimétrica prudencia. La parte de su vida que se dispone a rememorar a continuación bien merece un par de «*riumka vodki*». Tal era el nombre que Félix Yusúpov daba a los golpes de vodka que solía trasegar durante sus reuniones preparatorias en compañía del resto de sus conjurados. «Solo el tamaño de dos dedales, ni uno más ni uno menos, igual hacían mis antecesores, los príncipes tártaros, antes de entrar en batalla: dos *riumka vodki* avivan el seso, pero sin llegar a nublar el entendimiento».

Para no nublar el entendimiento, el plan que habían pergeñado los cuatro conspiradores cuando Rayner se unió a ellos era bastante chapucero. Su idea era abordar a Rasputín en la calle al volver a casa después de alguna de sus citas galantes y molerlo a palos simulando un robo. Ni siquiera habían caído en la cuenta de que el monje era, en esos momentos y por orden del zar, uno de los hombres más vigilados y protegidos de Petrogrado. La acción que se proponían emprender no tenía el menor viso de prosperar, a menos que se llevase a cabo en un lugar cerrado al que la víctima acudiese voluntariamente.

—¿Te acuerdas de la broma que le gastaste al príncipe de Gales en París? —le preguntó Rayner a Yusúpov un día en el que él y el resto de los conjurados se habían reunido en los bajos del palacio Moika. Félix se había hecho remodelar la planta inferior del enorme edificio en el que vivían sus padres, para él, Irina y su hijita de corta edad—. Pienso que algo parecido tendrías que hacer con Rasputín: seducirlo y traértelo aquí. Podemos acondicionar una habitación en los sótanos e invitarle a cenar, nadie verá ni oirá nada...

—Ni hablar —negó vehementemente Félix—. ¡A quién se le ocurre! Esta es la casa de mi familia. Además, lo del príncipe de Gales fue solo una broma divertida, nada que ver con esto. Si crees que voy a vestirme de odalisca para seducir a semejante tipo apestoso, vas dado. Debe de hacer por lo menos tres años que no se baña y en su larguísima barba conviven liendres y pulgas con fideos y otros restos de comida, ¿verdad, Dimitri? —añadió, volviéndose hacia el gran duque, que era ahijado del zar—. Para mí es un misterio cómo puede tener tan fascinada a la zarina.

—Vamos, Félix —perseveró Rayner—. Es por una buenísima y muy necesaria causa.

—Soy más patriota que nadie —terció Félix, al que la situación política había hecho idealizar sus orígenes tártaros—, pero no estoy dispuesto a que se me acerque ese individuo.

—Piénsalo, es nuestra mejor alternativa. Tú mejor que nadie sabes cómo zafarte a tiempo de situaciones comprometidas —insistió Rayner, observando con recelo a Purishkévich y al gran duque, que debían de estar bastante resacosos aquella mañana, porque ninguno de los dos había despegado de momento los labios—. Es muy fácil, en realidad, mucho más sencillo que tu engaño al príncipe de Gales. Rasputín es un esnob, no te costará esfuerzo alguno hacerte amigo suyo y luego invitarlo una noche a tu casa. Una vez aquí, y previamente nos habremos asegurado de elegir una fecha en la que tus padres y tu mujer estén fuera de Petrogrado, como ocurre con frecuencia, podremos deshacernos de él con discreción. Fuerzas Oscuras tiene que acabar más pronto que tarde en el fondo del Neva, ese es mi plan.

—¿Tuyo y de quién más? —había preguntado Yusúpov, que podía ser frívolo y fantasioso, pero que de tonto tenía lo justo.

—Mío y de mi gobierno —respondió Rayner, que ya para entonces le había cogido el tranquillo a la estrategia de valerse de la verdad para engañar lo más posible—. Nuestro embajador está terriblemente preocupado por la nefasta influencia que ejerce sobre el zar.

—¿Hasta el punto de mandarte para que supervises nuestro complot? —se malició nuevamente Yusúpov.

—¡Qué cosas se te ocurren! —rio Rayner—. El señor Buchanan se horrorizaría si llega a enterarse de esto. Mi interés por los complots viene por otro lado y tiene más que ver con mi gusto por las emociones fuertes. *¡La aventura es la aventura!* —rio nuevamente, citando el título de una de las canciones de la Bella Otero que Yusúpov solía entonar con voz de barítono cuando relataba sus peripecias en París con el príncipe de Gales.

—Sí, sí, la aventura será la aventura y todo lo que tú quieras, pero vas listo si crees que voy a vestirme de mujer para Rasputín, hasta ahí podíamos llegar.

—Ni te preocupes —lo tranquilizó Oswald Rayner—. Ya tengo pensado cómo lo vamos a hacer, escuchad todos.

* * *

El próximo recuerdo de Oswald Rayner lo transporta hasta casi cuarenta años después de la escena anterior. Para entonces —nos encontramos ahora a finales de 1953—, los vientos de la historia se han llevado ya por delante al zar y a toda su familia, asesinados en Siberia tras la Revolución de octubre; también forman parte del pasado Lenin, Stalin, los planes quinquenales y las grandes purgas mientras que Europa cicatriza heridas de otra gran guerra tanto o más cruel que la de 1914. A estas alturas, Félix y su mujer residen en Francia. De la colosal fortuna de los Yusúpov solo lograron salvar una mínima parte, pero aun así viven con estilo cerca de París, en Boulogne-Billancourt-sur-Seine, mientras que su generosidad para con otros exiliados de su país es considerada ejemplar. Son dos personajes rodeados de misterio y de admiración, más aún si cabe, ahora que van a publicarse las memorias de Félix en las que desvela toda su vida: desde la fortuna legendaria de los Yusúpov hasta cómo su madre lo vestía de niña; su paso por la universidad de Oxford y, cómo no, su noche parisina con el príncipe de Gales. Pero estos capítulos y otros igualmente curiosos y chuscos palidecen comparados con los que narran cómo asesinó a Rasputín.

Si Dough Fairewell hubiese sido un periodista realmente concienzudo y meticuloso, antes de venir a Botley a entrevistarse con Rayner, debería haber leído *Esplendor perdido*. Porque entonces —y suponiendo que fuera tan observador como presume— se habría dado cuenta de que, en la primera página de dichas memorias, había un dato delator. El libro estaba dedicado a «mi viejo e invalorable amigo Oswald Rayner, con quien estaré en eterna deuda». ¿En eterna deuda por qué? ¿Por sus consejos sobre cómo acabar con Fuerzas Oscuras? ¿Por haber navegado juntos alguna vez «a vapor», tal vez? La verdadera razón duerme escondida entre las páginas de *Esplendor perdido*.

Quienquiera que las lea, quedará asombrado por su rocambolesco relato. Según lo que ahí se afirma, durante las semanas previas al asesinato, Félix Yusúpov se había dedicado a trabar amistad con el monje. Acudía por las tardes a su casa, donde Rasputín lo recibía envuelto en un vistoso batín púrpura, regalo de la zarina, y juntos y durante horas tocaban la balalaika. Félix tenía una voz prodigiosa que subyugaba a su anfitrión, pero en las memorias se especifica que no había necesitado desplegar ante él ningún otro poder de convicción. Al contrario, para atraerlo a su palacio, el señuelo había sido su mujer, la guapísima Irina Alexandrovna, que, según Yusúpov relató a Rasputín, ardía en deseos de conocerlo. Rasputín, que funcionaba tan bien a vapor como a vela, de inmediato dijo que sí y fijaron una fecha. Mientras tanto, y siempre según la versión de Félix en sus memorias, los complotados, es decir Puruschkévich, el doctor Lazovert y el gran duque (Rayner nunca aparece mencionado en el relato de Yusúpov), habían preparado la escena del crimen, que debía tener lugar en una dependencia en los sótanos del palacio Moika acondicionada como agradable y secreta guarida o salita de estar.

La idea era decirle a Rasputín que Irina se encontraba arriba, en los salones del piso superior, agasajando a unos amigos, pero que, tan pronto se fueran, bajaría a saludarlo. Para que pareciera que arriba había una fiesta, los tres cómplices simulaban hablar y reír, también se habían procurado un gramófono que tocaba música a la moda, sobre todo *swing* y tonadas americanas. Mientras tanto, en el piso inferior, Félix comenzó a amenizar a su invitado con la balalaika, interrumpiéndose de vez en cuando para ofrecerle unos pastelillos. Al principio Fuerzas Oscuras se había negado a probarlos, lo que tuvo como consecuencia que Yusúpov rompiese a sudar porque los pastelillos estaban rellenos de cianuro suministrado por el doctor Lazovert. También, y por si acaso, el galeno había envenenado el vino. Uno de la predilección de Fuerzas Oscuras. Por fortuna, la idea del vino sí gustó a Rasputín, que procedió a echarse al coleto varias copas que, a su vez, sirvieron para abrirle el apetito.

—Pásame un par de pasteles —le dijo a Félix, que tuvo que ver con estupefacción cómo su invitado trasegaba lo menos cuatro al tiempo que coreaba sus canciones cada vez con más brío, tan campante y más fresco que una *salat latuk* es decir, una lechuga.

—¿Cuándo bajará la bellísima Irina? —preguntó, hincándole el diente al sexto pastelillo festoneado de cianuro.

—Ya llega, ya llega —se desesperaba Yusúpov, transpirando nada elegantemente.

Visto el panorama, el príncipe decidió subir al piso superior, donde aguardaba noticias el resto de los conjurados, para decirles que debía de ser cierto lo que contaban muchos: que Fuerzas Oscuras, conocedor de que tantos deseaban su muerte, ingería desde hacía años pequeñas cantidades de veneno, por lo que se había convertido en inmune.

—¡No se muere! ¡Es inhumano! —bisbiseó Yusúpov sin aliento. Purishkévich se había ofrecido para bajar con él y descerrajarle un tiro. Pero Yusúpov (que para entonces se había tomado más de una docena de *riumka vodki* empeñado en emular a sus antepasados tártaros) dijo que debía ser él quien apretase el gatillo.

—¡Pero si en tu vida has disparado un arma! —se alarmó el gran duque Dimitri, al que los *riumka vodki* no habían nublado del todo las entendederas—. Dámela a mí.

Fue imposible disuadirle. Tomó al vuelo la Browning de Purishkévich y se precipitó escaleras abajo, no sin antes indicar a sus amigos que subieran el volumen del gramófono que habían puesto para simular la supuesta *soirée* de Irina. Así lo hicieron, y, a partir de este momento, la muerte de Rasputín empezó a tener su propia banda sonora: *Yankie Doodle Dandy* podía oírse en bucle por todo el palacio.

—¿Baja o no Irina Alexandrovna? —lo saludó malhumorado, pero perfectamente incólume, el monje inmortal. Yusúpov, sin mediar palabra, sacó la Browning y le descerrajó un tiro. Rasputín se tambaleó un instante, pero, recuperando la vertical, fue hacia él profiriendo juramentos. El príncipe disparó una segunda y luego una tercera bala. Cayó al fin, y el príncipe envolvió, mal que bien, su cuerpo en una alfombra antes de subir en busca de ayuda para transportarlo fuera de la casa y arrojarlo al río. Sin embargo, cuando los otros conjurados llegaron abajo comprobaron con horror que Fuerzas Oscuras no solo había logrado desembarazarse de la alfombra, sino que también había salido del palacio y escapaba ya tambaleante por la nieve.

* * *

Al llegar a este punto, Oswald Rayner decide hacer los honores a la tartaleta de ruibarbo que la señora Gozney le ha dejado como postre. No es tan deliciosa como los pastelillos que preparaba Iuri, el jefe de cocina de los Yusúpov, y por fortuna no está espolvoreada con cianuro, pero juega a la perfección su papel de «magdalena de Proust» en los recuerdos del exespía porque logra transportarlo a la escena final de aquella grandísima bufonada. Y también la roja y sangrante tartaleta le sirve para recordar la verdad de lo ocurrido. No la que figura en la autobiografía de Félix Yusúpov. Tampoco la que hoy en día puede leerse en los libros de historia, sino la que Yusúpov y Rayner pactaron no contar jamás. Una omisión muy conveniente para ambos. Para Yusúpov, que a partir de ese momento pudo atribuirse la gloria de haber sido quien acabó con Fuerzas Oscuras, y más convenientemente aún para Oswald Rayner y los servicios secretos británicos, a los que no les interesaba que llegara a saberse que el MI6 no solo se había inmiscuido en los asuntos internos de una potencia aliada, sino que también había tutelado un asesinato.

Además, cavila ahora Oswald Rayner paladeando su tartaleta de ruibarbo, ¿qué necesidad había de arruinar una estupenda historia contando que entre los conjurados había una quinta persona? Una (él mismo) que, ante la inoperancia y el pavor de todos ellos, tuvo que ocuparse de descerrajar un tiro en la frente a Rasputín y mandarlo derechito al infierno.

Esa y no otra es la verdad. La autopsia, realizada por orden del zar, desvelaría días más tarde que apenas había una cantidad insignificante de cianuro en las vísceras del monje, por lo que el doctor Lazovert se había quedado muy corto en la dosis. En sus memorias, el médico relataría años después que tuvo un sueño la noche anterior en la que se vio camino del infierno por matar a Rasputín, de modo que optó por no poner veneno en el vino. También añadió contrito que, al elegir como veneno el cianuro, no tenía ni idea de que el azúcar de los pastelillos actuaría como neutralizante volviéndolo mucho menos letal. El análisis forense dejó en evidencia aún más datos reveladores. El primero, que, lejos de coser a su víctima a balazos, la Browning de Purishkévich empuñada por Yusúpov solo había acertado a Rasputín dos veces, una en un brazo y otra en el costado, causándole apenas un par de rasguños. No es tan extraño, pues, que lograra librarse de la alfombra y saliera corriendo por el jardín en un intento de ganar la calle. Y luego estaba el dato más concluyente de todos. Tanto la autopsia como las fotos del cadáver mostraban claramente que el monje tenía un orificio de bala en medio de la frente. Un disparo realizado no por una Browning, sino por una Webley, arma reglamentaria de los servicios secretos británicos.

Pero ¿quién repara en estos y otros detalles tan delatores como concluyentes si lo que contó Yusúpov era más novelesco y apasionante? Por si todo esto fuera poco, el golpe más teatral de todos estaba aún por llegar. Cuando, varios días después, por fin se recuperó del río adonde lo tiraron los complotados, el cadáver de Rasputín estaba inclinado hacia adelante, con los brazos en alto y los dedos índice y corazón de la mano derecha levantados, como si estuviese impartiendo una bendición.

* * *

Oswald Rayner barre distraídamente las migas de tartaleta de ruibarbo de su chaqueta de punto. Cuántos recuerdos, cuántas vivencias compartidas con Félix. Había sido divertido reencontrarse en 1953 y ayudarle a escribir *Esplendor perdido,* dando al mundo la versión que entre ambos habían pactado. Un agradable reencuentro en el que Rayner pudo descubrir que Irina Alexandrovna no había envejecido bien. De su extraordinaria belleza quedaban solo unos pómulos altos y una frente despejada y aristocrática, pero sus ojos hacía tiempo que habían naufragado en un mar de arrugas y amarguras. Los de Félix, en cambio, a sus sesenta y seis años, conservaban el brillo de siempre, mientras que su cuerpo esbelto y fibroso aún era capaz de levantar más de un suspiro. Al menos eso pensó él al volver a sentir idéntico pinchazo nostálgico al sufrido cuando su superior de los servicios secretos le ordenó retomar su amistad con Yusúpov «al precio que fuera». El mismo pinchazo melancólico que lo asalta ahora después de apurar su último *riumka* de whisky y antes de esconder la botella donde no pueda encontrarla mañana la señora Gozney. «Un aneurisma es una bomba de relojería». —Es la voz del doctor Wooldridge, que se cuela ahora entre sus recuerdos sin que nadie la haya invitado—. «Mejor estar preparado, nunca sabe uno cuándo puede estallar. Tictac...».

—Oh, está bien —se dice, mirando una pequeña foto de Félix y él tomada el mismo día de la presentación de *Esplendor perdido*—. Si ha de llegar de un momento a otro la vieja de la guadaña, es preferible que me encuentre con los deberes hechos. ¿Cuánto tiempo me llevará quemar el contenido de las cajas que guardo en el cobertizo del jardín? La chimenea es grande, así que, en cuatro horas, cinco a lo sumo, todo quedará convertido en cenizas, calculo yo. Quién sabe —añade con una sonrisa—, tal vez le mande a Félix un puñado de ellas en un sobre. Ese es el ritual que siguen los monjes tibetanos cuando destruyen sus mandalas. Así comprobarás, viejo amigo —y se dirige ahora al Félix que sonríe desde su compartida fotografía—, que he mantenido mi promesa hasta el final. Por mí nadie sabrá quién fue el verdadero verdugo de Rasputín. Qué disgusto se va a llevar Dough Fairewell cuando un día de estos lea la noticia de mi muerte, él que se las prometía tan felices pensando que iba a hacerle algún tipo de confesión o confirmar los rumores que desde hace tiempo corren por ahí. En fin, seguro que cuando ya no esté se redoblarán dimes y diretes. Incluso es posible que alguno de esos tabloides chismosos que tanto éxito tienen, publique algo así como:

> *... La muerte de Oswald Rayner, retirado desde hace años en su casa de Botley, deja en la nebulosa varios asuntos en los que supuestamente jugó un papel crucial como miembro del MI6. Son muchas las veces que se le ha intentado relacionar con actuaciones secretas (y bastante reprobables) en diversos puntos calientes del planeta. No solo la muerte de Rasputín, que muchos han intentado investigar infructuosamente. También un par de golpes de Estado en repúblicas africanas; disturbios sin fin en Oriente Medio; la muerte accidental del actor Leslie Howard, miembro como él de los servicios secretos británicos al que, según muchos, «sacrificó» para salvar a Winston Churchill, así como otras muchas acciones igualmente oscuras de las que quizá algún día lleguemos a conocer la verdad.*

«Desde luego, no por mí», se dice ahora Oswald Rayner, al tiempo que rebusca en el cajón superior del escritorio hasta encontrar su encendedor de pipas. Qué útiles son estos pequeños lanzallamas, potentísimos, además. Por fortuna, el doctor Wooldridge no le ha prohibido fumar. Quizá dentro de unos años se descubra que el tabaco es tanto o más pernicioso que el alcohol, pero de momento no hay veda en ese sentido. Perfecto, muy conveniente. De este modo, la señora Gozney no se sorprenderá cuando mañana le diga que no va a necesitar sus servicios, que piensa quedarse tranquilamente en casa al amor de la chimenea y fumando un par de pipas.

—... Sí, sí, hasta el martes, y no se preocupe por la cena, he visto que queda un poco de *roast beef* en la nevera, me las arreglaré perfectamente, descuide. Tampoco se sorprenda si, pasado mañana, encuentra en la chimenea más ceniza de la habitual. El tiempo está tan húmedo estos días que se le cuela a uno hasta los huesos, ¿no es cierto? Pero, por suerte, esta chimenea tira maravillosamente. ¿Que si necesito más leños, dice usted? No, con estos dos que hay en el cesto me arreglo, economía, ante todo. De joven fui *boy scout*, sabe usted, puedo hacer arder una fogata casi sin madera. Descuide, descuide, estaré estupendamente. Calentito y muy a gusto. Adiós, señora Gozney, que tenga usted un buen día. Gracias por todo.

Duodécima parte

Victoria Eugenia de Battenberg y la falsa Peregrina

VICTORIA EUGENIA DE BATTENBERG. Aberdeenshire, 1887-Lausana, 1969

Esposo:
Alfonso XIII (1886-1941)

Hijos:
El matrimonio tuvo siete: Alfonso (1907-1938); Jaime (1908-1975); Beatriz (1909-2002); Fernando (nació muerto en 1910); María Cristina (1911-1996); Juan (1913-1993) y Gonzalo (1914-1934).

Año: 1969
Lugar: Lausana, Suiza

«¿Cómo una mañana que amanece tan espléndida puede estropearse tanto?», se dice, asombrada.

El sol que resplandece sobre las copas de los árboles cae a plomo sobre el lago Lemán. Desde donde se encuentra, la reina alcanza a ver la bandera suiza que ondea en lo más alto de un edificio próximo. Dicen que ese tremolar fue lo último que vio la emperatriz Sissi antes de caer mortalmente herida por la mano de un anarquista, no muy lejos de allí, en Ginebra, a orillas de este mismo lago. «Tal vez en un día no muy lejano, sea también lo último que yo vea», piensa.

A Victoria Eugenia de Battenberg, Ena para la familia, siempre le han gustado las simetrías y el modo en que la historia a veces se replica. Como los paralelismos que la unen, por ejemplo, a la última emperatriz de Austria, a la que conoció de niña: deslumbrantemente guapas, las dos se casaron muy enamoradas, solo para comprobar que el amor no siempre es suficiente para mantener vivo un matrimonio; ambas vieron morir a sus primogénitos, y ambas sufrieron un atentado. Sin embargo, esta es una forma tramposa de trazar paralelismos, piensa Ena. Primero, porque ella logró salir con vida de su atentado, mientras que Sissi no. Y luego porque, si la emperatriz hubo de enterrar a un hijo, en su caso fueron dos, víctimas, además, de esa maldita enfermedad que ella misma les había transmitido.

Pero no son ninguno de estos tristes recuerdos los que acaban de estropearle tan espectacular mañana de verano, sino algo que viene de leer en la *Gazette de Lausanne*.

> *El próximo día 10 saldrá a la venta en Parke-Bernet de Nueva York la perla Peregrina, cuya fascinante trayectoria pasa por pertenecer durante cuatro siglos a la Corona española hasta llegar a manos de la duquesa de Abercorn, amiga personal de la reina Victoria. Desde entonces, la mítica joya, que será subastada con un precio de salida de diez mil dólares, ha tenido dos dueños adicionales, representados siempre por la prestigiosa firma Hennell & Sons de Londres. Es de resaltar también que, a diferencia de otras perlas que muchos han intentado hacer pasar por la auténtica, la Peregrina jamás ha sido taladrada, lo que aumenta su leyenda y su valor de mercado.*

—¡Cuánta mentira! —se indigna Victoria Eugenia—. La Peregrina la tengo yo. Me la regaló mi marido en 1914. Esta gente de Parke-Bernet ha oído campanas y no tiene la menor idea dónde. Lo único cierto de lo que aquí se cuenta es que la perla la custodiaron Hennell & Sons, joyeros de Londres. El propio Alfonso me contó que la firma se había puesto en contacto con él para ofrecérsela y él aceptó. Esa y no otra es la verdad.

La reina deja la *Gazette de Lausanne* sobre una mesita y vuelve a mirar por la ventana. Por encima de las copas de los árboles se alcanza a ver la casa de uno de sus vecinos. Charles Chaplin ha venido a comer con ella antes de ayer, en uno sus habituales almuerzos de los martes. Qué hombre tan encantador. Hablaron de sus hijos, tiene once nada menos.

—¿Tantos, señor Chaplin?

—Sí, majestad, de tres matrimonios distintos. Pero ahora estoy muy reformado —había reído él—. Los ocho pequeños son del gran amor de mi vida. Oona y yo llevamos más de dos décadas juntos.

—Imagino que varios de sus hijos habrán heredado su vena artística.

—Así es, figúrese que ahora mismo tengo dos de los menores empeñados en convertirse en saltimbanquis y magos. Andan la mitad del día cabeza abajo y la otra mitad ensayando pases mágicos que suelen acabar en desastre. Ayer no se les ocurrió mejor idea que meter unos pendientes de perlas de mi mujer en vino para ver si se disolvían como los de Cleopatra. Por suerte, lo que disuelve las perlas es el vinagre y no el vino, de modo que Oona pudo recuperar sus pendientes sanos y salvos. Ya sabe lo que ocurre con las perlas, siempre están rodeadas de cuentos, de leyendas, también de engaños.

«¿Y si también yo hubiese sido víctima de un engaño durante todos estos años? —se alarma ahora la reina, recordando las palabras de Chaplin—. Según el periódico, la Peregrina se caracteriza por no haber sido nunca taladrada. En tal caso, la mía debe de ser falsa. No solo está taladrada, sino que es más pequeña y panzuda que la perla que aparece en el periódico».

Un recuerdo la lleva a otro y Ena evoca entonces una vieja historia que su *Nanny* solía contarle de niña. Hablaba de su abuela, la reina Victoria, y también de cierta amiga suya, dueña de una extraordinaria y valiosísima perla que había salido despedida durante un baile precisamente por no estar taladrada. «Ni os imagináis el revuelo que se armó en palacio, niñas», había continuado relatando *Nanny* para deleite de Ena y de su prima Patsy. «No la encontraban por ninguna parte y su majestad se empeñó en que se la habían llevado los elfos. Elfos o no, apareció al cabo de no sé cuántas semanas. Pero ¿qué creéis que pasó entonces? Pues que meses más tarde, tomando el té con su majestad y unas sufragistas, la dama volvió a extraviarla, una señora muy descuidada, sin duda».

«¿Sería lady Abercorn, aquella vieja amiga de su abuela?». Debería preguntárselo a Patsy, tenía una memoria prodigiosa para las anécdotas familiares, seguro que se acordaba de todos los detalles.

Patricia Connaught, su querida prima Patsy. Fue en ella en quien Alfonso se fijó primero cuando comenzó a buscar novia. Pero Patsy tenía «otra mentalidad», como solía decir *Nanny*. Había crecido en Canadá, lejos de Buckingham Palace y sus muchos protocolos, por lo que no le impresionó lo más mínimo que el rey de España intentara hacerle la corte.

«Dígame, señora —tuvo que preguntarle Alfonso a la dama que tenía sentada a su izquierda en el banquete que dieron para agasajarlo—, ¿mi cara es *tan* fea?». «En absoluto, majestad, ¿por qué lo pregunta?», se había asombrado la interpelada. «Pues porque la señorita de mi derecha no me ha dirigido la palabra en toda la noche».

Así era Patsy. A ella, por el contrario, enseguida le había gustado aquel muchacho, que, según le explicaron, era hijo póstumo, por lo que nació siendo rey. Pero, aunque hubiese sido cualquier otra cosa, también se habría enamorado de él. A Ena le pareció tan distinto a los demás muchachos con los que trataba... A sus casi dieciocho años era tímida, retraída y, pese a su belleza, no muy popular con los chicos. No la consideraban ni *fun* ni *witty*, es decir, ni divertida ni ingeniosa, como convenía ser para brillar en sociedad. Por no ser, ni siquiera era *delightful*, adjetivo aplicable incluso a las más feas, siempre que fueran graciosas y simpáticas. Tal vez por eso se había enamorado de inmediato de aquel muchacho no muy alto y con cara de caballo que la miraba con rendida admiración. Además, tras su aspecto afable y campechano, a Ena le pareció que se escondía otro Alfonso más frágil e inseguro: el hijo de una madre sobreprotectora, angustiada por que algo malo pudiera ocurrirle a él y por extensión a España. En resumidas cuentas, un muchacho vulnerable nacido para cumplir un difícil e incierto destino.

—¿Puedo escribirte, Ena? —le había preguntado el último día.

—¡Claro! Y yo también te escribiré —prometió, y de esta forma, su recién estrenado amor comenzó a crecer hasta convertirse en pasión, gracias a las interminables cartas que intercambiaron durante cerca de un año.

Llegado 1906 anunciaron su compromiso, y eso a pesar de que todos estaban en contra de aquella unión. Las potencias extranjeras, porque deseaban ver en el trono de una España empobrecida y llena de conflictos a una princesa cercana a sus intereses, cada uno a los suyos. Tampoco en la corte de Madrid gustaba la idea. La infanta Isabel, tía del rey y famosa metomentodo, tenía ya elegida a su candidata, mientras que María Cristina de Habsburgo hubiese preferido una princesa alemana como ella. Pero, por encima de todas esas reticencias, planeaba una sombra aún más oscura, el peligro de la «enfermedad de reyes», ese temible mal que las mujeres no sufren, pero transmiten a sus descendientes varones. La reina Victoria, a la que llamaban la abuela de Europa, por su política de alianzas matrimoniales, había diseminado la hemofilia por todas las cortes europeas. Víctimas de la enfermedad eran los hijos de la casa real de Prusia, también los Hesse, eso por no mencionar al zarévich de Rusia, un niño en permanente peligro de morir desangrado. Para colmo, Ena tenía dos hermanos hemofílicos, Leopoldo y Mauricio. Alfonso, por supuesto, lo sabía, pero, con el optimismo de los enamorados, prefirió olvidarlo y así se casaron.

* * *

A Victoria Eugenia se le presentan ahora varias imágenes de aquella mañana de mayo de 1906, con mandatarios llegados del mundo entero para la ceremonia. Y todo lo vivido se acelera en su cabeza a cámara rápida, igual que si fuera una película de Chaplin, solo que esta, lejos de hacer reír, resulta trágica: allí están Alfonso y ella con sus mejores galas, recién casados, regresando de la iglesia por la Carrera de San Jerónimo con el pueblo de Madrid en las calles para vitorearlos; suben hacia Sol; la comitiva enfila ya por la calle Mayor; un ramo de flores cae de uno de los balcones, y a partir de ahí, confusión, dolor, sangre. Los cables del tranvía desviaron la trayectoria de la bomba, que venía oculta entre rosas y claveles, y ellos se salvaron de una muerte segura, pero otros muchos no fueron tan afortunados. Veinticinco personas dejaron en el asfalto la vida y hubo más de cien heridos y mutilados. Las imágenes en su cabeza se aceleran y atropellan. «Te demostraré que sé comportarme como una reina», le dice a su marido, y eso mismo intenta hacer en el banquete nupcial, que no se ha suspendido a pesar de la tragedia. Con su traje de novia manchado de sangre recibe a los invitados. Todos juegan a «aquí no ha pasado nada». Es la mentalidad de la época, así se afrontaban entonces las desgracias: ante la sangre, champán; ante los muertos, caviar; ante la desgracia, disimulo... De este modo comenzó su vida con Alfonso, después vendría todo lo demás.

* * *

«Y lo primero en llegar fue la hemofilia», se dice ahora Ena, recordando cómo, a los pocos días de nacer Alfonsito, rubio e igual a ella en todo, descubrieron que sangraba por el ombligo y no había forma de detener la hemorragia. La situación se hizo desesperada y el niño se debatió entre la vida y la muerte hasta que al cabo de semanas lograron salvarlo. Mientras su hijo estuvo en peligro, el rey ni una mención hizo al mal que nadie nombraba, pero Ena se dio cuenta de que, a partir de ese momento, ya nada sería como antes. La culpaba de su compartida desgracia y comenzaron las infidelidades, tantas y tan públicas, además.

«Al menos una virtud hay que reconocerle —continúa pensando la reina con la cansada sonrisa de quien hace años que no convoca tan incómodos fantasmas—; como marido fue un desastre, pero al menos generoso sí era. Durante los años que estuvieron juntos, literalmente la había cubierto de joyas. Sobre todo, cuando necesitaba aquietar su conciencia después de la enésima infidelidad. Cada nueva aventura se la compensaba con una joya, a cual más deslumbrante: por una corista del Kursal, un anillo de brillantes; por esa fea y vulgar Celia Gámez, una *parure* de zafiros; por aquellas repugnantes películas de cine con mujeres desnudas en todas las posturas imaginables que solía ver a escondidas, unos pendientes de rubíes. ¿Qué inmenso amor prohibido, qué gran pecado inconfesable intentaría expiar cuando le regaló la que él aseguraba era la perla Peregrina? Ena no lo sabe y prefiere continuar ignorándolo.

Al principio, ella había visto sus joyas como heridas de guerra, como las cicatrices de crueles puñaladas. Hasta que un buen día dejó de importarle. Después de un exilio, una separación matrimonial muy poco amistosa y la muerte de dos hijos, todo cobra diferente valor, incluso las puñaladas. Además, Alfonso hace mucho que ya no está en su vida y en cambio ellas sí. Las joyas han sido durante todos estos años sus amigas más incondicionales, salvándola no pocas veces de situaciones apuradas. Ahora, ya en la vejez, se habían convertido en su último refugio, también en su gran pasión. Y esa es la razón por la que no puede permitir de ninguna manera que Parke-Bernet, o como diantres se llame esa casa de subastas de Nueva York, ponga en duda la autenticidad de la más bella y valiosa de todas, la Peregrina, su más amada herida de guerra...

* * *

El sonido del teléfono interrumpe sus recuerdos. Nadie suele llamar tan temprano. Nadie, salvo uno de sus nietos favoritos: Alfonso, el hijo mayor de Jaime. Jaime fue otra de las puñaladas que le tenía reservada la vida, pero la reina prefiere no pensar en él ahora. Para qué. ¿De qué serviría recordar que, trece meses después del nacimiento de Alfonsito, llegó él, perfectamente sano, solo para caer, un poco más tarde, víctima también de la mala fortuna? No, no es momento de recordar que, a los cuatro años y por culpa de una equivocada operación quirúrgica, quedó sordomudo, lo que más adelante le obligaría a renunciar a sus derechos dinásticos, por él y también por sus descendientes. Al contrario, es momento de sonreír, de alegrarse, como siempre que piensa en su nieto mayor. Apenas un par de meses atrás, el general Franco había nombrado sucesor con el título de príncipe de España a otro de sus nietos, a Juan Carlos, pero qué buen candidato hubiera sido también su querido Alfonso.

—*Good morning, Gangan* —la saluda su voz al otro lado del teléfono.

Entre ellos hablan inglés. Alfonso domina el italiano, el francés y el inglés y, después de que el general Franco le permitiera estudiar en España, ha añadido a la lista un español casi sin acento que él intenta practicar siempre que le es posible. Pero las viejas costumbres son difíciles de cambiar.

—*Good morning, my dear.* ¿Desde dónde me llamas? ¿Desde Estocolmo o desde Madrid?

Casi al mismo tiempo que Franco designara a Juan Carlos como sucesor, decidió nombrar a Alfonso embajador de España en Suecia, magro premio de consolación para quien siempre soñó con ser rey. «¿... Cree usted que tiene posibilidades de reinar en España algún día?». Eso le habían preguntado poco tiempo atrás en la televisión francesa. «El general Franco ha dicho siempre que lo que se producirá, una vez desaparecido él, será una *instauración*, no una restauración» —había respondido él—. También especificó cuáles eran los requisitos indispensables para ser rey: tener treinta años, sangre real y ser español; yo cumplo los tres».

Qué error aquella entrevista. A Franco no le había gustado nada. Dicen que los gallegos se caracterizan por que si uno se los encuentra en una escalera, es imposible saber si suben o si bajan. Con esa misma calculada ambigüedad, el Generalísimo había jugado siempre con su familia. Eso piensa Ena. «Primero lo hizo con Alfonso durante la guerra, haciéndole concebir esperanzas de que, una vez acabada la contienda, podría recuperar el trono. Después con mi hijo Juan, con el que nunca se ha llevado bien; y en buena medida ahora lo hace con mis nietos, fomentando entre los muchachos una innecesaria rivalidad».

«Elija usted» —eso le había dicho ella al general Franco, apenas un año atrás cuando volvió por primera vez a España para ejercer de madrina de Felipe, el primer hijo varón de Juanito y Sofía—. «Elija usted, pero hágalo en vida, que no se quede para cuando estemos todos muertos, mi general, si no, nunca volverá a España la monarquía».

Franco le había hecho caso y ella le estaba agradecida. También lo estaba porque, respetando los términos de un viejo contrato, hacía años que le pasaba una pensión bastante decorosa que siguió fluyendo tras su separación del rey e incluso después de que él muriera. Un gallego ladino y generoso a la vez, pero, en fin, basta de pensar en Franco, que siempre le ha inspirado sentimientos encontrados, a ver qué tiene que contar Alfonso.

—*¿Cómo estás, mi querido?* Cuéntame qué has hecho estos días.

Su nieto no es demasiado expresivo. Guapo sí, a rabiar, cariñoso muchísimo, sobre todo con ella, pero es un poco, ¿cómo decirlo?, un poco huevo sin sal. Eso opinaba su prima Patsy, tan despachada siempre, y ella tuvo que salir a defenderlo. «Tampoco tú serías la alegría de la huerta precisamente, querida, si te hubiera pasado todo lo que a él: un padre al que apartan del trono por sordomudo; una infancia difícil y solitaria, un futuro incierto...».

No había logrado convencer a Patsy, que retrucó que la vida de Alfonso era un pícnic comparada con la de otros descendientes de la reina Victoria, entre los que había suicidios, muertes estúpidas y asesinatos brutales, como el que borró del mapa a toda la familia imperial rusa en una noche. «Pero acuérdate de lo que te digo —había añadido su prima—, hay gente que atrae la mala suerte, y para mí que Alfonsito es uno de ellos».

Tonterías de Patsy, naturalmente. Un hombre tan guapo y con tantas virtudes como su nieto llegaría a donde se propusiera en la vida. Para empezar —y de esto la reina estaba muy segura—, jamás cometería el error de tantos primos suyos a los que les daba por casarse con actrices o bailarinas de cabaré. Cierto que Alfonsito había tenido por novias a un par de actrices italianas (todas monísimas, dicho sea de paso). Pero él no era de los que tiraba por la borda sus expectativas dinásticas por un mal matrimonio. Si a sus treinta y tres años continuaba soltero, sin duda era porque, después de divertirse lo suyo, tenía pensado elegir a alguien que le ayudase a consolidar sus derechos al trono de España. Cierto que el general Franco había optado ya por Juanito, pero la vida da tantas vueltas...

—¿...Y bien, mi querido, qué más me cuentas? Además de que has hecho instalar una sauna en la embajada y que piensas ir a esquiar a Chamonix, ¿alguna otra novedad?

Pero Alfonso siempre ha sido de pocas palabras y la conversación languidece por segundos.

Entonces fue cuando se le ocurrió la idea. La Peregrina no salía a subasta hasta dentro de un par de semanas. Tiempo suficiente para poner en marcha su plan. Tiempo para repasar sus finanzas, hacer cuentas y ver de dónde podía sacar dinero suficiente para comprarla...

«¡Pero bueno! ¿En qué quedamos, Ena, *darling*? ¿En que la auténtica Peregrina es la que te regaló tu marido allá por 1914 después de una de sus infinitas calaveradas, o resulta que no, que te contó un cuento chino —uno más—, y te acabas de dar cuenta de que la genuina es la que sale a subasta en Nueva York en un par de semanas y por eso intentas comprarla?».

Algo así habría preguntado, llegado este momento, Patsy, alzando una ceja entre irónica e inquisitiva. Pero su prima no estaba allí y desde luego no tenía por qué enterarse de sus planes. Si todo salía acorde con la idea que se le acababa de ocurrir, ni ella ni nadie sabrían jamás que su marido la había engañado también con la pieza que más amaba. Tantas mentiras, tantas desilusiones...

La reina enciende un cigarrillo. Cómo la habían criticado en sus primeros años en Madrid por esta razón. «En España solo fuman las frescas», fue el comentario de su suegra la primera vez que la vio encender un pitillo. «Pues ya ve, señora —le respondió ella con la más suave de sus sonrisas—. Ahora resulta que fuman hasta las reinas».

Mientras observa cómo el humo se deshilacha buscando escapar por la ventana, Ena empieza a hacer sus cálculos. Si utiliza una parte de la pensión anual que le ha asignado el general Franco y vende luego un par de joyas de las muchas que le quedan aún, ¿cuánto podría juntar? Claro que no tendría más remedio que hacer algunos sacrificios adicionales. Por una temporada nada de viajes, nada de caprichos, ni de ropa nueva, incluso deberá prescindir de los agradables almuerzos de los martes, como el que organizó la semana pasada para el señor Chaplin. Y ya que estamos —sonríe ahora, apagando el Kent que tiene entre los dedos—, tampoco sería mala idea aprovechar tanta frugalidad para dejar de fumar. Todo suma y, parafraseando al primer rey Borbón (otro punto filipino el bueno de Enrique, dicho sea de paso): la Peregrina bien vale una misa.

El resto del plan era más fácil. Solo necesitaba un cómplice, alguien de absoluta confianza y discreción que pudiera viajar a Nueva York y pujar en vez de ella.

—*Hello?* ¿Gangan, estás ahí? ¿Me oyes, abuela? Parece que se ha cortado...

—No, mi querido, aquí estoy, solo estaba pensando que... ¿Tienes libre el fin de semana para pasarlo con tu abuela? Tengo un pequeño asunto que proponerte.

* * *

Alfonso de Borbón Dampierre se toma un par de martinis

—¿Una copa de champán, señor? También puedo ofrecerle un dry martini, si lo prefiere.

La azafata me dirige una sonrisa más deslumbrante de lo que su profesión requiere, y yo no puedo evitar mirarla con aprensión. A pesar de que este es un vuelo Londres-Nueva York y de la BOAC, el nombre que figura en su insignia es María Pilar. Además, me parece que habla con un ligero acento meridional. ¿Será española? Vaya trastorno después de todas las precauciones que he tomado.

—... Sí, gracias. Un martini, si es tan amable, extraseco y con dos aceitunas por favor —le digo sin apenas levantar la vista de mi *Financial Times*.

Apuesto a que Patsy Connaught se reiría al verme. «Alfonso, *my dear boy*» —estoy seguro de que diría, expeliendo hacia al techo el humo de su cigarrillo como en ella es costumbre—. «Si la chica te sonríe tanto es solo porque eres absolutamente *dashing* (guapísimo) no porque te haya reconocido. Podrías pasearte por la calle más concurrida de Madrid haciendo el pino, y el 99,9 por ciento de los viandantes no te reconocería, de modo que bébete un par de martinis y relájate. Nadie imaginará jamás a qué vas a Nueva York».

Por supuesto, esta última parte de la frase jamás la podría haber dicho tía Patsy. No tiene la menor idea de cuál es la razón de mi viaje, bien que me cuidé de no decir ni mu ayer cuando la visité. Encargos de Gangan. Al saber que pensaba tomar el avión desde Londres para volar a Nueva York, se empeñó en usarme como mensajero y hacerle llegar un regalito por su cumpleaños. En la familia, tía Patsy gasta fama de tener rayos X en los ojos y de descubrirlo todo, en especial lo que uno más se empeña en esconder. Pero desde luego, por mí no se va a enterar, estuve más mudo que nunca, reconfirmándola, supongo, en la impresión que tiene de mí. Como soy de pocas palabras me considera un *perfect bore* (un aburrido), el peor de los pecados para alguien que tiene a gala ser la más animada y ocurrente de las reuniones. También presume de no tener pelos en la lengua, que es como suelen describirse las personas que, en cuanto te descuidas, te sueltan cuatro frescas. La antítesis de Gangan, que jamás dice nada que no convenga; para mí es un misterio que puedan ser tan amigas. Sí, claro, ya sé que son confidentes desde que llevaban calcetines cortos, pero la prudencia es siempre la mejor consejera para todo, pienso yo, y tía Patsy desconoce el significado de tal palabra. Bueno, en fin, dicho todo esto, me vino fenomenal que Gangan me pidiera que pasase por Londres antes de volar a Nueva York. ¡Qué guapa estaba Marilù! Hacía lo menos dos meses que no nos veíamos.

—¿Puedo ofrecerle un canapé, señor? —Los tengo de cangrejo, de salmón y de beicon con anchoa...

«¿¿Beicon con anchoa??», me asombro mirando a la azafata y su surtido de canapés. Qué mezcla tan desagradable, no soy partidario de según qué experimentos con los sabores. Si esto sigue así, dentro de unos años estaremos comiendo bocaditos de algas marinas o saltamontes.

—Gracias, señorita, deme uno de queso, simplemente.

Intento entonces recuperar mi *Financial Times,* que se ha deslizado hasta caer al suelo y en esa incómoda postura es cuando la veo. ¡No puede ser! ¡No me digas que tengo la mala, la pésima suerte de viajar tres asientos más atrás que esa señora horrible, Elsa Maxwell!

Tía Patsy. Una vez más tía Patsy al retortero. Fue en su casa de campo donde coincidimos, hace de esto lo menos cinco o seis años. Gangan se empeñó en que aceptara acudir a uno de los «fines de semana de solteros» que organiza su prima en el campo, y allí estaba *miss* Maxwell. Desde hace años e indesmayablemente, Patsy se ocupa de organizar este tipo de encuentros. Según ella, así ha logrado casar lo menos a doce parejas de jóvenes pertenecientes a la «gente como uno», maravilloso eufemismo donde los haya. «Porque ¿cómo vamos a pretender —le gusta repetir— que los chicos de nuestras familias se casen entre ellos si ya ni se conocen? El mundo se ha vuelto demasiado grande y desparramado, y lo normal es que acaben con alguna pilingui o con un vividor infernal». ¡Ocasión! ¡Puesta en escena adecuada! ¡Y roce, mucho roce! Eso es lo que aportan, según ella, sus fines de semana campestres. Y cuando dice roce, oh, Dios mío, me temo que lo hace en el más literal sentido de la palabra. Todavía no he podido sobreponerme a la impresión de ver cómo se coló en mi habitación —y con el más atroz picardías que he visto en toda mi vida— Mimí J., una de mis primas alemanas más feas. Y no solo eso, al entrar por el balcón produjo tal corriente cruzada que dispersó toda una serie de sellos rarísimos de mi colección que me había llevado para clasificar en los ratos muertos. Me costó horrores recuperarlos y, para mi consternación, uno de Burundi desapareció para siempre. En fin, la cuestión es que, en ese mismo fin de semana inolvidable, libretita en mano y observándolo todo estaba ella.

«¿... Cómo, querido, que no conoces a la señorita Maxwell?», así comenzó tía Patsy girándose hacia los ciento veinte kilos de humanidad que tenía a su derecha a la hora del desayuno: una dama, más o menos de su edad, baja de estatura, con el pelo retinto y ojos taladrantes. Recuerdo que llevaba un vestido blanco con enormes lunares negros y un diminuto sombrerito floral que se sostenía en difícil equilibrio sobre su cabeza.

De buena gana hubiera contestado que no y que pretendía seguir sin tener ese placer, pero cualquiera le suelta algo así a tía Patsy, tan temprano por la mañana, además.

—*Darling*, tú no *puedes* ir por la vida sin conocerla. Es íntima de todo el mundo, desde Churchill, que siempre la adoró, hasta Grace de Mónaco, que la invita cada año a Montecarlo. Eso por no mencionar a Hemingway, claro está, o al negus de Etiopía, o a mi primo el duque de Windsor; jamás he conocido una agenda tan apabullante y variada como la suya. También tiene una extraordinaria virtud: es una *tumba* con las confidencias que se le hacen. Sus labios están sellados cuando tienen que estarlo. Elsa dice siempre que todas las entrevistas periodísticas que realiza (y que se publican solo en medios de enorme prestigio) son *verbatim*.

—¿*Verbatim*? —repetí yo sin el menor interés.

—Sí, tontito mío, «literal y sin faltar a la verdad», eso quiere decir el latinajo, por si no estás informado. Elsa lleva siempre consigo uno de esos aparatitos que llaman magnetófonos y todo queda grabado para que no haya reclamaciones luego... Una delicadeza extrema la suya, ¿verdad, Doris?

Al decir esto, tía Patsy se había vuelto hacia otra persona que desayunaba en silencio dos puestos más allá. Una mujer de unos cuarenta y tantos años, con el pelo furiosamente rojo y tan flaca que, supongo, debería tener que pasar dos veces para dejar sombra. También tenía una cara ancha y salpicada de pecas, pero su rasgo más característico eran unos ojos igual de taladrantes y duros que los de la señorita Maxwell.

—Y esta es Doris, su secretaria.

—Secretaria y amiga —corrigió la Maxwell, gesticulando hacia Doris al tiempo que me miraba de arriba abajo, como si acabase de hacer un gran descubrimiento genealógico.

—Así que usted es el nieto mayor de Alfonso XIII, hijo de don Jaime y de la guapísima Emmanuela Dampierre, hija a su vez de...

A partir de ese momento, la señorita Maxwell empezó a recitar una suerte de ficha policial de mi persona en la que no solo hizo alarde de conocer todos los datos que son de dominio público, sino otros que yo habría preferido que no mencionase delante de tía Patsy.

—Pero bueno, querida, ¿de verdad que no te ha hablado este ilustre joven de Marilù? Sí, mujer, de Marilù Tolo, una de las actrices italianas más despampanantes del momento y maniquí preferida de Valentino, que, por cierto, ha dicho públicamente no hace mucho que es la única mujer de la que ha estado enamorado. Distinguidísima, además, no desentonaría en ningún ambiente, ni siquiera en este —añadió con un gesto que abarcaba a todos los cachorros del Gotha presentes (y medio dormidos) a aquella temprana hora en la mesa del desayuno, incluida mi prima Mimí, que la miraba con tan poca simpatía como yo, pero imagino que por razones diferentes a las mías—. ¿Qué noticias sabemos de Marilù, Doris? —preguntó a continuación *miss* Maxwell—. ¿Se confirma que es una de las elegidas para rodar *Al servicio secreto de su majestad*? Me han dicho que la han llamado para las pruebas de *casting*, ojalá le den el papel. Yo adoooro las películas de James Bond, ¿usted no? —añadió mientras luchaba por hacer los honores a una enorme rebanada de pan con mermelada—. Ojalá tenga suerte su Marilù.

Qué ser tan desagradable, y tampoco su acólita parecía más simpática. No me inspiraban confianza (y menos aún discreción) ninguna de ellas. Cierto que después de aquella «operación cupido» en la casa de campo de tía Patsy no salió publicado en periódico alguno noticia de nuestro fin de semana. Pero cierto es también que, al menos en esa ocasión, tía Patsy tuvo nulo éxito en su celestinaje. Todos los presentes volvimos a casa tan célibes y desparejados como habíamos llegado.

No fue aquel mi único encuentro con *miss* Maxwell, me temo, y el siguiente fue menos agradable aún.

Ah, pero aquí viene otra vez la amable señorita de los canapés. A este próximo recuerdo no le vendría mal otro martini. Agitado, no revuelto, como los de James Bond. Al fin y al cabo, lo sucedido tuvo mucho que ver con él.

Es ya con una segunda copa en la mano (y después de esta se acabó, Alfonso, tú siempre has sido un tipo comedido, me amonesto) que vuelve a mí el recuerdo de aquella dama. ¿Cómo se llamaba ese hotel cerca de Ventimiglia en el que nos habíamos alojado Marilù y yo para pasar unos tranquilos días de julio? Tenía un nombre curioso y premonitorio, algo así como La Trampa o el Salsipuedes, no recuerdo exactamente. Lo que sí recuerdo es que Marilù estaba triste. Acababa de llamarla su agente para decir que finalmente habían elegido a Diana Rigg y no a ella para el rodaje de *Al servicio secreto de su majestad.* Ser chica Bond habría supuesto un paso importante en su carrera, pero no pudo ser.

«Olvídate, habrá más y mejores ocasiones. Te propongo un plan —le dije para levantarle el ánimo—. Dejemos este Salsipuedes y mudémonos al Eden Roc, nos vendrán bien un par de días al sol de Antibes y sin nada que hacer más que querernos mucho». Ella dijo que no, que de ninguna manera, que el Eden Roc era el hotel más caro de la costa. Marilù siempre ha sido así de considerada. Sabía que mi situación financiera no era boyante (como tampoco lo es ahora), y no deseaba que incurriera en gastos. Pero yo quería hacerle ese regalo de todos modos y allá nos fuimos. Alquilamos un coche y, en un par de horas, estábamos tomándonos unos Ricards con hielo en nuestra *cabanne*. Ese es uno de los detalles que más me gustan del Eden Roc. Durante el día, los huéspedes pueden alquilar unas pequeñas cabañas a la orilla del mar, almorzar ahí y tomar el sol con total discreción y privacidad. Tampoco era mal plan ser un poco más sociable y almorzar en la terraza superior, donde lo más probable es que le toque a uno, dos mesas más allá, pongamos que Billy Wilder o una hermana del sha de Persia o incluso algún auténtico agente de los servicios secretos de su majestad británica. Pero da igual.

Una de las características del hotel es que nadie se da por enterado de quién es su vecino ni se ocupa del prójimo. Yo hacía días que no practicaba deporte y lo estaba echando en falta, así que, después de dormir juntos una siesta, y al ver que Marilù se preparaba para uno de sus largos baños de sol, tomé una toalla y decidí nadar un rato.

El rato se hizo más largo de lo previsto y cuando volví a la *cabanne* Marilù no estaba. Miré el reloj: casi las seis. Seguramente habría subido a la habitación a ducharse y me esperaría ahí, me dije, pero el caso es que tampoco estaba. Me tomé mi tiempo. Quizá hubiese decidido dar un paseo. Ya volvería. Eden Roc hace honor a su nombre. Es una roca tan paradisíaca como aislada, imposible ir muy lejos. Calculo que serían cerca de las siete y cuarto cuando, ya vestido para cenar y viendo que no volvía, decidí ir en su busca.

—¿Ha visto usted a *madame* Tolo? —pregunté a Maurice, el conserje. Y él:

—Sí, señor. Está allí, con *mademoiselle* —me aseguró, señalando hacia la terraza.

Por un momento pensé que se refería a Coco Chanel. Hasta hace poco, en este tipo de ambientes solo había una *mademoiselle* a la que se aludiera sin apellido. Pero me temo que empieza a haber al menos otra conocida por igual apelativo, porque, algo más allá, con Marilù a su derecha y una mujer de pelo rojo a su izquierda, estaba Elsa Maxwell, haciéndome frenéticas señas con sus cortos brazos.

—¡Príncipe! —gritó nada discretamente, usando un tratamiento que evito siempre, pero que a ella, por lo que se ve, le encantaba propalar a los cuatro vientos—. Prrrrríncipe, estamos aquí. Qué espléndida coincidencia, ¿no es así?

Aún no me había dado tiempo a llegar hasta allí cuando empezó a monologar, a dejar caer nombres, a decir que venía de pasar unos días con los Grimaldi («El pobre Rainiero está horriblemente dolorido con la ciática, un hombre tan joven, qué cosas, Gracie en cambio espléndida, espléndida como siempre»), a explicar que de aquí tenía pensado ir unos días a casa de María, a la que nombró a secas pero era obvio que hablaba de la Callas, quién si no. «... Y luego, a finales de mes, Doris y yo nos iremos una semana a Corfú antes de embarcar con los Niarchos. Recuerdas a Doris, ¿verdad, querido? —continuó indesmayable pasando sin solución de continuidad de llamarme príncipe a tutearme sin tasa—. Saluda a Alfonso, Doris».

Doris se levantó, ensayando una especie de reverencia, pero *miss* Maxwell, tironeándole de su vestido floral, la obligó a sentarse.

—Ay, ay, ay, cuánto te queda todavía por aprender, querida. El príncipe ya es ííííntimo nuestro y no le hacemos cumplidos, ¿verdad, Alfie?

No sé qué me molestó más, que me acabara de enrolar en el club de sus ííííntimos o que me llamara Alfie. Pero ambas molestias pasaron a segundo plano al reparar en lo que había sobre la mesa. Junto a dos cócteles profusamente adornados de frutas (uno de ellos sin catar) y el spritz de aperol que tanto gusta a Marilù, con sus bobinas girando lentas e inexorables, había un magnetófono.

—En cuanto vi a Marilù sola leyendo a Graham Greene en la terraza vine directa a darle el pésame. «Querida», le dije, «no llores por *Al servicio de su majestad*, es de los peores libros de Ian Fleming que he leído, un bodrio». Y para colmo, han contratado como nuevo 007 a un ignoto actor australiano que no me gusta nada. ¿Cómo se llama, Doris? Oh, sí, George Lazenby, imagínate a *ese* en vez de mi adorado Sean Connery. Será un grandísimo *flop*, ya lo verás. «¿Así que te gusta Greene?», le dije también a tu chica. «Es ííííntimo mío, si quieres lo puedo llamar y preguntarle cuándo llevan al cine una de sus espléndidas novelas, seguro que conseguimos un papel para ti». Y así —continuó diciendo la señorita, mirándome con sus ojos sonrientes pero duros como pedernales—... así, charlando, charlando, nos hemos confesado nuestras vidas con toda sinceridad. ¿Verdad, querida?

Temblé solo de oírlo. No hacía falta saber en qué había consistido la charla. Suponiendo que tía Patsy tuviera razón y *miss* Maxwell fuera una «tumba» cuando le conviniera quedar bien con ciertas amistades como la de ella, nada le impedía, según había dicho también tía Patsy, dejar de serlo cuando las confesiones eran voluntarias. Marilù era discreta, siempre lo ha sido y continúa siéndolo también ahora que hemos roto nuestra relación, pero ese día estaba triste, disgustada. No le habría costado nada a una profesional de las confesiones ajenas como Elsa Maxwell comenzar consolándola, hacerle hablar un rato de sus proyectos artísticos para luego pasar a tirarle de la lengua en terrenos más íntimos. ¿Qué le habría contado a aquella víbora sobre nuestra relación, o, peor aún, sobre mi pasado? ¿Mi triste infancia de heredero desposeído por su propio abuelo? ¿Cómo mi padre acabó siendo un borracho que se gastaba en mujeres la asignación que le daban mientras mi madre hacía malabares para pagarnos el colegio? ¿O, más peligrosamente aún, las preguntas habrían ido encaminadas por el lado del general Franco?

Por aquellas mismas fechas, yo había metido la pata hasta el fondo hablando más de la cuenta en una entrevista en la televisión francesa. Pero aun así y según me había contado el ministro Solís, que es buen amigo y mi contacto más directo con el general, él continuaba hablando de mí con aprecio. Me consideraba una persona seria y cabal comparado con Juanito, al que tachaba de infantil e inmaduro. Me quedaban aún esperanzas de que Franco me contemplara como sucesor, al menos de momento no se había decidido por ninguno de los dos. Y, desde luego, lo último que necesitaba era que una cotilla consagrada como *miss* Maxwell publicase que Marilù Tolo, muy disgustada por no haber sido elegida como chica Bond, le había «abierto su corazón» contándole tal cosa y tal otra sobre mí y mis aspiraciones.

Miré a Marilù y por su cara de desolación enseguida comprendí que había hablado más de la cuenta. No servía de nada enfadarme con ella y menos aún con *miss* Maxwell. Las bobinas del magnetófono continuaban girando imperturbables registrándolo todo. El aparato, no obstante, era de aspecto frágil, quién sabe, tal vez pudiera distraídamente empujarlo y que cayera haciéndose añicos. Según el particular código ético de la señorita Maxwell, ella se preciaba de recoger las declaraciones de sus entrevistados siempre *verbatim*, sin añadir ni un punto ni una coma, y si el magnetófono se rompiera... Pero no, no había que hacerse ilusiones. La mesa en la que estaba era demasiado baja para eso. Piensa, Alfonso, piensa, me repetí y, en esas estaba, devanándome los sesos, cuando la voz de *miss* Maxwell aumentó varios decibelios para trompetear triunfal:

—¡Pero si no lo puedo creeeer! Hablando del rey de Roma por la puerta asoma. ¡Mi adorado Sean! ¿Dónde te habías metido, grandísimo pillín? Te llamé cuando estuve en Londres, pero me dijeron que estabas de viaje. Ay, ay, ay, apuesto a que decidiste borrarte del mapa unas semanitas para que no te preguntaran por tu sucesor. ¿Qué problemas tuviste con tus productores, cielo mío? Seguro que no aceptaron tus condiciones los muy rácanos y por eso contrataron al tal Lazenby. Pero da exactamente igual a quién elijan, tú siempre serás Bond, James Bond, ¿verdad, Doris?

Doris, cabellera roja al viento, asintió y *miss* Maxwell comenzó con las protocolarias presentaciones. Yo no conocía a Sean Connery, pero enseguida simpaticé con él. Resistía las efusiones de la Maxwell con la británica flema de quien sabe perfectamente a quién tiene delante y actúa en consecuencia. Y lo hizo con la misma pericia entre despreocupada y cauta con la que su personaje en la gran pantalla podría desactivar una complicada bomba. O mejor aún, tal como haría si tuviese que vérselas con una mamba negra a la que es preferible no provocar, sino desembarazarse de ella con tiento y gran sonrisa.

—Elsa, *darling,* qué espléndida coincidencia. Ayer mismo le dije a Diane que deberíamos telefonearte. «¡Por supuesto que sí! —me dijo ella—. En cuanto volvamos de la Riviera la llamo sin falta». Mi mujer te adora, ya lo sabes, y yo...

Yo aproveché el nuevo soliloquio en el que se embarcó a continuación *miss* Maxwell interrumpiendo a Connery para mirar a Marilù. Una pena que no pueda casarme con ella. Por mucho que busque, jamás encontraré una mujer que me entienda así, sin necesidad de cruzar palabra.

Por eso comprendí con toda facilidad lo que sus ojos me decían: «Lo siento, amor, no sé ni qué le he dicho de ti a esta arpía. Es todo culpa mía. Tiene un arte especial para hacerte hablar, comenzamos charlando de mis películas y luego...».

Miss Maxwell seguía parloteando. Se había puesto de pie para hablar con Connery (al que le llegaba más o menos por el ombligo), bloqueando el paso para que no pudiera marcharse; Doris mientras tanto cubría el flanco izquierdo.

—... Y desde luego ahora que te he encontrado, no pienso darte un minuto de respiro hasta que me concedas una entrevista para *Vogue*. Ya sabes que soy de toda confianza, jamás publico nada que no esté respaldado por mis cintas —añadió, señalando al magnetófono de mis desdichas—, se ahorra una muchísimo en abogados de este modo, jajajaja.

Verbatim, todo *verbatim*, esa es la marca de la casa, ¿verdad, Doris? ¡Uy! Por cierto, ¿es verdad lo que me ha cuchicheado un pajarito? ¿Que Ursula Andress, desde que rodasteis juntos *Agente 007 contra el Dr. No*, te llama día y noche con las excusas más tontas, por lo que nuestra querida Diane está verdaderamente fu-rio-sa? No, no me digas nada ahora. Ya te lo sonsacaré mañana cuando grabemos nuestra entrevista. Tus millones de fans quedarán fascinados. Empezando por Doris, que te idolatra, ¿no es cierto, querida? Pásame mi cóctel de champán, quieres, hablo tanto que se me ha quedado la garganta como papel de lija. Jajajajaja.

Doris le alcanzó su copa y el contenido osciló peligrosamente sobre mis pantalones, lo que me hizo dar un respingo, pero, a continuación, me regaló también una idea salvadora. Bendita Doris, que no debía de ser muy partidaria de las bebidas alcohólicas, porque, sobre la misma mesa en la que estaba el magnetófono y a escasos centímetros de él, virgen, mártir y perfectamente tentadora había una segunda copa de alto y fino tallo. El cóctel de Doris, un *Planter's punch* rebosante de jugo de naranja, frutas frescas y sobre todo de deliciosamente pegajoso (y corrosivo) ron. Un líquido que, a continuación, y gracias a un imperceptible y discretísimo movimiento mío, supuestamente destinado a proteger mis pantalones de las evoluciones de Doris, acabó... ¡Uppss! ¡Qué torpe soy! ¡Oh, fatalidad!... bañando el magnetófono de *miss* Maxwell, que quedó decorativamente coronado de rodajas de piña y naranja.

—*SSSHHHHIIT!* —siseó la mamba negra, lazándose al rescate de su instrumento de trabajo, y otro tanto hizo Doris, consternada por el papel que, sin desearlo, había jugado en tan penosa tragedia.

—*Oh, my God, Elsa, I am sooo sorryyy!*

* * *

El resto de mis recuerdos de aquella tarde son todos agradables. Por supuesto, me deshice en disculpas; por supuesto, me ofrecí a comprarle otro magnetófono e incluso le prometí, para resarcirla de sus quebrantos, a concederle al día siguiente una entrevista en exclusiva (obviamente, con todas las precauciones, es decir, de esas de «Usted pregunte lo que quiera que yo contestaré lo que me dé la gana...»). Sin embargo, lo que más me llamó la atención de todo este episodio fue la actuación de Connery. Pareció muy comprensivo y solidario con *miss* Maxwell, a la que ayudó a recoger los restos del naufragio. Más aún, la invitó a cenar con él y con su mujer esa misma noche, lo que tuvo un efecto balsámico sobre la señorita, que se esponjó respondiendo que de mil amores y comenzó a atusarse los pelos con la ayuda de Doris, que, siempre servicial, sujetaba ante su cara un espejito. Y fue precisamente en ese momento, mientras las dos damas estaban absortas en su *toilette*, que él, que acababa de encender un Muratti Ambassador, echó disimuladamente su ceniza sobre los restos del malogrado magnetófono.

«Buena puntería, amigo mío», me secreteó, guiñándome un ojo con el mismo aire cómplice con el que Bond podría haber felicitado por su intervención a otro agente al servicio de su majestad. Hecho esto, y girándose hacia la señorita para deslumbrarla con una de sus míticas sonrisas, añadió:

—¿Estás lista, Elsa? ¿Nos vamos? Espero que te guste la bullabesa de langosta, la de Eden Roc es famosa en toda la Riviera.

* * *

—¿Otro martini, señor?

Es la azafata, que me arranca de mis remembranzas. Por un momento me cuesta darme cuenta de dónde estoy.

Dos martinis son demasiados para un huevo sin sal, que es como suele referirse tía Patsy a mi persona.

—No, muchas gracias, señorita —responde ahora este huevo sin sal, volviendo al presente, imposible un tercer martini, pero sí me gustaría leer algún otro periódico antes de que sirvan el almuerzo—. ¿Tiene *The Wall Street Journal*?

Mientras aguardo su regreso se me ocurre pensar que, si bien no logré salir mal parado de mis anteriores encuentros con *miss* Maxwell, una vez más estoy marcado de cerca por ella y, en esta ocasión, sin escapatoria. El vuelo es largo, y tarde o temprano necesitará ir al cuarto de baño, que está dos filas detrás de mí. Entonces me verá, querrá saber a qué voy a Nueva York y ahí tengo dos opciones: contar un cuento chino o decirle la verdad. Si le cuento una trola, con sus mil tentáculos acabará enterándose de que he mentido, y vete a saber qué publica porque, en ese caso no se sentiría obligada por su particular código, según el cual Elsa Maxwell es «una tumba» con respecto a quien confía en ella. Pero si le digo la verdad, pongo en peligro el plan de Gangan. Para ella es fundamental recuperar la Peregrina del modo más discreto e incorporarla a su joyero para que nadie sepa que su marido la engañó también en ese caso. Tía Patsy dice siempre que no soy un hombre de suerte. Yo no lo creo, pero realmente es una pésima casualidad volver a coincidir con *miss* Maxwell justo ahora que... Vaya por Dios, antes la menciono y antes aparece: aquí viene, ya se acerca y de nada servirá que me esconda tras mi *Financial Times*. Alguien parapetado tras un periódico siempre levanta sospecha a unos ojos de águila como los suyos, que seguro no dejarán resquicio por escudriñar y, ya está aquí, ya me ha visto y... pero ¿cómo? ¿Pasa de largo? ¡Pero si me ha mirado y luego ha seguido su camino sin decir palabra, no me lo puedo creer! ¿Y esto cómo se interpreta? ¿Será que ha acabado por descubrir que el incidente del magnetófono no fue tan accidental como creyó en su momento? ¿Le habrá contado algo tía Patsy al respecto y por eso no me saluda? Mírenla, allá que va, camino del cuarto de baño, tan imperturbable y muda que casi no parece ella...

—Usted también la echa de menos, ¿verdad, señor?

—¿Cómo dice?

Es la azafata, que viene con mi *Wall Street Journal* en la mano y en los labios una sonrisa algo nostálgica.

—A *miss* Maxwell, me refiero, yo también era devota total de sus columnas y entrevistas, no me perdía una. ¡Qué mujer, qué vida tan interesante la suya! Y tan perspicaz, además, capaz de arrancarle a cualquiera el más oscuro secreto, con una pluma afilada, pero a la vez siempre absolutamente veraz. Una pena que todo eso pertenezca al pasado.

—¿Quiere decir que se ha retirado?

—No, señor, ¿no lo sabe usted? Murió hace unos años, un infarto fulminante.

—Pero entonces..., ¿y esa señora? —pregunto mientras la dama en cuestión, que acaba de salir del aseo, intenta enhebrar su voluminoso cuerpo (enfundado en un vestido de lunares muy parecido al que llevaba Maxwell el día en que nos conocimos) entre la azafata y el asiento del otro lado del pasillo, camino de su sitio y sin interesarse lo más mínimo por mi persona.

—Muchas damas de físico parecido al suyo la imitan, piensan que es chic. Yo también me sorprendí muchísimo la primera vez que vi a una. No es como la gente a la que le da por emular a Elvis o a Marilyn. El físico de *miss* Maxwell es menos... glamuroso, bueno, usted ya me entiende.

—Mientras no les dé por imitarla como cotilla universal queriendo saberlo todo del prójimo...

—Oh, no, señor. En eso ella es inimitable. Además, si algunas de sus fans lo intentan, suelen centrarse en saberlo todo de personajes de Hollywood o de Broadway.

—¿No se interesan por personas del resto del mundo, de Europa, por ejemplo?

—No creo que lo haya reconocido a usted, si eso es a lo que se refiere —dijo aquella devota de *miss* Maxwell, dejándome nuevamente preocupado. Pero enseguida sonrió tranquilizadora—. Descuide, señor. En lo que a mí respecta, puede estar tranquilo. Traficar con chismes es incompatible con mi trabajo y, al menos de momento, no me puedo permitir el lujo de perder el empleo. Si algún día se me ocurre seguir los pasos de *miss* Maxwell, será dentro de diez o doce años, cuando me retire. Mientras tanto observo, y callo. ¿Se imagina las cosas que he podido ver a bordo, señor?

* * *

El hotel Granville es agradable, no muy caro y está a solo dos manzanas de Central Park. Desde que llegué a Nueva York he estado ocupado con mil cosas. La primera mañana de mi estancia aquí, apenas logré salir de la habitación apagando telefónicamente algún que otro incendio. ¿Por qué será que cuando uno hace una escapada por motivos que no puede desvelar todo conspira para que en casa se produzcan sucesos inesperados? Como lo mejor en estos casos es mentir lo menos posible, a mi segundo en la embajada le dije que tenía que ocuparme de unos asuntos familiares aquí en la Gran Manzana y que no me llamara hasta la hora de comer. Aun así, tuvo que telefonear a las ocho por un tema, según él, de mucha trascendencia.

—El yerno del Generalísimo ha llamado tres veces desde que se fue, y siempre con una excusa diferente. Pensé que debía saberlo.

Mi segundo de embajada se llama Vidriera. Vidriera es trabajador, fiable y un eficaz colaborador que incluso habla un sueco más que aceptable. Su ayuda ha sido fundamental desde que me nombraron embajador, pero tiene sus cosas. Y una de ellas es que no soporta a los que él llama «los arrimados» y los hijos de papá. Razones no le faltan, él es todo lo contrario de un arrimado. Pertenece al grupo de funcionarios que ha llegado a donde están gracias a la meritocracia propiciada por Franco. Vidriera quiere que se sepa que todo lo ha logrado mediante becas, oposiciones y mucho tesón. Según le gusta recalcar, los tiempos están cambiando y quien realmente vale y se esfuerza, sea cual sea su origen social, puede llegar todo lo lejos que se proponga. Como yo no soy precisamente un producto de tan loable escalafón, cuando llegué a Estocolmo, Vidriera no me miraba con la mejor de sus caras. Ahora, con paciencia y mano izquierda he logrado conjurar sus prejuicios, pero los sigue teniendo, y muchos, con respecto a otros arrimados. Como el yernísimo, sin ir más lejos.

—En realidad, no quería hablar con usted. Me tuvo más de media hora al teléfono preguntándome vaguedades y asuntos sin importancia. Para mí que lo que desea es conocer sus costumbres y la dinámica de esta embajada.

—¿Qué quiere decir? —pregunté a Vidriera, sin prestar demasiada atención a su respuesta. Buscaba en el periódico la hora en la que se celebraría aquella tarde la subasta de la Peregrina y no conseguía averiguarla. Además, tenía otras llamadas que hacer. Un par de asuntos que debía tratar con la gente del ministerio, allá en Madrid; telefonear a Gangan para decirle que había llegado bien; también a mi madre, con la que hacía días que no hablaba, e incluso pensaba contactar con Marilù. Quería contarle mi confusión con la falsa *miss* Maxwell, seguro que le iba a divertir.

—... Un entrometido, o peor aún, alguien que cree que los demás nos chupamos el dedo, eso es lo que es.

—¿De quién habla, Vidriera? No tengo tiempo para adivinanzas.

—Del que llevo hablando desde que comenzamos esta conversación. ¿Puedo decirle lo que pienso, embajador?

Cuando Vidriera entona de cierto modo la palabra embajador, suelo ponerme en guardia. En el año y medio que llevamos trabajando juntos he aprendido a valorar su intuición y el ojo clínico que tiene a la hora de anticipar escollos y aguas procelosas.

—Le escucho. ¿Qué es eso tan urgente que quiere usted contarme sobre el marqués de Villaverde?

—Pues que siempre me escama que alguien de las características de este caballero se dedique a adorar al santo por la peana.

—Tendrá que explicarse un poco mejor, Vidriera, y a ser posible deprisa, voy mal de tiempo.

—Solo quería alertarle de que me parece curiosa una llamada así cuando usted está fuera y también el modo en que pidió hablar conmigo. Primero intentó averiguar quién era yo y si teníamos amigos comunes, pero, al ver que pinchaba en hueso, haciéndose el simpático (y simpático es un rato, vaya que sí, menudo pico de oro), después de hacerse el simpático, digo, divagó hablando de pájaros y flores, aunque para mí lo único que le interesaba era conocer costumbres suyas, saber cuáles son sus gustos, sus aficiones (le comunico, por cierto, que se le escapó una risita bastante irónica cuando le dije que le gustaban mucho los sellos), también quiso saber dónde y cuándo suele tomarse vacaciones.

—Si su temor es que el marqués de Villaverde esté intentado poner en mi puesto a algún amigo suyo, descuide, Vidriera. Por lo que yo sé, basta que su yerno proponga algo de este tenor, para que Franco haga exactamente lo contrario.

—De eso no me cabe la menor duda, menudo es su excelencia. De ahí que me sorprenda aún más la llamada de Villaverde.

—Vidriera —comienzo a impacientarme—, tengo una fe casi ciega en su olfato diplomático, pero, en esta ocasión, se columpia usted. Dudo que Villaverde tenga el menor interés por mi persona. Seguramente se trataba de preguntas retóricas. Lo más probable es que tenga un futuro viaje de trabajo, un congreso médico cerca de Estocolmo y quiera alojarse en la embajada o algo así.

—En efecto... O algo así —subrayó Vidriera—. ¿Puedo preguntar si es amigo suyo?

—No puedo decir que lo sea. Nos hemos visto solo un par de veces, la última el año pasado en el palacio de la Zarzuela cuando mi abuela viajó a Madrid para el bautizo del príncipe Felipe, pero eso es todo. Y ahora hábleme de otros asuntos que tengamos pendientes. ¿Ha recibido alguna comunicación importante del consulado?

* * *

Después de colgar con Vidriera hice el resto de las llamadas. En el ministerio no había nada digno de mención y mi madre había salido a dar un paseo, de modo que le dejé recado. Con la que sí logré hablar fue con Gangan. Le preocupaba que la prensa pudiera enterarse de que estaba interesada en la Peregrina.

—Imagínate que alguien llega a publicar que una reina viuda y en el exilio invierte una parte de la pensión que anualmente le envía un dictador, para más inri, en comprarse una perla carísima.

—Descuida —la tranquilicé, quizá con algo de impaciencia, porque de todos estos temores y eventualidades ya habíamos hablado en mi visita a Lausana—. Se hará todo tal como quedamos: nuestra puja será anónima y a través de una empleada de la casa de subastas. Daphne, se llama. He hablado por teléfono y está todo acordado. Nuestro tope son los veinte mil dólares. Yo asistiré a la subasta entre el público, pero sin participar. Si alguien me pregunta, diré que he entrado por curiosidad y porque me encantan las subastas, cosa que es cierta. También le he dicho a la señorita Daphne que, si ve que el ambiente indica que con subir la puja unos cuantos dólares más la perla puede ser nuestra, lo haga. Todo saldrá bien, Gangan, ya lo verás, y gracias a ti, la Peregrina regresará a la familia después de tantos años y tantos avatares.

* * *

Una vez que colgué con Gangan llamé a Marilù, pero acababa de salir, así que me dediqué a planificar el resto de mi día. La subasta no era hasta las seis. Podía comer algo rápido por ahí y dedicar la tarde a lo que Vidriera llama mis aficiones de viejo. ¿Qué le voy a hacer si me gustan los sellos y los timbres? Tampoco me parece que haya que ser viejo para eso. Y aquí en Nueva York siempre hay alguna exposición interesante, seguro que en el periódico venían anunciadas unas cuantas. En esas estaba, sin saber si decantarme por «La exposición de rarezas filatélicas de Madagascar» o «Timbres y tampones de Cincinnati» cuando sonó el teléfono.

—*Darling*, sé que estás en Nueva York y no acepto un no por respuesta, necesito un favor. Hoy por ti, mañana por mí. ¿Recuerdas?

Pillado, me dije, al reconocer la voz de una de mis muchas primas alemanas. A Anne Sophie la conocí en uno de los fines de semana «operación cupido» que organiza ya sabemos quién y tiene uno de esos apellidos compuestos germánicos y larguísimos que entusiasman a nuestra muy casamentera parienta en común y le hacen soñar con campanas de boda. Tanto Anne Sophie como yo sabemos que jamás le vamos a dar esa alegría a nuestras respectivas familias, pero somos amigos. O, mejor dicho, socios en el negocio de las excusas. Cuando quiero librarme de algún compromiso no deseado, la utilizo a ella, y ella hace lo mismo conmigo. La última vez me sirvió de coartada para escapar de un espeluznante fin de semana con todo tipo de juegos, yincanas, concursos y prendas en la casa de campo de unos parientes luxemburgueses. Ahora, obviamente, pretendía cobrarse el favor.

—¿Cómo sabías que estaba aquí?

—Por tía Patsy, naturalmente. ¿A qué has venido?

—Oh, espera un momento, que creo que llaman a la puerta —dije, y fingiendo ir a comprobarlo, bajé el auricular y procedí a contar hasta veinte.

Ya había usado otras veces este truco y funcionaba siempre. Con Anne Sophie basta esperar unos segundos y olvida por completo la pregunta social y retórica que acaba de hacer.

Difícilmente puede ser de otro modo. Su único objeto de interés es su persona y sobre tan apasionante tema monologa sin tasa, pero, a cambio, es monísima y queda muy decorativa donde la pongas. Gangan sostiene que los Borbones vemos unas faldas y corremos detrás de ellas sin preguntarnos si nos llevarán al abismo, al matrimonio o a las dos cosas al mismo tiempo. Difícilmente Anne Sophie ha de llevarme por ninguno de esos desbarrancaderos, aunque sí, como en este caso, a cambiar mis agradables planes. Adiós timbres, adiós sellos y tarde tranquila haciendo lo que me gusta, a ver qué favor es ese que necesita.

—Descuida, es uno facilísimo, Y barato, además, solo tendrás que invitarme a almorzar. Quiero que me hagas de mascarón de proa. O de pato de madera, que va más con tu personalidad —añadió luego con una carcajada.

—¿A qué te refieres? —pregunté.

—Ya sabes para qué sirve un pato de madera. Lo pones a flotar vistoso y brillante en un estanque y atrae a otros patos. Ando un poco desesperada desde que me dejó Albert.

—¿El peluquero con el que salías la última vez que nos vimos?

—No ese peluquero. El que tú conociste salió rana, pero debe de ser que me va el gremio porque Leonard también es un mago de los cepillos, igual de guapo e igual de canalla que el otro.

—Ya, seguro que a tía Patsy le encantaría saberlo. ¿Y cuál será mi misión en este *ménage à trois*?

—Sencillísimo, ya te digo. Solo se trata de almorzar conmigo y hacer lo que mejor sabes, callar y ser guapísimo.

—¿Nada más?

—Eso y pagar la cuenta, del resto me encargo yo. ¿Conoces La Côte Basque? Es el caladero de peces más a la moda en este momento.

—¿No íbamos a cazar patos?

—Patos o peces, qué más da, mira que eres plomazo con tus precisiones. Te espero a las dos en punto, no te retrases.

* * *

La Côte Basque me pareció demasiado rústico para ser «el» lugar del momento. Decorado con escenas marítimas, solo le faltaban un par de remos cruzados y una red de pesca para hacerle la competencia a una tasca de Fuenterrabía o de Zarauz.

—Veo que sigues más mudo que Harpo Marx y más aburrido que chupar un clavo, querido —así comenzó Anne Sophie nuestra conversación, con su habitual simpatía—, pero a cambio tan guapo que todos se giran para mirarnos. ¿Has visto cómo te observa Truman Capote? No te extrañe si dentro de unos años sales mencionado en ese libro escandaloso que, según dicen, lleva años escribiendo con nombres y apellidos.

En efecto, dos mesas más allá, almorzando con Lee Radziwill, la hermana de Jackie Onassis, estaba el autor de *A sangre fría*, que nos miraba sin disimulo.

—¿Una novela con nombres y apellidos? —pregunté, y Anne Sophie se encogió de hombros y esbozó una llamativa sonrisa que no iba dedicada a mí, por supuesto, tampoco a Capote ni a Lee, sino a un hombre que estaba a su derecha.

—Es el abogado de Frankie.

No hizo falta que preguntara a qué Frankie se refería, porque Anne Sophie tiene una gran capacidad para dar, al mismo tiempo, dos retazos de informaciones mundanas diferentes. Por un lado, me informó de que Capote llevaba años amenazando con publicar su particular versión de *En busca del tiempo perdido* de Proust, solo que con sexo, drogas y todo tipo de espeluznantes pelos y señales con sus amigos de la *jet set* como protagonistas; y, por otra, me informó de quién era Aaron R. Frosch, el abogado de las estrellas, desde Richard Burton hasta Frank Sinatra.

—Un verdadero lince que se ocupa de todo. Lo mismo sirve para un roto que para un descosido. Igual te representa en cualquier tipo de transacción económica que te defiende en un complicado pleito penal, por lo que bien haría Truman en ir fomentando su amistad. La va a necesitar cuando salga a la luz *Plegarias atendidas*.

—¿*Plegarias atendidas*? —repetí, porque no alcanzaba a procesar tanta información diversa en una sola parrafada.

—Querido, además de mudo debes de estar sordo, porque te lo acabo de decir. Truman tiene aterrados a todos sus amigos elegantes con el suspense de saber qué atroces interioridades tiene pensado revelar en sus *Plegarias*. Para mí que confía demasiado en su aura de *enfant terrible*. Ahora mismo todos lo adoran, le hacen la ola porque su novela *A sangre fría* ha sido un bombazo mundial. Pero cuando publique un libro ventilando sus trapos sucios, le harán fu. Es lo que suele ocurrir con esta «buena sociedad» que tú bien conoces. Si eres «uno de los nuestros», te perdonan hasta los peores crímenes. Pero si eres solo un granjero de Nueva Orleans, por mucho que te llames Truman Capote, en cuanto metas la gamba te crucifican en vida. O, lo que es aún peor, para alguien como Truie, simplemente, tu teléfono deja un buen día de sonar y te tachan de todas las listas de invitados.

Con esta y otras apreciaciones de Anne Sophie sobre la naturaleza humana continuó nuestro almuerzo. Mi misión como pato de madera no dio muchos frutos. O, mejor dicho sí, pero no logró atraer al pato deseado. El sustituto de Albert en el corazón de Anne Sophie estaba, en efecto, en los alrededores, pero ni una vez miró en dirección a nuestra mesa. Y eso a pesar de los denodados esfuerzos de mi prima por llamar su atención. Leonard, que así se llamaba el objeto de su deseo, la saludó al entrar, pero se limitó a aventar en su dirección un distraído beso volandero antes de precipitarse hacia la mesa vecina, donde lo esperaba Christina Onassis.

—Bah, otro que va por la pasta —intentó consolarse Anne Sophie, pero se la veía desolada—. ¿Me acompañas esta noche a Sardi's? —preguntó—. Tal vez yo también debería dedicarme a la caza y pesca de millonarios, son más agradecidos que los peluqueros.

Le dije que lo sentía, que nuestro hoy por ti y mañana por mí estaba igualado y que tenía una cita ineludible. Ella lo comprendió y salimos a la calle. Los almuerzos en La Côte Basque suelen ser tardíos, y en Nueva York oscurece temprano en esta época del año. Miré el reloj, las cuatro y media. Mi hotel estaba lejos, no me daba tiempo de pasar por él. Decidí ir directamente a la sala de subastas. Así podría ver los objetos a subastar y entretenerme un rato. Antes de encontrarme con Anne Sophie, había vuelto a hablar por teléfono con la señorita Daphne, que se encargaría de pujar por mí. Muy agradable me pareció y sobre todo discreta. Si sabía quién era yo, no se dio por enterada. Me llamó señor Bourbon durante toda nuestra conversación, como si mi apellido fuera un tipo de whisky. Mejor así.

La sala de subastas resultó ser menos elegante de lo que imaginaba, lo que también me agradó. Nada de paneles de roble como en Christie's ni cortinajes púrpura como en Sotheby's, solo una sala amplia y bien iluminada en la que se alineaban varias filas de sillas. Alrededor y adornando las paredes, podían verse algunas de las obras a subastar. Identifiqué un Monet, también un par de dibujos de Degas. No había nada de maestros antiguos, ningún artista del Renacimiento. En cambio, sí vi un Canaletto, pero son tantos los que hay diseminados por el mundo que tampoco llamó mi atención. Después, había muebles y enseres de calidad, pero ninguna pieza que llegara a impresionarme. En resumidas cuentas, los objetos me parecieron buenos, pero no extraordinarios: perfecto, calculé que así vendrían menos compradores de campanillas o caprichosos y menos probabilidades habría de que subiera demasiado el precio de nuestra Peregrina.

—¡No me lo puedo creeeeeerr! —voceó alguien a mi espalda con un retardo en la «e» igualito al de *miss* Maxwell—. Me volví con la tranquilidad de que Elsa estaba ya con los querubines y, sin embargo, aquí, en el mundo de los mortales, con un aspecto de lo más saludable, y tendiéndome las dos manos como si acabara de encontrarse con el hijo pródigo, estaba ella. No *miss* Maxwell, pero sí

Doris, su secretaria, con el pelo más rojo que nunca, lo que, dada su magra y algo cerúlea figura, la hacía parecer una cerilla en plena combustión.

—¡Qué espléndida casualidad, príncipe, usted por aquí! (Odio que me llamen príncipe, no lo soy y me da mal fario, pero, en fin, sigamos con la historia). Qué coincidencia —continuó *miss* Doris—. Claro que la buena de Elsa sostenía que las casualidades no existen, que el mundo es un *kleenex* y que el destino sabe bien a quién junta. ¿Qué le trae por Nueva York? ¿Trabajo o placer? ¡No me diga que se interesa por alguna compra! En Parke-Bernet siempre hay sorpresas. ¿Es usted devoto de las subastas?

Calculé rápidamente qué me convenía más: mentir y decir que había entrado allí por casualidad o contar que me interesaba otra pieza de las que estaban en venta, una barata y sin importancia...

Al final opté por una solución intermedia y respondí a *miss* Doris con otra pregunta.

—Me alegra verla, Doris, cuánto tiempo. ¿Se interesa usted por el arte? Mis condolencias, aunque sea con mucho retraso, por la muerte de *miss* Maxwell, qué gran mujer.

Doris descartó mis condolencias con un impaciente vaivén de la mano, igual que si de una mosca muy molesta se tratara, y respondió que sí, que qué pena lo de Elsa, pero que ella ahora volaba sola.

Si alguna duda llegué a albergar sobre qué quería decir con eso de «volar sola» se disipó de inmediato. Con el mismo infalible instinto para olfatear a distancia dónde puede haber una buena historia periodística, *miss* Doris oteó por encima de mi hombro y detectó a alguien que acababa de entrar por la puerta. Allí, entreverado con otras personas anónimas que accedían a la sala, y corroborando la apreciación de *miss* Maxwell de que el mundo es un *kleenex*, estaba Aaron R. Frosch.

—¡Ya te tengo! —exclamó Doris, girando el periscopio de su interés de mí al abogado de las estrellas—. Pillado. Ahora solo me queda averiguar en qué pieza está interesado, aunque no sé por qué pero me lo imagino. Habrá oído usted hablar de la Peregrina, supongo —añadió, recordando de pronto mi existencia.

—¿La Peregrina? —dije, porque hace mucho que aprendí que responder repitiendo la pregunta confiere un muy conveniente aire de despiste. O, mejor aún, en según qué casos, de falta de inteligencia.

—Pues debería saberlo, porque es parte de la historia de su país. Una perla mítica y la única pieza realmente valiosa que veo en todo el catálogo de Parke-Bernet. Si Aaron está aquí no creo que sea para hacerse con ella un llavero. Me pregunto en nombre de cuál de sus riquísimos clientes pujará. ¿De Edgar Bronfman, propietario de la Metro Goldwyn Mayer, al que le sale el dinero por las orejas y colecciona joyas? ¿De Frank Sinatra, que acaba de separarse de Mia Farrow y tal vez tenga ya una nueva y secreta novia? ¿De Marlon Brando, para darle la sorpresa de su vida a su exótica mujercita de Bora-Bora? Faltan pocos días para San Valentín y el amor está en el aire, *love is in the air*!, mi querido príncipe —exclamó Doris mientras levaba anclas y navegaba ya a toda máquina hacia donde se encontraba el señor Frosch, dejándome altamente preocupado.

Si alguien de Hollywood se interesaba por la Peregrina, no solo subiría el precio de la perla, sino que, con Doris y posiblemente otros plumillas de cotilleos en las inmediaciones, aumentaban las probabilidades de que se hablara de la subasta en los periódicos. Vaya por Dios, qué mala suerte, pero, bueno, tranquilidad ante todo, me dije, la señorita Daphne de Parke-Bernet pujará por Gangan y por mí, y no hay manera de que se sepa quién está detrás de una puja anónima. Incluso puedo quedarme en la sala durante la subasta siempre que mantenga cara de póquer. ¿Quién va a saber que tengo interés en ese lote en concreto?

* * *

Decidí salir a dar un par de vueltas a la manzana para templar los nervios y no volví a ver a Doris ni tampoco a Aaron Frosch hasta que dio comienzo la subasta. Frosch se sentó en primera fila, mientras que Doris lo hizo varias filas más atrás, lo que me hizo suponer que no había tenido demasiado éxito tirándole de la lengua. Yo preferí situarme en un lateral, de pie y lejos de ambos. Aun así, en cuanto entré, el periscopio de *miss* Doris me descubrió de inmediato, saludándome con una sonrisa que no supe cómo interpretar. ¿Sarcástica? ¿Burlona? ¿Cómplice, quizá?

Comenzaron a subastarse los lotes. Se fueron primero los dos dibujos de Degas, que alcanzaron un precio considerable, pero no así el Monet ni el Canaletto, que apenas rebasaron el monto de salida. Yo había puesto mi esperanza en que Frosch se interesara por el Monet, que me pareció una ganga, pero no fue así. Tampoco lo hizo por ninguno de los muebles ni enseres. En cambio, llegado el número de lote con el que estaba anunciada en el catálogo la Peregrina, vi cómo se erguía levemente en su silla y se ajustaba las gafas.

—Lote número 12, la famosa perla Peregrina —comenzó diciendo el subastador, un caballero vestido de esmoquin y con un elegante acento francés mientras que uno de los ayudantes mostraba al público, en un soporte de terciopelo negro, la pieza colgada de una cadena de oro adornada de minúsculas perlas—. Lote número 12, aquí la tenemos. Probablemente una de las perlas más famosas o, mejor dicho —corrigió—, *la* perla más famosa de todos los tiempos...

Murmullo de expectación en la sala y dos personas levantaron la mano, voceando en un involuntario coro una misma cantidad.

—Tienen que ponerse de acuerdo entre ustedes, caballeros —sonrió el subastador señalando a un lado y otro de la sala—. Las dos ofertas simultáneas son de cuatro mil dólares...

Uno de los ofertantes subió de inmediato a cuatro mil trescientos, y Daphne se estrenó con la primera de nuestras ofertas: ¡cuatro mil quinientos!

—Gracias, Daphne, la puja está contigo, cuatro mil quinientos dólares...

—¡Cinco mil! —exclamó casi al unísono el ofertante de antes, arrancando del subastador una sonrisa complacida—, ¿me necesitan ustedes realmente, damas y caballeros?

—¡Cinco mil setecientos!

—¡Seis mil!

—¡Seis mil quinientos!

Las cifras se sucedían sin respiro y todavía el señor Frosch no había levantado su brazo para pujar. No fue hasta que el precio subió a quince mil, y las ofertas empezaron a menguar, que se significó. Pero incluso entonces lo hizo de un modo displicente, como si aquello no fuera con él.

—Diecisiete mil dólares...

El subastador miró a Daphne.

—¡Diecisiete mil quinientos! —pujó ella de inmediato.

Por un momento tuve la impresión de que nadie iba a mejorar la oferta...

—Estamos en diecisiete mil quinientos dólares —repitió el subastador, haciéndome albergar esperanzas, pero poco me duró la alegría porque el señor Frosch, acompañado de un casi imperceptible gesto de la mano, ofreció dieciocho mil.

En ese momento surgió una nueva persona interesada. Una señora rubia envuelta en un abrigo de breshuan, que subió a dieciocho mil quinientos.

Rompí a sudar. La puja se acercaba a mi tope de veinte mil. Aunque le había indicado a Daphne que si veía posibilidades de conseguir la perla por una cantidad ligeramente superior, que ofertara unos cientos de dólares más.

—¡Dieciocho mil setecientos cincuenta! —anunció el subastador al ver la mano enguantada de la señora del abrigo carísimo.

—¡Diecinueve mil! —subió Daphne.

—¡Veinticinco mil! —se calentó la señora, cantando la cifra en un falsete de emoción y pulverizando del todo mis esperanzas.

A partir de ese momento las cifras se sucedieron sin respiro hasta llegar a los treinta y cinco mil dólares, oferta de la rubia, que para entonces sudaba profusamente envuelta en su breshuan.

Aaron Frosch continuaba imperturbable. Ni siquiera se le movió un músculo al subir a treinta y siete mil.

Silencio en la sala. La dama hizo gesto de elevar la mano, pero, a medio camino la retiró.

—La oferta está en treinta y siete, *madame*.

Por segunda vez la mujer hizo amago de elevar la mano y por segunda vez se arrepintió.

—Treinta y siete mil a la una, treinta y siete mil a las dos... ¡Vendida en treinta y siete mil dólares al caballero de la segunda fila!

* * *

—Vaya, vaya, me parece a mí que alguien acaba de comprar el perdón de todos sus pecados —oí decir a mi espalda.

Ni siquiera la había visto llegar porque después de la subasta de la Peregrina muchas personas abandonaron la sala. Pero ahí estaba *miss* Doris, apoyada en la misma pared que yo y cuchicheándome cómplice al oído.

—¿Cómo dice usted? —pregunté sin volverme mientras hacía votos para que mis muchos años de internado suizo sirvieran para disimular mi desilusión, mi desencanto.

—Digo que ya me he enterado de todo.

—Suena como *miss* Maxwell, solo que es usted más guapa —respondí, tratando de convertir mi reproche en lisonja. Pero me temo que la comparación con su difunta amiga y protectora tampoco esta vez gustó a la señorita Doris.

—Es *muy* latoso que siempre tenga que salir ella a relucir en todas las conversaciones. Elsa es ya pasado.

—No me cabe la menor duda —respondí, a pesar de que no estaba precisamente como para conversaciones mundanas ni tampoco para prestar atención a los celos retrospectivos de nadie. Sin embargo, aun así y por si acaso, decidí que era mejor no mostrar mi impaciencia e imitar a 007. En otras palabras, librarme de *miss* Doris con el mismo método suave con el que Sean Connery se había desembarazado de *miss* Maxwell, tratándola como a una mamba negra o una bomba de relojería que, si no se maneja con tiento, puede estallarle a uno en plena cara.

—¿A qué se refiere con que ya se ha enterado de todo, *miss* Doris?

—¿Quiere que le cuente quién acaba de comprar la Peregrina?

Sopesé cómo responder a esta pregunta. No deseaba mostrar demasiado interés, pero hacerse el tonto no es siempre la mejor política. ¿Mejor contestar con otra pregunta? ¿Encogerme de hombros sin decir nada? No hizo falta que sopesara mucho más, porque Doris se adelantó a contestarla ella misma.

—*Ego te absolvo* —dijo, adoptando un aire papal al que solo le faltaba una bendición *urbi et orbi*.

—¿Cómo dice?

—Prométame que no se lo va a decir a nadie hasta mañana que lo publique en mi columna.

—Lo prometo —respondí, corroborando mi impresión de que Doris era igual de peligrosa que la difunta—. Y dígame, ¿también usted es una tumba según en qué casos y solo publica entrevistas con personajes que haya recogido en su magnetófono y son por tanto *verbatim*?

Miss Doris no vio oportuno contestar. En vez de eso, bajó la voz hasta convertirla en un susurro catecumenal para decir:

—Cuando ella vea la Peregrina se lo perdonará todo. Claro que, dentro de un par de meses, volverán los celos, las broncas monumentales, las borracheras y entonces... ¿Qué tendrá que regalarle él la próxima vez para parchear su matrimonio? ¿El rubí del Príncipe Negro, el diamante Orloff? Dickie es *tan* infantil a veces, mientras que Liz...

—¿Quiere usted decir —atajé, preguntándome cómo tomaría Gangan la noticia de quién le había arrebatado su Peregrina— que la perla es el próximo regalo de Richard Burton a Elizabeth Taylor?

—¡Bravo, príncipe! Le veo a usted más puesto de lo que yo esperaba en interioridades hollywoodienses. Qué lástima que la Peregrina no hubiese estado a la venta cuando rodaron juntos *Cleopatra*. ¿Se imagina lo espléndida que habría lucido en el pecho de Lizzie mientras ella acerca a sus carnes los colmillos del áspid?

* * *

No sé ni qué le dije a Gangan cuando, por fin y ya en el hotel, la telefoneé para darle la noticia. ¿Qué podía decirle?

¿Que le había fallado? ¿Que la próxima vez que ella viera la Peregrina sería en uno de los escotes más fotografiados de todos los tiempos? ¿Que con la publicidad que iba a tener ahora la perla, el mundo entero sabría que la que ella guardaba en su joyero no era la auténtica? Gangan estaba empeñada en pedirle al duque de Alba que convocase una rueda de prensa internacional en su nombre para denunciar la venta de la Peregrina y decir que la perla subastada era falsa. No logré disuadirla y la rueda de prensa se celebró, con la consiguiente polvareda y comidilla que la inefable Doris no dejó de recoger en otra de sus tan leídas columnas.

Pero todo aquello pronto dejó de tener importancia. Semanas después Gangan moría en Lausana. Por suerte, llegué a tiempo para despedirme de ella. Hasta el último momento guardó su gusto por la estética y también por las formas. Con un maravilloso camisón de puntillas y el pelo arreglado de un modo simple pero muy favorecedor, me tendió una mano.

—*My big boy* —me dijo. Y luego añadió—: *I love you so much.*

Tras el funeral, la enfermera que la atendió en sus últimos días me contó entre lágrimas que le había oído comentar que deseaba escribirme una carta, pero no logramos encontrarla. Tal vez nunca llegó a hacerlo, estaba demasiado débil, pero me pregunto qué querría haberme dicho en ella. ¿Alguna mención a nuestra compartida y fracasada «operación Peregrina»? ¿Ciertas recomendaciones sobre mi futuro? ¿Algo relacionado con mi soltería, tal vez? A Gangan siempre le preocupó que a mis treinta y tres años aún no me hubiera casado. «Los Borbones son tremendos, siempre corriendo detrás de unas faldas, aunque os lleven al abismo. Esas palabras me las había dicho en más de una ocasión. Y no solo los Borbones. Parece una epidemia últimamente, mira cómo se están casando el resto de tus primos, con cualquiera que les haga tilín. Es el signo de los tiempos y un verdadero desastre».

¿Cuántas veces me habrá repetido frases como esas? Igual que tía Patsy, las dos tan preocupadas por lo que llaman un «buen matrimonio». Pero, bueno, pueden estar bien tranquilas, sobre todo tú, Gangan. ¿Sabes lo que ha pasado últimamente? —le dije el otro día, al cumplirse año y medio de su muerte y mirando el retrato suyo que tengo sobre mi mesa de trabajo—. Que me he enamorado. Sí, yo, el que tan preocupado te tenía, y estoy seguro de que te habría encantado la persona que he elegido. Figúrate que hace unos meses, justo después de Navidad, me llamó el marqués de Villaverde. Al parecer, tenía previsto participar en un congreso médico en Gotenburgo y me preguntó si luego podían pasar unos días aquí en la embajada, él y su hija Carmen. Según Vidriera, que siempre piensa mal de todo el mundo, Gotenburgo está lejísimos de Estocolmo y Cristóbal hacía años andaba buscando una excusa para venir por aquí y él ya me lo había advertido. Pero ¿qué sabrá Vidriera? El caso es que Carmen me parece guapísima. Bastante más joven que yo, ¿sabes?, casi quince años menos, pero qué más da eso. Tampoco le veo mucha relevancia a otros comentarios de Vidriera. Sostiene que, a pesar de que acaba de salir del colegio de monjas como quien dice, ya ha tenido unos cuantos novios. Entre ellos, uno que tú conoces porque es primo segundo mío, lo que supuso que Juan Carlos tuviese que intervenir a instancias de Franco para pararle los pies al caradura asaltacunas. No sé cómo se entera Vidriera de estas cosas, pero seguro que son habladurías. Carmen es de lo más normal y simpatiquísima, incluso se ríe con mis chistes, no le importa que hable poco e incluso le ha caído en gracia que me gusten los sellos y los timbres. ¡Eso para que tía Patsy diga luego que soy un huevo sin sal! En fin, Gangan, ojalá estuvieses aún aquí y pudieras conocerla, te iba a encantar. Y conste que ni siquiera influye en mi ánimo ni en mi entusiasmo el hecho de que sea nieta de Franco. «Más le vale que no le influya —eso me ha dicho también Vidriera, que hace honor a su apellido porque parece que es capaz de ver el interior y los pensamientos de las personas—. No se engañe, por ahí nunca habrá nada que rascar, el Caudillo ha elegido ya a su sucesor y no es usted, embajador». Menos mal que el hombre se jubila el año que viene. Si todo sigue como hasta ahora, y Carmen y yo un día, a no mucho tardar, nos casamos, no me gustaría tener a Vidriera por aquí haciendo de Pepito Grillo. ¿Qué sabrá él de la vida y de mujeres si nunca se ha casado y vive solo con un par de canarios flauta?

En fin —termino por decirle ahora al retrato de Gangan—. Ya que estás en otro mundo mucho mejor que este, échame una mano para que ella me quiera tanto como yo la quiero, por favor te lo pido. ¿Qué intentas decirme? —le pregunto, porque de pronto me ha parecido ver en la cara de Gangan una mueca entre dubitativa y triste—. Pero qué bobadas se me ocurren, debe de ser una sombra proveniente de la ventana que se ha posado sobre su retrato, porque en esta foto Gangan está muy sonriente... A ver, ¿qué hora es? ¿Las nueve menos cuarto? ¿Demasiado temprano aún para llamar a Carmen a Madrid? No, seguro que ya está despierta. Ayer cuando nos despedimos dijo que pensaba irse prontísimo a la cama. Es igual que yo, qué maravilla, a ninguno de los dos nos gusta trasnochar. Hay que ver cuánto nos parecemos. Me encanta esta chica.

Decimotercera parte

La señorita Taylor se prepara para salir de escena

(Silencio, cámara, ¡acción!)

Año: 2002
Lugar: casa de Elizabeth Taylor, Bel Air, California

¿A cuántas mujeres les regalan un collar de rubíes solo por hacer un par de largos en la piscina? ¿Y cuántas han ganado un anillo de brillantes a su marido en un partido de ping pong? Yo he pasado por ocho divorcios; me ha tocado convivir durante más de setenta años con un dolor que me hizo adicta a los calmantes y al alcohol y en dos ocasiones me han dado por muerta; pero me considero una persona afortunada y bendecida. Todo lo peor y todo lo mejor, de este modo puede resumirse mi vida. ¿Cómo no voy a estar agradecida?

Y eso que, cuando hice esta declaración en una entrevista para la televisión, aún me faltaba mi última bajada a los infiernos. En el año 1997, con sesenta y cinco años, me abrieron la cabeza para extirparme un tumor de seis centímetros, y al despertar, tuve el privilegio de leer mi propio obituario (es la crítica más entusiasta que jamás me han hecho, dicho sea de paso). Desde ese día tengo la sensación de que la vida me ha dado una prórroga y he decidido retirarme del todo, pero Walt, mi agente, no está de acuerdo.

—El fuego sagrado, Lizzie, hay que mantenerlo vivo como sea. Es eso o el olvido. Mira a tu alrededor y ve lo que hacen tus colegas. Charlton Heston ha puesto voz a una serie televisiva sobre la Biblia; Orson Welles presentó en la televisión películas mudas y Jane Fonda da clases de aerobic y gimnasia, con lo que ha ganado una fortuna.

—Yo no necesito dinero —le insistí a Walter, pero según él no es cuestión de dinero, sino de *presencia*.

—Mira —perseveró—, he encontrado la solución perfecta para ti. Se lo he propuesto a varias cadenas de televisión y están fascinados. Queremos que grabes una entrevista contigo misma. Imagina el valor que puede tener un vídeo de estas características: la Taylor sola ante el espejo confesándose, qué actuación estelar.

—Pero si el genio de los monólogos era Richard —intenté argumentar yo—. Él sí que era capaz de llenar la escena solo con su voz: «Ser o no ser...», «Amigos, romanos, compatriotas...», «He aquí el invierno de nuestras desdichas...». A mí en cambio se me dan mejor las réplicas, siempre he necesitado un *partenaire* para dar lo mejor de mí.

—¡Y qué *partenaire* mejor que tú misma, querida! Cuando uno es ya leyenda, no necesita réplica, apuntador ni *partenaire*. Tampoco necesita entrevistador. Elizabeth versus Liz, eso es lo que interesará al público. La estrella que ha ganado tres Oscar conversando con el ama de casa a la que le encanta planchar (porque a ti te encanta planchar, ¿verdad, querida?). En otras palabras: Cleopatra reina de Egipto frente a la madre en pantuflas para la que sus hijos fueron siempre lo primero, porque tú siempre has sido muy gallina clueca. ¡Pero si incluso hacías de mamá de hombres hechos y derechos! Mira, se me ocurre que podríamos empezar justo por ahí, es una buena mezcla de diosa del glamur con mujer de carne y hueso. Vamos a hacer un ensayo, cuenta por ejemplo cómo salvaste a Montgomery Clift de morir asfixiado. Imagínate que miras directo a la cámara y preguntas a tu otro yo: «Dígame, señorita Taylor, ¿es cierto que usted salvó la vida a su primer gran amor mientras un enjambre de *paparazzi* intentaba fotografiar su mortal agonía?».

Aún no tengo claro que vaya a hacerle caso a Walt. Se me hace rarísimo esto de interrogarme a mí misma como si una de mis dos yos fuera un fantasma o un holograma. Además, la gente sabe todo sobre mi vida, no sé qué aporta un programa así. Pero bueno, tampoco estaría mal hacer una prueba, a ver cómo queda. Siempre me ha gustado ensayar mirándome en el espejo; no sé cuántos papeles habré aprendido de este modo.

—Sí, en efecto —comienzo por decir a mi imagen al otro lado de la luna—, me enamoré locamente de Monty, a pesar de saber que jamás podría corresponderme. Pero no por eso dejé de amarlo (sonrío). Al contrario, enseguida me di cuenta de que debía protegerlo de otros y, sobre todo, de sí mismo, y eso que yo tenía diecisiete años y él casi treinta. Fue mi primer amigo gay. Luego vendrían James Dean y por supuesto Rock Hudson, que murió solo y apartado por haber contraído una enfermedad que entonces nadie sabía qué era. El día en que lo perdimos supe que debía dedicar mis esfuerzos a luchar contra el sida, también contra la homofobia. Pero bueno, eso fue mucho más tarde. Cuando me enamoré de Monty, allá por 1949, ni siquiera existían tales términos, tampoco la palabra «gay». Entonces los llamaban «*queers*» (raros), «*pansies*» (margaritas) y epítetos peores. Monty era tan atormentado, tan exageradamente sensible... ¡Pero si cada vez que representaba un papel se mimetizaba de tal modo con su personaje que temblaba de pies a cabeza y no paraba una vez acabada la escena que estábamos rodando! Además, era de una belleza tal que resultaba perturbador, costaba mirarle. Lástima que pronto llegaran el alcohol, los ansiolíticos, las pastillas para dormir... La noche de su accidente salía de una fiesta en mi casa. No me di cuenta en qué estado se encontraba, si no, jamás le habría permitido ponerse al volante. Al cabo de cinco minutos alguien llegó con la noticia. Se había estrellado a menos de un kilómetro de donde estábamos. Corrí hacia el amasijo de hierros en que se había convertido su coche y eché a todos los fotógrafos que, oliendo la sangre, ya estaban ahí. «¡Me ocuparé de que no volváis a trabajar nunca más si osáis sacarle una foto!», grité. Recuerdo que de su cara solo quedaba una masa informe, mientras que sus ojos se habían convertido de dos islas azules en un mar de sangre. Me suplicaba algo señalando su boca: «¡Arráncalos!», logré entender al fin. Tenía los dos dientes delanteros enterrados en la lengua, fue un milagro que no se ahogara.

¿Será esto lo que Walt quiere que cuente?, me pregunto. En mi vida ha habido otros episodios tanto o más dolorosos. Podría mencionar, por ejemplo, la muerte de Michael Todd, que me convirtió en viuda con veintiséis años y un bebé de meses en brazos; o mi caída del caballo que casi me deja paralítica y con dolores que arrastro hasta el día de hoy; pero sospecho lo que Walt quiere que cuente y no es nada de esto.

—Vamos, querida, un poco de tragedia está muy bien y siempre da color a una vida, pero lo que de verdad interesa a la gente es el amor, el lujo, los yates, los jets privados, las joyas, y ese capítulo de tu vida tiene solo un nombre: Richard Burton. Cuéntale a tu invisible audiencia al otro lado del espejo cómo os conocisteis rodando *Cleopatra*. Ella fue vuestra alcahueta, ¿no es así? Claro que, como ocurre con todo lo relacionado con el antiguo Egipto y sus faraones, siempre hay una maldición por medio...

—Sí, pero también una bendición, ¿por dónde quieres que empiece?

La pregunta es absurda, claro; sé perfectamente cuál sería la respuesta de Walt:

—¡Olvídate de las bendiciones! Las bendiciones aburren a las ovejas. Vamos con la maldición.

No es que quiera enmendarle la plana a Walt, pero en el caso de *Cleopatra* la bendición que me trajo (enamorarme de Richard) eclipsó todas las maldiciones, y eso que no fueron pocas. Cuando me enteré de que él iba a encarnar a Marco Antonio me hice una promesa: no convertirme en una muesca más en la culata de su revólver. Había ya entonces demasiadas mujeres penando por sus amores, incluida Sybil, su mujer, una verdadera santa que le perdonaba todas sus infidelidades. Recuerdo que Richard llegó al plató el primer día de rodaje con una resaca colosal. Miré a mi izquierda en la sala de maquillaje y allí estaba él, el gran actor shakesperiano, ¡el sucesor de sir Laurence Olivier!, sentadito en una silla de tijera, con aquella ridícula minifalda de los soldados romanos, seis o siete ricillos muy bien dibujados sobre la frente, ¡y con semejante carita de niño travieso pero arrepentido! El pobre ni siquiera lograba sujetar bien la taza de café que le ofrecía uno de sus asistentes. Los hombres que parecen niños siempre sacan la mamá gallina que hay en mí, de modo que le dije: «Mira, ven, acércate», y comencé a darle su café con leche en la boca con una cucharita. «Un poco más, ya verás como te sientes mejor».

Tres días más tarde, a Mankiewicz, el director, le costaba hacerse obedecer cuando, al finalizar una de nuestras escenas de amor, gritaba: «¡Corten!». Por supuesto, todo el mundo se dio cuenta de lo que nos estaba pasando y comenzó el escándalo.

—¡Corten! —grita ahora en mi cabeza el pesado de Walt—. Ni hablar de seguir por ahí. No es cuestión de volver a contar lo que ya se ha contado mil veces: ríos de tinta que empiezan a correr; el romance más sonado de la historia del cine seguido de dos no menos sonados divorcios: él de Sybil y tú de Eddie Fisher: amor, belleza, glamur y publicidad a raudales. ¿Dónde está la tan cacareada maldición de *Cleopatra*? ¿No habíamos quedado en que ibas a contar lo malo?

—Sí, pero para eso necesito rebobinar e irme dos años atrás y decir que la película estaba gafada, incluso antes de que empezara el rodaje. Contar, por ejemplo, las cifras que la convirtieron en uno de los fiascos más caros de la historia del cine tanto, que poco le faltó para mandar a la ruina a la 20th Century Fox. Yo pedí un millón de dólares por mi intervención, una cifra estratosférica para 1963. Pero mi sueldo fue solo una gota en un océano de gastos y despilfarros: la confección de más de veinticinco mil trajes, a cuál más caro y complicado; cerca de mil extras y figurantes que intervinieron en la producción, eso por no mencionar a otro ejército casi igual de numeroso de peluqueros, maquilladores, costureras, carpinteros, escayolistas, tramoyistas y operarios de los oficios más inverosímiles. Se levantaron ochenta sets de rodaje diferentes. Las recreaciones de edificios y palacios eran tan aparatosas y complicadas que, cuando no se venían abajo, se incendiaban o eran demasiado grandes para lo que se requería de ellas. La famosa escena en la que Cleopatra entra en Roma rodeada de esclavos y aclamada por la multitud, por ejemplo, precisó de una torre móvil de más de veinte metros de alto por otros tantos de ancho sobre la que estaba situado mi ornamental trono. Solo que, una vez comenzado el desfile, se dieron cuenta de que el armatoste no pasaba por el arco de triunfo levantado para darme la bienvenida. Hubo que convertirlo en astillas y construir otro a toda prisa. Subsanada al fin la monumental metedura de pata y con cientos de extras que me rodeaban vitoreándome (y yo allá arriba aterrada y con dos Valium en el cuerpo porque sufro de vértigo), hubo que volver a rodar toda la escena: entre los ciudadanos de la Roma imperial podía verse a un tipo con una bici vendiendo helados.

Aun así, y sobre todo en lo que a mí respecta, la maldición de *Cleopatra* ya había comenzado un par de años antes. La primera tentativa de rodarla (con otro director y otro actor en el papel de Marco Antonio) tuvo lugar en Inglaterra. ¿Quién fue el idiota al que se le ocurrió que la lluviosa y helada campiña de Buckinghamshire podía transformarse, abracadabra, en las arenas de Egipto en pleno verano? Nunca lo he sabido, pero a él le debo una de mis «muertes». Hacía tal frío en el plató, y yo vestida (o mejor dicho des-vestida) de reina del Nilo, que primero me acatarré, después me dio la gripe y más tarde caí con una pulmonía doble que no respondía a ningún tratamiento. Dos veces tuvieron que resucitarme y, aunque esta vez no tuve que leer mi propio obituario, las secuelas agravaron mi vieja lesión de espalda, inaugurando mi dependencia de los calmantes. ¿Es de eso de lo que quiere Walt que hable? ¿De cómo la maldición de *Cleopatra* me dejó para siempre esclava de los analgésicos y de cómo, al casarme con Richard, empecé a mezclarlos con alcohol?

* * *

Me separo del espejo en el que he estado ensayando esta autoentrevista que, ahora ya lo tengo claro, jamás verá la luz. Qué bobada es esa de dejar para la posteridad una larga conversación entre mis dos yos: Cleopatra cubierta de oro y perlas versus Liz en pantuflas y con rulos. Ya sé que ahora se lleva eso de cultivar la cercanía, la llaneza y hacer confesión pública de los pecados de uno, pero más vale que Walt vaya pensando en otra idea porque está decidido: rechazo el papel, esa no soy yo. ¿Para qué creerá que he dedicado años de mi vida a reunir una de las mejores colecciones de joyas que se conocen? Desde luego, no para que la gente me recuerde con pantuflas y, menos aún, con rulos. Richard sostenía que era porque necesitaba saber cuánto me amaba el hombre que tenía a mi lado. Pero la verdad es que era él quien necesitaba demostrar al mundo lo mucho que me adoraba acallando sus remordimientos por haber abandonado a Sybil, que lo amó sin un reproche. Ay, el fantasma de la culpa. Apenas existen hombres inmunes a este virus, sobre todo en el terreno sentimenta y desde luego Richard no era uno de ellos. Por eso me cubrió de joyas. Extraña reacción, piensan algunos. Yo no. Pronto comprendí que necesitaba hacerse perdonar una traición anterior. Las joyas tienen esa virtud: sirven para retratar pulsiones humanas, en especial las más ocultas e incomprensibles. Estoy segura de que, si ellas hablaran, se entenderían mejor muchos capítulos de la historia.

Mira, me digo ahora, observando mi imagen en el espejo, ese sí que sería un ejercicio interesante. Mejor que hacer dialogar a la dos Elizabeth Taylor sobre capítulos de su vida sería cederle la palabra a ellas. Mis joyas ocultan secretos. No solo los míos o los de Richard, también los de sus anteriores dueños. Cuántas historias de amor, odio, pasiones o traición habrán presenciado o incluso propiciado. Algunas son relativamente recientes, como la que guarda mi diamante Krupp, por ejemplo. A Richard le encantaba decir que aquellos treinta y tres quilates de piedra cumplían con una suerte de justicia poética. En menos de treinta años y con una guerra mundial de por medio, pasó de las arcas de la familia Krupp, dedicada a la fabricación de armamento y que jugó un papel nada secundario en el exterminio de millones de personas en el Holocausto, a adornar el dedo de una chica judía de clase media como yo.

Todas mis joyas ocultan una historia. Algunas son remotas y tienen un aire a *Las mil y una noches*, como la de mi diamante Taj Mahal. «Mi intención era regalarte el Taj Mahal por tu cuarenta cumpleaños, mi amor, pero era un poco engorroso traerlo hasta aquí, así que este es tu premio de consolación». Eso dijo mientras me entregaba aquel pedacito de cielo mongol. Si lo describo diciendo que tiene forma de corazón y que está rodeado de jade y rubíes, podría pensarse que se trata de una joya aparatosa, pero no es así. De hecho, al primer vistazo puede pasar por uno de esos colgantes de fantasía que ahora tanto se llevan, lo que me permite usarlo con más frecuencia que otras piezas, menos valiosas pero excesivamente llamativas. «Cuenta tu historia, chiquitín», le digo, dejando que mi índice resbale sobre la inscripción grabada sobre la superficie: «Jehan Begum Padsha 23. 1037», eso puede leerse en caracteres urdu. Si pudiera hablar, mi diamante contaría cómo, en el año 1037 (1627 según nuestro calendario), la emperatriz Jehan recibió la joya de manos de su marido, Jahangir. Sin embargo, fue su segunda propietaria la que lo convertiría en una pieza de leyenda porque legendaria es también la historia de amor que hay detrás. El hijo del emperador Jahangir amaba tanto a su favorita que no solo le regaló este curioso diamante. Mumtaz Mahal murió al dar a luz al decimocuarto de sus hijos y el rey se quedó tan desolado que mandó construir para ella el que tal vez sea el monumento funerario más deslumbrante que se conoce: el mismo Taj Mahal que Richard quería regalarme por mi cumpleaños y del que ahora, y muy cerca de mi corazón, guardo un trocito.

¿Qué otros secretos y leyendas podrían contar mis joyas? Habrá quien piense que las piezas grandes y caras son las que atesoran historias más apasionantes. Pero tal como pasa con las personas, hay guapos (y guapas) que son mortalmente aburridos. Como mi diamante Cartier, mucho me temo. No hay pieza más deslumbrante que él y sin embargo el pobre se ha pasado la mayor parte de su vida dormitando en su estuche. Incluso yo lo uso poco y nada. Ya no tengo edad ni ocasión de ir por ahí con un pedrusco de casi setenta quilates y del tamaño de un huevo de perdiz colgado del cuello. Obviamente, cuando Richard me lo regaló, me lo ponía siempre que me era posible, pero fue breve su salida a escena. Tal debe de ser su sino. Cuando lo extrajeron de una mina de Sudáfrica, hacia 1966, pareció que iba a causar toda la sensación que su tamaño prometía. El joyero Harry Winston, que lo compró, pudo constatar que, en bruto, pesaba nada menos que doscientos cuarenta quilates. Winston estaba tan entusiasmado con su diamante que convocó una rueda de prensa para que se fotografiara su «primer golpe», que es como llaman los joyeros al primer corte de una piedra. En este caso, el primer golpe lo dividió en dos, una porción pequeña e irrelevante, y la otra, la mayor, se pulió hasta convertirla en lo que ahora es, una piedra en forma de enorme y espectacular lágrima. Pedrusco. De esta manera y no muy amablemente lo bautizó su primera dueña, Harriet Annenberg, la hermana de un magnate de prensa. Ella lo hizo engarzar en forma de descomunal anillo que le cubría casi dos falanges, pero una vez que lo tuvo en casa, decidió que no podía usarlo. «Nueva York es una ciudad peligrosísima. Se juega una quedarse sin dedo o, peor aún, acabar muerta en cualquier esquina», argumentó. A mi bello diamante le tocó sestear otra temporadita hasta que la señora Annenberg, desencantada de no poder usarlo, decidió vendérselo a Cartier, que, a su vez, nos lo vendió a nosotros.

Así son las joyas, caprichosas hasta en esto. Unas no tienen nada que contar y otras hablan hasta por los codos e incluso podrían cambiar la idea que se tiene de no pocos hechos relevantes. Los objetos como testigos de la Historia. Este sí me parece que podría ser un documental televisivo interesante, mucho más que esa zarandaja que mi agente pretende que grabe. Liz Taylor contando la historia oculta de sus joyas, los secretos de alcoba de los reyes que las poseyeron, sus indiscreciones más inconfesables, las desconocidas debilidades de los ricos y poderosos reveladas a través de las alhajas con las que eligieron adornarse. Imagínate, me digo ahora, todo lo que tendría por contar mi perla Peregrina. Según el prospecto que nos mandó la casa de subastas, la extrajo del mar un esclavo allá por el siglo XVI en el Caribe y poco tiempo después pertenecía a Felipe II. Pero desde entonces hasta acabar en mi escote, nadie sabe nada. ¿O sí? Porque siendo una pieza tan famosa, seguro que se puede rastrear cada uno de sus pasos. ¿Por dónde podríamos empezar a contar su historia? Obviamente, puesto que soy yo la que narro los hechos, tendría que arrancar contando cómo llegó a mis manos. Recrear, por ejemplo, aquella escena en un hotel de Las Vegas con Richard de un humor de perros y yo perdiendo la perla. Todavía me rio cuando lo recuerdo. ¡Y pensar que después de sobrevivir a más de cuatrocientos años de avatares de todas clases a punto estuvo de acabar devorada por el caniche favorito de Richard, que era un trasto terrible! Y precisamente de ahí, de las fauces de Candy, podríamos hacer un *flashback* muy cinematográfico e ir directamente cuatro siglos atrás para averiguar quién fue el esclavo que la pescó, su vida, su sufrimiento. ¿Sobrevivió a la pesca? ¿Murió al sacarla del agua? ¿Existe, como dicen, una leyenda de las grandes perlas? ¿En qué consiste exactamente? Para descubrirlo y asegurarme de que el relato se ciñe estrictamente a la verdad, voy a necesitar a un ratón de biblioteca. Alguien que investigue, calibre, tase y saque a la luz su increíble paso de mano en mano hasta llegar a Richard y a mí. Pero, bueno, de todo eso que se ocupe Walt. Ah, y ya que estamos, que me consiga también un negro porque, además de una serie de televisión, *La leyenda de la*

Peregrina ha de ser un libro. Son tantas las historias por contar que jamás cabrían todas en un formato televisivo. Veamos, ¿dónde está mi teléfono? Perdido, como siempre, supongo. Qué desorden el tuyo, Lizzie, querida. Ah, no, menos mal, aquí está.

—¿Walt? Walt, tesoro, vente para casa, tenemos que hablar. ¿Cómo...? ¿Que estás en Palm Beach y en medio de un partido de golf? Por mí como si estás cazando gamusinos. Coge un avión, te espero a cenar. Se me acaba de ocurrir una idea que te va a encantar. No tardes, te espero, y con tu *steak tartare* favorito, además.

Nota de la autora

Cuando empecé a escribir este libro desconocía que Elizabeth Taylor deseaba contar las historias que ocultaban sus joyas, aunque al final tuvo que desistir porque se dio cuenta de que sería un relato muy descompensado. Mientras que la trayectoria de algunas alhajas tan espectaculares como su diamante Cartier podía relatarse en una docena de líneas, otras, como la Peregrina, merecían un libro entero. Por eso, al final, en vez de rodar una serie de documentales para la televisión, optó por editar un álbum ilustrado al que llamó *Mi historia de amor con las joyas*, que es una suerte de autobiografía narrada a través de la impresionante colección de la que fue dueña. Sin embargo, antes de embarcarse en este proyecto, ya le había pedido a su agente que contratara a un «negro» que pudiera dar forma a su idea primigenia, unos folios que nadie sabe dónde están y que tal vez aparezcan algún día. Cuando lo supe, me di cuenta de que el libro que estaba escribiendo se parecía mucho a ese proyecto suyo que quedó en el tintero. Por eso, a modo de cábala y para hacerle un homenaje a una actriz a la que admiro, fui hacia atrás en las páginas que ya había escrito y antepuse al capítulo en el que Lumba descubre la perla (que era por donde yo había empezado a contar esta historia) la anécdota de su perrito mordisqueando la Peregrina. La misma escena con la que Elizabeth Taylor dijo que le gustaría que arrancara su relato. También me divirtió convertirme en ese ratón de biblioteca que ella le pidió a Walt que contratara.

Para trazar la andadura de más de cuatrocientos años de la perla Peregrina he tenido que viajar, investigar y devorar multitud de libros, pero he disfrutado cada minuto. La labor ha sido casi de orfebre. De la lectura de un libro de cuatrocientas páginas sacaba a veces una anécdota (o en ocasiones ninguna). Pero, como dice el refrán, todo hace caldo, de modo que lo que no servía para descubrir alguna desconocida aventura de nuestra perla me valía para recrear una época o para recolectar modismos y palabras arcaicas (pero comprensibles) con los que imitar la forma de hablar en cada época. En todo momento mi intención ha sido ser lo más fiel posible a los hechos. He tenido que inventarme algunos diálogos y situaciones, al fin y al cabo esta es una novela. Pero al hacerlo he procurado ser escrupulosa con la verdad. Por eso tengo que hacer una confesión. A pesar de que lo he intentado por todos los medios, no he conseguido averiguar qué pasó con la perla una vez vendida tras la muerte de Elizabeth Taylor.

Su último mutis teatral fue espectacular. En 2011 Christie's subastó la Peregrina por el precio récord de 11,8 millones de dólares. Fieles a la discreción que caracteriza a esta casa de subastas, sus responsables solo me pudieron revelar que su actual propietario es alguien de los países árabes. Con la patente de corso que otorga la literatura, podría haberme inventado quién la tiene ahora. La tentación era grande. A fin de cuentas, no son tantas las personas que pueden permitirse semejante capricho. Cabe la posibilidad de que su multimillonario marido se la regalase a la jequesa de Qatar, por ejemplo. ¿O la compró quizá Mohammed bin Rashid, emir de Dubái, el mismo que anda enzarzado con Haya de Jordania en un espinoso divorcio? Sí, ya saben a quién me refiero, a ese caballero que miedo da solo con mirarlo. Mucho más agraciado físicamente que él es Mohammad Bin Salman, príncipe heredero saudí a quien se relaciona con la muerte en Turquía de Yamal Jashogyi. Tal vez sea él el comprador, al fin y al cabo, tener en su colección de joyas la perla más famosa del mundo no es mal botín, aunque no pueda exhibirlo. Esa es otra de las particularidades que me llama la atención del paradero actual de nuestra perla. No entiendo cuál puede ser el atractivo de tener un objeto que vale casi doce millones de dólares y que nadie pueda verlo, pero no es el primer caso. «Mis obras de arte solo las disfruto yo y las ratas de palacio». Eso le gustaba decir a Catalina la Grande, así que tal vez se trate de un propietario tan hosco como ella. O tal vez la razón sea mucho más pragmática y la haya comprado alguien, simplemente, para blanquear dinero.

Y mientras tanto, esté donde esté, la Peregrina sestea porque es sabia y sabe mejor que nadie que todo pasa. Como pasaron las guerras a las que ha sobrevivido, las revoluciones, los incendios, las traiciones, las venganzas y también los muchos amores de los que ha sido silenciosa observadora. He disfrutado haciéndola hablar y sintiéndome yo también testigo muda no solo de retazos importantes de la historia, sino también o, mejor dicho, sobre todo, de lo que es para mí el más apasionante de los misterios: la fascinante y siempre imprevisible naturaleza humana. Por eso, mis últimas palabras solo pueden ser de agradecimiento. Gracias a ustedes que me leen y que me han dado la coartada perfecta para destapar tantas historias.

Y gracias también a todos los que me han ayudado a encontrarlas: a mi prima Cecilia Ramos Mañé, capaz de rastrear en internet las fuentes más olvidadas y pródigas. A Miguel Álvarez, que me consiguió unas cuantas perlas, literarias, que me fueron muy útiles. A Santiago Tena, que hizo otro tanto e incluso me proporcionó un impagable atlas histórico. A mi hermano Gervasio, que ese sí que es un ratón de biblioteca ilustrado y capaz de detectar mis más terribles errores históricos. Gracias a María Flórez Estrada, por su ayuda con respecto a la información artística del libro. También a Carmen Reviriego, por su entusiasmo. A José Luis Sampedro, miembro de la Academia de Heráldica y Genealogía y autor de *Las joyas de las reinas de España,* que es quien más sabe de la Peregrina. A Begoña Aranguren, por su ayuda y siempre buen consejo. A Pilar Fernandina, por explicarme cómo funcionan las casas de subastas y contarme todo lo más que se puede saber del paradero actual de nuestra perla. A Pepe Calvo Poyato, que con generosidad me ayudó a descubrir los secretos del Alcázar de Madrid. También a Guillermo Balmori, por contarme secretos del mundo del cine. A Gaspar Marqués, atento siempre a cazar informaciones interesantes. Y por supuesto al profesor José Varela Ortega, que me ha puesto en la pista de muchos de esos extraordinarios y olvidados personajes de la historia, como también ha hecho el Dr. José Manuel García Verdugo. A Fernando Pajares, por explicarme los entresijos de la pesca de perlas. A Jaime Peñafiel, por sus consejos. Y por fin, y como siempre, gracias a Mercedes Casanovas, mi agente, y sobre todo gran amiga. A mis editoras, a las que tanto debo, Ana Rosa Semprún y Miryam Galaz. A Francisco Barrera. Y Mariángeles Fernández, mi ángel corrector.

Créditos fotográficos

Iconografía: Grupo Planeta - P. 1 **La Perla Peregrina**. Philippe Wojazer / Reuters / Gtres - P. 2 **María Tudor** (Antonio Moro). © Museo del Prado / Album - P. 3 a) **Aclamación de Felipe V en Madrid,** 1700. © Prisma / Album. b) **Plano de Teixeira**. IGN - P. 4 **La reina Ana de Austria** (Bartolomé González). © Museo del Prado / Album – P. 5 a) **Felipe III** (Diego Velázquez). © Museo del Prado / Album. b) **Margarita de Austria** (Diego Velázquez). © Museo del Prado / Album - P. 6 a) **El bufón don Diego de Acedo, el Primo** (Diego Velázquez). © Museo del Prado / Album. b) **Detalle de Las meninas** (Diego Velázquez). © Museo del Prado / Album. c) **Mariana de Austria** (Diego Velázquez). © Museo del Prado / Album - P. 7 a) **Retrato de Carlos II niño con su madre Mariana de Austria** (Sebastián de Herrera). Colección privada. b) **Carlos II.** Colección Privada / Album - P. 8 **María Luisa de Orleans** (José García Hidalgo). © Museo del Prado / Album - P. 9 a) **La familia de Felipe V** (Louis-Michel van Loo). © Museo del Prado / Album. b) **Farinelli con Metastasio, Amigoni y la soprano la soprano Teresa Castellini** (Jacopo Amigoni). Granger NYC / Album - P. 10 a) **Gabriel de Borbón** (Anton Rafael Mengs). © Museo del Prado / Album. b**) La familia de Carlos IV** (Goya). © Museo del Prado / Album - P. 11 a) **Napoleón Bonaparte** (David) b) **José I** (Gerárd). Heritage-Images / Historic England / Album. c) **Julia Clary con su hija** (Robert Lefevre). © G. Dagli Orti /De Agostini / Album - P. 12 a) **Napoleón III** (Hippolyte Flandrin). Aesa. b) **Harriet Howard** (Henriette Cappelaere). © Photo Josse/Scala, Firenze c) **Lady Abercorn.** Grabado de época - P. 13 a) **Zinaida Yusupova** (François Flameng). © State Hermitage, St. Petersburg / Album b) **Felix Yusupov**. Fine Art Images /Album c) **Rasputín** © Rue des Archives / Bridgeman Images / PVDE - P. 14 **Victoria Eugenia**. AESA - P. 15 a) **Victoria Eugenia y Patricia Connaught**. AESA b) **Cumpleaños de Victoria Eugenia**. © Fotofiel / Archivo ABC - P. 16 a) **Elizabeth Taylor en el rodaje de** ***Ana de los mil días.*** © UNIVERSAL PICTURES / Album b) **Elizabeth Taylor.** © Rue des Archives / Bridgeman Images / AGIP/Album c) **Subasta de la Peregrina.** © Mary Altaffer / Gtres.